Sire Cédric

LE PREMIER SANG

ÉDITIONS FRANCE LOISIRS

Édition du Club France Loisirs,
avec l'autorisation des Éditions Le Pré aux Clercs

Éditions France Loisirs
123, boulevard de Grenelle, Paris
www.franceloisirs.com

ISBN : 978-2-298-06354-7

Je nage fort et vite
Contre le temps
Perdue dans les flots
D'un feu ancien

Doro Pesch,
Bad Blood

I

Résurgence

1

Neuilly-sur-Seine.
20 janvier, neuf heures du soir.

Une petite goutte de sang d'un rouge intense tomba sur le coin de son assiette. En frappant la porcelaine, elle dessina un minuscule soleil rouge, hypnotique.

Madeleine Reich ne comprit pas tout de suite ce qui se produisait. Elle dînait avec son mari Jonathan, à la grande table du salon, comme ils en avaient l'habitude tous les jours à vingt et une heures précises. Âgés de cinquante ans chacun, les Reich tenaient à leurs rituels quotidiens, dans tous les domaines – *vraiment* tous les domaines. Ce soir comme tous les soirs, Jonathan s'était chargé de commander le repas chez leur traiteur japonais préféré pendant qu'elle, comme toujours, s'occupait de mettre la table. Cela pouvait sembler tout bête, mais c'était le genre de détail qui revêtait pour elle une importance capitale. Elle avait choisi une belle nappe blanche brodée, et le service Empire en porcelaine de Limoges. Depuis qu'elle avait créé sa société et connu la fortune – et cela faisait déjà quinze ans –, Madeleine ne dînait plus que dans de la vaisselle hors de prix, et se servait uniquement de verres en cristal de luxe. Encore aujourd'hui, elle continuait de savourer ce plaisir, presque puéril, de faire partie des privilégiés. Des *nantis*. Elle savait que, si ses parents avaient encore été de ce monde, ils auraient été extraordinairement fiers d'elle.

La réussite avait pourtant ses tributs. La longue journée qui venait de s'écouler avait été éprouvante, le travail au bureau problématique, Madeleine se sentait lessivée. Elle avait hâte de manger. Ensuite, elle pourrait aller se reposer devant une série TV en vidéo à la demande, et profiter d'une bonne nuit de sommeil. Demain, dès l'aube, tout recommencerait, elle reprendrait la lutte contre les fauves des multinationales qui, eux, semblaient ne jamais se reposer. Mais ce serait demain. Inutile d'y penser maintenant. Elle savoura sa soupe à petites cuillerées, puis elle s'empara de sa bouteille d'Asahi – Jonathan en avait commandé une pour chacun – et remplit son verre à ras bord. La bière était fraîche comme elle l'appréciait. Devant elle, sur le grand plateau, se trouvait l'assortiment coloré de sushis et de makis, dans leur éternel ordre rassurant. Sur un second plateau étaient disposés des sashimis, à côté d'une délicate rose de gingembre frais. Du bout de ses baguettes, Madeleine piocha un *california roll* appétissant. Elle n'avait plus qu'à l'amener jusqu'au petit bol de sauce au soja et…

La vision de la goutte de sang avait interrompu son geste.

Surprise, Madeleine se pencha sur la tache rouge qui maculait son assiette.

Une deuxième goutte de sang, plus ronde et plus grosse que la première, tomba devant elle. Elle éclata sur le dessus de sa main, sinistre présage.

Est-ce que je saigne du nez ?

Elle déposa le *california roll* au centre de son assiette, replaça soigneusement les baguettes sur leur socle, puis s'essuya la main avec sa serviette. Elle porta des doigts hésitants à ses narines, les palpa, mais non, le saignement ne venait pas de là. Son nez était parfaitement sec.

— Chérie ? murmura Jonathan, qui venait de lever les yeux, de l'autre côté de la table. Oh, mon Dieu…

La voix de Jonathan était anormalement aiguë. Madeleine y reconnut de la frayeur. Une frayeur intense.

Pourquoi ? Que se passe-t-il ? D'où vient ce sang ?

— Madeleine, mais… comment t'es-tu fait *ça* ?

Madeleine lui lança un regard interrogateur, écartant les mains, et Jonathan se leva d'un bond, laissant ses baguettes et sa serviette retomber en vrac sur le contenu de son assiette.

— Tu saignes, tu ne le vois pas ?

— Oui, mais…

— Il faut faire quelque chose, dit Jonathan, la voix étranglée.

Son visage avait perdu toutes ses couleurs, ses yeux lançaient des signaux de panique, mais il faisait des efforts évidents pour ne pas affoler sa femme. Peine perdue. Madeleine eut un mouvement de recul. Elle sentit un liquide épais couler le long de sa joue droite.

Jonathan contourna la table.

— Ta joue. C'est ta joue…

Sa joue. Madeleine prit enfin conscience de la douleur, légère, juste un vague picotement, qui s'accentuait. C'était donc sa pommette qui saignait.

— Comment t'es-tu fait ça ? Avec quoi t'es-tu coupée ?

Elle voulut lui dire qu'elle ne s'était pas coupée, qu'elle ne comprenait pas de quoi il lui parlait, mais des gouttes de sang, de plus en plus nombreuses, s'écoulaient sur son assiette et sur la nappe blanche. D'une manière ou d'une autre, elle *s'était* coupée. Elle poussa sa chaise en arrière pour s'écarter de la table, et l'écoulement de sang continua sur le plancher du salon.

— Il me faut un pansement, murmura-t-elle. Quelque chose pour… stopper… stopper…

— Mais comment t'es-tu fait ça ? répéta son mari.

— Je ne sais pas. Je te jure que je ne sais pas.

Décontenancée, Madeleine leva une main vers sa joue. Celle-ci était poisseuse de sang. La douleur déferla à ce moment-là. Elle lui transperça la mâchoire de part en part, comme si on lui

(*lacérait*)

déchirait la peau. Madeleine cria et se plia en deux. La souffrance était terrible. Elle se dit qu'elle n'avait jamais ressenti une pareille douleur. Puis elle réalisa avec horreur que ce n'était pas vrai. Une fois. Il y avait si longtemps. La douleur avait été la même. Elle avait oublié à quel point cela avait été douloureux.

Alors… si c'était… si cela signifiait que…

— Il faut appeler les secours, s'alarma Jonathan en se retournant vers la commode où étaient posés leurs téléphones mobiles.

— Pas les secours, dit Madeleine.

— Bien sûr que si.

Jonathan se saisit de son mobile. Sa main tremblait et il le fit tomber sur le sol.

— Merde.

— Jonathan, écoute-moi.

Il s'accroupit pour récupérer le téléphone.

— Ne t'en fais pas, chérie. Je vais appeler les pompiers. Tout va aller très bien.

— N'appelle personne. J'ai juste besoin d'un pansement.

Les pensées de Madeleine se bousculaient. Ses souvenirs resurgissaient. *Cela faisait si longtemps*... Elle se répéta que ce n'était pas possible, qu'elle devait se tromper. Mais pourtant, c'était en train d'arriver. C'était bel et bien en train de se produire, dans le sanctuaire de son hôtel particulier, à sa table luxueuse, malgré toutes les précautions qu'elle avait toujours prises...

Non, cela ne peut pas recommencer, se raisonna-t-elle. *Cela ne peut pas. Pas après tant d'années.*

Mais cela ne peut être que ça, n'est-ce pas ?

— Un pansement, répéta-t-elle. C'est tout ce dont...

Elle ne put finir sa phrase. Il y eut un claquement distinct quand la peau de sa joue s'écarta d'un coup, mettant à nu le muscle rouge en dessous. Un éclair de douleur l'aveugla. Davantage de sang aspergea le plancher.

Madeleine poussa un cri. Et, à un mètre d'elle, son mari poussa un cri encore plus fort.

— Madeleine ! Mon Dieu !

Elle lutta contre l'envie de lui hurler de se taire. Il n'arrangeait rien et, de toute façon, il ne pouvait pas comprendre. Le pauvre ignorait tout, puisqu'elle ne lui avait jamais rien raconté. C'était mieux ainsi.

Voyant qu'il cherchait fébrilement les numéros d'urgence sur le téléphone, elle lui ordonna :

— Arrête ! Ne préviens personne. Il ne faut pas.

— Ne dis pas de bêtises.

Madeleine serra les poings. La douleur s'intensifiait. Les gouttes de sang tombaient à un rythme régulier sur le plancher.

— Je n'ai plus mal du tout. Ce n'est pas nécessaire. Repose ce téléphone.

— Tu ne te vois pas, hoqueta Jonathan. Je te jure que tu ne te vois pas.

Il avait enfin trouvé le numéro et plaqua le petit téléphone contre son oreille.

— Jonathan, non, le supplia-t-elle. Raccroche. Écoute-moi.

Son mari secoua la tête.

— Madeleine, tu ne comprends pas…

— RACCROCHE CE PUTAIN DE TÉLÉPHONE TOUT DE SUITE !

Jonathan dévisagea son épouse comme s'il découvrait une inconnue. Et Madeleine, le voyant ainsi, ce quinquagénaire grisonnant dans un costume italien sur mesure qu'elle lui avait offert mais qui ne parvenait plus à masquer son embonpoint, cet homme simple échappé de la banlieue marseillaise, qui avait partagé sa vie pendant ces quinze dernières années sans jamais rien savoir d'elle – sans jamais se douter de ce dont elle était capable –, elle le trouva soudain ridicule, pathétique. Il ne comprenait déjà pas ce qui se déroulait quotidiennement sous son nez, comment pouvait-elle espérer qu'il la protège ? Elle ravala ses pensées vénéneuses. Elle savait que Jonathan n'y était pour rien, il ne pouvait pas savoir. C'était elle, au contraire, qui avait toujours eu les cartes en main. Elle avait disposé d'assez de temps pour se préparer. Des décennies. Elle aurait dû savoir qu'un jour ou l'autre le passé remonterait à la surface. Comme maintenant. Ce soir. Dans sa chair.

— C'est fini, mentit-elle.

En réalité, la sensation de brûlure se déplaçait le long de sa joue. Des étincelles de douleur couraient partout sur sa peau déchirée, dans le fil de cette plaie qui s'ouvrait sur sa joue droite, et elle avait peur d'aller se regarder dans un miroir pour constater l'étendue des dégâts. Il fallait pourtant s'y résigner. Avant que cela continue. Avant qu'une deuxième plaie…

— Tu dois voir quelqu'un… tout ce sang…

— Je ne veux pas.

Jonathan secoua la tête. Il agitait son téléphone, l'air perdu.

— Pourquoi ne veux-tu pas…

— Parce que je te le demande, et parce que c'est un *ordre*.

Elle se leva, en titubant légèrement. La sensation de feu fourmillait dans sa joue. Elle ne se sentait pas bien. Elle ne se sentait vraiment pas bien.

Et, subitement, cela arriva. Exactement comme elle savait que cela se produirait. La douleur se propageait à son autre joue.

— J'ai besoin…

Elle fit quelques pas, s'accrocha à un meuble. Elle vit le vase tomber sans pouvoir le rattraper. Il explosa sur le plancher. Madeleine tremblait à présent de la tête aux pieds.

Son mari essaya de s'approcher d'elle.

— Laisse-moi, dit-elle dans un sanglot étouffé.

— Madeleine, tu as besoin d'aide.

— Laisse-moi donc.

Elle réussit à marcher jusqu'à la salle de bains de l'étage et s'y enferma.

Jonathan se planta de l'autre côté de la porte.

— Madeleine ? Tu me fais peur. Qu'est-ce qui se passe ?

À l'intérieur, Madeleine s'agrippa au lavabo.

Qu'est-ce qui se passe ? Imbécile. Je saigne. Je suis blessée. Voilà ce qui se passe.

Elle dévisagea son reflet dans le miroir, essayant de ne pas flancher.

Madeleine Reich avait toujours été une femme superbe. À cinquante ans, avec son abondante chevelure blonde et son regard d'acier, elle en paraissait à peine quarante. Aux yeux de ses collègues et adversaires professionnels, elle était surtout un requin. Elle avait appris à déchiqueter les obstacles, les uns après les autres. Avancer vers la réussite. Quoi que cela puisse lui coûter.

Et maintenant ?

Son visage était barbouillé de sang, et ce sang continuait de suinter en pulsations régulières.

Elle ouvrit le robinet. S'aspergea d'eau. La plaie apparut sur sa joue droite. C'était une vision horrible. Une entaille qui partait de la base de son oreille et qui se prolongeait presque jusqu'à la commissure de ses lèvres. Elle était si profonde qu'on devinait le blanc de l'os, sous les tissus palpitants, un instant avant que l'écoulement de sang ne brouille de nouveau son visage d'un voile rouge. C'était comme si un boucher fou venait de la frapper avec un couteau à désosser.

Madeleine se sentit défaillir.

— Chérie ? Ouvre cette porte, je t'en supplie.

La voix de son mari était emplie de détresse.

— J'ai besoin d'être seule, lui dit Madeleine.

— Je m'inquiète. Que tu le veuilles ou non, j'appelle les secours.

— Ne fais pas ça, Jonathan. Je te l'interdis. Je…

Elle écarquilla les yeux, le souffle court. Ses mains empoignèrent les bords du lavabo. Face à elle, dans le miroir, elle voyait la seconde ligne qui se dessinait à présent sur sa joue gauche. Un fil écarlate.

— Non… non…

— Madeleine ?

Le sang se mit à suinter de cette seconde plaie, tout doucement, au début, comme il l'avait fait pour la première blessure. Puis l'inéluctable douleur déferla. Elle explosa littéralement dans sa tête. Un éclair rouge, éblouissant, effaçant le monde.

Madeleine sut qu'elle ne pouvait rien faire.

Elle ferma les yeux, serra le lavabo plus fort, se plia en deux.

Quand la peau céda, elle poussa un terrible cri suraigu.

2

Bureaux de la brigade criminelle.
Neuf heures vingt du soir.

Le commandant Eva Svärta avait un sourire dangereux.

Elle allait retrouver son obsession. Son cauchemar. Son secret.

Ses talons émettaient des claquements secs et déterminés, alors qu'elle remontait l'escalier en lino noir, esquissant des saluts à ses collègues qui quittaient le bâtiment ou qui, comme elle, revenaient après dîner pour boucler leurs procès-verbaux.

Contrairement à la journée, la nuit il y avait très peu de monde dans les couloirs du 36 quai des Orfèvres. Quelques gars des stups, de la criminelle ou de l'état-major PJ. Eva connaissait la plupart des personnes qu'elle croisait, visages mal rasés, cheveux hirsutes, des dossiers sous les bras. Des autres, nouveaux venus, qu'on n'avait pas encore prévenus, elle surprenait les regards en coin, les interrogations à son passage. Elle n'avait pas besoin de les profiler pour comprendre ce qui se passait dans leur tête. Ces jeunes officiers, encore peu familiers avec la maison, se demandaient qui pouvait bien être cette étrange femme à la chevelure blanche, vêtue d'un pantalon de tailleur et d'un blouson en cuir – cette femme qui conservait des lunettes noires en plein mois de janvier et à l'intérieur du bâtiment, alors que la nuit était tombée depuis des heures. On pouvait dire que le commandant Svärta détonnait, où qu'elle se trouve.

Elle sourit en passant devant eux, comme si de rien n'était.

Arrivée à la porte de son bureau, elle constata qu'une de ces jeunes recrues, un garçon qui avait encore un visage naïf d'adolescent, persistait à la suivre du regard. En fait, c'était surtout son derrière qu'il contemplait avec un air niais de jeune coq trop sûr de lui. Voyant qu'elle l'avait remarqué, au lieu de se démonter, il lui adressa un grand sourire, et lui fit un geste de la main.

La tentation fut la plus forte.

Elle ôta ses lunettes d'un geste ample, dévoilant ses yeux écarlates d'albinos.

La luminosité des néons agressa un peu ses prunelles, mais c'était tolérable.

L'effet escompté, en revanche, fut immédiat. Une surprise quasi comique paralysa le jeune homme. Il ouvrit une bouche béante, sa main figée en l'air, ne sachant plus quoi faire.

Eva Svärta lui sourit à son tour, agitant ses lunettes en signe de salut et, dans un envol de boucles blanches, fit volte-face, claquant la porte derrière elle.

Voilà de quoi alimenter ta nuit de ragots, mon petit. Les autres auront vite fait de te mettre au parfum.

Elle n'avait pas davantage de temps à perdre avec ces bêtises.

Si elle était revenue au bureau, c'était justement pour disposer enfin d'un peu de temps à elle et pouvoir se replonger dans un dossier particulier. Un dossier qu'elle rassemblait depuis des mois, bribe après bribe, sans jamais la moindre relâche. C'était son puzzle personnel. Sa quête désespérée. Son obsession – puisque, après tout, il fallait bien l'avouer, c'en était une.

En premier lieu, elle déposa ses lunettes ainsi que sa thermos de thé sur le bureau. Elle se débarrassa ensuite de son blouson en cuir, qu'elle installa sur un cintre, puis qu'elle accrocha à la patère.

D'un rapide regard, elle examina son armoire, s'assurant que personne n'était venu fouiller dans ses affaires – une vieille déformation professionnelle. Les classeurs étaient bien alignés. Les piles de feuillets tels qu'elle les avait laissés, rangés avec une minutie rassurante. Puisqu'elle exigeait de travailler seule, l'espace qu'on lui avait alloué, et qu'elle occupait depuis près de cinq ans maintenant, était le plus exigu de tout l'étage. Situé sous les toits, dépourvu de la moindre fenêtre, ce « bureau » laissait entrer l'air glacé du dehors par la grille du conduit d'aération, et le maigre radiateur n'arrivait jamais à réchauffer tout à fait les lieux. Personne d'autre n'aurait voulu de ce placard. Eva Svärta, elle, s'y sentait totalement chez elle. Dans sa bulle, ordonnée, contrôlée. Au moins, quand elle s'enfermait ici pour étudier ses dossiers, personne ne venait l'importuner.

Son dossier, donc. Ce dossier-là.

Elle s'installa devant son ordinateur, releva l'écran et alluma la lampe verte à sa droite. Un halo de lumière chaude baigna la pièce.

Il ne lui restait qu'un procès-verbal à finir. Elle le ferait tout à l'heure.

Elle se servit une tasse de thé pendant que le dossier chargeait et que le logiciel se connectait aux différentes bases de données pour vérifier si d'autres éléments y avaient été apportés. On pouvait toujours rêver.

D'une main nerveuse, elle déposa un comprimé d'amphétamine sur sa langue, qu'elle fit descendre d'une gorgée de thé au jasmin.

Sur l'écran défilaient des procès-verbaux et des rapports d'autopsies.

Ils étaient accompagnés de photos. Eva les connaissait par cœur. Elle avait déjà parcouru ces procédures et examiné ces clichés des milliers de fois.

Et elle continuerait de le faire. Chaque jour. Jusqu'à ce qu'elle trouve. Elle continuerait ainsi.

L'amphétamine avait laissé un goût amer dans sa gorge.

Elle but davantage de thé.

Elle savait que dans la brigade – et peut-être même au-delà de la brigade – ses maniaqueries lui avaient valu le surnom de « Robocop ». L'autre jour, cet âne misogyne de Jean-Luc Deveraux l'avait même appelée ainsi devant tout le monde, déclenchant une série de petits sourires entendus. Mais elle n'y pouvait rien. Elle était comme ça. Ses bizarreries n'avaient jamais été totalement acceptées par les membres de son groupe. Son apparence – ses yeux rouges, surtout – leur faisait peur. Ce n'étaient pas ses accès de colère réguliers qui allaient faire changer d'avis ces idiots. Alors, finalement, ce surnom ne lui déplaisait pas. Il y avait « flic » dedans.

Elle avait appris que, depuis peu, on la surnommait aussi « la Vampire ». Mais, cela, elle ne l'aimait pas du tout. Les vampires, les pédophiles et autres psychopathes, elle en voyait assez défiler au cours de ses enquêtes. Elle vivait suffisamment dans leur tête. Ces monstres nés de la boue de l'humanité, qui dévoraient la société de l'intérieur, tels des cancers noirs. Elle les étudiait, elle dressait leurs profils psychologiques, jusque dans les détails les plus sordides. Elle savait ce qui se passait dans leurs cerveaux malades. Ce que leurs mains pouvaient faire avec de la corde, des armes, et de la chair humaine innocente, elle le voyait, chaque jour, sur les scènes de crime et les chariots d'autopsie.

Je ne suis pas comme eux. Ces monstres que je traque, je ne suis pas comme eux.

Ce n'est pas ce sang-là qui coule dans mes veines.

Pas ces fantasmes-là.

Jamais.

Davantage d'images.

Des murs couverts de sang.

Des corps de femmes, recroquevillées. Mutilées. Égorgées.

Au fil des mois, elle avait réussi à récolter de nombreuses photos des victimes. Des visages de jeunes femmes aux cheveux clairs. Physiquement, elles avaient été étrangement semblables. Dans la mort, elles étaient jumelles. Hormis ces points communs, les villes étaient éloignées, les histoires différentes, le mobile inconnu. Qu'à cela ne tienne. Comme chaque soir, Eva allait recommencer, elle chercherait le détail qui pouvait lui avoir échappé dans cette succession de meurtres. Il devait forcément y en avoir un.

Elle procédait ainsi depuis des mois et des mois. En vérité, elle ne progressait pas d'un pouce, mais elle refusait de lâcher. Un jour un indice nouveau, une signature, une comparaison ADN, ressortirait. C'était déjà arrivé. Oui, un jour elle trouverait une piste valable. Et elle réglerait cette histoire. Son histoire.

Les photos défilaient. Il y avait eu quinze victimes en tout. Quinze jeunes femmes arrachées à ce monde par la main d'un monstre.

À chaque fois qu'elle les voyait, elle se disait que d'autres facteurs communs allaient se dégager. Mais les adresses ne collaient pas. Les profils non plus. Les enquêtes de voisinage n'avaient rien apporté.

C'était pour ça qu'ils avaient clos le dossier.

Quoi de plus naturel, cette affaire datait tellement.

Les meurtres avaient cessé, du jour au lendemain. Le tueur ne s'était plus jamais manifesté.

Peut-être était-il mort ? Par accident, mort naturelle ou bien suicide. À moins qu'il n'ait été emprisonné entre-temps pour d'autres délits, peut-être même dans un autre pays. C'était ce que les équipes avaient fini par penser, à l'époque des faits. Cela tenait la route. Puisqu'il n'y avait plus jamais eu de victime.

Au fond d'elle, Eva était persuadée du contraire. Celui qui avait fait ça était bien vivant. Quelque part.

Même s'il avait été jeté en prison, il finirait par sortir. Et il recommencerait. Ce genre de types recommençaient toujours.

Il lui fallait donc trouver une manière de remonter sa piste.

Elle savait qu'elle y arriverait. Si elle y passait assez de temps. Si elle s'en donnait les moyens, elle finirait par *savoir*.

Un étrange pressentiment habitait en elle, lové dans son ventre. Un espoir fou. Un fantasme peut-être, et elle savait à quoi mènent les fantasmes. Mais c'était plus fort qu'elle. C'était l'histoire de sa vie. *Littéralement*, l'histoire de sa vie, sur ces photos de victimes innocentes. Sur deux d'entre elles, au moins.

— Un jour, murmura-t-elle. Un jour je le trouverai, ce salopard. Je vous le promets.

Dans la pénombre, des larmes brillèrent au coin de ses yeux.

— Je vous le promets, maman, et toi, petite sœur. Je vous vengerai. Un jour, je vous vengerai.

On frappa à sa porte et elle sursauta.

S'essuyant les yeux d'un revers de la main, elle s'empressa de refermer la fenêtre de recherche, et ouvrit au hasard un autre dossier. Des procès-verbaux défilèrent, occupant l'écran. Un règlement de compte à coups de fusils-mitrailleurs, en pleine rue. On attendait encore les résultats des analyses balistiques d'un Uzi saisi dans un appartement du XVe arrondissement. Parfait.

Elle remit ses lunettes.

— Entrez, dit-elle d'une voix grave, parfaitement maîtrisée.

3

Le lieutenant Erwan Leroy, la trentaine, silhouette athlétique, faisait partie des « beaux gosses » de la brigade. Pourtant, ce soir, son visage était cerné par une fatigue évidente, ce qu'accentuait sa barbe d'une semaine. Ses cheveux blonds, habituellement impeccables, émergeaient en mèches sales d'un bonnet noir.

Eva ricana. Une manière comme une autre de dissimuler sa gêne. Mais elle n'avait, réellement, jamais vu Leroy dans cet état.

— Erwan, entre ! lui lança-t-elle en se levant de son fauteuil. Mon Dieu, tu as une de ces dégaines.

— Qu'est-ce que tu crois, ma jolie ?

Leroy se débarrassa de son bonnet et referma soigneusement la porte avant de lui annoncer :

— Je n'allais pas planquer aux Ruisseaux en costume-cravate…

— Les Ruisseaux ?

Eva haussa les sourcils. On leur avait officiellement retiré cette affaire deux semaines auparavant. Le deal de cocaïne – la spécialité de la cité des Ruisseaux – ne les concernait plus, c'étaient les stups qui avaient été saisis pour reprendre le dossier depuis le début.

— Tu as quand même continué à planquer sans nous le dire ? Tu n'es pas un peu malade ?

— Comme si tu étais la mieux placée pour me donner des leçons, dit Leroy. Quoi qu'il en soit, j'ai eu raison.

— Raison sur quoi ?

Leroy agita les mains. Son excitation lui donnait l'air d'un adolescent.

— Ça va bouger chez Constantin. Je parie sur cette nuit.

— Chez Constantin ?

— Oui. Ses lieutenants ont défilé chez lui toute la journée. Je ne sais pas ce qu'ils trafiquent, mais c'est très chaud.

— Ça ne veut pas dire grand-chose, objecta Eva. Constantin a organisé toute la vie de sa cité comme une vraie petite société autonome, pyramidale. Ses sous-fifres le tiennent au courant de ce qui se passe en dessous, c'est tout.

— Non, je t'assure. C'était bien plus que des visites de routine. Ils avaient l'air d'être sur le pied de guerre. J'ai discuté avec quelques types. À plusieurs reprises, j'ai entendu dire que Constantin « attendait quelqu'un ». Je suis prêt à parier mon salaire que c'est ce soir.

— Tu ne sais pas de qui il peut s'agir ?

— Pas encore, non.

— Et tu ne trouves pas ça un peu vague, comme tuyau ?

— Absolument pas. Il y a des signes qui ne trompent pas. Je parierais même qu'il s'agit d'un gros bonnet. Quelqu'un qui vient d'une autre ville. Peut-être d'un autre pays. Tu veux vraiment mon sentiment ?

Eva n'était pas certaine de vouloir, mais Leroy était lancé.

— Je t'écoute, dit-elle avec un sourire maternel.

— Alors voilà. Notre ami Constantin n'a pas fait parler de lui durant ces deux dernières semaines, après notre descente et tout le tintamarre que ça a généré, d'accord ? Il sait forcément qu'on a laissé tomber, vu qu'on n'a rien pu saisir comme marchandise. Cela prouve qu'il l'avait cachée, ou qu'il s'en était débarrassé juste avant qu'on débarque. Tout le monde travaille en flux tendu, de nos jours. Il va bien falloir qu'il refasse ses stocks. Et là, subitement, il convoque tous ses hommes de main, toute la cité est en effervescence. Même les gosses sont sur les dents. Que penses-tu de ça ?

— Que Constantin n'est pas mon ami, premièrement. Et, deuxièmement, qu'il nous a toujours roulés dans la farine. Cette fois ne sera pas différente des autres.

— Tu es négative.

Eva s'assit au bord de son bureau et baissa ses lunettes noires sur son nez, laissant apparaître ses étranges yeux rouge sang, aux pupilles déjà considérablement dilatées par les amphétamines.

— Je suis réaliste, Erwan. Et pourtant, tu sais à quel point je souhaite que ce pourri tombe. Il nous nargue depuis des années. Dans sa cité, c'est comme s'il était intouchable.

C'était la vérité. Ismaël Constantin, un Nigérien quinquagénaire qui avait été parachuté de nulle part une dizaine d'années plus tôt, abreuvait maintenant la moitié de la ville d'une blanche particulièrement pure. Cette saleté était responsable d'au moins une centaine de décès par overdose. Le problème, c'est qu'il avait toujours réussi à échapper à la justice. Il n'avait même jamais eu la moindre amende de stationnement. Deux semaines plus tôt, leur dernière tentative s'était soldée – comme les précédentes – par un cuisant fiasco, avec un bilan de deux flics blessés par des jets de pierres, un véhicule démoli par la chute d'une gazinière jetée du balcon d'un immeuble, et strictement zéro trace de produit stupéfiant sur les interpellés. Constantin avait été prévenu, cette fois encore, et cela pouvait continuer encore longtemps. Il y avait une taupe parmi eux, c'était la seule explication possible.

Jusqu'à ce qu'on arrive à déterminer l'origine de ces fuites, toutes les équipes de la criminelle étaient dessaisies de l'affaire. Le commissaire avait été très clair à ce sujet. Aucun d'entre eux n'avait le droit de poursuivre les investigations touchant de près ou de loin à Ismaël Constantin.

C'était mal connaître l'opiniâtreté de Leroy.

Le jeune lieutenant en avait fait une affaire personnelle. Eva était très mal placée pour le juger. Elle-même enquêtait dans le plus grand secret, en marge de ses dossiers officiels. Alors, non, elle ne pouvait pas lui jeter la pierre. Mais cela ne voulait pas dire qu'elle devait à tout prix l'encourager dans sa croisade.

— Il faut que tu me fasses confiance. Cette fois, on peut le faire tomber. Constantin ne s'y attend pas.

L'albinos soupira.

— C'est ce qu'on croyait la dernière fois, Erwan. Tu le sais très bien. Il y a un enfoiré qui le tuyaute. Sois sûr que Constantin était au courant de notre opération avant même que le chef ne la valide. Et ce sera le cas cette fois encore.

— Oui, admit Leroy. Et c'est précisément ce qu'on va éviter.

— Tu ne lâches jamais, hein ?

— Jamais.

— Tu ne penses pas que des hommes de Constantin auraient pu te reconnaître et, justement, te refiler des bobards en guise d'informations ?

— Aucun risque, ce n'étaient pas des informations à proprement parler. J'ai discuté de la pluie et du beau temps avec des bonshommes, c'est tout. Mais j'ai beaucoup écouté. J'ai surpris des bribes qui ne m'étaient pas destinées. Des rumeurs, des choses murmurées. Je peux t'assurer que *personne* dans la maison n'est au courant, à part moi.

— Et, à présent, moi, dit Eva.

— Je choisis toujours la partenaire la plus sexy. Question de standing.

Eva croisa les bras d'un air digne.

— Ton charme ne joue pas sur moi, dit-elle, avec un sourire qui démentait cette affirmation.

— On ne peut pas savoir tant qu'on n'a pas essayé, non ?

Même hirsute et épuisé, il savait rester touchant. Pas étonnant que toutes les filles craquent pour lui.

— On parle bien de Constantin, n'est-ce pas ?

— De quoi croyais-tu qu'on parlait ? répliqua-t-il avec un sourire sardonique.

— Tu as besoin de quoi au juste ?

— Juste de retourner sur place, et d'y rester jusqu'à la rencontre. Identifier tout le monde. Rassembler des preuves, pour une fois. Tu sais que je le ferais seul si c'était possible, mais c'est trop dangereux.

Dangereux. Ce mot envoya une onde dans le ventre d'Eva.

Elle secoua la tête.

— On n'aura pas l'autorisation en si peu de temps. Le chef a été clair à ce sujet.

Leroy s'illumina d'un sourire.

— Bien sûr qu'on n'aura aucune autorisation. Pourquoi crois-tu que c'est toi que je suis venu voir ?

Pas ce sang-là qui coule dans mes veines.

Jamais.

4

Neuilly-sur-Seine.

— Madeleine ?

Jonathan Reich tambourina contre la porte de la salle de bains.

— Par pitié, chérie, ouvre-moi.

Le silence seul lui répondait.

Jonathan n'avait jamais été confronté à un tel événement et il ne savait pas comment réagir. Madeleine avait semblé comprendre ce qui se passait. Madeleine avait *toujours* été capable de maîtriser les situations de crise, quelle que soit leur gravité. Elle avait surmonté la mort de sa mère, puis de son père, sans verser une larme. Au quotidien, elle envoyait des armées de détectives privés fouiller la vie de ses grands ennemis, remuer le lisier sous la surface. Elle déclenchait des scandales qui mettaient ces hommes et ces femmes de pouvoir à genoux, et quand leur dernière heure arrivait, quand leur empire s'effondrait, elle n'avait plus qu'à racheter leurs actions et leurs entreprises à un prix dérisoire. Elle passait même pour une sainte, en faisant cela, car elle remettait ces entreprises sur pied et les revendait… empochant au passage des dividendes colossaux. Jonathan n'était pas dupe. Il avait toujours senti cette force destructrice qui émanait d'elle. Et malgré tout, il l'aimait, il était dingue de cette femme. Madeleine avait changé sa vie. Sans elle…

Il ne souhaitait pas penser à ce qu'il serait sans elle.

Il considéra son téléphone portable, dans sa main. Devait-il passer outre à l'ordre de Madeleine et appeler quand même les pompiers ? Elle était blessée, après tout. Il ne comprenait pas comment cela avait pu arriver, mais sa femme s'était bel et bien tailladé le visage. Tout ce sang…

— Madeleine, si tu ne réponds pas, je vais chercher des secours. Tu entends ?

Toujours le silence.

Quelques minutes auparavant, les cris qu'elle avait poussés avaient été horribles, puis ces cris s'étaient éteints, remplacés par des sanglots. Madeleine *pleurait*. Il n'avait jamais, au grand jamais, vu sa femme manifester le moindre signe d'émotion, même dans l'abri de leur couple. Madeleine était comme ça. Dans le quartier de Marseille où il avait grandi, un des truands latinos qui rackettait les commerces avait un tatouage en belles lettres gothiques qui l'avait beaucoup marqué, enfant. Ce tatouage proclamait : « Ris maintenant, pleure plus tard. » C'était le genre de leçon de vie que Madeleine avait apprise par cœur. Il songea de nouveau à la mort de ses parents. Sa mère et son père arrachés à la vie de manière abrupte, à un an d'intervalle l'un de l'autre. Si Madeleine avait pleuré, cela avait été dans le secret de sa propre intimité, loin de tout regard extérieur.

Ris maintenant, pleure plus tard.

— Madeleine ! cria-t-il.

Il donna un coup de pied dans la porte, puis un autre, et, la voyant qui tremblait sur ses gonds, il finit par reculer. Il allait défoncer cette porte, voilà ce qu'il allait faire. Il *fallait* qu'il sache ce qui se passait là-dedans. *Quelque chose* était en train d'arriver à sa femme. Quelque chose de terrifiant et d'incompréhensible. Il fallait qu'il sache ce que c'était, et tout de suite.

Il s'élança.

Son épaule droite frappa la porte de tout son poids. La douleur éclata dans sa colonne vertébrale.

— Merde !

Il tituba en arrière, bien décidé à ouvrir cette satanée porte, et allait se précipiter à nouveau quand il entendit le verrou tourner.

— Madeleine ?

La porte s'entrouvrit. Madeleine recula, à l'intérieur de la salle de bains. Il aperçut sa silhouette qui s'aspergeait le visage, et il vit de l'eau rose qui s'écoulait entre ses doigts.

— Mon Dieu…

C'était pire que ce qu'il avait imaginé.

— … Que t'est-il arrivé ?

Madeleine se redressa. Ses cheveux blonds tombaient en boucles devant ses mutilations – mais d'où venaient-elles ? Elle se tourna vers lui et ouvrit la porte en entier. Son regard bleu acier était grave. Ses lèvres pincées, comme à chaque fois qu'elle réfléchissait. De sa main droite, elle releva les mèches de ses cheveux et les fit passer sur sa nuque. Et Jonathan aperçut sa femme comme il ne l'avait jamais vue. Son chemisier ouvert avait glissé, dévoilant ses épaules marquées de taches de rousseur, et le haut de son tatouage en forme d'étoile sur son sein gauche. Son corps semblait plus jeune, sa peau plus luisante, sans doute à cause de l'humidité qui la recouvrait – les gouttes d'eau ruisselaient sur son cou et couraient le long de ses bras nus.

Mais l'horreur de ces plaies…

— Ne t'inquiète pas. C'est fini, dit-elle.

En effet, le fait de passer son visage sous le jet du robinet avait nettoyé ses entailles. Celles-ci ne s'étaient pas fermées, mais au moins elles ne saignaient plus – presque plus.

Jonathan tressaillit.

Ses *deux* entailles.

Madeleine en avait bien deux, à présent. Une de chaque côté du visage, le long de ses joues. Jonathan n'avait jamais vu de plaie aussi profonde de sa vie. On aurait dit qu'une hache avait frappé le visage de sa femme. Il réalisa qu'il apercevait la mâchoire en dessous, le blanc de l'os, des tendons.

Quelle horreur, songea-t-il.

— Que…

— Ne me pose pas de question, dit Madeleine à voix basse en sortant de la salle de bains. J'ai besoin de réfléchir.

Elle emprunta le couloir pour revenir au salon. Son mari lui courut après, le cœur battant.

— Pas de questions ? Tu te fous de moi ?

Madeleine fit halte, l'air excédé, et Jonathan, comme il l'avait toujours fait, baissa la tête.

— Merci, dit-elle.

Elle reprit son pas. Elle avait retrouvé son aplomb. C'était toujours la femme dont il était tombé amoureux. La chef d'entreprise inflexible, capable d'aller affronter les géants chinois sur leur propre terrain et de revenir avec leurs tripes dans les mains. Mais une Madeleine transformée. Blessée.

— Je ne sais pas ce qui s'est passé, dit-elle enfin, quand elle arriva devant le fauteuil en cuir.

Le fauteuil faisait face à la baie vitrée. Elle s'y installa en prenant son temps, indéchiffrable.

— Il te faut des soins tout de suite, osa dire Jonathan.

— Ce qu'il me faut, c'est un verre.

Elle chercha une cigarette et l'alluma. Sur sa joue, quelques gouttes de sang perlèrent.

— Glenfiddich, ajouta-t-elle.

— Oui, oui, dit Jonathan en sortant de sa léthargie.

Il ouvrit le placard, saisit la bouteille de whisky, emporta deux verres en cristal et les remplit nerveusement. Il lui en tendit un, avant d'avaler le sien cul sec.

— Comment t'es-tu fait ça, Madeleine ? Tu dois me le dire.

Elle trempa ses lèvres dans son verre.

— Je dois savoir, insista Jonathan.

Madeleine cligna des yeux, comme si elle prenait conscience de sa présence – et que cette présence était importune. Elle grimaça tandis que le filet d'alcool glissait dans sa gorge. Elle resta une minute ainsi, sans bouger, sans parler, observant son verre, et la baie vitrée devant elle.

Au-dehors, l'obscurité était totale.

Elle soupira.

— Oui, je sais.

— Tu vas me le dire ?

— Oui.

Elle posa sur lui son regard bleu acier.

— Allume les lumières extérieures, s'il te plaît.

— Euh, oui, dit Jonathan en traversant la pièce.

Un instant plus tard, des lumières bleutées s'illuminèrent au ras des massifs, baignant le parc de leur hôtel particulier d'une aura spectrale. Il y avait un peu de brume, et des éclats de gel sur les statues. Plus loin, on apercevait les lueurs des réverbères le long des boulevards.

Jonathan revint et se resservit un verre, qu'il but tout aussi vite que le premier.

Il attendit.

— Ce sont de vieilles blessures, dit enfin Madeleine.

Il la regarda sans rien dire.

— Je les ai toujours eues, ces cicatrices infamantes. Elles ne m'ont jamais quittée.

Jonathan secoua la tête.

— Je ne sais pas ce que tu essaies de me dire, mais ne me raconte pas de bêtises, s'il te plaît. Tu n'as jamais eu de blessures pareilles. Tu es…

Il hoqueta.

— Tu es *défigurée*, Madeleine. Si ça s'infecte…

— Cela ne s'infectera pas. Je me doutais que quelque chose allait arriver. Dans mon cœur, je le savais.

— Comment cela ?

— J'en ai rêvé.

— Que veux-tu dire ?

— Que les rêves sont des territoires de lucidité, Jonathan. Bien plus que nous n'osons nous l'avouer.

Elle serra les dents. Jonathan vit le mouvement des zygomatiques dans les failles béantes. Un filet de sang reprit, glissant sur les tissus violets de sa joue. Jonathan frissonna malgré lui. Quelque part au fond de lui, il trouvait ce visage mutilé... étrangement attirant.

— De quel genre étaient ces rêves ? grogna-t-il pour s'arracher à la fascination.

— Les rêves dans lesquels il n'est pas bon de s'aventurer. Les cauchemars aux griffes tranchantes. Toutes les choses que je désirais tant oublier. Mais la chair n'oublie pas... ce genre d'événement...

Elle porta son verre de whisky à ses lèvres.

— Comme ces blessures ? relança son mari, qui ne comprenait toujours rien.

— Oui. Comme ces blessures-là. On me les a faites il y a longtemps. Je croyais ne jamais avoir à revivre ça. Cette douleur. Cette humiliation. Il semble que je me trompais...

Elle rejeta la tête en arrière, plongée dans ses souvenirs. Et ces souvenirs étaient désagréables. Ils la tiraillaient sous sa peau comme des crochets.

Elle secoua la tête.

— J'ai eu recours... à la chirurgie. C'était avant que l'on se rencontre.

— La vie dont tu ne veux pas me parler.

— La vie que tu n'as pas à connaître.

Elle tendit son verre vide et il la resservit.

— Et ces plaies réapparaissent ?

— Comme tu es perspicace.

Jonathan secoua la tête.

— Ne fais pas ça avec moi, Madeleine. Ce qui arrive est grave. En fait, ce qui arrive est impossible. Une opération de chirurgie ne peut pas lâcher de cette manière, après tant d'années ! On n'a jamais vu ça !

Madeleine sourit – dévoilant les secrets de sa mâchoire, dans ses entailles, et Jonathan détourna vivement la tête.

— Tu as raison, on n'a jamais vu ça. C'était une opération particulièrement audacieuse. De l'avis de tous les médecins, il était impossible de masquer ces mutilations, les plaies étaient bien trop profondes. La lame…

Elle inspira, le regard dans le vague.

— La lame qui m'a fait ça avait tranché trop profondément dans ma chair, oui. Mais pourtant, j'ai réussi à les faire disparaître, n'est-ce pas ? Personne ne s'en était rendu compte. Pas même… toi…

Jonathan hocha la tête. Lui comme les autres, oui. Il avait embrassé les joues de sa femme durant toutes ces années. Il les avait caressées, sans jamais déceler la moindre trace d'une cicatrice, et encore moins d'une opération de chirurgie esthétique.

— Mais alors, que se passe-t-il ?

Madeleine resta le regard flottant. Elle observait le parc, les allées, jusqu'aux grilles, où les volutes de brume bleue se prélassaient.

— Je ne sais pas, Jonathan.

Elle lui mentait. Il le savait. Elle savait qu'il savait, et elle s'en moquait.

— Peut-être ai-je fait une erreur, murmura-t-elle.

— Quelle erreur ?

— J'ai essayé de contacter quelqu'un. Un vieil ami.

— Je le connais ?

Madeleine sourit. Déplacement des muscles rouges.

— Non, tu ne le connais pas. Il s'appelle Ismaël. C'était un ami… d'avant…

— Dans ton ancienne vie, soupira Jonathan.

— Oui. Mon ancienne vie.

— Pourquoi as-tu appelé ce type ? Ce… Ismaël ?

— Je voulais savoir s'il faisait des rêves lui aussi.

— Et alors ?

— Il a refusé de me le dire.

Pour la première fois, Jonathan Reich reconnut quelque chose dans la voix de sa femme qu'il aurait cru ne jamais entendre de sa vie.

Il entendait de la peur.

Une peur profonde et sauvage.

5

Les Ruisseaux.
Onze heures du soir.

La cité se trouvait juste de l'autre côté du périphérique : de hautes barres d'immeubles boursoufflées de paraboles, des zones industrielles en friche, des poubelles renversées, des façades entièrement taguées et des adolescents roulant en minimotos, sans casque, sans éclairage. Eva ne put s'empêcher de penser à la célèbre phrase de Dante, *Vous qui entrez ici, abandonnez tout espoir…*

Elle déglutit.

La Mégane banalisée roulait au pas, glissant d'un rond-point vers le suivant.

Leroy fit halte pour laisser passer un chien pelé, errant, transi de froid.

La mission qu'il s'était fixée n'avait rien d'officiel. Ils devaient garder en tête qu'ils n'étaient absolument pas supposés se trouver ici. Si la situation dérapait, si *quoi que ce soit* tournait mal, ils ne pourraient compter que sur eux-mêmes.

Bizarrement, Eva ne pouvait s'empêcher de trouver cette idée grisante.

Nouvelle déglutition. La tête ailleurs. Comme toujours, ces derniers temps. Elle serra les poings dans les poches de son blouson, tout en baissant imperceptiblement le menton pour que le rideau de ses cheveux blancs retombe devant son visage, sur ses lunettes noires.

Leroy, au volant, avait remis son bonnet, et il affichait un air grave. Lui ne trouvait pas la situation grisante du tout. Mais il s'était juré de faire tomber Constantin, il irait jusqu'au bout. Il était jeune, il croyait en un idéal de justice et était encore prêt à en découdre avec le monde entier. Eva espérait qu'il ne perdrait pas ses illusions trop vite. Pas comme tous les autres…

— On y est presque, murmura-t-il.

Il remonta une rue déserte où tous les lampadaires avaient été brisés. Sur la rue et les trottoirs, une brume légère serpentait. De petites paillettes de givre scintillaient.

À un croisement, ils dépassèrent la carcasse calcinée d'une voiture, qui avait été incendiée lors de leur dernière descente, deux semaines auparavant.

— Tu as vu ça ? Elle n'a toujours pas bougé. La mairie a bien essayé de la faire enlever, mais les agents se sont pris des jets de pierres. Je suppose qu'elle va rester là un bout de temps…

Eva hocha la tête. Ce n'était pas un secret, plus aucun flic ne s'aventurait dans ce genre de quartiers, où tout représentant de l'État, quel qu'il soit, se retrouvait systématiquement insulté, agressé, caillassé. La plupart des jeunes qui grandissaient ici ne quitteraient jamais l'enceinte de cette cité. C'était un monde parallèle, replié sur lui-même, avec son économie bien particulière. Il n'était pas rare que les trafiquants transportent des fusils à pompe avec eux. Et encore, ceux-là étaient les plus petits. Les gros caïds, eux, étaient autrement équipés, on entrait dans la catégorie des armes de guerre…

Elle se rendit compte que ce genre de pensées l'emplissait d'une excitation étrange, et elle en éprouva aussitôt de la honte.

Est-ce possible que tu sombres à ce point ? réalisa-t-elle. *Qu'il n'y ait plus que le danger qui soit capable de te faire réagir ?*

De te faire oublier cette obsession ?

Ce n'était pas le moment de penser à ça. Son obsession attendrait. Bien à l'abri dans son ordinateur. Pour l'instant, il lui fallait se concentrer sur leur objectif. Elle devait rester très attentive à ce qui se passait ici. Mine de rien, ils n'étaient pas en sécurité.

Elle vérifia que son Beretta était chargé, puis le glissa dans l'étui à sa ceinture.

Reste flic. C'est ce que tu fais de mieux.

C'est la seule putain de chose que tu sais faire.

Après tout, elle était là pour donner un coup de main à son collègue. Un coup de main hors cadre procédural, certes, mais s'il se passait effectivement quelque chose dans cette cité, cette nuit, cela ne pourrait que faire avancer le dossier à charge de Constantin. Qui pourrait le leur reprocher, après l'humiliation que leur avait fait subir le Nigérien ?

— C'est ici.

Leroy gara la voiture au bord du trottoir, à côté d'un muret surmonté d'une clôture grillagée verte. Il éteignit les phares. Coupa le moteur. Vérifia que les portières étaient bien verrouillées. Eva ne put s'empêcher de remarquer à quel point il était nerveux. Elle le voyait à mille détails infimes, les cillements trop rapides de ses paupières, la raideur de sa nuque, ou ses mains qui se crispaient sur ses cuisses, les ongles enfoncés dans son jean.

— Tu es à bout de forces, lui dit-elle.

— Ça ne sera pas long, éluda-t-il en sortant une minuscule caméra numérique. Tu es avec moi, hein ?

Eva souffla sur ses mèches blanches pour les chasser de devant son nez. Elle aussi était plus nerveuse qu'elle ne l'aurait souhaité.

— Bien sûr, Erwan.

Tandis qu'il allumait l'appareil, elle observa attentivement la rue, cherchant à s'imprégner de son ambiance, de ses vibrations. Sa capacité d'empathie naturelle, exacerbée, lui avait déjà sauvé la vie de nombreuses fois. C'était sa façon de travailler. Sa façon bien à elle de réfléchir, d'analyser. Quand elle se sentait dans la peau des autres. Qu'elle pouvait anticiper leurs actions.

Ce qu'elle éprouvait ici était particulièrement déprimant.

De rares voitures abîmées, des palissades à moitié démantelées qui faisaient un jeu d'ombres et de lumières. En contrebas, à une centaine de mètres de la voiture, se dressaient les barres d'immeubles de la cité, les graffitis sur leurs façades s'élevant jusqu'au dernier étage – c'était à se demander comment ceux qui faisaient ça arrivaient à se hisser si haut. Tout le long du trottoir, des poubelles avaient été systématiquement renversées, et des détritus jonchaient l'asphalte. Elle aperçut aussi, au bout de la rue, une sorte de petite place, où des adolescents avaient mis le feu à quelque chose. *Un container à ordures*, supposa-t-elle. Les flammes montaient à plusieurs mètres de hauteur. Autour d'elles, une dizaine de garçons à la peau noire, vêtus d'anoraks et de bonnets, qui parlaient fort et avec une grande animation. À la lueur rougeâtre des flammes, leurs visages juvéniles revêtaient déjà une étonnante dureté. Eva sentit leur violence, à fleur de peau. *La loi de la rue*. Ou, autrement dit, *la loi du plus fort*.

— L'appartement de Constantin est juste là-bas, lui indiqua Leroy.

Elle se tourna vers les HLM qui s'élevaient à quelques centaines de mètres derrière les palissades.

— Quelle tour ?

— La première, de l'autre côté du parking. Il habite au dernier étage. Il a acheté les deux seuls appartements qui s'y trouvent pour ne pas avoir de voisins de palier. Bien sûr, la quasi-totalité des gens vivant dans cet immeuble travaillent pour lui. Nourrices, guetteurs, rabatteurs… une économie parfaitement organisée.

L'immeuble en question était le plus haut du quartier. Eva compta douze étages, avec des coursives extérieures, encombrées de matelas et de meubles, longeant chaque niveau. Des stores clos, des balcons surchargés de paraboles de toutes tailles. Ici, les gens ne vivaient pas. Ils se terraient. Ils subsistaient. Eva ne put s'empêcher de se demander jusqu'à quel point on pouvait vivre ainsi. Avant de craquer. Totalement. Définitivement.

De la buée se formait sur les vitres de la voiture.

— Merde.

Leroy tourna la clef de contact d'un cran et relança la climatisation.

— Fais attention, il y a un guetteur juste là-bas, le prévint la policière.

D'un geste du menton, elle indiqua la devanture éclairée d'une épicerie, un peu plus loin dans la rue. Derrière les étals de fruits et les piles de valises en plastique multicolores, un enfant tenait la caisse. Il jouait avec son téléphone portable mais levait régulièrement les yeux pour observer la rue à travers la vitrine du magasin.

Le procédé était courant. Et très efficace. Au moindre mouvement suspect, l'enfant préviendrait les trafiquants. Il lui suffirait d'envoyer un texto. Il devait être bien entraîné. Et très bien rémunéré pour ce travail.

Leroy hocha la tête.

— Pigé. Mais il est loin. Si on ne sort pas de la voiture, il n'y a pas de risque qu'il prévienne les autres. Depuis la tour, personne ne nous remarquera. Nous, en revanche, on a une bonne vue sur le parking. On va filmer les allées et venues, d'accord ?

— Pas de problème, dit Eva.

Du coin de l'œil, elle sentit une présence qu'elle n'avait pas vue approcher, glissant comme une ombre sur le trottoir d'en face.

Elle se tourna pour voir de qui il s'agissait.

Le trottoir était désert.

Elle fronça les sourcils.

Du bout des doigts, elle baissa ses lunettes. La luminosité était assez faible pour qu'elle puisse s'en passer. Elle cala ses boucles blanches derrière ses oreilles et observa attentivement.

Mais non. Il n'y avait personne. Juste un mur recouvert d'inscriptions démesurées.

L'espace d'un instant, elle avait pourtant cru…

— Je crois que je suis fatiguée, moi aussi, soupira-t-elle.

Elle se retourna et tendit la main vers la banquette arrière, tâtonnant à la recherche de sa thermos.

— Tu veux du thé ?

— Avec plaisir, répondit Leroy.

Elle trouva la forme dure de la thermos, et la retira de son sac.

Quand elle releva la tête, son regard se posa sur la vitre arrière.

Et, cette fois, elle le vit.

Elle crut que le monde cessait de tourner d'un coup. Que le temps se figeait et que son cœur explosait en mille morceaux dans sa poitrine.

L'homme se tenait derrière la voiture, à côté de la palissade.

Il était grand, vêtu d'une veste d'écailles scintillant de mille feux, un chapeau en feutre vissé sur sa tête. Des mèches blanches de vieillard s'en échappaient, en corolle sur sa nuque.

Il portait des lunettes noires.

C'était lui.

Ce n'était pas possible, elle le savait très bien, mais pourtant il était là, l'observant. Son obsession. Son secret. Ses souvenirs rouges qui la réveillaient la nuit, quand il venait la retrouver dans ses cauchemars. *Cet homme-là.*

— Pas possible, murmura-t-elle, s'apercevant à peine qu'elle venait de lâcher la thermos entre les sièges.

Elle l'avait traqué partout, dans les P-V, les rapports, les enquêtes de voisinage. En espérant qu'un jour elle croiserait sa route de nouveau. Et qu'elle saurait le reconnaître.

Mais, même sans voir son regard – son regard rouge, comme le sien –, elle le reconnaissait. Elle savait au fond de ses fibres que c'était lui. Comme elle l'avait toujours su.

— Eva ? fit Leroy, d'un air inquiet. Il y a un problème ?

La rêverie fut brisée.

Eva tourna la tête vers lui, le souffle coupé.

— Lui !

Elle regarda de nouveau.

Il n'y avait plus personne.

— Quoi ?

— Il était là ! C'était lui !

Leroy jeta un regard au rétroviseur.

— La rue est déserte, Eva.

— Mais j'ai vu… j'ai cru voir…

Elle haletait. Sa poitrine était comprimée par la panique. Des milliers d'hypothèses traversèrent son cerveau. Elle savait ce que cela voulait dire. Ses fantômes avaient fini par la dévorer, la consumer tout à fait, comme son psy lui avait dit que cela arriverait. Ce n'était plus une simple angoisse, le traumatisme de son passé était davantage que cela. Il était devenu un poison, une hantise absolue. Le genre de psychose qui finissait par vous brûler la tête.

Qui vous faisait voir des choses qui n'existaient pas.

Des hallucinations.

C'était exactement ce qu'elle venait d'avoir. Comme elle en avait eu toutes ces années. Quand elle voyait sa sœur morte partout où elle posait les yeux. *Une hallucination*.

Ou peut-être pas.

— Qui ? Tu as cru voir qui ?

Eva ouvrit la bouche, et la referma. Elle ne pouvait le lui dire. C'était son secret. Son secret terrible. Si elle lui disait de qui il s'agissait, il faudrait tout lui expliquer. Et, ça, c'était impossible.

Elle remonta la fermeture de son blouson sur son pull.

— Qu'est-ce que tu fais ? s'inquiéta Leroy.

Il posa sa main sur son épaule.

— Tu ne vas pas sortir ?

— Erwan, je…

Eva sentit qu'elle manquait d'air. Elle regarda dans le rétroviseur. Il n'y avait que la nuit. Le brouillard qui nimbait le trottoir. Les flammes qui s'élevaient de la poubelle dessinaient des fantômes aveuglants, qui la forçaient à plisser les yeux. Elle ne pouvait pas bien voir de l'intérieur de la voiture.

Et si c'était vraiment l'homme qu'elle cherchait ?

Si c'était lui ?

Après tout ce temps…

— Je suis désolée. Je dois absolument vérifier. Cela ne me prendra qu'un instant.

Elle ouvrit sa portière.

— Non ! lança Leroy, impuissant, alors qu'elle s'extrayait du véhicule.

Il essaya de la retenir mais elle était déjà dehors. Elle claqua la portière et se trouva seule au milieu de la rue couverte de givre.

Il n'y avait aucune trace de l'homme qu'elle avait cru voir, que ce soit d'un côté ou de l'autre.

En revanche, l'enfant derrière la vitrine de l'épicerie cessa de s'intéresser à son jeu et posa le front contre la vitre. Du plat de son pouce, il compulsait son téléphone mobile sans même regarder l'écran. Eva sut qu'il venait de donner l'alerte.

La vitre de la voiture descendit. Leroy se pencha pour l'appeler à voix basse.

— Remonte, avant qu'on attire l'attention.

— Juste un instant.

— Mais enfin, dis-moi ce qui se passe !

Eva en était incapable. Elle regarda les grillages verts qui menaient au parking de la barre d'immeubles, se posant mille questions. Et si l'homme s'était glissé de l'autre côté ? Il y avait tellement de zones d'ombre. Quelqu'un pouvait très bien s'y dissimuler.

Elle fit quelques pas vers le parking, ses talons résonnant sur l'asphalte.

Sa respiration dessinait des volutes de vapeur devant sa bouche.

Il y avait en effet un interstice dans la clôture – un vieux passage découpé à la scie – à l'endroit où s'était tenu l'homme.

De l'autre côté, en bas d'un dénivelé de béton craquelé, s'étendait le parking du HLM, plongé dans l'obscurité.

— Eva !

La voix de Leroy était emplie d'une angoisse subite.

— On est repérés. Tu es contente ?

En effet, les adolescents qui se trouvaient autour de la poubelle incendiée avaient cessé leurs discussions. Ils la dévisageaient, immobiles. Leurs yeux brillaient comme des étoiles sur leurs visages d'encre.

— Reviens, insista Leroy. On s'arrache tout de suite avant de s'attirer des problèmes.

Eva se tourna vers l'ouverture dans la clôture. Ce passage qui menait au parking, au pied de l'immeuble. Cette voie qu'avait peut-être empruntée l'homme, son secret, son cauchemar.

Il lui suffirait d'un instant pour savoir.

Un simple coup d'œil.

Elle se hissa sur le muret qui bordait le trottoir, se faufila dans l'interstice du grillage et passa de l'autre côté. Ses talons claquèrent de plus belle sur le béton tandis qu'elle se hâtait vers le parking.

À l'autre bout de la rue, un des jeunes garçons fit un geste du menton et s'éloigna des flammes. Ils le suivirent tous, formation silencieuse remontant la rue vers la voiture où se trouvait Leroy.

6

Elle s'était peut-être trompée, après tout. Le parking, noyé dans les ténèbres, semblait désert. Les vitres des voitures garées en épis brillaient d'un éclat froid. Entre leurs roues stagnait le brouillard, silencieux, complice.

Aucun individu aux cheveux blancs.

Aucun fantôme de son passé.

Eva avança pourtant, main posée sur la crosse du Beretta à sa ceinture, aux aguets. Ses pupilles étaient naturellement hypersensibles, elle n'avait par conséquent aucun mal à scruter l'obscurité entre les véhicules. Elle devina un chat, famélique, tapi contre une roue. L'animal ne bougea pas à son passage.

Elle savait qu'elle ne disposait que de très peu de temps. Le groupe de jeunes ne tarderait pas à remonter pour voir ce qui se passait ici. Et ensuite…

Il n'y avait aucune trace de l'homme qu'elle avait vu – qu'elle avait cru voir.

Tu as tout imaginé. Tu débloques, c'est la seule explication.

Elle se mordit la lèvre, sentant la rage monter, après l'espoir fou, et inspira une grande bouffée d'air glacial qui tétanisa ses poumons. Le béton, couvert d'étoiles de givre, était particulièrement glissant. Ses talons dérapaient à chaque pas, il lui fallait se concentrer pour conserver son équilibre.

Elle continuait d'observer les voitures, guettant le moindre mouvement. En vain.

Elle s'approcha de l'entrée de l'immeuble à pas lents.

La porte du hall était défoncée, le verre brisé répandu tout autour en une flaque scintillante de petits débris carrés. Pour une raison étrange, ce hall, ce gouffre noir dans le ventre de l'immeuble, l'attirait, irrésistiblement.

N'y avait-il pas une respiration, dans les ténèbres ?

— Et merde. Ça suffit, le délire, grogna-t-elle pour elle-même.

Elle avait conscience d'être ridicule. Elle en tremblait de frustration.

Elle soupira – nuage devant son visage – et agita nerveusement ses cheveux. Quelque chose la dérangeait. Quoi ? Ce n'était pas l'odeur d'urine qui se dégageait de cet endroit, celle-ci était commune à tous les halls d'immeuble. *Le silence.* Les fenêtres closes du HLM ne laissaient filtrer aucun bruit. Pas d'explosions de jeux vidéo, pas de sons tonitruants de programmes télé. Elle observa les coursives, lignes noires et grises le long de la façade. Désertes.

Il n'y avait aucune présence suspecte, aucune respiration.

Ce silence pesant, comme dans l'attente – mais l'attente de quoi ? –, la perturbait. Elle avait beau tendre l'oreille, elle ne percevait aucun bruit de pas dans l'escalier. Les bourrasques de vent sifflaient, soulevant davantage de relents d'urine, et c'était tout.

Un coup de klaxon la fit sursauter.

Plus le temps. Elle se retourna pour revenir sur ses pas, et constata avec un certain pincement au cœur que la petite bande avait encerclé la voiture de Leroy. Ces garçons étaient au moins une dizaine, ils parlaient fort et n'étaient certainement pas majeurs. Ils avaient commencé à tourner comme une meute autour de la Mégane. L'un d'eux posa ses mains sur le capot. Eva l'entendit vociférer des choses, un flot d'insultes. Un autre se mit à taper sur le toit de la voiture avec le plat de la main. À l'intérieur, Leroy leur ordonnait de s'en aller, de lui foutre la paix, mais cela ne faisait qu'exciter la violence latente de ces garçons. Davantage d'insultes s'élevèrent dans la nuit. Les coups sur le capot se firent plus forts.

Ils devaient partir d'ici tout de suite. Avant que la situation ne dérape.

Un des garçons, celui qui semblait être le chef du groupe, bondit sur le muret et s'agrippa au grillage vert. Immobile, il observa Eva en contrebas. Il avait une peau aussi noire que du charbon, sous son bonnet griffé Nike, et le blanc de ses yeux ressortait dans l'ombre : deux cercles lumineux.

— Hé ! cria-t-il d'une voix haut perchée. Toi ! Tu t'es perdue, ou quoi ?

Il se tourna vers ses camarades en faisant un grand geste.

— Vous le croyez, ça ? Il y a une pute, là en bas ! Une pute qui se promène chez nous !

Eva fit glisser son arme hors de son étui. Son cœur battait trop fort. Elle sentait très bien que ses sensations étaient émoussées. Cela faisait des mois qu'elle se laissait aller, et là, si elle ne réagissait pas comme il le fallait…

— C'est la police ! cria-t-elle aussi fort qu'elle le put.

— De quoi ? De quoi tu me causes ?

Le garçon se faufila dans l'interstice de la palissade, immédiatement suivi par plusieurs de ses camarades.

— C'est la police ! répéta Eva. Arrêtez-vous !

— C'est quoi ce putain de délire ? Qu'est-ce que tu nous veux, hein ? Qu'est-ce que tu viens nous embrouiller ?

Ils étaient quatre, descendant le petit chemin vers le parking, leurs regards brillants braqués sur elle. Par réflexe, ils avaient remonté les fermetures de leurs vestes et anoraks pour masquer leurs visages. La violence qui émanait d'eux était intense, une aura palpable, toxique. Ce n'était pas une attitude de parade. Ces gosses étaient des bêtes sauvages. Ils voulaient du sang. Leur chef avait décidé. Ce serait le sien.

Elle leva son Beretta bien en évidence.

— Ça suffit, arrêtez-vous là où vous êtes ! TOUT DE SUITE !

Les quatre adolescents ralentirent, hésitèrent.

— T'es juste une pute, ouais ! cria le jeune chef. Qu'est-ce que tu fous chez nous, pute de condé ?

Il se baissa pour ramasser quelque chose sur le sol.

— J'ai dit de ne plus bouger !

Le garçon se releva, un éclat de béton tranchant à la main. Un projectile redoutable.

Derrière lui, un de ses camarades l'imita, ramassant lui aussi un morceau parmi les monticules de débris.

— Je sais, t'es venue pour te faire niquer ! C'est ça, hein ? Dis-le, que t'adore ça, te faire niquer !

Ils reprirent leur marche comme une seule entité, plus lentement, s'éparpillant entre les véhicules garés sur le parking, se préparant à l'encercler.

Tout en haut, dans la rue, le ton montait également entre Leroy et le reste de la bande. Les jeunes tournaient autour de sa voiture en l'invectivant. Eva leva les yeux, se demandant comment allait réagir son collègue.

Elle aperçut, non sans une certaine angoisse, qu'un des adolescents, entièrement cagoulé, brandissait une batte de base-ball. Il avait contourné la voiture. Il balança la batte au-dessus de sa tête, lui imprimant un grand mouvement d'arc de cercle.

Et il frappa de toutes ses forces la vitre arrière.

7

Erwan Leroy n'avait pas vu venir l'agression. Derrière lui, la vitre éclata avec un grand bruit de crissement, sec et brutal. Il aperçut le bout d'une batte, enfoncée en travers. L'adolescent qui la tenait la retira, puis frappa de nouveau. La vitre s'effondra sur la banquette arrière.

— Sale keuf ! cria un des jeunes avant d'assener un coup de pied sur sa portière, la pliant à l'intérieur.

— On va te niquer ta race, espèce d'enculé ! vociféra un autre, du côté opposé, frappant sur la vitre. Tu vas voir comment on va te niquer !

Maintenant, il y avait au moins six garçons agrippés à la voiture. Leroy n'avait pas le choix. Haletant, le cœur emballé, il enclencha la marche arrière.

Alors que la voiture se dégageait de la place de stationnement, celui qui maniait la batte de base-ball revint en courant, projeta son arme sur la vitre côté passager. La vitre éclata. L'individu, le visage dissimulé par une cagoule noire, tenta de s'engouffrer à l'intérieur de la voiture.

— Tu nous veux quoi, enculé ? beugla-t-il, tout en cherchant à se saisir du lieutenant de ses mains gantées de laine. Sale keuf de merde !

Leroy écrasa son pied sur la pédale de l'accélérateur, éjectant l'adolescent. Il le vit qui roulait sur le trottoir entre ses camarades, se tenant la tête entre les mains.

Pourvu que je ne l'aie pas blessé, songea-t-il avec effroi. *Ces foutus gosses sont capables de porter plainte pour coups et blessures.*

Tout était en train de partir en vrille, il savait que c'était de sa faute, mais il était totalement pris de court. Il fallait pourtant éviter, coûte que coûte, la moindre bavure dans ce quartier. Qu'il blesse un de ces jeunes, et il y aurait des émeutes pendant des jours. Personne ne savait qu'Eva et lui se trouvaient ici. S'il arrivait quoi que ce soit…

Il freina, repassa au point mort et, n'y tenant plus, décrocha la radio d'une main fébrile. Il passa sur le canal local pour appeler de l'aide, il n'avait pas le choix. Il assumerait les conséquences de ses actes.

— TN 93, deux policiers de la PJ agressés cité des Ruisseaux, par les jeunes du quartier. Je répète, deux policiers agressés aux Ruisseaux, besoin de renforts immédiats !

— *Bien reçu. Je vous envoie des équipages BAC.*

Laissant la radio sur ses genoux, il redémarra en trombe, fonçant sur les jeunes, qui s'éparpillèrent pour éviter d'être renversés. Mais ils poursuivirent le véhicule en courant, des pierres à la main.

— Enculé !

— Fumier !

— On va te niquer !

Un des projectiles ricocha sur la carrosserie de la voiture. Au point où il en était, ce n'était plus très grave.

L'air gelé s'engouffrait par trombes dans l'habitacle de la Mégane, pourtant Leroy était couvert de sueur. Il avait la sensation d'étouffer.

Eva se trouvait toujours au pied de la tour. Seule. Exposée.

Il fallait qu'il arrive à la récupérer le plus vite possible.

On accédait au parking par un chemin qui longeait la barre d'immeubles. Il repéra l'entrée, un peu plus loin.

Il appuya sur l'accélérateur.

8

— Je vous ai dit de vous arrêter !

Eva se tenait dos aux portes du HLM, son arme braquée à bout de bras devant elle. Cela ne décourageait en rien le groupe de voyous. Les quatre garçons s'approchaient, tapant sur les carrosseries des voitures au passage, en espérant sans doute l'intimider. L'un d'eux était muni d'une longue barre de métal qu'il faisait traîner sur le sol, émettant un insupportable bruit aigu.

— C'est la police ! répétait-elle en boucle. Vous comprenez ce que je vous dis ?

— Sans déconner, ricana leur chef. Si elles sont toutes aussi bonnasses que toi, les fliquettes, faut que je demande un stage dans la police ! Je vais toutes les sodomiser, ces putes, elles kiffent trop ça !

Du coin de l'œil, elle vit la Mégane conduite par Leroy braquer à fond, effectuant un dérapage, et revenir dans l'allée de l'immeuble. Les phares, éblouissants, s'approchèrent à vive allure.

Il roulait trop vite.

— Erwan ! cria-t-elle.

Cela ne servit à rien. Leroy freina. Bien trop tard. Comme elle le craignait, les pneus dérapèrent sur l'asphalte couvert de givre. Il perdit le contrôle du véhicule.

Elle s'écarta tandis que la Mégane passait devant elle en patinant.

Leroy contrebraqua.

La voiture heurta le bord du trottoir, avec un déchirement de métal. Elle glissa sur un mètre, puis s'arrêta net, en heurtant quelque chose, sans doute un bac à fleurs en béton.

— On se tire ! lui cria-t-il, la voix déformée par la panique.

Eva courut vers la voiture, tandis que Leroy cherchait à redémarrer.

La meute des jeunes voyous la poursuivit.

— Attends un peu, sale pute !

— Enculés !

Elle claqua la portière.

— Maintenant !

— J'essaie !

Leroy tournait la clef et pressait l'accélérateur, mais le moteur ne parvenait à émettre que de terribles bruits asthmatiques. Le choc contre le trottoir l'avait endommagé.

— C'est pas vrai ! s'emporta Eva. Ne me dis pas qu'on est bloqués ici !

— Il suffit que j'arrive à…

Un morceau de béton ricocha sur le capot, fêlant le pare-brise.

Un second projectile le suivit de peu, pénétrant par la fenêtre brisée du passager. Il frôla le visage d'Eva.

— Et merde, soupira-t-elle.

Subitement, ses pensées s'éclaircirent. Comme à chaque fois dans ce genre de situation. L'adrénaline la galvanisait.

Elle ouvrit la portière et sortit du véhicule.

— Tu viens te faire niquer ? C'est bien, ça ! ricana le chef.

Elle se jeta sur lui.

Le garçon ne s'attendait tellement pas à cette réaction qu'il en demeura immobile, la bouche grande ouverte, voyant le front de la policière fondre sur lui, comme une grande virgule blanche dans la nuit. La tête d'Eva s'écrasa sur son nez, le brisant avec un craquement sec, et il fut projeté en arrière dans une gerbe de sang.

Il roula sur le béton, hurlant de douleur.

Des cris de rage s'élevèrent. Les autres accouraient. Deux d'entre eux foncèrent droit sur elle.

Eva pivota sur le côté, esquivant le premier, qui glissa et s'étala de tout son long sans l'avoir touchée.

Elle évita également un dangereux coup de barre de fer de la part du deuxième. La barre heurta le sol à l'endroit où elle se trouvait un instant auparavant.

Elle recula d'un pas. Le premier s'était relevé. Il fonça de nouveau sur elle. Elle le reçut d'un coup de pied. La pointe triangulaire de sa botte frappa entre ses jambes, le stoppant net dans son élan, et le garçon s'écroula comme une masse, plié en deux, se tenant les testicules.

— Sale… pute ! couina-t-il.

Celui qui brandissait la barre de métal tremblait, il n'était visiblement pas habitué à autant de résistance, et essayait de comprendre ce qui était en train de se produire. C'était une femme. Rien qu'une femme. Et pourtant…

… elle avait déjà saisi sa barre d'une main ferme, l'empêchant de s'en servir. Son autre poing surgit, de très bas, de là où il ne regardait pas. Il remonta en emportant au passage la base de son menton, lui relevant la tête en arrière dans une explosion de douleur. Le garçon fut arraché du sol par la violence du coup. Il retomba sur son camarade, un peu plus loin.

— Maintenant, ça suffit ! ordonna-t-elle.

Peine perdue. Le reste de la meute forma un cercle autour d'elle.

La fureur se lisait dans leurs yeux.

Eva serra la barre de fer. La situation ne s'arrangeait pas. Elle se sentait parfaitement capable d'affronter chacun de ces voyous un par un, mais s'ils se jetaient sur elle tous ensemble, elle n'aurait pas la moindre chance.

Elle chercha le meilleur appui sur le sol glissant.

Les quatre individus se rapprochèrent.

Elle entendit la portière de Leroy s'ouvrir.

Puis elle l'entendit crier :

— Il y a le feu dans l'immeuble !

Son cerveau n'enregistra pas tout de suite le sens de cette phrase. Le feu ? Mais, devant elle, les adolescents avaient levé les yeux, et, effectivement, leurs visages affichaient de la stupeur. Puis de la panique pure et simple.

— C'est vrai ! Merde, ça brûle !

— C'est chez Constantin ! C'est son appart !

— Ils l'ont eu, ces bâtards ! Ils ont niqué Constantin !

Eva se retourna, sans cesser de brandir la barre de fer, au cas où. Elle se rendit compte que la nuit était plus profonde. Et pour cause, une épaisse fumée se diffusait au sommet de la barre d'immeubles. Tout le dernier étage – celui où se trouvait, comme l'avaient dit les adolescents, l'appartement d'Ismaël Constantin – était noyé dans ce halo noir et mouvant. Derrière les stores baissés, on distinguait une source de vive lumière dansante. L'incendie silencieux dévorait les appartements, les murs, les meubles, les tissus. Peut-être avalait-il, en ce moment même, des humains prisonniers dans ces pièces, piégés par le feu.

— Il ne manquait plus que ça, murmura-t-elle.

Soudain, une des fenêtres éclata. Une colonne de flammes en jaillit avec un feulement, un long cri soyeux de feu, un cri fait de craquements, de chaleur et de souffle de destruction.

Cet appel d'air entraîna une succession d'explosions. Toutes les fenêtres de l'étage se disloquaient, les unes après les autres, sous l'effet d'une pression phénoménale. En quelques instants, l'incendie envahit la façade grise, étirant ses tentacules de feu rouge, avide, dévorant, et traversant l'immeuble de part en part, se refermant sur lui comme pour le broyer dans son étreinte éblouissante. C'était un spectacle quasi hypnotique.

La policière s'arracha pourtant à la fascination. Il fallait réagir. Vite.

— Les pompiers !

Leroy hocha la tête. Il avait déjà le micro de la radio à ses lèvres, et lança un appel au central.

Se tournant de nouveau vers l'immeuble, Eva constata que les portes s'ouvraient maintenant un peu partout le long des coursives. Des silhouettes en sortaient, enjambant les piles de détritus disposés en travers des passages, se précipitant vers les escaliers situés de chaque côté. Leurs cris terrifiés emplirent le parking, tandis que les flammes gagnaient les appartements les uns après les autres, à la manière d'une entité vivante et dévoratrice.

— C'est sûr, Constantin s'est fait niquer ! s'écria un des adolescents, les yeux écarquillés sous son bonnet. Sammy, qu'est-ce qu'on fait ?

— On peut rien faire, bâtard ! lui répondit le chef. On te l'a expliqué !

Le jeune homme jeta alternativement des regards à l'immeuble en proie aux flammes, puis aux deux flics devant lui, ne sachant visiblement plus quoi faire. Il semblait ébranlé, au bord des larmes.

— Enculés de keufs !

Il lança le morceau de béton qu'il tenait à la main, mais sans conviction. Eva n'eut qu'à se baisser pour l'esquiver.

— C'est vous qui avez fait ça, hein ?

Eva secoua la tête.

— Bien sûr que non. Quelle idée.

— Si, c'est vous ! Vous êtes venus buter Constantin, espèces d'enculés ! Exactement comme ils l'avaient dit !

Voilà quelque chose de nouveau.

— Quoi ? Qui a dit quoi ?

Le garçon se mit à reculer, ses yeux fous regardant à droite et à gauche.

— Qu'est-ce que tu viens de dire ? répéta la policière, avançant à pas mesurés.

L'adolescent recula de plus en plus vite vers les voitures.

— Enculés ! Vous brûlerez en enfer pour ça !

Maintenant, il se laissait submerger par la peur la plus totale. Il n'était pas le seul. Ses camarades avaient lâché les pierres, les morceaux de béton, et tous couraient vers le grillage, bien décidés à fuir l'incendie.

— Attendez ! leur lança Eva.

Trop tard. Ils s'étaient déjà éparpillés, zigzaguant entre les voitures garées sur le parking, remontant la pente et se glissant dans la fissure de la palissade. Cela prouvait au moins une chose, ces gosses n'habitaient pas dans cette tour-là. Ils n'auraient pas fui ainsi s'ils avaient eu de la famille dans ces appartements. Dans la tour de Constantin.

Eva se retourna, fascinée par la puissance des flammes.

La tour de Constantin, songea-t-elle à nouveau. *Qu'est-ce qui a bien pu se passer là-haut ?*

— Les pompiers sont en route, lui annonça Leroy en sortant de la voiture. En tout cas je te confirme que le gosse a raison. C'est bien l'appartement de Constantin qui brûle, là-haut.

Il tenait encore la radio à la main. Comme Eva, il ne pouvait décrocher son regard du halo enflammé au sommet de l'immeuble. Il avait vu juste depuis le début. Quelque chose avait bel et bien eu lieu chez Constantin. Une rencontre avec un autre caïd, peut-être. Qui avait mal tourné.

Mais, si c'était le cas, où chercher les responsables de cet incendie ? Ils devaient se trouver dans le flot de personnes qui se déversait maintenant sur le parking. Tous les habitants de l'immeuble étaient en train d'évacuer leur logement, ils descendaient les escaliers à la hâte, en se bousculant. Eva aperçut beaucoup de femmes et de jeunes enfants. Un homme d'une quarantaine d'années sortit en tenant deux bébés, un dans chaque bras. L'air était empli de cris, de pleurs, et de prières plus ou moins cohérentes.

Elle entendit le nom de Constantin, prononcé à voix basse et à plusieurs reprises par les personnes rassemblées devant elle.

Constantin, le caïd, celui qui était toujours passé entre les balles et que la police n'avait jamais pu approcher.

— Tu le vois ? Est-ce que tu aperçois Constantin quelque part ? lança-t-elle à Leroy.

Il secoua la tête.

— Non. Il n'est pas là. En tout cas pas pour l'instant. Tout le monde n'est pas encore sorti.

Eva avança vers le hall. Au sommet de l'immeuble, le douzième étage n'était plus qu'un grand brasier, sous un ciel noir de suie, comme des ailes fuligineuses s'ouvrant sur le monde. Il était trop tard pour espérer sauver qui que ce soit. Pénétrer dans un tel brasier sans équipement serait de la folie pure.

Une autre fenêtre explosa. Elle projeta des débris dans le parking, et les gens s'écartèrent en poussant des cris.

Les flammes montèrent plus haut encore dans la nuit.

Ismaël Constantin ne descendit jamais.

9

Neuilly-sur-Seine.

Jonathan était monté se coucher. Non sans lui jeter des regards suspicieux. Il ne savait comment réagir, et il fallait avouer qu'elle ne lui facilitait pas la tâche. Pour la première fois, jouer la comédie était au-dessus de ses forces.

Madeleine avait peur.

Plus elle y réfléchissait, plus cette peur augmentait en elle. Elle la rongeait de l'intérieur. Elle faisait remonter dans sa gorge le goût du sang.

Quand elle fermait les yeux, Madeleine se revoyait plus jeune, encore si innocente, à l'université. Elle se revoyait faire ses choix. Elle se souvenait des conséquences. De tout ce qu'elle avait fait. Et la peur tout doucement grandissait.

Il n'y avait qu'une solution pour vaincre cette peur.

Il lui fallait l'affronter.

Il lui fallait prendre des décisions.

Qui allaient encore une fois changer sa vie.

Elle passa le bout de ses doigts sur ses blessures. Au moins, celles-ci ne saignaient plus. Elles étaient telles qu'elles l'avaient été, des années auparavant. Tant d'années. Ces horribles failles partageant ses joues, leur boursouflure blanche, les muscles ouverts, à vif. Cette *douleur*, qui ne la quittait pas.

Affronter sa peur, oui.

Arracher la mue, une fois de plus. Elle n'avait pas le choix.

Il lui fallait agir tout de suite.

Avant qu'il ne la retrouve.

Elle tendit l'oreille pour s'assurer que Jonathan ne redescendrait pas à l'improviste. La maison était silencieuse. Elle imaginait son mari allongé dans le lit, plongé dans ses questions. Il devait faire semblant de dormir. C'était le genre de Jonathan.

Elle ne pouvait plus continuer ainsi.

Ce qu'elle allait faire lui déchirait le cœur, mais elle ne voyait pas d'autre solution.

Elle allait reprendre les rênes de sa vie. Comme elle l'avait toujours fait.

Madeleine Reich se leva, le regard brillant. Elle chancela. Elle avait cessé de compter le nombre de ses verres. Tout ce qu'elle pouvait constater, c'est que la bouteille de Glenfiddich était à présent vide.

Son bureau se trouvait de l'autre côté de la maison. C'était un endroit où son mari n'avait jamais eu le droit de pénétrer. Elle l'appelait son « sanctuaire », par ironie perverse, sachant que personne n'aurait jamais pu se douter à quel point ce nom était approprié.

Elle ouvrit la porte et pénétra dans la pièce. Des murs crème. Ses diplômes. Les vrais comme les faux. Des rayonnages de livres, des vieux, en cuir, aux formats énormes, tout le long des murs. Elle les avait recueillis au fil de sa vie, à chaque voyage. Certains de ces ouvrages valaient aussi cher que la maison.

Son bureau se tenait au fond de la pièce. Massif. Luisant. Son ordinateur couleur ivoire posé dessus, bien au centre.

Madeleine effleura la machine en passant. Elle se demanda si elle devait rédiger son testament. Elle n'avait jamais pu se résoudre à le faire. Si elle mettait noir sur blanc la possibilité de son trépas, elle s'était toujours dit que cela risquait de l'attirer prématurément. Des bêtises.

C'est pourtant ce que le signe veut dire, n'est-ce pas ?

La marque infamante.

Un intersigne, comme disaient les provinciaux, ceux qui étaient restés attachés à la terre, et à ses superstitions. L'annonce d'une mort prochaine.

Madeleine Reich ouvrit le placard dans lequel se trouvait son coffre. Elle l'avait fait installer spécialement au cas où ce genre de situation arriverait. Le coffre était pourvu d'un verrou sophistiqué à reconnaissance palmaire.

Elle appliqua sa main sur la plaque. Une brève mélodie retentit quand le verrou fut désactivé.

Dans le petit coffre, elle récupéra son 9 mm et engagea une cartouche.

Arracher la mue.

Ouvrir les yeux, ouvrir vraiment les yeux.

Voir à nouveau derrière le voile.

Il y avait une bouteille dans le minibar, juste en dessous de son bureau. Elle se servit un grand verre, qu'elle but à petites gorgées, et à mesure qu'elle sentait la chaleur de l'alcool s'épanouir en elle comme une grande fleur de feu, elle sentit aussi la texture de l'air qui commençait à vibrer. Juste une impression, au début. Puis plus fort. Son verre se rida, comme s'il était fait de papier très fin. Elle le posa.

— Avant, j'étais aveugle, et maintenant je vois, murmura-t-elle. Oh, Seigneur…

L'air, tout autour d'elle, se déformait avec une violence croissante, agité d'ondes invisibles. C'était une sensation à laquelle elle n'était plus vraiment habituée. Comme si le monde se mettait à tanguer, comme si plus rien n'était réellement là.

La chair du monde.

En plissant les yeux, Madeleine la vit apparaître. Partout. Cela ressemblait à une sorte de voile, immatériel, et pourtant posé sur le bureau, sur le fauteuil, sur chaque meuble de son bureau, se déroulant sur le sol en ondulant. Elle observa sa main et distingua la toile translucide sur sa peau. Un suaire. Invisible. Et pourtant bien présent, enveloppant son propre corps. Chacune des morts qu'elle avait provoquées, agrippée à ses pores, s'accrochant en secret. Cherchant à l'attirer de l'autre côté…

Avant qu'il ne la retrouve.

Elle se remit en route, arrachant les lambeaux de voile autour d'elle. *Une mort prochaine.* Elle revint dans le salon. *C'était écrit, depuis le début.* Alors qu'elle approchait de l'escalier en marbre, elle fit doucement glisser ses escarpins, et les abandonna par terre derrière elle. Le contact du parquet était froid. Dur. Rassurant.

Une mort pour une mort. Le sacrifice est la seule monnaie qu'acceptent les dieux.

Elle remonta l'escalier pieds nus, sans se presser.

Elle poussa la porte de la chambre. Comme elle s'y attendait, Jonathan était allongé dans le lit, lui tournant le dos. Elle vit la boîte de somnifères, posée sur la table de nuit. À sa respiration, profonde, elle sut qu'il dormait déjà, du sommeil artificiel des lâches.

Elle ne pouvait pas lui en vouloir. Comment réagir, quand on se rend compte que la femme qu'on aime, celle qu'on a épousée, n'a jamais été tout à fait celle qu'elle nous avait dit être ? Jonathan ne savait pas. Il avait décidé de fuir, à sa manière, dans ce simulacre d'indifférence. Il se disait sans doute que demain, tout irait mieux.

Mieux, elle ne savait pas. Mais, oui, demain serait un autre jour. Elle n'avait plus le choix.

Madeleine dirigea le canon du pistolet sur la nuque de son mari, d'un mouvement souple et silencieux, et l'observa longuement, d'un regard attentif.

Jonathan respirait lentement. Profondément endormi.

La détonation fut assourdissante. Le crâne de Jonathan explosa. Sa cervelle se répandit sur le lit en une grande vague grise et rouge.

Le recul avait emporté le bras de Madeleine. Elle serrait la crosse en observant les pulsations écarlates qui jaillissaient de la tête de son mari, inondant les draps.

En d'autres circonstances, elle aurait trouvé déplacé tout ce désordre. Tout ce sang. Tout ce que cela impliquait, maintenant.

Mais les plaies humiliantes étaient revenues.

Les rituels quotidiens avaient été brisés.

Il n'y avait plus de machine arrière possible.

— C'est la seule solution, Jonathan, murmura-t-elle.

Elle se redressa et se dirigea vers le dressing, au fond de la chambre. Debout au milieu de la grande pièce bordée de centaines de tenues sur des cintres, elle monta sur le tabouret et récupéra une valise. Elle n'avait pas beaucoup de temps.

Elle pleurerait plus tard.

10

Cité les Ruisseaux.

Quand les pompiers eurent enfin maîtrisé les flammes, après plus de trois heures et demie de lutte acharnée et des milliers de litres d'eau projetés par les fenêtres, le parking était en proie à une immense agitation. Noir de monde. De confusion. Le choc était collectif. Les locataires allaient et venaient derrière le cordon policier, leur effroi contagieux. Tout le monde s'emmitouflait dans des couvertures, grelottant sous l'effet du froid intense. Les jeunes parlaient fort, s'énervaient, s'emportaient. Certaines mères de famille pleuraient. Tous observaient avec effarement leur immeuble encore auréolé de fumerolles, à la façade noircie. Le dernier étage s'était entièrement consumé. Une partie s'était même effondrée sur l'étage inférieur.

Mêlés à la foule, les effectifs de la criminelle et de la brigade des stupéfiants s'affairaient, interrogeaient. Ils recensaient les personnes présentes, avec plus ou moins de succès. Ils cherchaient surtout à déterminer si quelqu'un manquait à l'appel. On leur répondait par monosyllabes. Par insultes. Ils n'insistaient pas et passaient à la personne suivante.

Pour l'instant, seul Ismaël Constantin semblait avoir disparu.

Tout autour d'eux, attentifs, une cinquantaine de CRS, munis de gilets pare-balles et de boucliers anti-émeute, formaient un deuxième cordon de sécurité. Les gamins de la cité les toisaient avec des regards emplis de colère, les évaluant. Visages fermés. Silencieux.

— Le calme avant la tempête, dit Leroy.

Recroquevillé dans son fauteuil, il observait la foule tout en donnant des coups de paume nerveux sur le volant.

— Je n'aime pas ça, ajouta-t-il. Il finira par arriver un moment où l'un de ces gosses décidera de s'en prendre aux pompiers, aux flics, à tous ceux qui se trouveront sur leur chemin, et ça sera l'émeute.

Il contempla ses collègues qui continuaient d'affluer. Les visages tendus. Il n'avait pas encore osé sortir de son véhicule pour aller discuter avec eux.

Officiellement, ni lui ni Eva n'étaient supposés se trouver là.

— Eva, tu ne dis rien ?

Installée à côté de lui, sa collègue avait remis ses lunettes noires.

— Que veux-tu que je te dise ? Ce spectacle me déprime.

— Tu veux qu'on parle de ce qui s'est passé ?

Eva serra les poings, les regarda blanchir.

— Non.

— Et merde, soupira Leroy. Je ne sais plus quoi te dire pour te faire comprendre que je m'inquiète…

Peine perdue. Elle tourna la tête, observant par la vitre brisée. Des gens qui se criaient dessus. Des bras croisés. Les sapeurs-pompiers remballaient leurs tuyaux, déverrouillaient leurs équipements respiratoires et ôtaient leurs casques. Un brouillard translucide se répandait sur le béton humide, à leurs pieds.

— Ils ont fini, lui annonça-t-elle.

Comme si c'était un signal tacite, un groupe de nouveaux venus apparut : des hommes en costume à l'air très sûr d'eux, des officiers de police. Les caméras des journaux télés glissaient dans leur sillage, micros brandis, flashes crépitants.

— Ah, forcément. Le préfet vient se faire mousser, maugréa Leroy. Ils ont dû le tirer du lit. Tu crois qu'il va dire aux journalistes que tout est sous contrôle ?

Eva ne dit rien. Elle avait repéré le commandant Adam, de la Brigade des stupéfiants, parmi la troupe des officiels. L'homme, engoncé dans un costume à rayures qui craquait sous ses larges épaules, passa devant leur voiture sans les voir. *Heureusement.* Leroy avait eu des mots avec lui, deux semaines auparavant, quand on leur avait retiré l'affaire Constantin. Adam était quelqu'un avec qui on ne se brouillait pas. Pas si on tenait à conserver un poste digne de ce nom. S'il les avait reconnus, il aurait été capable de les faire expulser du périmètre manu militari.

Mais le groupe était déjà loin. Adam bien soucieux de rester dans l'œil des journalistes. Le préfet s'engouffra dans la foule, au cœur du chaos, le visage empli de compassion et de fermeté savamment travaillées. Les caméras n'en perdaient pas une miette.

Eva observa l'immeuble calciné, la foule.

— Je suis désolée. J'ai juste cru…

Ses maxillaires se creusèrent sous ses joues. Elle ne pouvait pas lui expliquer ce qu'elle avait cru voir. Elle-même savait que c'était idiot.

— Oui ? fit Leroy, attentif.

— J'ai cru reconnaître quelqu'un, lui dit-elle, d'une voix éteinte. Je suis sincèrement désolée.

Il haussa les épaules.

— Eh bien, il n'y avait personne.

— Si. J'en suis sûre. Il y avait quelqu'un. Même si je ne comprends pas ce qui s'est passé.

Leroy secoua la tête.

— Eva, je t'assure. Il n'y a rien à comprendre. Quoi que tu aies cru voir, tu l'as simplement imaginé.

Elle garda le silence quelques instants, puis souffla :

— Peut-être.

— C'est comme si tu voyais des fantômes, murmura Leroy. Ce n'est pas sain.

Si seulement tu savais, aurait-elle voulu lui dire. *J'ai vu le fantôme de ma sœur pendant des années. Tu peux me croire, il était très réel. Il m'a sauvé la vie.*

Leroy ajouta, d'un ton grave :

— Je crois que cette affaire va te rendre dingue. Il serait temps que tu en parles.

Elle ne comprit pas tout de suite à quoi il faisait allusion.

— C'est toi qui es obsédé par ce dealer, répliqua-t-elle. Et je doute que ton ami Joseph Adam te propose de l'assister. S'il démantèle ce cartel de narcos, il sera promu au poste de capitaine. Il tuerait pour ça.

— Je ne te parle pas de l'affaire Constantin.

— De laquelle, alors ?

Leroy la foudroya du regard.

— Je te parle de l'affaire qui occupe tes nuits, Eva. Ton enquête personnelle, qui te coupe du monde. Toujours la même. Ton petit secret.

— Tu ne sais pas de quoi tu parles, grogna-t-elle d'un ton qu'elle espérait désinvolte.

En réalité, son pouls s'emballait.

— D'accord, dit Leroy d'une voix posée, cherchant ses mots. C'est de l'assassinat de ta mère et de ta sœur jumelle qu'il est question.

Et voilà. Cela lui fit l'effet d'un électrochoc. Personne n'avait jamais abordé ce sujet avec elle dans le cadre du travail. Encore moins dans son cadre intime. La mort de sa famille était taboue. C'était sa faille secrète. Son abysse sans fond. Elle eut envie de hurler. De le gifler. Elle resta parfaitement immobile.

— Cela fait des mois que tu as repris le dossier du « Fléau de la nuit », insista Leroy. Tu ne croyais tout de même pas que je l'ignorais ?

C'était le cas. Mais Eva ne voulait pas entendre ce qu'il avait à lui dire. Cela ne le regardait pas. Il continuait pourtant :

— Tu as effectué des demandes à tous les services pour obtenir les pièces des procédures. Tu as même fait du chantage à Clémentine, à l'Identité judiciaire, pour qu'elle te retrouve les originaux des enquêtes de voisinage qui n'ont jamais été numérisés, et tu lui as fait entrer de nouveaux paramètres dans les alertes du programme. Tu es sur une piste ? Après toutes ces années ?

Il la regardait de biais. C'était un terrain glissant. Un sujet dangereux. Eva décocha un sourire carnassier.

— Clémentine t'a dit ça, hein ?

— Oui. Elle… (Il s'éclaircit la voix.) Elle parle sur l'oreiller.

— Évidemment.

— Ce que je veux dire…

— Ce que tu veux dire, trancha Eva, c'est que tu m'espionnes. Quand je pense que je te croyais digne de confiance. Qui d'autre est au courant ?

— Mais *tout le monde* est au courant.

Nouveau séisme. Cependant, derrière ses lunettes, l'albinos demeurait indéchiffrable.

— Tout le monde ?

— Tout le service. Tu croyais quoi ?

— Vous en parlez entre vous ?

— Bien sûr que non. Mais tu restes enfermée dans ton bureau pour ressasser cette affaire. Tu es en train de te perdre. Je ne peux pas mentir et faire comme si ça n'avait pas d'importance.

— Tu ne peux pas comprendre, lui assura-t-elle.

— C'est sans doute vrai. Ta mère et ta sœur se sont fait assassiner sous tes yeux. C'est la chose la plus horrible qui puisse arriver.

Sa voix était hésitante. Il la regardait toujours de biais, ne sachant sur quel pied danser. Mais il était visiblement décidé à crever l'abcès une fois pour toutes.

— Je sais que tu étais présente sur les lieux. On sait *tous* que tu as assisté à cette horreur. Tu n'avais que six ans, Eva. Tu ne pouvais rien faire. Tu as eu une chance extraordinaire de t'en sortir. Tu n'as aucune raison de te sentir coupable.

— Tu crois que je me sens coupable de ce qui est arrivé à ma famille ? C'est ça, ta putain d'analyse psychologique ? grinça-t-elle.

— Ce n'est pas le cas ?

Eva ouvrit doucement sa main droite. Ses ongles s'étaient enfoncés dans sa paume, et elle avait tellement serré que quatre petites virgules rouges scintillaient à présent sur sa peau. Le sang se mit à suinter de ces plaies. Elle referma le poing.

— Ça suffit, dit-elle.

— Non ! aboya Leroy, à bout de nerfs. Il faut bien qu'on aborde le problème un jour ou l'autre ! Tu es tout le temps défoncée. Tu ne dors plus. Alexandre m'a encore appelé. Il se fait du souci pour toi.

— Que vient faire Alexandre là-dedans ?

— Il est fou amoureux de toi, ne me dis pas que tu l'ignores ! Et toi, tu joues avec ce brave type depuis des mois.

— Je ne joue avec personne.

— C'est ce que tu crois. Ce n'est pas parce que tu creuses un fossé autour de toi que tes problèmes vont rester à distance.

Elle observa le pare-brise fendillé durant un moment, la gorge sèche. Ses pensées étaient confuses. Elle voulait mettre un terme à cette conversation. Tout stopper maintenant.

— Nous avons d'autres soucis, dans l'immédiat, dit-elle entre ses dents.

— J'ai parcouru le dossier du Fléau, enchaîna Leroy sans tenir compte de sa remarque.

Encore une fois, un coup de poing dans ses tripes.

Elle tourna la tête vers son collègue. Malgré son jeune âge et la fatigue de ses traits, Erwan Leroy dégageait une force de caractère exceptionnelle.

— Pourquoi as-tu fait ça ? demanda-t-elle.

— Pour comprendre. Pour essayer. L'affaire est close, Eva. Ce type a disparu. Il a cessé de tuer après s'en être pris à ta famille. Il n'a plus jamais fait la moindre victime. C'était il y a vingt-cinq ans. Le monstre qui a fait ça est forcément mort à l'heure actuelle. Il faut que tu l'acceptes.

Eva secoua la tête. Son visage avait une dureté de statue, à la lueur des éclairs des gyrophares. Une déesse de marbre blanc.

— Il est encore en vie, chuchota-t-elle.

— Non, insista Leroy. Tu ne peux pas le savoir.

Eva ne répondit pas. Il avait raison, elle ne pouvait pas savoir. Et pourtant, c'était une vérité qu'elle portait en elle. Dans chaque goutte de son sang.

Car il y avait une chose qu'elle n'avait jamais dite à personne.

Un élément qui aurait pu changer le cours de cette affaire – et sa résolution – si elle l'avait révélé, à l'âge de six ans. Si elle n'avait pas été traumatisée par ce qui s'était produit, dans cette cave, quand l'homme aux cheveux blancs avait égorgé sa sœur sous ses yeux. Si elle n'avait pas refoulé cette horreur au fond d'elle, jusqu'à l'oublier pendant des années.

Mais la vérité revenait. Elle en rêvait chaque nuit. Elle se réveillait, en sueur, le cœur sur le point de rompre. Avec, imprimée dans son âme, l'image du tueur. Son sourire. Ses yeux écarlates d'albinos, comme les siens.

Elle savait qui était le meurtrier de sa mère et de sa sœur, oui.

Elle seule.

Elle savait qu'un jour il reviendrait pour elle.

— Je suis désolée d'avoir attiré l'attention sur nous, reprit-elle.

Leroy secoua la tête.

— Tu ne vas pas me faire ça. Tu ne vas pas changer de sujet.

C'était pourtant ce qu'elle comptait faire.

— Le chef de ces garçons, tout à l'heure, celui qu'un des voyous a appelé Sammy… Il avait l'air de croire que c'était nous, les responsables de l'incendie.

— C'est vrai. Ça lui a échappé sur le coup de la surprise, ce n'est pas étonnant. Ces gosses ont été élevés dans le dégoût de tout ce qui ressemble à une institution. Tu sais bien qu'ici les forces de police représentent le mal absolu.

— Je suis d'accord, pourtant je l'ai vu dans ses yeux. Cela venait du fond du cœur, quelqu'un l'avait prévenu que ce genre de chose risquait d'arriver. Et toi aussi, tu as entendu ces rumeurs, Erwan. C'est pour ça que tu m'as demandé de venir avec toi, non ?

— Je n'ai jamais entendu qui que ce soit dire que Constantin allait mourir.

— Peut-être que tu as mal interprété ce que tu as entendu. Ce que je crois, moi, c'est que tout le quartier s'attendait à ce qu'il lui arrive malheur…

Elle se reprenait déjà. *Redevenir flic. Oublier la morsure sournoise de la peur*. Elle renifla et ajusta ses lunettes du bout de son index.

— Tu as vu ses lieutenants depuis tout à l'heure ? demanda-t-elle.

— Non, avoua Leroy. On dirait qu'ils ne sont pas dans le quartier ce soir.

— Et tu ne trouves pas ça étrange ? Que Constantin ait ordonné à tous ses sous-fifres de déguerpir, comme ça, précisément aujourd'hui ?

— Qu'est-ce que tu en déduis ? fit Leroy d'une petite voix.

Elle désigna la foule massée autour de l'immeuble. Cela faisait un moment qu'elle l'observait. Qu'elle restait attentive au moindre détail. Toutes ces personnes étaient terrifiées, oui. Mais aucune n'était véritablement surprise.

— Je pense que tu avais raison. D'une manière ou d'une autre, ces gens étaient avertis. Ils sont tous parfaitement habillés. Ils ne dormaient pas, personne dans cet immeuble ne regardait la télévision, ils sont tous sortis comme un seul homme. Et regarde, même les plus jeunes semblent avoir été briefés. Tu trouves ça normal que les pompiers ne se soient pas encore pris un seul jet de cailloux ? Tout est trop *calme*.

De l'autre côté du parking, les derniers pompiers ressortaient de l'immeuble, faisant des signes entre eux. Leur nervosité était manifeste.

— Et voilà, dit la policière. Ils ont trouvé quelque chose.

— Tu crois ?

Elle enfila un brassard rouge sur la manche de son blouson.

— Fais-moi confiance. Tu veux reprendre cette affaire ?

— Tu sais que oui, grinça Leroy.

— Alors il faut être les premiers sur les lieux. Avant qu'Adam et ses troupes ne montent chez Constantin. On a quelques minutes avant que les pompiers ne passent le relais.

— Mais on n'a pas le droit, grommela Leroy.

— Je ne suis pas d'accord. Techniquement, les stups sont chargés d'enquêter sur le trafic de cocaïne. S'ils ont trouvé un corps là-haut, ils vont appeler le substitut du proc, qui va saisir un service. Personne ne bougera avant. Et personne ne peut nous reprocher de faire notre boulot.

Elle sortit de la voiture.

— Je te suis ! s'empressa de dire Leroy en ouvrant sa portière à son tour.

Ils se fondirent à la foule. Au désordre. Jouèrent des coudes.

Le plus périlleux fut de se faufiler dans le dos du préfet, où leurs collègues des stups et du DPJ auraient pu les reconnaître. Mais les officiers déployés autour du représentant du gouvernement avaient déjà assez de mal à gérer les journalistes pour s'intéresser de près à deux personnes arborant des brassards de la police.

Ce premier obstacle franchi, ils marchèrent le plus naturellement du monde en écartant les gens massés devant le hall. Les pompiers en faction se tournèrent vers eux, prêts à les repousser comme les autres.

— Eh ! Vous ! Vous allez où comme ça ?

— Police criminelle, trancha Eva d'une voix autoritaire. Nous allons voir le corps.

Elle leva son index.

— Celui que vous avez trouvé dans l'appartement du douzième étage.

Le sapeur-pompier hocha la tête.

— Ah, ouais. Mais il y a un risque que l'atmosphère soit encore toxique. Vous devriez attendre un peu, vous savez.

— C'est malheureusement une urgence, déclara à son tour Leroy. Merci l'ami.

Quand ils furent dans le hall, il fouilla dans la poche de son treillis et en sortit deux masques en papier. Eva en prit un. Ils les mirent sur le nez. Cela ne ferait pas des miracles, mais c'était mieux que rien.

Dans leur dos, un concert de protestations recommença, s'élevant de la masse des locataires bloqués dehors.

11

Ils gravirent les escaliers jusqu'au douzième étage. Plus ils montaient, plus les murs étaient noircis, et de l'eau ruisselait sur les marches. Arrivés sur le palier, ils pataugeaient littéralement dans les flaques. Ils reprirent leur souffle en plaquant leur masque en papier devant leur bouche pour filtrer une atmosphère encore saturée de fumée.

— Attention où tu mets les pieds, avertit Leroy.

Il promena le rayon de sa Maglite jusqu'à la porte de l'appartement. Un champ de ruines calcinées. Tout avait brûlé, sans distinction, avait été réduit à néant, que ce soient les meubles, les canapés, l'équipement audiovisuel. Il n'en restait plus qu'un magma fumant, indistinct. Les murs étaient ridés et craquelés comme une mue de serpent. En tout cas, là où il y en avait encore, car une partie de la façade s'était effondrée sur la coursive.

L'odeur de brûlé saisissait la gorge, malgré le masque. Eva fut prise d'une quinte de toux tandis qu'elle avançait à petits pas dans le tapis de cendres noires. À ses côtés, Leroy, livide, illuminait les recoins, mètre après mètre, cherchant à repérer la victime.

— Vous ! éclata une voix puissante. Qui vous a laissés passer ?

Un sapeur-pompier, encore bardé de son équipement, avait jailli de l'une des pièces. Il se planta devant eux, l'air furieux.

— Vous allez vous intoxiquer, malheureux !

Eva se tourna pour qu'il puisse voir son brassard rouge.

— Nous sommes de la police criminelle. Je suis le commandant Svärta.

— Et moi le lieutenant Leroy.

— C'est vous qui avez trouvé le corps ? attaqua Eva, soucieuse de ne pas lui laisser le temps de réfléchir.

— Euh, oui. Je suis l'adjudant-chef N'Guyen. Mais… vous avez fait vite, dites donc ! Je viens de le trouver il n'y a pas cinq minutes…

Le pompier releva la visière de son casque. Il était grand et bien bâti, le regard franc, les joues carrées et impeccablement rasées. L'image d'Épinal du vrai nounours en uniforme, qui devait faire fantasmer la plupart des femmes.

— Quoi qu'il en soit, je suis sérieux, reprit N'Guyen. On n'a pas encore effectué les relevés de dioxyde. L'air est peut-être encore toxique.

— Vos collègues nous ont prévenus, lui assura Eva. Nous devons prendre le risque. Il s'agit d'une affaire prioritaire.

C'était un grossier mensonge. Il n'y avait encore aucune « affaire ». Mais l'adjudant-chef ne pouvait pas le savoir.

— Le juge est là ? demanda-t-il. Le substitut du procureur ? D'habitude, vous êtes toute une bande.

— Les autres ne vont pas tarder à arriver.

Ça, c'était malheureusement la vérité. Ils ne disposaient que de quelques minutes avant que les services saisis ne viennent les chasser de là. Il ne fallait surtout pas perdre de temps.

— Nous voulons justement voir le corps avant que l'appartement ne devienne surpeuplé, vous comprenez ?

Le pompier n'avait toujours pas l'air convaincu.

— Je ne sais pas si je peux. Vraiment. La procédure…

Leroy intervint. Il joua franc jeu :

— Bien sûr que si, vous pouvez. Il s'agit d'un acte criminel, et la victime est un trafiquant de drogue bien connu de nos services.

— Ouais… Eh bien…

Le pompier les dévisagea, en particulier Eva, avec ses cheveux blancs et ses lunettes noires. Il jura dans sa barbe.

— C'est Constantin, hein ?

Ce fut au tour des deux policiers d'afficher un air surpris.

— Vous le connaissez ?

— Plutôt bien, oui. J'ai habité dans cette cité, figurez-vous. Dans la tour d'en face pour être précis. C'était il y a longtemps, avant l'arrivée de Constantin. Depuis, j'ai vu le quartier se métamorphoser…

Sa voix s'emplit d'amertume. Il continua :

— Il a suffi de quelques années pour que tout soit réorganisé. Vous devez bien savoir que chaque famille, ici, a, un jour ou l'autre, accepté du cash de sa part. Parfois pour lui servir de couverture, pour transporter sa marchandise, ou bien pour la stocker. C'est l'argent de Constantin qui paye les loyers des plus démunis. Il s'achète ainsi leurs services, au cas où. Enfin… je devrais dire *s'achetait*…

Il fit un geste de la main, et releva le rayon de sa lampe pour éclairer la pièce mitoyenne.

— Allez, venez voir, si vous êtes si pressés. Ce sera plus simple…

Ils lui emboîtèrent le pas, ravis d'avoir franchi le barrage aussi facilement. Ici, la puanteur redoublait de puissance. Il ne s'agissait pas uniquement d'une odeur de brûlé. C'était une autre odeur, plus prenante encore, qu'on n'oublie jamais lorsqu'on l'a respirée une fois. *L'odeur de la chair humaine.*

— Le voilà. Je vous préviens, ce n'est pas très joli. Les zones de chaleur indiquent que c'est de cette pièce que le feu est parti. Vous voyez, toutes ces rides sur les murs ?

Il les avait amenés dans la pièce du centre, un salon. Le « corps » se trouvait au milieu, bien qu'il fût difficile de reconnaître une silhouette humaine dans la forme noire coulée sur le sol. Elle semblait avoir fusionné avec le lino.

Où était la tête, où étaient les jambes ?

Eva s'approcha. S'accroupit à côté de la dépouille charbonneuse. Elle retint sa respiration, promenant avec attention le rayon de sa Maglite. Elle reconnut enfin le crâne, à partir duquel elle put redessiner mentalement la disposition de son torse, de ses bras, de ses jambes repliées devant lui en position fœtale. La chair, noire, gorgée d'eau à cause de l'arrosage des lances à incendie, semblait avoir gonflé, puis éclaté, comme un poulet au four. Elle inspira par la bouche, tout doucement, cherchant à comprendre ce qui clochait dans cette silhouette, mais ne parvenant pas encore à mettre le doigt dessus.

Elle illumina des lignes noires sur le corps. Du fil de fer.

— Le bonhomme n'avait aucune chance, fit N'Guyen. Il était attaché. C'est pour ça qu'il n'a pas pu sortir.

— Vous avez dit que le départ du feu venait d'ici…

— Oui. C'est ce que j'ai dit.

Le pompier braqua sa lampe vers la dépouille.

— Vous voyez ces traces en forme de vagues, sur le sol ? C'est l'endroit où il y a eu la plus grande concentration de chaleur. Cela nous indique que l'incendie a pris son origine ici. Le départ des flammes, c'était *lui*. Une exécution, rien d'autre.

Eva hocha la tête, pensive.

— On l'a aspergé d'essence ?

— Essence, ou un autre accélérateur. Les analyses vous le diront assez vite. Mais c'est vrai que l'essence est le produit le plus souvent utilisé dans ce genre de cas…

— De quel genre de cas parlez-vous ?

— Vous savez bien, soupira le pompier. Ça sent le règlement de compte, non ?

Il se passa une main sur le front pour y chasser des gouttes de transpiration. Ses yeux avaient un éclat d'acier.

— Arroser un type d'essence, c'est ce que font les caïds quand ils ont un différend à régler. Ils enferment leur victime dans un coffre de voiture, ils aspergent le tout d'essence et ils y mettent le feu. Ça s'appelle un barbecue.

Leroy contourna le corps. Les rayons de leurs torches sur la chair carbonisée décrivaient un ballet étrange, irréel.

— Vous en avez vu souvent ? Des barbecues ?

— Souvent, non, avoua N'Guyen. J'ai dû intervenir sur trois barbecues en l'espace de cinq ans. C'est impressionnant, pour sûr, mais ça reste tout de même assez rare.

Eva fit courir le rayon de sa torche le long du cadavre, ou du moins de ce qu'il en restait. Elle persistait à se dire qu'il y avait quelque chose de bizarre dans sa silhouette, et cela n'était pas dû à la combustion.

— Le torse de cet homme a un trou béant au milieu…

— Tu as raison, dit Leroy, le cœur au bord des lèvres. Cet homme a été éventré.

Le pompier braqua à son tour sa lampe sur le corps carbonisé. Il fronça les sourcils.

— Mince alors. Je ne l'avais pas remarqué, tout à l'heure. Jamais vu un truc comme ça…

La policière albinos releva la tête vers le pompier.

— Ce type a été mutilé avant d'être incendié. Jusque-là, ça ressemble à un bon vieux règlement de compte entre voyous… mais…

Elle jeta un œil à la pièce. Aux vagues de matières noires, éparpillées, baignant dans plusieurs centimètres d'eau. Un radiateur arraché gisait au milieu, atoll étrange dans un univers carbonisé.

— Ce trou dans sa poitrine m'intrigue. Il va falloir chercher si des organes manquent…

Leroy avait compris où elle voulait en venir.

— Tu penses que c'est possible ? Que celui, ou ceux, qui sont responsables de cette horreur soient partis avec des bouts d'Ismaël Constantin en guise de souvenirs ?

— Je dis seulement qu'il faudra vérifier. On ne sait jamais. Mais, dans un simple règlement de compte, je ne vois pas ce qui aurait poussé ses ennemis à recueillir…

Elle hésita, cherchant un mot qui ne soit pas connoté. Et n'en trouva pas. Leroy, lui, ne se priva pas. Il formula à voix haute ce qu'elle n'osait dire :

— Des trophées.

— Je n'ai pas dit ça, murmura Eva.

— Mais tu le penses.

La policière eut un moment de silence. Leroy et N'Guyen l'observaient sans rien dire, comme s'ils attendaient tous deux qu'elle délivre une analyse de la situation. Elle n'était absolument pas prête à cela.

— Quelque chose me dérange ici, finit-elle par leur dire. Si Constantin était si puissant dans la cité, comment se fait-il que ses hommes ne soient pas intervenus ? Que personne n'ait donné l'alerte ?

— Ça, dit N'Guyen, je vous avoue que je n'arrive pas à le comprendre. J'imaginais que des gros bras étaient toujours prêts à le défendre, quoi qu'il arrive.

— Mais, ce soir, il était seul, lui rappela Eva.

— Il faut le croire. Sinon ses agresseurs n'auraient jamais pu lui faire tout ça, non ?

— Vous avez inspecté les autres appartements ?

— Oui, bien sûr. À cet étage, il n'y en a qu'un autre, de l'autre côté du couloir. J'ai bien vérifié. Il n'y a personne.

Eva hocha la tête. Ce qu'avait sous-entendu le jeune homme, Sammy, sur le parking, lui revint avec une acuité nouvelle.

On ne peut rien faire.

C'étaient ses mots exacts, quand il avait répondu à son camarade.

On te l'a bien expliqué.

Elle repensa au silence qui régnait dans l'immeuble, avant l'incendie. Le même silence qui s'abat sur les forêts tropicales avant un tremblement de terre ou la déferlante d'un tsunami.

Mais expliqué quoi ?

Elle avait ressenti quelque chose d'anormal en observant les locataires. Leur dos un peu trop courbé. Leurs regards qui fuyaient. La certitude étrange que tout le monde ici savait que ce drame allait se produire.

Et lui ? Elle observa de nouveau la silhouette calcinée. Ismaël Constantin, cinquante ans, caïd incontesté des Ruisseaux, qui allait même jusqu'à payer certains loyers pour s'assurer que tous les locataires demeuraient soumis à son autorité, et pourraient le servir à la moindre occasion. Où étaient donc passés ses hommes ?

Une pensée tenace se mit à tourner dans sa tête. *Constantin avait-il su, lui aussi ?* S'était-il attendu à périr ainsi ? Était-ce pour cette raison qu'il avait réuni ses lieutenants ? Quand Leroy avait entendu les bribes, les murmures, dans les cafés, il avait cru que Constantin allait rencontrer quelqu'un. Que tout le monde serait là. La rencontre avait eu lieu, oui, mais elle s'était déroulée seul à seul. Et son issue avait été fatale pour le caïd. Quelque chose clochait dans cette situation.

Quelque chose de grave.

Elle n'eut malheureusement pas le temps d'aller au bout de ses réflexions. Déjà, des personnes arrivaient. Des pas dans l'escalier. Des éclats de voix sur le palier. Les rayons lumineux de leurs torches transpercèrent la pénombre de l'appartement. Des dizaines de rayons.

— Il y a quelqu'un ? fit un timbre aigu, particulièrement désagréable, qu'Eva aurait reconnu entre mille.

C'était la voix du substitut du procureur, Blaise Larusso.

Le cauchemar de tout flic.

Elle échangea un regard effaré avec Leroy.

— Ouais, grogna-t-il à voix basse. On n'a vraiment pas de chance.

12

— Substitut Larusso !

La gorge d'Eva était serrée.

Pas lui, hurlait une voix au fond d'elle, *tout, mais pas ce type-là.*

— Nous avons trouvé le corps, ajouta-t-elle, déjà sur la défensive.

Plusieurs personnes débouchèrent dans la pièce. Les faisceaux des lampes l'éblouirent.

— Bonsoir, monsieur Larusso, fit Leroy à son tour, protégeant ses yeux du revers de la main.

Le substitut du procureur ne jugea pas nécessaire de lui retourner la moindre formule de politesse. Blaise Larusso le dévisagea simplement derrière ses énormes lunettes de vue. Le mépris qu'il dégageait était presque palpable.

Il faut que ça tombe sur nous, ce soir, songea Eva. *Cet idiot va refuser de nous saisir de l'affaire uniquement pour nous emmerder, pour prouver que c'est son territoire et qu'il est tout-puissant.*

Une quinzaine de personnes munies de brassards et de masques accompagnaient le substitut. Eva reconnut des membres des stups, des techniciens en blouses blanches, et une jeune femme blonde à l'air réservé. Elle se souvenait de son nom : Pauline Chadoutaud. C'était une légiste avec qui elle avait déjà travaillé à plusieurs reprises, et avec qui elle s'entendait plutôt bien. *Au moins un visage ami parmi les vautours*, songea-t-elle.

Pauline Chadoutaud lui fit un signe de tête discret en la dépassant. Eva le lui retourna avec un sourire forcé, tout en adressant un geste de la main à l'adjudant-chef N'Guyen qui quittait les lieux, chassé par cette foule nouvelle, ces visages terriblement sérieux. En quelques instants, les agents avaient investi l'appartement et formaient un cercle autour de la dépouille calcinée. Eva se rendit compte que l'équipe de Joseph Adam était là, au grand complet. Adam, lui, se tenait encore en retrait, sur le pas de la porte. Il la regardait en silence, indéchiffrable sous son masque en papier. Mais Eva supposa qu'il souriait.

Autant affronter les problèmes. L'un après l'autre.

Elle se tourna vers Larusso :

— Monsieur le substitut… commença-t-elle.

Il la coupa aussitôt d'une voix aigre :

— Vous n'avez rien à faire ici. Je n'ai pas encore saisi la brigade criminelle des faits.

— Justement…

— Je vous prie de sortir, mon petit.

Eva ne put s'empêcher de ricaner – jaune – à son emploi du mot « petit ». Larusso devait mesurer un mètre soixante tout au plus. Il souffrait d'un sérieux complexe, qu'il manifestait par une mesquinerie et une agressivité sans égales. Malheureusement pour lui, il avait beau porter des talonnettes et crier plus fort que tout le monde, cela ne faisait en rien oublier sa taille ridicule, ni la maigreur de ses membres.

Il fallait pourtant qu'elle reste calme pour ne pas tout gâcher.

— Si vous m'écoutiez un instant… réessaya-t-elle.

— Vous frôlez l'insubordination, s'écria Larusso tout en maintenant son masque d'une main. Tenez-vous à ce que je vous fasse virer de ma scène de crime ?

Eva ravala sa salive. Un goût de cendres et de colère.

Dans l'encadrement de la porte, les yeux d'Adam pétillaient de joie. Le commandant, de toute évidence, ne se le ferait pas dire deux fois s'il fallait intervenir pour les chasser.

— C'est Constantin ? aboya Larusso sans regarder en direction du corps.

— On le suppose, monsieur, lui répondit le lieutenant Leroy.

Larusso se tourna vers lui. Il le fusilla du regard.

— Ce n'était pas à *vous* que je posais la question.

— Je vous ai pourtant répondu. Vous avez un problème avec ça ?

Leroy se campa devant Larusso, dominant le bonhomme de plus de vingt centimètres. Larusso fut obligé de lever les yeux vers lui. Un spasme déforma sa joue droite.

— Attention, mon petit. Vous ne semblez pas réaliser à qui vous vous adressez.

— Je le réalise très bien, au contraire, dit Leroy en détachant chacune de ses syllabes.

Larusso devint très pâle.

— Vous cherchez les problèmes…

Eva tenta de venir au secours de son collègue. Elle s'adressa à Larusso d'une voix décidée :

— Monsieur, il s'agit d'un assassinat avec préméditation, et plus d'un simple trafic de cocaïne. Ismaël Constantin a été torturé, on l'a éventré comme un cochon avant de l'incendier.

Le visage de Larusso fut traversé d'un tic nerveux. Il ôta ses énormes lunettes d'un geste exagéré pour les essuyer.

— Signature classique, alors. C'est un règlement de compte entre bandes de voyous, on ne va pas y passer la nuit. Ça reste de la compétence de la SDPJ 93, pas du quai des Orfèvres. Maintenant, décampez, tous les deux.

Les deux policiers affichèrent des mines abattues, mais il n'y avait rien à faire, les choses étaient ainsi faites. Ils sortirent sous le regard moqueur du commandant Adam.

— Je n'en reviens pas, pesta Leroy, dans le couloir de l'appartement. Quel sinistre con.

— On ne peut pas gagner à tous les coups, lui dit Eva, guère plus joyeuse. La décision lui revient, tu sais qu'on n'a pas notre mot à dire.

Ils firent halte dans le hall. Un technicien en tenue blanche était resté là, éclairant le couloir de sa torche.

— Faites attention, les prévint-il. Le mur risque de s'écrouler. L'incendie a fragilisé le plancher.

Ils le remercièrent et progressèrent avec prudence sur le palier. Eva observa la masse noircie, le plafond qui s'était effondré au bout du couloir. La porte béante de l'autre appartement, comme une invitation.

Y pénétrer serait difficile, mais pas impossible.

Elle leva le rayon de sa lampe.

— Constantin possède cet appartement-là aussi, n'est-ce pas ?

— Oui.

— On va y jeter un œil.

Eva fit quelques pas vers la porte en morceaux. Du bout du pied, elle poussa. Un pan de bois calciné tomba du chambranle et explosa en un nuage noir et poisseux. Les deux policiers plaquèrent leur masque sur leur bouche.

— Tu tiens vraiment à entrer là-dedans ? s'inquiéta son collègue.

— Je doute que l'équipe d'Adam le fasse, dit Eva.

Ils traversèrent la première pièce en faisant attention à chaque pas. Des squelettes de meubles. Le cadre d'une télévision à écran plat. Les portes réduites en cendres.

— Tu crois qu'il vivait dans ce logement, ou dans l'autre ?

— Comment veux-tu que je le sache ? soupira Leroy.

— En tout cas, il n'y avait personne ici. Sinon, ils auraient entendu les cris provenant de l'autre appartement. Écoute…

En effet, la voix de la légiste, qui parlait aux hommes des stupéfiants, dans le premier appartement, portait jusqu'ici. Elle effectuait son rapport préliminaire. Elle leur parlait d'un organe ayant disparu. Le cœur. C'était bien ça. On avait volé le cœur de Constantin. La voix de Larusso l'interrompait, lui disant que cela ne les mènerait pas loin, qu'il n'allait pas pouvoir rester beaucoup plus longtemps car il devait se lever tôt.

— Foutu idiot, marmonna Eva.

Leroy hocha la tête. Balaya davantage de murs noirs. Enjamba les restes fumants d'un lit.

— En tout cas, s'il y avait eu des gens ici, ils seraient allés aider Constantin.

Ils achevèrent leur exploration dans la dernière pièce. Le même enfer de flammes avait tout ravagé. Un mur était tombé en contrebas. Le vent givrant les saisit.

— Rien de plus ici.

— Tu as raison.

Ils allaient ressortir quand Eva pivota sur ses talons et s'approcha d'une porte plantée à quarante-cinq degrés contre un mur.

Leroy revint sur ses pas.

— Qu'est-ce que tu as trouvé ?

— Je ne sais pas encore, murmura la jeune femme en illuminant les vestiges. En tout cas, cette porte n'est pas la même que les autres. Elle ne s'est pas consumée.

Leroy s'approcha. La porte était noire de suie. Elle s'était détachée de ses gonds, alors que le mur brûlait, et gisait maintenant au milieu des cendres, en équilibre contre la charpente du mur. Mais elle était encore entière.

Eva posa le pied dessus. La porte glissa lentement et s'effondra au sol, soulevant un nuage pulvérulent.

— Une porte blindée. Le mur a brûlé, mais pas elle.

Elle leva sa torche, éclairant une toute petite pièce dans laquelle dansaient des flocons de cendres. C'était un simple réduit. Il était entièrement vide.

— Pour protéger quoi, d'après toi ?

Elle fit un pas dans la pièce. Un cube de ténèbres suffocantes. Le masque ne filtrait que très mal les particules en suspension dans l'air. La gorge en feu, la policière toussa. Ferma les yeux un instant.

— Ça a l'air vide, fit remarquer Leroy. À part… ça.

Il désignait une forme rectangulaire, fondue.

— Ce devait être un congélateur, non ?

Leroy hocha la tête.

— Dans une pièce fermée par une porte blindée ?

Eva se fendit d'un sourire sous son masque en papier.

— Peut-être qu'il cachait ses stocks de marchandise dedans.

Elle tendit une main gantée de latex vers ce qui restait de la poignée. Força. Le congélateur était scellé par la fonte du plastique.

— Et merde.

— Attends.

Leroy vint l'aider, passant sa Maglite dans sa ceinture. Dans la pénombre, dans le froid, dans l'odeur suffocante des cendres, ils ressemblaient à deux explorateurs fouillant quelque temple oublié. Mais quel pouvait être le trésor de guerre d'Ismaël Constantin ?

Ils forcèrent ensemble. Le congélateur émit un grincement.

— Ça vient, souffla Erwan Leroy entre ses dents. Encore un peu et…

Le couvercle se décolla avec un mélange de craquements et de bruits de succion. Ils le poussèrent vers le haut, jusqu'à ce qu'il se brise et tombe en morceaux de l'autre côté. Ils se penchèrent et purent constater que le contenu du congélateur avait été parfaitement épargné par les flammes. La glace avait fondu, formant une épaisse flaque nauséabonde au fond.

Il n'y avait pas de drogue dans cette cachette.

C'était pire.

Leroy recula, livide.

— Putain ! C'est pas ce que je crois ?

Eva, elle, ne bougeait pas. Elle était tétanisée. La salive refusait de passer la barrière de sa gorge.

— C'est un bébé.

En fait, le cadavre qui reposait au fond du congélateur était un peu plus grand qu'un nouveau-né. Il était difficile de déterminer son âge, mais il ne devait pas avoir plus de six mois. Un enfant noir, qui avait été congelé et conservé dans cette pièce. Depuis combien de temps ?

Eva se pencha. Elle approcha sa torche du visage du bébé. À côté du cadavre, elle remarqua un sachet en plastique. Celui-ci contenait un objet rectangulaire, rouge et doré.

— Il faut aller prévenir la légiste, dit-elle d'une voix tremblante.

Alors que Leroy s'exécutait sans un mot, traversant l'appartement dévasté en sens inverse, elle éclaira longuement la petite silhouette, et la blessure sur son cou. Celui ou celle qui avait égorgé cet enfant n'avait pas fait que le tuer. Il l'avait presque sectionné en deux.

Eva fut contente de rester seule.

Personne ne pouvait voir les larmes qui scintillaient sous ses yeux rubis.

Les rêves sont des territoires de lucidité, Jonathan. Bien plus que nous n'osons nous l'avouer.

II

Superstitions

Rentrée universitaire.

Première année.

La voix du professeur, amplifiée dans les énormes enceintes, est très aiguë. Une voix de castrat, presque comique. Dans l'amphithéâtre, surchauffé alors qu'on n'est encore que début octobre, près de deux cents étudiants s'entassent sur les gradins, coude contre coude. Les visages sont juvéniles, attentifs, timides. Leurs expressions curieuses ou perdues. Les mains fouillent sans relâche dans les sacs, froissent des papiers. Coups d'œil en coin. Murmures, bavardages. Une fille au premier rang tousse, toux grasse de fumeuse, déjà. Les stylos continuent de gratter sur les feuilles comme une armée de cafards en marche.

On reconnaît les redoublants à leur détachement savamment travaillé, aux blagues lourdingues qu'ils se lancent à voix haute, d'un bout à l'autre de l'amphi, pendant les présentations des professeurs. En l'occurrence, celui du cours de mythologie grecque : M. Parme. Cela fait vingt minutes qu'il leur rabâche, de sa voix haut perchée, insupportable, les mêmes détails de l'ouvrage qu'il a écrit et qui leur servira de base pour ses cours.

Son timbre de voix colle pourtant avec son physique. D'une maigreur monacale, cheveux gris filasses rassemblés en catogan. Conception très personnelle de l'élégance, M. Parme porte un veston en velours rouge vif, malgré la chaleur écrasante. La couleur criarde tranche à la lumière des spots, faisant comme une éclaboussure de confiture sur sa chemise de porcelaine. Madeleine se dit qu'il ressemble à un comédien sur le déclin. Ou à un chanteur de music-hall de seconde zone. Il ne manque que le micro de style rétro et un grand fond de scène rouge pour parfaire le décor.

Pourtant, Madeleine n'entend rien, ou presque, du discours du professeur. C'est son premier jour de fac, elle découvre, elle s'emplit de tout ce qui l'entoure. Elle fait partie des nouveaux, des bébés. Tout fraîchement débarquée de sa campagne. Autrement dit, une liberté nouvelle s'offre à elle. Une frontière vierge et grisante. Elle écoutera la voix aiguë de M. Parme un autre jour. Quand le programme aura réellement commencé.

Pour l'instant elle est bien plus intéressée par ses camarades, notamment les looks improbables qu'elle aperçoit autour d'elle. Dreadlocks, crêtes de punks pour certains, costumes gris de représentants de province pour d'autres. Elle n'avait jamais vu autant de personnages dans son Aveyron natal, où se teindre les cheveux en rouge doit représenter l'acte de rébellion le plus extrême. Jamais elle ne s'est retrouvée au milieu d'un tel mélange hétéroclite, d'une telle diversité.

Elle jette des coups d'œil curieux au garçon en tee-shirt STAR WARS et au visage boutonneux de puceau, à quelques rangées d'elle, qui se roule consciencieusement un énorme joint. Au rang d'en dessous, deux blondes décolorées, l'une portant un pull vert éclatant, l'autre une veste à épaulettes jaune canari, ne cessent de discuter entre elles et de glousser comme des pintades. Tout à l'heure, leur voisine leur a demandé de faire moins de bruit. Les deux blondes l'ont traitée de tous les noms et c'est finalement la plaignante, déclarant forfait, qui s'est résolue à changer de place, allant s'asseoir sur les marches. Madeleine est fascinée par ces filles. Cette assurance, cette bonne humeur, ce parfait sans-gêne, autant de traits de caractère qu'elle n'a pas, qu'elle serait incapable d'avoir.

Mais ce n'est pas le plus intéressant. Non, non.

Madeleine a repéré un garçon qui lui plaît beaucoup.

Il est installé au milieu des gradins. Grand, élancé. Superbe. Sa peau, noir cuivré, contraste avec la pâleur d'aspirine de la fille assise à côté de lui, une rousse obèse, débordant d'un tee-shirt rose trop petit de plusieurs tailles, et qui s'évente avec un tract publicitaire depuis le début du cours.

De là où elle est assise, Madeleine ne voit que les cheveux tressés du garçon, réunis en plusieurs nattes, qui descendent sur son tee-shirt, dans son dos musclé. Il n'a pas l'air d'écouter le prof lui non plus. Il ne prend pas de notes. Il semble juste plongé dans la lecture d'un gros livre ouvert sur son pupitre.

Madeleine fronce les narines. Tousse une fois. Une odeur d'herbe flotte dans l'air. C'est l'idiot au tee-shirt STAR WARS qui a allumé son pétard. Autour de lui, ça glousse, ou ça rouspète, mais personne ne l'empêche de fumer. Dans le micro, la voix aiguë du professeur piaille comme si de rien n'était. Il explique à présent que le sérieux est une vertu essentielle pour lui. Qu'il attend d'eux la plus grande assiduité.

Le garçon aux tresses continue de lire son livre.

Et la cloche sonne. Enfin. Terme de ce premier cours de mythologie auquel elle n'a rien écouté. Les étudiants se lèvent dans un joyeux chaos et se suivent en flots animés dans les escaliers, quittant l'amphithéâtre par les deux portes situées de part et d'autre.

Madeleine rassemble ses affaires elle aussi, mais en prenant son temps. Tandis que les autres étudiants se faufilent dans son dos pour regagner l'escalier, elle vérifie que ses livres sont bien rangés l'un contre l'autre au fond de son sac, que sa trousse est bien fermée et ne risque pas de répandre son contenu. Puis elle referme son sac en appuyant sur chaque bouton pression, un par un. Elle passe la bandoulière par-dessus son épaule.

Sans quitter le garçon des yeux, elle se lève.

Elle tient à savoir où il va aller. S'il va se réfugier à la cafétéria, où tout le monde se rend en fin de journée pour faire connaissance. Ou bien s'il va se diriger vers la bibliothèque, aller dans un autre cours, peut-être même rentrer chez lui ?

Il ne fait rien de tout cela.

Il n'a toujours pas bougé de sa place. Il reste assis, au milieu de l'amphi, le nez plongé dans son livre. Le galbe de ses biceps saille quand il tourne les pages.

Sa voisine, la grosse fille rousse, dégoulinante de transpiration, lui crie qu'il la gêne, et le bouscule pour passer. Il soupire, mais ne lui accorde pas un regard. Toujours absorbé par sa lecture, il remue tout doucement les lèvres, peut-être lit-il à haute voix. Une de ses tresses glisse sur l'arrondi de son épaule et lui tombe devant les yeux. Il la repousse et la cale derrière son oreille, continuant de murmurer. Madeleine observe sa main, fine, élégante.

Maintenant. Elle descend les escaliers à petits pas. S'approche de lui. Se prépare mentalement.

Elle sent quelque chose se déplacer dans l'air. Pendant une ou deux secondes, elle a même l'impression qu'une sorte de voile s'est déposé sur les pupitres. Comme une toile d'araignée qui engluerait l'amphithéâtre. Elle se dit qu'elle doit avoir quelque chose dans l'œil. Une poussière.

Un battement de cils. L'illusion est dissipée, comme elle s'y attendait.

Un cri strident s'élève.

Madeleine baisse les yeux, c'est la grosse fille qui a glissé sur la dernière marche. Elle est tombée de tout son long, son sac a répandu son contenu en vrac devant les portes, et elle pousse des hurlements de cochon qu'on égorge. Cheville foulée. Ses cris ameutent des étudiants serviables qui se précipitent pour lui porter secours. Quand ils essaient de la relever, elle les insulte copieusement et recommence à crier.

Assis à sa place, au milieu de l'amphi, le jeune homme sourit. Juste un frémissement de ses lèvres. Madeleine aussi sourit, par pure méchanceté, mais c'est plus fort qu'elle. Elle observe à nouveau les traits minéraux du garçon, ses nattes souples qui luisent dans la pénombre de l'amphithéâtre. Elle prend une grande inspiration.

— Tu vas rester là ? dit-elle en s'approchant.

Contact établi. Il lève le regard vers elle. Il a les yeux très pâles, qui contrastent avec sa peau noire et les fleuves d'encre de ses bras. Il lui fait penser à une illustration tout droit sortie d'une bande dessinée. Un personnage féerique, dangereux forcément, songe Madeleine, sans savoir pourquoi une telle pensée traverse son esprit. Elle la chasse aussitôt. Tout ce qui compte, c'est qu'il est très beau. Que c'est la rentrée. Qu'elle ne connaît encore personne ici.

Qu'elle veut être la première personne à le connaître, lui.

Il hoche la tête.

— La salle est libre, j'ai regardé le planning. Il n'y a plus de cours de la journée.

Madeleine bat des cils. Penche la tête sur le côté.

— Et tu lis quoi ?

Le garçon referme le livre pour qu'elle puisse voir la couverture. Une photo en noir et blanc d'un homme au visage de gourou, avec une croix gammée dessinée sur le front. Le titre s'étale en grosses lettres rouges : VIOL ET CANNIBALISME RITUEL CHEZ LES TUEURS EN SÉRIE.

Léger vertige. Ce n'est pas vraiment ce à quoi elle s'attendait. Mais pas inintéressant non plus. Au moins, ce garçon n'est pas comme les autres. Il la regarde en souriant. Un éclat métallique passe dans ses yeux. Madeleine glousse, pour se donner une contenance.

— Tu as des lectures un peu spéciales, toi.

— C'est un sujet qui me passionne.

Sa voix est chaude et rugueuse, celle d'un meneur d'hommes, d'un chef de clan. Il dévoile des dents très blanches. Ses tresses semblent se mouvoir d'elles-mêmes quand il incline la tête.

— Le viol ou bien le cannibalisme ? plaisante Madeleine, décidée à ne pas se laisser impressionner.

Il rit franchement.

— Non, non. Les rituels. Juste ça.

— Voilà qui me rassure, dit Madeleine.

— Tu sais, tous ces tueurs qu'on voit dans les livres ou dans les émissions à la télé, ils se croient supérieurs parce qu'on leur accorde un peu d'attention, mais il ne s'agit jamais que de pauvres types. Comme celui qu'ils ont mis en couverture, par exemple.

Il pose son index sur le livre. L'homme à la croix gammée sur le front.

— Son nom est Charles Manson, précise-t-il.

— J'en ai entendu parler, dit Madeleine. Il est connu, non ?

— Aussi célèbre qu'une rock star. Sharon Tate, la femme du réalisateur Roman Polanski, a été assassinée par les membres de sa bande, tout le monde en a parlé. Mais les désaxés qui ont fait ça, ce n'étaient que des perdants, des tocards influençables. Manson lui-même n'est qu'un enfant attardé qui voulait se venger de la société parce qu'elle l'avait rejeté. Maintenant il est en prison, et quel est le résultat ? Qu'a-t-il accompli ? Rien. Ce n'est même pas lui qui commettait les crimes, mais ses adeptes ! Il n'est plus rien. Il n'a jamais été digne du moindre intérêt.

— Mais alors, qu'est-ce qui te passionne, là-dedans ?

— Ce qui me passionne…

Les yeux du garçon brillent d'un feu froid. En bas, la fille continue de sangloter, tandis qu'on la porte à l'extérieur. Les portes se referment. Le silence revient. Ils sont enfin seuls dans l'amphithéâtre.

— Ce qui me fascine, ce que je trouve incroyable, ce sont les raisons derrière ça. Les forces qui amènent des gens ordinaires à tordre la nature, pour essayer de la briser, de la déchirer. Y a-t-il une différence entre un fou et un saint ? Qu'est-ce qui distingue les voix qui murmurent à leurs oreilles ?

— Je vois, dit Madeleine, qui ne voit rien du tout.

Elle se dandine. Ce garçon est un détraqué. C'est sûr. Il parle de tueurs comme si c'était la chose la plus passionnante du monde.

Elle s'en moque.

Elle aime les détraqués.

Elle les adore.

— Tu veux t'asseoir ? lui demande-t-il.

Madeleine compte les secondes que doit durer son hésitation. Deux. Trois. Cela doit suffire. Elle répond, le rose aux joues :

— Pourquoi pas.

En prenant place à côté de lui, sur le gradin, elle sent son parfum. Sauvage et musqué.

— Au fait, je m'appelle Madeleine, dit-elle d'une voix faussement timide.

Nouveau sourire.

— Moi, c'est Ismaël.

— Cela fait longtemps que tu t'intéresses à tout ça, Ismaël ?

— Les rituels ?

— Oui, les rituels, tout ça. Les fous et les saints.

Il reprend le livre, le caresse d'une main fine et distraite.

— Depuis pas mal de temps. C'est pour ça que j'ai choisi de faire histoire.

— Moi aussi, dit Madeleine, le regard brillant. On va être ensemble dans tous les cours, alors ?

— On dirait bien, murmure Ismaël Constantin avec un grand sourire.

13

Paris.
21 janvier.

À cinq heures du matin, quand Eva rentra chez elle, il se mit à neiger. De gros flocons à l'aspect cotonneux tombaient en rideau dense, se collant sur son pare-brise. La policière remonta la rue d'Avron. Boulevard de Charonne. Rue de Bagnolet. Elle bifurqua enfin dans son quartier. Arrêt devant le portail de son parking. Le monde, sous les flocons, semblait se déployer au ralenti. Deux sas successifs à franchir. Descente en spirale jusqu'au deuxième sous-sol. Le vide bétonné, immense, silencieux. L'ascenseur. Neuvième étage. Son appartement. Lumière tamisée, air délicieusement chaud. Son arme de service et ses vêtements déposés sur la table basse de sa chambre. Enfin.

Elle passa vingt minutes sous le jet de la douche, peinant à se débarrasser de cette sensation de cendres sur sa peau. La sensation de froid intense dans ses veines – dans son ventre –, elle, ne partirait pas. Pas la vision de ce bébé égorgé dans le congélateur. De ses yeux ouverts sur le néant. Ses petites mains à la peau fissurée par le gel. Depuis combien de temps ? Comment pouvait-on en venir à de telles horreurs ? Eva tremblait encore, tout doucement, ses cheveux plaqués sur son visage. L'eau ruisselait sur son corps sans parvenir à la laver vraiment.

Ce soir, trop d'événements s'étaient bousculés, et elle ne savait encore quoi en penser, comment les gérer, elle ne parvenait pas à les classer correctement dans son esprit. Elle n'était même plus sûre de ce qu'elle éprouvait, dans sa chair même. Ce nœud douloureux qui lui immobilisait les muscles. Cette incapacité de crier, de bouger, de réfléchir.

Elle posa ses paumes sur le carrelage du mur et attendit que ses membres cessent de trembler. Que ses larmes aient fini de couler. Elle ferma les yeux, mais les images continuaient de défiler derrière ses paupières closes. Un kaléidoscope de murs calcinés, de hautes flammes et de bébés morts la fixant de leurs yeux aveugles. Les jeunes voyous, en cercles menaçants autour d'elle. Les pierres et les barres de fer dans leurs mains. Les braises de haine se consumant au fond de leurs yeux. Et les flammes, oui. Montant, sifflant, dévorant. Pliant la tour. Brisant les vitres. Les tourbillons de fumée. La chaleur insupportable, l'odeur du plastique brûlé. Du cadavre de Constantin. Parfum de cendres et de tortures. Son cœur arraché, comme dans les pires histoires d'horreur. Et ce minuscule corps, dernier coup de théâtre de cette horrible nuit. Égorgé. Mutilé. La dépouille d'un enfant. Un *bébé*.

Elle hoqueta. Toussa. Cracha. De la fumée noire, gluante comme du goudron, dans sa gorge, dans ses poumons.

Dès qu'il était question de violence infligée à un enfant, Eva ne parvenait plus à se contrôler, elle perdait purement et simplement les pédales. Il suffisait d'un instant et son apparente maîtrise, qu'elle cultivait tant, se fendait, disparaissait, ce n'était plus que la colère, la détresse, la violence de l'humanité tout entière qui déferlaient en elle.

Mais il était hors de question de se laisser submerger. De se laisser avaler par les flots noirs.

Pas cette fois, plus jamais.

Leroy lui avait avoué que tout le monde était au courant de son histoire. De son puzzle personnel de ténèbres. Bien. Très bien. Elle ferait avec. Mais elle n'avait pas le droit de leur montrer à quel point cette affaire l'affectait. Aucun égarement ne filtrerait jamais.

Elle arrêta le jet d'eau et observa, dans le miroir en face d'elle, le corps souple de cette femme à la peau pâle, aux cheveux de neige et au regard comme deux gemmes rouges étincelantes. Elle n'avait jamais réussi à se faire à sa propre image. Son image de monstre.

Comme le monstre qui l'avait engendrée.

Cette blessure dans son cœur, dans son âme, qui ne la laisserait jamais en paix, tout simplement parce que ce genre de blessure ne cicatrise jamais. Elle continue d'être là, de vous hanter…

Au moins, se répéta-t-elle, c'était la brigade criminelle qui était officiellement saisie de l'affaire. La découverte du bébé congelé avait tout changé, le substitut du procureur n'avait rien pu faire d'autre que leur confier le cas Constantin. Eva ne se faisait aucune illusion, Larusso ne se priverait pas de les emmerder à la moindre occasion. Mais c'était le futur. Cela n'existait pas encore. Pas tout de suite.

Elle se sécha et enfila sa chemise de nuit en soie, cheveux encore mouillés. *Tout de suite, c'était une journée de plus qui s'achevait. Et une nuit de moins, bientôt.*

Comme chaque soir, elle déposa une barrette de Lexomil et un comprimé de Stilnox au creux de sa langue, qu'elle fit descendre d'une gorgée de vodka. Ensuite, tenant d'une main distraite son verre bruissant sous la valse des glaçons, elle alla s'allumer une dernière cigarette devant la fenêtre du salon.

Neuvième étage. La ville nocturne à perte de vue, sous les points blancs tourbillonnants des flocons. Il y en avait de plus en plus. Des nuées blanches, ondulantes, se déposant en silence, profitant du sommeil des citoyens. De l'autre côté de la rue, tout en bas, le petit parc, les arbres aux branches nues, les bancs se couvraient à vue d'œil d'une pellicule de neige.

La mélancolie de ce paysage lui sembla soudain contagieuse et, une pensée en amenant une autre, elle songea à Alexandre. À leur aventure. Brève. Passionnée. Cela faisait deux ans. Cela semblait si loin. Un flic, lui aussi. Reparti dans le Sud, où l'attendaient son travail, son équipe, ses responsabilités. Il ne lui avait rien demandé et elle ne lui avait rien promis. Ils étaient à la fois trop semblables et trop différents. Leurs démons trop présents. Elle réalisa subitement à quel point elle se sentait seule, maintenant plus que jamais.

Me manque-t-il ?

Oui. Il lui manquait. Terriblement. Son corps puissant qui la faisait se sentir si minuscule, si *protégée*. Ses mains rugueuses sur sa peau. Sa gaucherie adolescente de brute sensible, qui essayait toujours de bien faire et n'y arrivait jamais. Il fut un temps où ils s'étaient reconnus, et acceptés pour ce qu'ils étaient. Deux âmes égarées. Deux survivants dans un monde qui était trop différent d'eux. Un flot de ténèbres où ils cherchaient leur voie, chacun à leur manière, et où ils l'avaient trouvée, dans l'uniforme, dans la traque des tueurs, la fuite en avant. L'ironie, le jeu amer de la vie, c'était qu'elle ne connaissait rien de ses secrets, et qu'il ne connaissait rien des siens.

Alexandre Vauvert. Le flic qu'elle aurait pu aimer. Si la vie ne lui avait ôté cette capacité. Si sa sœur et sa mère ne lui avaient pas été arrachées quand elle n'avait que six ans. Comment aimer après ça ? Comment donner cette partie de soi si essentielle quand on pouvait vous la prendre, sans raison, sans justice, à n'importe quel moment ?

Le téléphone se trouvait sur le secrétaire en acajou, dans l'angle de la pièce. Posé sur une plaque de verre, avec en dessous un article de presse où ils figuraient tous les deux, Alexandre et elle, le jour où ils avaient mis hors d'état de nuire deux frères tueurs, Claude et Roman Salaville, les Vampires de la montagne Noire. Une vieille histoire – celle de leur rencontre. Il suffirait qu'elle compose son numéro. Alexandre était insomniaque, elle ne le dérangerait pas. Elle savait qu'il attendait cet appel, il lui avait laissé tellement de messages auxquels elle n'avait pu se résoudre à répondre. Pour ne pas paraître faible. Pour ne pas qu'il se rende compte à quel point elle dérivait. À quel point elle avait besoin de s'accrocher à un bloc, un colosse, un sauveur.

— Quel gâchis, ma vieille, murmura-t-elle à son pâle reflet dans la baie vitrée.

Il était hors de question qu'elle le rappelle. Qu'elle lui fasse du mal, comme elle avait fait du mal à tout son entourage, toujours. Erwan Leroy prenait cela pour un manque de cœur. Il croyait qu'elle jouait avec Alexandre. Alors que c'était tout le contraire. Elle le gardait loin de ses problèmes, voilà tout. Quand elle avait besoin de sexe, elle ramenait des inconnus, de beaux et jeunes idiots levés au hasard dans des boîtes de nuit, qu'elle jetait dehors sitôt son appétit assouvi. Tout était mieux ainsi. Bien mieux.

Six heures à l'horloge lumineuse.

Eva savoura la fin de sa cigarette. Vida son verre d'une dernière, grande gorgée.

Elle alla dormir.

Elle fit un rêve. Un cauchemar. Sa hantise quotidienne.

Eva redoutait ce genre de songe, vicieux, terrifiant, qui revenait la torturer une nuit sur deux, quand elle était la plus faible, la plus nerveuse, que les médicaments ne suffisaient pas à la tenir dans leurs bras d'oubli soyeux.

Enfant, au moment de s'endormir, elle avait pris l'habitude de se dire à voix haute : « Cette nuit je ne ferai pas de cauchemar. » Comme une formule magique, une pensée pieuse et naïve, mais qui avait le mérite de fonctionner, elle l'avait constaté. Alors, ces derniers temps, avec le retour de ses angoisses nocturnes, elle avait recommencé. Elle se répétait, comme lorsqu'elle avait sept, huit ans : « Je ne ferai pas de cauchemar. » Cela marchait encore. Vraiment. Quand elle pensait à le faire.

Ce soir, elle avait oublié. Elle s'était endormie comme une masse, aidée par l'effet du Stilnox, sans penser à se répéter son mantra protecteur.

Le cauchemar revint. Forcément.

Elle ne rêva pourtant pas de ce sous-sol. Elle ne se revit pas à six ans. Elle ne rêva ni de sa sœur, ni de sa mère. Les tentacules noirs de son enfance, de son puzzle de ténèbres, restèrent dans les abysses, à la lisière, frémissants mais invisibles.

Au lieu de ça, dans son rêve, elle se trouvait dans sa rue. Sur le trottoir couvert de neige. Elle observait, impuissante, un incendie engloutir son immeuble comme une grande bête éblouissante. Exactement comme cette bête avide de flammes avait déjà avalé celui de Constantin. La différence, c'est que, cette fois, les appartements n'avaient pas été évacués. Pas un seul d'entre eux. Derrière les fenêtres, il y avait des dizaines de personnes, prisonnières du bâtiment, et dans cette logique implacable des rêves Eva savait que tous ces gens étaient ligotés chez eux, attachés par du fil de fer à la table de leur cuisine, à leur lit, ou bien pendus, écartelés bras en croix, en plein milieu de leur salon. Des victimes sacrifiées. Incapables de fuir. Condamnées à être mangées par le feu. Cet incendie, elle en était persuadée, était un immense bûcher, un holocauste purificateur dans lequel on immolait les âmes mauvaises de ceux qui avaient péché.

Elle savait que son âme à elle aussi était mauvaise, bien sûr. Qu'elle était née pécheresse, par son sang même. Les flammes la cherchaient. Ces flammes-là étaient peut-être déjà en train de renifler sa trace. Oui, Eva avait cette angoisse chevillée au fond de son âme. Un jour, elle serait attachée, elle aussi, comme ces condamnés à mort. Elle brûlerait, sorcière aux cheveux blancs, comme elle l'aurait déjà été si elle avait vécu au Moyen Âge.

Prise de panique, elle traversa la rue en courant pour échapper au spectacle des flammes et aux tourbillons de fumée.

L'incendie jetait des reflets rouge sang sur la neige épaisse. Ses talons s'enfonçaient dans le tapis blanc, avec des crissements sourds.

Eva serrait son blouson contre son corps, sans que cela n'enlève la sensation de froid intense. Ses mains étaient gelées. Elle les voyait devenir bleues, le réseau des veines se dessinait lentement sous sa peau. Ses seins, son ventre se chargeaient de glace.

Titubante et haletante, elle remarqua les oiseaux.

Des corbeaux. Énormes. Il y en avait des dizaines. Les oiseaux noirs tournoyaient, en poussant des cris déchirants semblables à des pleurs. Des sons terriblement humains.

L'un d'entre eux passa devant elle en battant de ses larges ailes puissantes.

— *E-va !* hurla le corbeau de sa voix nasillarde.

Tous reprirent les croassements en chœur : « *E-va ! E-va ! E-va !* »

Eva frissonnait, mais elle n'avait pas d'autre endroit où se réfugier. Dans son dos l'immeuble s'effondrait, les fondations déjà calcinées. Elle entendait le rugissement des flammes qui coulaient sur le trottoir. Raz-de-marée rouge, éblouissant.

L'incendie se propagea à la rue. Les voitures en stationnement se transformèrent en boules de feu, explosions vives. Des colonnes embrasées remontèrent vers le ciel.

Les flammes la cherchaient.

Eva reprit sa progression, pressant le pas. Elle s'enfonça dans le parc, tout au fond du parc, qui semblait bien plus grand qu'il ne l'avait jamais été. La couche de neige se faisait plus épaisse sous ses pas.

Elle arriva au centre du vortex de volatiles noirs.

Comme elle s'y attendait, c'était lui, qui attirait les corbeaux.

Toujours lui.

Il était assis sur le banc, au centre du parc. Un vieil homme aux cheveux blancs qui donnait à manger aux corbeaux surexcités – c'était autour de lui qu'ils volaient, tourbillonnaient et revenaient sans cesse, hurlant « *E-va ! E-va !* ». Eva songea un instant, naïvement, qu'il leur jetait du pain, mais l'instant suivant elle vit ses mains gluantes et rouges, et elle réalisa. L'homme nourrissait les corbeaux avec de gros morceaux de viande. Les volatiles les arrachaient d'un coup de bec au bout de ses doigts, et l'homme souriait en les regardant se battre en plein vol pour s'approprier les meilleurs bouts de chair.

Eva se figea.

Son père jeta un autre morceau de viande – happé au vol par un corbeau – avant de lever les yeux vers elle.

Il plongea ses yeux écarlates dans les siens.

Son visage était anguleux, pas si vieux que ça en dépit de sa crinière blanche.

Eva se perdit dans les lacs de sang qui étaient ses yeux.

— Toi, murmura-t-elle. Toi…

— *Bientôt*, lui dit son père en souriant.

Les corbeaux se jetèrent sur Eva comme une vague noire de plumes, de crocs, de becs qui criaient son nom. *Ev-a ! Ev-a !*

C'est son propre hurlement qui la réveilla.

Elle jeta ses draps loin d'elle, haletante. Elle tremblait de tout son corps. Une terreur primale coulait en elle.

Aujourd'hui, son père devait être mort.

Il *fallait* qu'il en soit ainsi. Elle avait cherché sa trace partout. Il n'existait plus. Il avait disparu du jour au lendemain. Vingt-cinq ans plus tôt. Personne ne pouvait se soustraire ainsi au fichage des citoyens.

Cela signifiait que jamais plus il ne la retrouverait. *Jamais plus il ne pourrait lui faire de mal.*

Eva se le répéta.

Un jour elle s'en convaincrait totalement. Peut-être.

Ses pieds se posèrent sur le plancher. Elle se glissa hors de son lit.

L'horloge indiquait sept heures cinquante. Elle avait dormi deux heures, calcula-t-elle vaguement, en longeant le mur, effleurant du bout des doigts la commode en bois précieux.

Elle dépassa l'arche qui séparait sa chambre du salon et revint se planter à la fenêtre, bras serrés autour d'elle. Dans l'aube naissante, la rue était emplie des scintillements des phares, du mouvement des piétons, de la palpitation typiquement parisienne.

Le parc était comme dans son rêve. Blanc de neige et désert.

Un îlot de calme en plein océan urbain.

Elle chercha le banc dont elle avait rêvé, et le vit, tout au fond, enseveli sous la neige cotonneuse. Il n'y avait aucun vieillard assis dessus, bien sûr. Aucun corbeau se repaissant de viande fraîche. Il n'y avait même pas de pigeon visible dans le périmètre. Juste la couleur blanche, les silhouettes torsadées des arbres, l'immobilité.

Il lui fallait un café. Une cigarette. Tout de suite.

Elle était installée à la table de sa cuisine, devant une tasse fumante, inhalant le tabac brun, quand le téléphone posé devant elle se mit à sonner.

— *Eva ? Je te réveille ?*

C'était Erwan Leroy. Voix rocailleuse, endormie.

— Je suis déjà levée, lui dit-elle. Il y a du nouveau ?

— *Oui. La légiste vient de m'appeler. Elle va procéder aux autopsies ce matin.*

— Déjà ?

— *On n'a pas le choix, tous les médias se sont déjà jetés sur l'affaire. L'info passe en boucle à la radio et sur toutes les chaînes de télé. Larusso tient à ce qu'on accélère la procédure.*

Bien sûr. Le substitut du procureur espérait qu'ils bâcleraient le travail. Un règlement de compte mafieux dans une cité, taux d'élucidation zéro – pour lui, cette affaire était un bâton merdeux. Il avait tout intérêt à la classer aussi vite que possible.

Eva tourna doucement la tête à droite, puis à gauche, faisant craquer ses vertèbres. Deux heures de sommeil. Il faudrait que ça suffise.

— Quand ?

— *L'autopsie de Constantin est prévue à neuf heures. Celle du bébé à onze. Tu m'accompagnes ?*

L'image du corps du bébé, tel qu'elle l'avait découvert dans le congélateur, passa dans ses rétines.

Elle revit le visage de sa sœur jumelle. Assassinée alors qu'elle n'avait que six ans. Elle revit le puzzle de sang qui était sa vie, chaque meurtrier qu'elle avait fait arrêter. Chaque victime dont elle avait vengé la mémoire. Elle qui n'avait jamais été capable de venger la mémoire de sa famille.

Elle cligna des yeux.

— J'arrive.

Bientôt…

14

Toulouse.

À sept cents kilomètres de la capitale, Alexandre Vauvert se réveilla avec une sensation très étrange.

Il avait fait un rêve. Encore. Un de ces rêves-là.

Il s'assit au bord du lit. Puis il déplia ses deux mètres de muscles. Le chauffage central marchait à fond, faisant monter la température ambiante jusqu'à un niveau difficilement supportable. Même en caleçon, le colosse étouffait. Il se dirigea dans le salon de son petit appartement, où les fenêtres, couvertes par des filets de camouflage, projetaient des reflets verts et immobiles.

De quoi avait-il rêvé ? Il ne s'en souvenait déjà plus. Plus exactement. Il lui restait l'image d'une route, de la couleur blanche, d'un crépuscule qui approchait. D'oiseaux qui s'envolaient dans le ciel. Une sensation d'attente, de mystère, de cheveux soyeux. De douceur fragile au bout de ses doigts. Son cœur lui sembla soudain comprimé dans sa cage thoracique. Bien sûr. Il avait rêvé d'elle, encore une fois. Elle, insaisissable, drapée dans ses problèmes, dans son silence. Dans son refus de lui.

Il lui avait laissé des messages auxquels elle ne répondait pas. Puis il avait cessé de lui laisser des messages. Avec le temps, il finirait par cesser de l'appeler tout court. Sans doute.

Oublie-la, se répéta-t-il pour la centième fois, tout en sachant pour la centième fois qu'il n'en ferait rien. *Nom de Dieu, oublie cette femme. C'est le mieux que tu puisses faire. Et puis, sérieusement, tomber amoureux d'une collègue, tu n'y pensais tout de même pas ? Non, jamais de la vie. Jamais de la vie, c'est bien compris ?*

Il ouvrit une fenêtre pour laisser entrer de l'air. Le vent glacial de janvier parcourut son torse nu. Ce n'était pas si désagréable. Il contracta ses puissants pectoraux en rempart contre le froid et alluma sa première cigarette de la journée, observant le paysage des toits de la ville, en l'occurrence des pentes blanches de neige, et des cheminées d'où s'échappaient des filets de fumée, droits et pâles.

La neige avait cessé de tomber, mais le ciel était encore noir.

Comme ses pensées.

Il expulsa de la fumée par les narines, ruminant. Peut-être était-ce le ciel, cette obscurité basse qui écrasait la ville, ou peut-être étaient-ce ses rêves qui lui gâchaient son sommeil déjà rare, lui laissant un goût de sang dans la bouche. Le fait est que quelque chose clochait. Tout au fond de lui. Comme une peur larvée. Mais pour quelle raison ?

Tu le sais. Tes rêves. Toujours tes rêves. Ce qu'ils essaient toujours de te dire. Ce que tu refuses de voir en face.

Sa cigarette à peine écrasée, il se rendit compte que le paquet était vide, et alla fouiller sur la table basse pour en dégotter un autre. Il souleva son arme de service, un imposant Smith & Wesson qui n'était absolument pas réglementaire, mais dont il n'avait jamais voulu se séparer. En tant que commandant de police criminelle, chef d'équipe de surcroît, personne ne pouvait lui faire de réflexion à ce sujet. Il était même probable que personne *n'oserait* jamais se risquer à une telle chose. Le paquet de Marlboro se trouvait sous la télécommande de la télé, entre deux canettes de bière vides. Il en tira une cigarette, qu'il alluma machinalement.

La journée allait être longue, sans saveur, il le sentait. Cela faisait des mois qu'il commençait à douter de sa motivation dans son métier. Les affaires qu'il suivait dernièrement étaient toutes plus déprimantes les unes que les autres. Des règlements de compte idiots entre restaurateurs qui s'étaient mutuellement empoisonné leurs stocks et se retrouvaient avec plusieurs clients à l'hôpital, un transsexuel de vingt-quatre ans, prostitué notoire, découvert pendu chez lui. La violence et le désespoir, ordinaires, inépuisables, qui grignotaient tout doucement la ville.

Et puis, bien sûr, il y avait cette nouvelle affaire, qui mobilisait toutes les équipes depuis près de deux semaines. La disparition de Pierre Loisel.

Loisel était chef d'entreprise. Ses affaires prospéraient. Et voilà qu'il s'était évaporé du jour au lendemain sans la moindre raison, sans l'ombre d'une explication. Les auditions de témoins s'enchaînaient, banales, stériles. Les scientifiques continuaient leurs analyses en vain. Encore une semaine ou deux, et même eux laisseraient tomber. Il n'y avait aucun indice, aucun mobile, aucun suspect.

L'affaire resterait dans les cartons. C'était couru d'avance.

Résigné, Vauvert se dirigea vers la salle de bains. Dans le miroir, il observa son visage carré, buriné, couturé, lézardé par d'innombrables cicatrices. Son nez brisé au cours d'une bagarre, vingt ans auparavant, il n'avait jamais trouvé assez de temps, d'argent ou d'ego pour le refaire et se conformer aux canons de la mode.

Il se trouva laid. Ce genre d'idée ne l'avait pas effleuré depuis longtemps. Mais pourtant. Il était là, avec sa gueule de boxeur décati, sa silhouette trop imposante, ses épaules trop larges, ses yeux trop rougis par le manque de sommeil. Et il rêvait encore qu'une femme aussi belle qu'Eva Svärta veuille bien de lui ?

— Quel gâchis, mon vieux, murmura-t-il à son reflet.

À cet instant, son téléphone sonna, et comme par miracle toute sa mauvaise humeur s'envola.

C'était elle. Ce devait être elle. Elle avait dû percevoir ses pensées. Ou peut-être avaient-ils été vraiment connectés en rêve. Au fond de lui, il savait que c'était possible. Il en avait douté pendant des années, il avait nié l'évidence, mais il devait ouvrir les yeux. Il n'y avait pas de coïncidences aussi énormes. Jamais.

Il se jeta sur son téléphone, posé sur la table basse du salon, et s'empressa de décrocher.

— Oui, allô !

— *Alex ?*

— Et merde, Virginie.

Il soupira. Ce n'était pas du tout la voix d'Eva Svärta au bout du fil. L'espoir était un attrape-couillon.

— *Toujours aussi charmant*, fit Virginie, glaciale.

Mais son ex-femme avait toujours été glaciale. C'était pour cela, en partie du moins, qu'il l'avait tant aimée. Il y avait si longtemps. Depuis, elle refusait de sortir de sa vie.

— Que veux-tu encore ?

— *Alex, je sais que ça ne s'est pas bien passé la dernière fois qu'on s'est parlé, mais j'aimerais faire la paix. Vraiment.*

Il ne répondit pas. Elle avait quelque chose à lui demander. Comme à chaque fois. De l'argent, probablement. Il avait déjà envie d'une autre cigarette.

— *On est toujours amis, n'est-ce pas ? J'ai un service vraiment important à te demander. Tu sais que je ne te dérangerais jamais si…*

— Non merci, trancha-t-il.

— *… ce n'était pas une situation très…*

Il raccrocha.

Il détestait déjà cette journée.

15

Paris.
Institut médico-légal.

La salle de dissection puait l'antiseptique, les cendres et la mort.

La légiste, drapée dans sa blouse verte, concentrée, découpait le crâne de Constantin à la scie électrique, mettant au jour son cerveau, comme un fruit noir, racorni et suintant.

Eva Svärta conservait ses lunettes de soleil, unique rempart face au spectacle macabre.

Elle se tenait bien droite dans les bottes en caoutchouc qu'on lui avait fait enfiler. Elle portait également un tablier en plastique, trop grand pour elle. Le vrombissement de la scie semblait ne jamais vouloir finir.

Ses yeux étaient rivés sur le corps de la victime, allongée sur la table en inox, sous les éclairages puissants et froids qui dévoilaient chaque détail. Une silhouette craquelée, fissurée, à la noirceur de lignite, peu à peu découpée en petits morceaux, chaque morceau nettoyé, pesé, photographié, manipulé par des mains gantées de latex et examiné par des mines sévères.

— À présent, je dégage l'encéphale, expliqua mécaniquement Pauline Chadoutaud, absorbée par ses gestes minutieux, maintes fois répétés. L'état de l'os est très dégradé… Je recherche tout de même la présence de traumatisme *ante mortem*…

Bruit de déchirement – étrangement humide. Les deux moitiés du cerveau desséché de Constantin furent retirées avec délicatesse, l'une après l'autre, malgré le crâne qui s'effritait de toutes parts. Eva éprouva du mal à déglutir. Elle attendit que la légiste poursuive ses explications. Malheureusement, après un examen minutieux, aucun indice ne fut décelable dans le cerveau, ravagé par les flammes.

— Je reviens à présent sur les mutilations de la bouche, expliqua-t-elle en choisissant de longues pinces et des ciseaux.

Eva observa les lèvres du cadavre – ou ce qu'il en restait. Le visage ratatiné de Constantin semblait traversé par un sourire noir, couturé.

Et pour cause.

On lui avait – *réellement* – cousu la bouche.

La policière n'avait encore jamais vu une telle pratique.

Elle inspira doucement par la bouche, à travers son masque, pour éviter de sentir la puanteur.

La légiste glissa la pince sous les fils, et tenta de les couper. Les lèvres du macchabée s'effritèrent sous ses outils. Derrière elle, Leroy n'émit pas le moindre son, mais ferma les yeux, avant de détourner la tête.

— La bouche de cet homme est maintenue fermée par du fil métallique… probablement du fil de pêche… qu'on a cousu au travers de ses lèvres, expliqua la légiste sans s'émouvoir. La chair a fondu, mais pas le fil… Sécateur, s'il te plaît…

Son assistant lui passa l'outil demandé et reprit la paire de ciseaux.

Cette fois, le fil métallique céda. Une partie de la lèvre inférieure tomba à l'intérieur de la bouche. Chadoutaud ôta délicatement toute la longueur du fil de pêche.

— Oh… Voilà qui est intéressant…

Leroy fit un pas en avant.

— Quoi ?

— Cet homme n'a plus de langue.

— On la lui a arrachée ?

— Tranchée et arrachée, oui. L'état de combustion est trop avancé, je ne vais pas pouvoir déterminer avec quel outil cela a été fait. Tout ce que je peux vous dire, c'est qu'on a pratiqué une ablation de la langue de manière brutale. La bouche s'est remplie de sang suite à l'hémorragie. Je peux au moins vous certifier que cet homme était encore vivant pendant qu'on lui cousait les lèvres…

Eva demeurait immobile, le plus distante possible, tandis que les doigts de la jeune femme fouillaient dans la chair calcinée. Ce détachement était vital pour elle. Elle ne voulait considérer que les faits. N'enregistrer que les indices utiles au bon déroulement de l'enquête. C'était un comble, pour un officier de police dont la « valeur ajoutée » était justement une faculté d'empathie hors du commun, mais elle ne voyait pas d'autre technique pour supporter le choc émotionnel d'une dissection humaine.

— Un message, peut-être, murmura-t-elle pour elle-même. On ne voulait pas qu'il parle de quelque chose…

— Mouais, grommela Leroy.

Le jeune lieutenant n'en menait pas plus large qu'elle. Sauf que, lui, ne parvenait pas à se détacher de la scène. Il tournait autour de la table, ses bottes en caoutchouc émettant des bruits de succion, tandis que Chadoutaud, penchée sur la dépouille, effectuait des incisions rigoureuses, prélevait des tissus noircis, découpait un peu plus le corps de celui qui avait été Ismaël Constantin.

— La blessure à la poitrine a été causée par un outil coupant de type sécateur… L'examen externe des organes indique que la chair a cuit sous l'effet de la chaleur. Les muscles ont gonflé et l'épiderme s'est décollé de lui-même… Je pratique à présent l'ouverture complète…

Eva serra les dents tandis que la lame triangulaire du scalpel ouvrait le corps du menton jusqu'au pubis, dévoilant davantage de matières charbonneuses et craquantes. Elle se concentra sur les doigts de la légiste qui saisissaient les côtes pour les sectionner. Elle l'observa arracher les poumons sans frémir.

Confiant les organes caoutchouteux et lézardés à son assistant, Chadoutaud continua son monologue :

— Comme je l'avais mentionné dans mes constatations préliminaires, il manque un organe dans la poitrine de cet homme… Son cœur…

Leroy s'arrêta de tourner autour de la table.

— On lui a arraché son putain de cœur ?

— J'ajouterai que l'opération a été hasardeuse. Le sécateur a laissé des stries profondes sur les côtes, sans doute pour détacher les muscles. Les traces d'arrachement sont plus grossières. Je pense qu'on le lui a enlevé à mains nues…

La légiste releva la tête. Son abondante chevelure blonde était dissimulée sous une charlotte en coton vert, et elle portait un masque de médecin couvrant son menton, sa bouche et son nez. Ses grands yeux bleus ressortaient comme deux taches de ciel dans l'éclairage clinique.

— La bonne nouvelle pour lui, c'est qu'il était déjà mort quand on l'a incendié, acheva-t-elle.

Leroy jeta un regard aux entrelacs de fer déposés dans une boîte en plastique, au fond de la salle.

— Si on résume, Constantin a été ligoté avec ce fil de fer… et ensuite on lui a coupé la langue, cousu la bouche, et finalement arraché le cœur ?

— Avant de l'asperger d'essence et de l'immoler par le feu, oui.

— Ça ressemble au mode opératoire d'un gang, selon vous ?

— Selon moi ? On voit de tout, de nos jours…

La légiste pencha la tête sur le côté, observant les muscles qu'elle avait découpés soigneusement.

— D'accord, concéda-t-elle. Je trouve ces mutilations étonnantes. Elles sont impressionnantes, et elles ont dû être très douloureuses pour la victime, pourtant ce n'est pas ainsi qu'on s'y prend pour torturer quelqu'un. En tout cas, je n'ai jamais vu ça nulle part… Ça me rappelle plutôt les sacrifices tribaux…

— Comme chez les Aztèques ?

— Par exemple. Le cœur arraché ainsi, oui. Je crois bien que les Aztèques faisaient ça. Un sacrifice au dieu Soleil.

— Il y a peu de chances qu'un prêtre aztèque se balade en plein Paris de nos jours, fit Eva d'une voix blanche. Celui qui a fait ça avait une raison plus pragmatique. Il voulait peut-être punir Constantin ? Ou bien faire un exemple pour les autres ?

— C'est possible. Tout ce que je peux vous dire, c'est que le tueur manque de précision, il ne fait certainement pas partie du corps médical. Pourtant, il savait très bien ce qu'il faisait… Il n'a pas hésité un instant…

— Comme il n'a pas hésité à emporter le cœur, reprit Eva. On ne l'a pas retrouvé sur la scène de crime.

Elle ne put s'empêcher de se demander si c'était dans cet unique but qu'on avait mutilé Constantin. Pour lui arracher son organe vital. Les tueurs psychopathes pratiquaient ce genre d'atrocités. Pas un simple gang cherchant à délimiter son territoire. La question demeurait pourtant la même. *Pourquoi Constantin ?*

— J'aurais aimé vous en dire plus, soupira la légiste. Cependant, l'état des tissus ne nous apprendra pas grand-chose…

Tout en parlant, elle effectua de nouvelles incisions. Une substance brun-noir s'écoula le long de la table en inox.

Eva ne broncha pas.

Leroy leva les yeux au plafond.

— Il y a une dernière chose, fit remarquer la légiste.

Regain d'attention. Pauline Chadoutaud écarta une plaie avec son scalpel. Un éclat victorieux traversa son regard bleu.

— Christophe, peux-tu me passer les pinces, s'il te plaît ?

Son assistant s'exécuta. Il était jeune, pas plus de vingt-cinq ans, mâchoire prognathe et cheveux coupés ras, à la mode militaire. L'air renfrogné sur son visage n'incitait pas à la discussion. D'ailleurs, il n'avait pas prononcé le moindre mot depuis l'arrivée des policiers.

— Qu'est-ce que vous avez trouvé ? voulut savoir la policière albinos, se rapprochant.

— Je ne sais pas encore. Je décèle une matière, au fond de la poitrine, qui n'a pas été détruite par la chaleur. Cela ne ressemble pas à des éclats de métal qu'aurait pu laisser une scie, ou une arme…

Du bout des pinces, la légiste préleva de minuscules particules noires. Son assistant revint avec un récipient rempli de liquide transparent dans lequel elle plongea ses échantillons. Le liquide se mit à mousser. Les fragments s'éclaircirent.

— Chlorure de sodium.

— C'est du sel ?

— Du gros sel, précisa la légiste.

— Comment est-il arrivé là ? demanda Leroy.

— Je ne vois qu'une hypothèse. Il a été déposé intentionnellement par le ou les tueurs…

Chadoutaud fouilla dans la viande carbonisée, retrouvant d'autres cristaux de sel.

— C'est bien ça. Après lui avoir arraché le cœur, on a fourré du sel dans la plaie…

— Du sel à la place du cœur ? Mais pourquoi ? fit Leroy.

— Sur des blessures, ça accentue la douleur, dit Eva. Mais pas si l'homme est déjà mort… Ce serait une sorte de superstition, peut-être ?

— Je n'ai pas d'explication, répliqua la légiste. Je ne peux que vous donner les faits. Quoi qu'il en soit, celui ou ceux qui ont fait ça avaient bien préparé leur coup, et savaient précisément ce qu'ils voulaient lui infliger. Rien n'a été laissé au hasard.

Leroy hocha gravement la tête.

— En gros, ils lui en voulaient à mort…

— Je ne vous le fais pas dire.

— Mais alors, cela pourrait-il être une vengeance personnelle ? Par exemple, lui arracher le cœur parce qu'il a lui-même brisé le cœur de quelqu'un d'autre ? Ou pour indiquer que cet homme n'avait pas de cœur ? S'il a lui-même commis un crime abominable, quelqu'un a peut-être voulu faire justice soi-même ?

Pauline Chadoutaud les observa tous les deux, à tour de rôle, avant d'ajouter :

— Je vois à quoi vous pensez…

Eva sentit une tension naître dans ses reins.

Elle savait qu'il faudrait en venir là.

À un moment ou à un autre.

— Nous en avons fini avec la première victime. Si vous le voulez bien, nous allons maintenant procéder à l'examen *post mortem* de la deuxième…

Le frisson remonta dans sa nuque.

La deuxième victime…

L'enfant. Le bébé. Le minuscule corps allongé sur l'inox, attendant les scalpels, les scies, les pinces coupantes et le pèse-organes.

Elle manquait subitement d'air.

Des images projetées sur le grand écran de l'amphithéâtre : des enfants allongés, dévêtus, sacrifiés aux devins des âges révolus. Sur les gradins, on murmure, les filles s'indignent, les garçons gloussent.

— L'infanticide est un crime originel, un tabou qui s'est installé dans toutes les cultures, au même rang que le meurtre du père ou l'inceste…

Après presque un an de cours, la voix du professeur au gilet rouge est toujours aussi insupportable. Ses discours profondément soporifiques. La salle s'est considérablement vidée au fil des mois. Moins d'un tiers des places abritent encore des étudiants.

— … Il faut dire que donner la mort à sa propre progéniture est un des actes les plus contre-nature que l'on puisse imaginer. Pourquoi contre-nature ? Parce que dans l'ordre naturel notre enfant est fait pour nous survivre…

Ismaël et Madeleine se trouvent au premier rang. Les plus assidus de toute la classe. Pas forcément les meilleurs élèves, selon M. Parme.

Il récite le cours, appris visiblement par cœur et ressorti depuis des années, mot pour mot, au même rythme, pauses calculées permettant aux étudiants de tout noter consciencieusement sur leurs copies :

— … En tuant son enfant, c'est sa propre mort qu'on place en perspective… C'est nier notre vie et toute notre humanité…

Madeleine ronge son stylo. De temps à autre, elle note un nom, une référence. À côté d'elle, fidèle à son habitude, Ismaël est plongé dans un livre. Cette fois, un album de photos de corps humains conservés dans du formol. Elle admire sa faculté à pouvoir faire deux choses à la fois, en l'occurrence parcourir des livres aussi éprouvants et écouter le cours. Car Ismaël, malgré son détachement, écoute chaque mot du professeur.

Il lève même les yeux, à présent. Concentré sur le discours de M. Parme. Ses pupilles claires scintillent. Madeleine a déjà vu cet état d'excitation chez lui, quand il parle des tueurs en série et des dieux, des saints et des fous. Un enthousiasme contagieux, parfois. Dangereux toujours.

— De la philo contemporaine à deux balles, grince-t-il entre ses dents. Les indigènes préhistoriques n'avaient pas de notion freudienne de leur rapport à la mort. Au contraire, ils encourageaient le parricide et l'infanticide pour la survie dans les clans…

Madeleine est habituée à ce genre de réaction. Elle sent naître la tension, palpable, dans l'air. Cela lui est déjà arrivé plusieurs fois, cette curieuse sensation de visualiser les émotions des gens, de les imaginer en train de former des replis sur leur peau, comme une mue trop étroite. À l'instant, elle perçoit cette émotion sur la peau noire de son ami. Elle a presque l'impression de voir ses muscles bouger sous sa peau.

Elle cligne des yeux et l'illusion cesse.

À deux mètres d'eux, sur l'estrade, le professeur continue son monologue, amplifié par les énormes enceintes. L'écran géant affiche la reproduction d'un tableau sombre et terrifiant, un monstre contrefait tenant une silhouette d'enfant dans ses mains. Sa bouche est refermée sur le corps, dévorant. Les yeux sont fous, diaboliques, et pourtant emplis d'une terrible détresse.

— Saturne dévorant son fils, chuchote Ismaël. J'adore ce tableau…

— Comme on va le voir, explique M. Parme, le crime d'infanticide a toujours été l'apanage des dieux dans leurs luttes consanguines. Chaque système a connu ses divinités concernées par ce péché. Le tableau que vous voyez derrière moi est l'œuvre du peintre Francisco de Goya. Vous constatez qu'il est peu esthétique, volontairement violent et d'une laideur puisant dans les couleurs sombres, le feu, l'enfer en quelque sorte…

Ismaël marmonne entre ses dents.

— Ouais. Et il nous raconte encore n'importe quoi…

Madeleine glousse.

— … Il représente le dieu grec Cronos, Saturne chez les Romains, en train de manger un de ses enfants. Il faut savoir que Cronos avait attaqué son père, lui tranchant les testicules avec *une faux, avant de prendre sa place. Son père lui avait alors promis qu'à son tour ce serait un de ses fils qui le détrônerait. Pour éviter que cette malédiction ne se réalise, Cronos décida de dévorer sa progéniture…*

— Ça, c'est vrai, commente Ismaël.

Madeleine l'observe en coin. Il a un demi-sourire. Le regard ailleurs.

Puis elle lève de nouveau les yeux vers l'estrade. Une nouvelle image s'est affichée à l'écran.

Un banquet, Grèce antique. Des hommes et des femmes en armure sont installés autour d'une table. Ils partagent de la viande dans les plats multicolores disposés devant eux.

— Et voici Tantale, explique le professeur. Il est représenté à droite sur cette peinture retrouvée dans un temple à Delphes. Vous connaissez probablement son fameux supplice, aux Enfers. Quelqu'un s'en souvient ?

Une main se lève, tout en haut de l'amphi. Un garçon vêtu d'un sweat-shirt à capuche, à la voix timide.

— Mourir éternellement de faim ?

— Exactement, Guillaume. Tantale est condamné à mourir de faim pour l'éternité. Il se retrouve enchaîné au pied d'arbres aux branches chargées de fruits, mais sans jamais pouvoir les atteindre pour s'en nourrir. Il est également installé à côté d'un lac dont l'eau se retire dès qu'il se penche pour y boire. Et pourquoi un tel châtiment ?

Au premier rang, maintenant, c'est la voix d'Ismaël qui s'élève :

— Parce qu'il a tué son fils ! Il l'a servi à manger aux dieux !

Sur les gradins, on s'agite, on prend des notes, on murmure. Une fille émet un râle de dégoût. Ismaël dévoile un sourire carnassier. Et pour cause. Cette légende est une de ses préférées.

M. Parme hoche la tête.

— C'est bien cela, Ismaël. Il s'agit d'une histoire horrible. Tantale avait réuni les dieux et leur avait servi son fils à manger. Il s'imaginait ainsi leur plaire. Le résultat a été l'inverse, bien sûr…

— Ah, non. Pas exactement, lance l'étudiant.

Madeleine essaie de lui pincer la jambe. Elle sent venir la confrontation. Il y en a déjà eu. Trop souvent. Elle ne veut pas se faire jeter du cours une fois de plus.

Le professeur, en tout cas, continue comme s'il n'avait rien entendu :

— Le prix pour avoir tué son enfant fut la damnation aux Enfers. On a demandé qu'une sanction exemplaire soit appliquée à Tantale. D'où l'invention de son supplice…

Ismaël lève la main, l'agite, bouillonnant. Débordant.

— Excusez-moi, mais ce n'est pas du tout ce qui s'est passé ! L'infanticide était pour Tantale un moyen de devenir immortel. Il a élaboré cette soirée avec les dieux dans ce dessein uniquement, en guise de rituel de passage. Si cela n'a

pas marché comme il le souhaitait, c'est qu'il a été trahi…

Le professeur s'éclaircit la gorge. Larsen dans le micro.

— Cher Ismaël, je vois que vous avez encore des théories très intéressantes…

— Ce ne sont pas des théories, se défend le jeune homme. De nombreuses analyses ont évoqué le cas de Tantale comme l'infanticide menant à la divinité. Comme Médée, qui a organisé minutieusement le sacrifice de ses enfants pour accéder, elle aussi, à cette divinité… Ou encore…

Madeleine lui prend le bras. Le secoue. Il soupire. Autour d'eux, les étudiants disséminés sur les gradins jettent des regards amusés. Tous sont habitués à ce genre de remue-ménage. Constantin fait son spectacle. Cela n'amuse plus le professeur depuis des mois. Il reprend son cours sans tenir compte de l'intervention de son élève.

— C'est vrai, pourtant, grommelle Ismaël.

Madeleine sourit. Elle a du mal à se l'avouer mais elle trouve ce penchant qu'a son ami, de toujours vouloir combattre le monde entier avec ses idées inconcevables, fussent-elles véridiques, terriblement craquant.

Une demi-heure de classe. Ismaël replonge dans son livre.

Il relève pourtant la tête quand le professeur aborde la mythologie judéo-chrétienne. Alors que les autres étudiants prennent des notes sans réfléchir, Ismaël écoute, décortique. Pour lui, accumuler des connaissances uniquement dans le but de passer un examen n'a aucun intérêt. C'est comprendre qui le motive. Chercher à saisir le fil ténu du sens derrière les mythes.

— Dans la Bible, nous avons un autre cas de figure très intéressant, explique M. Parme. Dieu demande à Abraham de lui sacrifier en holocauste son unique fils. C'est une manière de tester sa foi. Au dernier moment, alors qu'Abraham se rend sur la montagne avec son fils pour le sacrifice, Dieu arrête son bras.

Ismaël n'y tient plus.

— C'est la version officielle de l'histoire ! Mais personne ne sait ce qui s'est passé exactement !

— Qu'est-ce que vous racontez, Ismaël ?

— Ne peut-on pas se demander ce qui aurait pu arriver, ce qui est peut-être d'ailleurs arrivé, si Abraham était allé au bout de son geste ?

Le professeur le regarde, droit derrière son bureau, déjà sur la défensive.

— Dieu l'en a empêché. Ce n'était qu'une épreuve pour tester sa foi.

— Justement ! Pourquoi Dieu aurait-il fait ça ? Il n'a pas hésité à tuer tous ses enfants lors du Déluge, n'est-ce pas ? Ne peut-on pas penser qu'Abraham a cherché à l'imiter ? Et qu'il a bel et bien tué son enfant sur la montagne ? Le texte parle d'holocauste, c'est-à-dire une immolation sacrée sous le regard de Dieu. À l'époque, ce genre de pratiques étaient très courantes !

— La simple idée de cette question est ridicule, lâche le professeur, exaspéré. Ismaël, nous en avons déjà discuté, et je ne pense pas que vos

élucubrations fumeuses puissent intéresser qui que ce soit parmi vos camarades. La mythologie n'est pas un jeu de suppositions. Vous êtes ici pour apprendre un programme...

Ismaël hoche la tête, amer.

— Bien sûr, dès qu'une idée sort du cadre de vos cours, elle est ridicule. Vos cours sont donc sacrés ? Mais c'est vrai que vous les avez appris par cœur sans rien y comprendre, et que vous espérez que tous vos étudiants vont à leur tour les apprendre, comme vous, sans rien y comprendre non plus ?

— Je vous ordonne de vous taire ! explose le professeur, le visage aussi empourpré que son veston. Vous ne connaissez rien à rien, vous n'êtes qu'un étudiant de première année !

— Justement. Ce n'était pas ma vision de l'apprentissage quand je me suis inscrit à cette option...

Des murmures frissonnent dans l'amphithéâtre comme des ailes d'insectes. Les regards se braquent sur le jeune homme aux cheveux tressés.

— Ça suffit ! Puisque vous le prenez ainsi, je vous demande de sortir immédiatement. J'en ai assez que vous perturbiez mon cours !

— Vous n'avez pas le droit de faire ça, je suis un étudiant comme les autres ! s'insurge Ismaël.

— Dehors ! crie le professeur, sa voix démultipliée par le micro.

Sur les gradins, les voix des autres élèves s'élèvent.

— Ismaël, il a raison ! Tu nous emmerdes !

— On a un examen dans un mois !

La contagion se propage, les esprits s'échauffent, encouragés par l'exemple.

— Casse-toi si tu te crois plus intelligent que le prof ! beugle une fille.

Sur l'estrade, poings sur les hanches, M. Parme grimace un sourire vainqueur.

— Alors ? Faut-il que je demande à vos camarades de vous mettre dehors ?

Ismaël Constantin se lève, d'un bloc, ses tresses s'enroulant autour de son cou comme des serpents prêts à l'attaque.

— Vous avez raison, je n'ai rien à faire dans cette farce ridicule. Merci de m'avoir ouvert les yeux.

— Tout le plaisir était pour moi, réplique le professeur. Maintenant, sortez et laissez-nous finir le cours.

Madeleine se lève avec son ami pendant que le bonhomme, légèrement tremblant, reprend son exposé et que l'amphi entier se replonge dans sa prise de notes.

16

— Cet enfant a été congelé il y a environ quinze ans, dit la légiste.

Eva croisa les bras. *Reste détachée.* Depuis le début de l'autopsie, de la profanation scientifique de ce petit corps, elle sentait le vertige l'effleurer. Elle luttait pour demeurer immobile, droite dans ses bottes, sans se préoccuper des couleurs chatoyantes qui dansaient au coin de ses yeux. C'était le manque de sommeil qui l'affaiblissait, rien de plus. Elle n'avait rien avalé depuis la veille au soir et elle était en hypoglycémie.

— L'examen externe des plaies indique qu'il a été égorgé, c'est la perte de sang qui a causé la mort du sujet... (Chadoutaud désignait les blessures, permettant à son assistant d'orienter la caméra numérique.) On peut distinguer trois lésions profondes, qui ont été provoquées par une arme blanche... Sans doute un poignard... Je vois des résidus de métal dans les plaies, je vais les extraire pour analyse... Celui ou celle qui a fait ça était gaucher, et avait une grande force physique...

Constantin était gaucher, songea Eva. Elle se répéta ce qu'elle se disait depuis le premier instant. C'était forcément lui, le meurtrier. Mais pourquoi conserver un enfant ainsi ? Pendant quinze ans dans un congélateur ? Et pourquoi placer ce congélateur dans une pièce fermée par une porte blindée ? Quel genre de fétichiste morbide pouvait faire ça ?

— En outre, la croissance des vertèbres nous indique un âge compris entre trois et quatre mois…

Leroy passa derrière elle, hochant la tête, vibrant de nervosité. Il avait repris ses allées et venues autour de la table, sans oser regarder le corps. *Le bébé*. Eva déglutit avec difficulté. Elle avait beau se concentrer, elle perdait la notion du temps. La voix de la légiste, douce et fluide, égrenait ses constatations, la plupart sans grande importance pour l'enquête. Comme pour l'autopsie précédente, la scie électrique attaqua la calotte crânienne en premier. Puis le scalpel incisa le ventre de l'enfant, le dépeçant peu à peu entièrement. Eva contempla les côtes se faire scier, le petit cœur rabougri, pas plus gros qu'une fraise, son estomac, son foie, sa rate, ses poumons, être arrachés, lavés, pesés, examinés, commentés. À un moment, elle se rendit compte qu'elle serrait les dents à se faire mal. Les ciseaux continuaient de fouiller la chair. Écarter les muscles. Elle lutta désespérément contre la nausée qui montait en elle.

On toqua à la porte.

Un répit. Eva inspira enfin.

L'attention fut dirigée vers un agent de sécurité au crâne chauve et aux yeux cernés, bedaine débordant sur son pantalon à pinces. Il agitait une grande enveloppe.

— Désolé de débarquer comme ça, mais c'est le labo qui vous envoie ce pli. Ils m'ont bien précisé que vous le vouliez de toute urgence.

L'assistant prénommé Christophe délaissa les outils de torture pour aller à sa rencontre.

— Merci.

C'était le tout premier mot qu'Eva l'entendait prononcer. Le jeune homme ouvrit l'enveloppe et en sortit des feuillets imprimés.

— Ce sont les résultats d'analyses que tu as demandés, Pauline.

— Voilà qui tombe à pic. Je vais lire ça tout de suite.

Pauline Chadoutaud s'écarta de la table à dissection et enleva ses gants. Elle parcourut les feuillets avec une grande attention.

— Quelles analyses ? demanda Leroy.

— Pour ne pas perdre de temps, je me suis permis de faire des prélèvements cette nuit, dès l'admission des deux sujets. Je suis allée moi-même les apporter au labo pour qu'ils effectuent une comparaison ADN aussi vite que possible.

— Et alors ? Il y a un lien de parenté ? demanda Eva.

La légiste hocha la tête. Elle abaissa son masque en coton vert et afficha un sourire triste.

— Oui. L'enfant congelé est bien le fils de Constantin. L'ADN correspond.

— Comme on le supposait, donc, murmura Eva.

Ils s'attendaient tous à cette conclusion. Maintenant qu'elle était officielle, ils n'étaient pas plus avancés pour autant. Il manquait toujours des pièces essentielles au puzzle Constantin.

— Comment retrouve-t-on la mère ?

La réponse fut lisible sur le visage de la légiste. Une impuissance totale.

— Son ADN n'est pas fiché. Je n'ai aucun moyen de déterminer son identité.

Eva hocha la tête.

— Ce n'est pas grave. Nous allons retracer la vie de Constantin. On finira par comprendre avec qui il aurait pu avoir ce bébé…

Chadoutaud remit son masque et enfila une nouvelle paire de gants en latex.

— Je vais finir l'examen *post-mortem*.

Les taches colorées revinrent dans les yeux d'Eva, malgré ses lunettes.

Elle sentit qu'elle vacillait.

— Commandant ? s'inquiéta la légiste. Tout va bien ?

Eva la regarda, regarda Leroy, puis l'assistant qui attendait en retrait, et pour la première fois depuis bien longtemps elle réalisa que ses forces l'abandonnaient, et qu'elle n'arrivait pas à donner le change.

— Non, concéda-t-elle d'une voix éteinte. J'ai besoin de sortir prendre l'air. Finissez sans moi, d'accord ?

Par pudeur, aucun d'entre eux n'ajouta quoi que ce soit. Ils la regardèrent quitter la salle. Elle grelottait.

La voiture était garée sur le minuscule parking de l'institut, coincé entre le vieux bâtiment en brique au rouge rugueux, passé, et le trafic dense des bords de Seine. Eva claqua la portière. Au-dessus d'elle, le métro aérien poussa des rugissements et fit des étincelles de tous les diables.

Emmitouflée dans son épais blouson en cuir, elle mit le contact pour allumer le chauffage. Puis elle ouvrit une cannette de Coca-Cola et y glissa une paille, espérant que cette boisson sucrée suffirait à faire remonter sa glycémie.

Mais ses mains tremblaient toujours.

Elle observa, l'esprit vide, les flocons de neige qui s'écrasaient sur le pare-brise.

Elle se demanda comment elle allait faire pour garder son sang-froid.

Elle n'y pouvait rien, cette affaire la renvoyait à son passé. Aux spectres noirs de son enfance. Elle avait cru pouvoir tenir le choc, mais l'autopsie de ce bébé avait fait remonter les souvenirs. Sa mère, sa sœur jumelle, Justyna, dans le jardin de leurs grands-parents. Justyna et elle se balançant, accrochées à un pneu pendu à une corde sous un ciel mauve d'automne. Puis la fuite d'une ville à l'autre, des appartements se succédant, des pièces qui devenaient leur chambre pour quelques mois, des écoles, des nouveaux camarades, sans comprendre ce qu'elles fuyaient, pourquoi leur mère était persuadée qu'un jour ou l'autre le grand méchant viendrait s'en prendre à elles. Maintenant, Eva savait que sa mère avait toujours eu raison. Les grands méchants guettent toujours les enfants trop fragiles. Comme dans les contes, il y a toujours des ogres qui conservent leurs victimes dans des congélateurs…

Au moment où une nouvelle rame de métro passait dans un vacarme étourdissant, Leroy sortit du bâtiment. Elle remonta ses lunettes pour ne pas qu'il voie ses yeux fiévreux.

— C'est bon, lui dit-il en s'installant derrière le volant. Tu n'as rien loupé d'important, c'est maintenant au labo d'achever les analyses. Alors ?

Eva fit tournoyer le fond de Coca dans la canette.

— Alors ? Pour résumer, on a un cadavre de bébé âgé de quatre mois, déclara-t-elle, d'une voix monocorde. Quelqu'un l'a égorgé. Égorgé et congelé. Probablement son propre père.

Il se tourna vers elle, l'air franchement inquiet.

— Je ne te demandais pas ça, Eva ! Je veux savoir si tu vas bien. Je ne t'ai jamais vue dans cet état…

— Et moi je veux que tu t'occupes de tes fesses, pour une fois. C'est toi qui étais prêt à remuer ciel et terre pour cette affaire Constantin, non ?

— C'est vrai, mais…

— Alors c'est bon. Je te suis. On va l'élucider, ce double assassinat.

Un ange passa. Le jeune homme gratta sa barbe d'une semaine. Il savait qu'il ne fallait jamais brusquer Eva quand elle dérivait sur cette pente-là.

— Très bien. Admettons que Constantin a tué son fils et qu'il l'a conservé comme un trophée. On fait quoi de l'hypothèse de Larusso ?

— Tu veux dire, selon laquelle ce serait un banal règlement de compte mafieux ?

Leroy hocha la tête.

— Oui. Constantin a détrôné tous les autres chefs de bande quand il s'est installé. Le moins qu'on puisse dire, c'est que ça a dû créer des jalousies. Un jeune chien fou a pu se mettre en tête de prendre sa place. Niveau mise en scène, il faut avouer qu'un tel incendie, c'est un exemple assez spectaculaire.

— Tu y crois, à cette possibilité ?

— Pas vraiment, admit Leroy. L'incendie peut coller, mais la bouche cousue, la langue tranchée, le cœur arraché, ça fait beaucoup pour une simple guerre de territoire. Même la légiste a dit que ça lui faisait penser à un sacrifice aztèque. Je ne dis pas que ça n'arrive jamais, ce genre de mise en scène, mais ce n'est pas vraiment courant chez les truands. Il y a une volonté froide derrière ce qu'on a fait subir à cet homme.

Eva eut un pâle sourire.

— C'est bien ce que je pense.

— Alors quoi ? Tu crois qu'on l'a assassiné uniquement pour venger le gosse ?

— C'est une hypothèse raisonnable, au stade où nous en sommes. En tout cas, c'est ce à quoi cette mutilation me fait penser. Tu sais ce qu'on dit, œil pour œil. Dans ce cas, ce serait un cœur pour un cœur.

— Et tu penses que c'est la mère du bébé qui aurait pu faire ça ?

— Oui. C'est ce que je pense.

— Je n'aimerais pas croiser une telle femme, dit Leroy.

Il continua de se gratter la barbe, regard dans le vague.

— Cela pourrait en effet expliquer le cœur arraché. Mais pourquoi lui couper la langue et lui coudre la bouche ?

— C'est peut-être un message, suggéra Eva. Pour faire peur à quelqu'un ? Ce que je sais, c'est qu'il en a fallu, des tripes, pour faire subir ça à un autre être humain. Ne serait-ce que lui coudre la bouche, cela a dû durer longtemps…

— Tu penses vraiment que tout l'immeuble était au courant ? Que personne n'a rien fait ?

— J'en suis certaine. De même que je suis certaine qu'aucun locataire ne nous dira quoi que ce soit. Ici comme ailleurs, c'est la loi du silence…

Elle but une gorgée de Coca, observant l'horloge sur le tableau de bord. Réfléchissant.

— Ne nous dispersons pas trop vite en conjectures, et revenons à la chronologie des faits. Point par point. Ismaël Constantin a eu un enfant. Un enfant soigneusement caché. Il n'apparaît nulle part dans les fichiers d'état civil, ce qui prouve que l'accouchement a eu lieu à domicile. Quelles sont les personnes qui pourraient être au courant de son existence ?

— On en revient toujours à la même personne, répondit le jeune homme. La mère du gosse.

— La mère, répéta Eva. Dont on ignore l'identité.

— C'est elle qu'il nous faut retrouver. Coupable ou non, elle aura les réponses.

— Je suis bien d'accord.

Leroy se massa les tempes.

— Attends, Eva.

— Oui ?

— N'est-on pas en train de tirer des conclusions hâtives ? Même en admettant que Constantin a tué son gosse, rien ne prouve que c'est lui qui a décidé de conserver le bébé dans un congélateur. Tu vois ce que je veux dire ? Ce sont essentiellement les femmes qui font ce genre de choses…

Eva eut un sourire ironique.

— On dit que c'est l'instinct maternel. C'est un fait inhabituel, je te l'accorde. Nous avons d'ailleurs un autre fait inhabituel. Souviens-toi, dans cet appartement, il y avait une pièce spécialement dédiée à ce congélateur. Constantin était allé jusqu'à faire installer une porte blindée !

— Cet enfant était peut-être très important pour lui, avança Leroy.

Puis, après un instant de réflexion, il ajouta :

— Ou pour elle.

— Si c'est le cas, nous allons découvrir pourquoi.

— On dispose d'une autre information, désormais. La mort de cet enfant remonte à quinze ans.

Eva hocha la tête. Elle voyait où il voulait en venir.

— Cela nous permettra d'identifier la mère, si on arrive à savoir qui il fréquentait à l'époque. De plus, c'est la période où Constantin s'est installé dans la cité.

— Tu crois qu'il y a un lien ?

— S'il y en a un, on va le trouver. D'où venait-il, avant ça ?

— D'après ce qu'on sait, il habitait à Villiers-le-Bel, avec sa mère. Il avait été interpellé à diverses reprises pour des bêtises, jamais rien de grave. On suppose qu'il avait fini par avoir des problèmes avec les bandes locales, ce qui l'a poussé à déménager aux Ruisseaux. Avec le résultat qu'on connaît.

La policière délaissa sa boisson sucrée.

— Tu dis qu'il vivait avec sa mère ?

— Amina Constantin, dit Leroy. Soixante-quatorze ans.

— Il est proche d'elle ?

— Plutôt, oui. C'est sa seule famille. Son père, Hassane Constantin, est mort alors qu'il était enfant. Ça se passait à Niamey, au Niger. D'après ce que j'ai compris, le pays avait traversé une sécheresse sans précédent, des milliers de personnes en sont mortes. Sa mère, Amina, a décidé de prendre son fils avec elle et a émigré en France à cette période. Ce qui leur a probablement sauvé la vie, soit dit en passant. Après ça, on suppose qu'ils ont habité dans plusieurs villes du Sud-Ouest avant de s'installer en région parisienne.

— Où habite-t-elle maintenant ?

— Quand son fils s'est installé aux Ruisseaux, elle a acheté une maison au Pré-Saint-Gervais, juste de l'autre côté du périphérique…

— Une maison, rien que ça ? Avec quel argent ?

— Il faut croire qu'elle a une bonne retraite, dit Leroy avec un sourire ironique.

Il dévisagea sa collègue.

— D'accord, il est évident que c'est son fils qui a payé pour sa maison. Et alors ? Tu crois qu'elle savait, pour le gamin congelé ?

— J'en mettrais ma main au feu, répondit Eva.

Elle réfléchit. Un sourire naissait au coin de ses lèvres.

— C'est elle qui va nous donner l'identité de la mère de ce gosse. Est-ce que tu as l'adresse de sa maison ?

— L'identité judiciaire peut nous la donner en une minute. Mais ce serait plus simple de la convoquer, non ?

— Non. On va lui rendre visite, lui dit-elle d'une voix sans appel. Tout de suite.

— C'est une vieille dame.

— Elle me parlera. Je t'assure qu'elle va parler.

Une ombre glissa dans le regard de la policière. Elle remonta l'écran noir de ses lunettes.

— Je n'aime pas quand tu es comme ça, Eva.

Elle eut un sourire étrange.

— Je sais.

17

À onze heures, ils descendirent à pied l'étroite avenue des Marronniers.

Le quartier, soigneusement enclos, n'avait rien à voir avec les friches industrielles, les murs tagués et la colère larvée des cités. Ici, les maisons étaient en meulière, avec des façades impeccables et des grilles en fer forgé. Chacune possédait son jardin, sa pelouse couverte de neige, comme un coin de campagne caché en pleine agglomération parisienne.

Pourtant, Eva se sentit envahie par une étrange sensation. *Encore.* Cela tenait à peu de chose. À cette rue pavée bordée d'arbres noueux, anormalement silencieuse, où seul le bruit étouffé de ses talons s'élevait en cadence. Pas l'ombre d'une commère aux fenêtres. Elle ne put s'empêcher de repenser à la veille au soir. Ces résidences avaient beau être clôturées, parfaitement entretenues, au fond d'elle, elle percevait la même lourdeur, la même attente. De rares mais énormes flocons de neige tombaient au ralenti sur les branches nues des marronniers. C'était le seul mouvement perceptible autour d'eux.

Tous les sens à l'affût, elle scruta les jardins et les fenêtres à la recherche de présence humaine. Elle la repéra enfin, de l'autre côté d'une minuscule place pavée à l'intersection de deux allées. Assises sur un banc en pierre, trois vieilles femmes vêtues de noir attendaient, des fichus en tissu serrés sur leurs visages ridés. Ainsi immobiles sous les flocons de neige, elles lui firent penser à des charognards. Attendant quoi ?

Erwan Leroy s'éclaircit la gorge, guère plus à l'aise qu'elle.

— Pas grand monde, hein ?

Eva ne répondit pas. Elle se dirigeait d'un pas décidé vers la maison d'Amina Constantin, située tout au bout d'une impasse. Un vaste jardin encadrait la résidence. Le moins qu'on puisse dire, c'est que son fils ne s'était pas moqué d'elle quand il lui avait offert cette propriété.

De l'autre côté de la place, les trois vieilles dames en noir les suivaient du regard.

Leroy pressa le pas.

La policière albinos était arrivée devant la grille. Visage impassible, elle appuya sur le bouton de la sonnette.

— Dis, tu ne me refais pas un coup comme cette nuit, n'est-ce pas ? s'inquiéta Leroy.

— Tu devrais m'attendre ici, répondit-elle d'une voix sépulcrale.

— Eva…

Elle poussa la grille. Celle-ci n'était pas verrouillée. Elle remonta le jardin, ses bottes s'enfonçant dans le tapis de neige. Une odeur âcre de bois brûlé flottait dans l'air, provenant sans doute d'une cheminée. D'un incinérateur, peut-être.

Leroy resta d'abord interdit, jetant un regard circulaire autour de lui, à la rue déserte, aux grands arbres, avant de pivoter nerveusement sur lui-même pour lui emboîter le pas.

— Hors de question que je te laisse seule quand tu es comme ça, Eva !

Sur la place, les vieilles dames se levèrent de leur banc. Elles n'échangèrent pas le moindre regard, pourtant elles se mirent en marche d'un même mouvement, traversant la place, en direction de la petite impasse en pente.

Alors qu'elles passaient devant le premier jardin, un vieux monsieur, cheveux poivre et sel, planté derrière la grille, laissa tomber son râteau dans la neige. Il tourna la tête vers la maison mitoyenne, où la porte s'ouvrait en silence. Une jeune femme en sortit, une main posée sur son ventre rond et lourd, lui répondant par un sourire triste. Ils sortirent tous deux de leurs résidences et emboîtèrent le pas aux vieilles femmes.

Sans un mot, ils s'approchèrent de la maison au bout de l'impasse, d'une démarche lente mais résolue.

Leurs regards absolument fixes.

18

— Madame Constantin ? C'est la police.

Dans l'encadrement de la porte retenue par la chaînette, le visage était suspicieux. Une vieille femme à la peau intensément noire et luisante, parcourue de tant de rides profondes qu'elle ressemblait à une sculpture de bois précieux.

Amina Constantin renifla avec mépris. Ses boucles d'oreilles en verre oscillèrent.

— J'ai déjà parlé à la police. Laissez-moi faire le deuil de mon fils.

Sa voix était enrouée. Ses yeux, qui allaient et venaient d'un policier à l'autre, indiquaient clairement qu'elle ne leur ouvrirait pas.

— Nous enquêtons sur la mort d'Ismaël, insista la policière. Nous avons d'autres questions à vous poser. C'est très important.

La vieille femme secoua la tête, bruissement de colliers de perles, et renifla à nouveau.

— Je suis trop fatiguée.

Eva colla son visage très près du sien, dans l'étroite ouverture de la porte.

— Ce ne sera pas long.

— Laissez-moi tranquille ! gronda Mme Constantin en essayant de refermer.

Par réflexe, Eva donna un violent coup de pied dans la porte pour l'en empêcher. La chaînette se tendit avec un claquement de métal. Amina Constantin fit plusieurs pas en arrière, criant à l'aide.

— Eh ! Qu'est-ce que tu fais ? s'inquiéta Leroy. Tu ne peux pas…

— Elle se moque de nous, tu ne le vois pas ?

Pour appuyer son propos, l'albinos recula d'un pas, et envoya un autre coup de pied dans la porte. Cette fois, la chaînette se brisa net, ses mailles s'éparpillant dans le hall. Amina Constantin continua de reculer, vociférant comme si on allait l'égorger.

— Nom de Dieu, Eva ! s'écria Leroy en essayant de lui saisir le bras.

Elle se dégagea aussitôt. Maxillaires saillants sous ses mâchoires serrées, elle ressemblait à une machine implacable et terrifiante.

— Reste là et laisse-moi faire. Laisse-moi faire, tu entends ?

— Et merde, grogna le jeune homme, blême.

Il fit quelques pas dans le hall meublé de teck, tandis que sa collègue se lançait à la poursuite d'Amina Constantin. La maison était petite, la vieille dame n'irait pas bien loin.

Elle avait pourtant déjà grimpé l'escalier jusqu'au premier étage, avec une étonnante vitalité pour une personne de son âge. Eva gravit les marches à son tour, emplie d'une détermination froide, d'une urgence qu'elle ne s'expliquait pas elle-même. Pas le temps d'y réfléchir. Elle rattrapa son témoin dans un petit salon aux murs tapissés de motifs africains.

— Madame Constantin, calmez-vous maintenant.

La vieille dame se précipita vers une commode où était posé un téléphone mobile.

— Ne me frappez pas ! dit-elle d'une voix chevrotante. Par pitié !

Eva lui arracha le téléphone des mains et l'éteignit.

— Arrêtez votre cirque. Je ne vous veux pas de mal. J'ai des questions à vous poser, et vous le savez très bien. Je n'irai pas par quatre chemins.

La femme la dévisagea des pieds à la tête. Diverses expressions passaient sur son visage émacié et racorni. Elle portait un épais turban noir et une robe elle aussi noire. Autour de son cou étaient emmêlés des dizaines de chapelets, colliers de perles et icônes pieuses. Ses boucles d'oreilles en verre, énormes, se balançaient doucement.

Elle tendit un doigt fin et sec comme une vieille brindille.

— Vous êtes albinos, oui ?

— En effet. Cela vous pose un problème ?

Amina Constantin eut un rictus mauvais, et un éclat sombre brilla au fond de ses yeux. À cet instant, Eva sut, comme une terrible évidence, qu'elle ne s'était pas trompée. Cette personne n'était pas la vieille dame sans défense qu'elle prétendait être.

— Dans mon pays, les enfants qui naissent sans couleur, on dit qu'ils reviennent du monde des morts. Des fantômes dans leurs yeux. Ils amènent la mauvaiseté avec eux, oui.

Eva connaissait bien ces histoires. Elles l'avaient mortifiée, adolescente.

— On tue ces enfants à la naissance, c'est bien ce que vous insinuez ? J'ai entendu parler de ces superstitions. C'est idiot, et cruel.

— Vous appelez ça des superstitions, grinça-t-elle, en secouant ses chapelets. Pour certains, ce sont les traditions. Il y a de bonnes raisons à ces traditions.

— C'est ce qu'Ismaël a fait à son propre fils ? attaqua la policière, résolue à ne pas se laisser impressionner. Cet enfant n'était pas « sans couleur », comme vous dites. Alors, pourquoi ? Quelle était la bonne raison de tuer un innocent ?

— Vous êtes mauvaise, souffla Amina Constantin. La mauvaiseté dans votre cœur. Dans votre sang.

Elle fit des gestes avec ses paumes, comme si elle étalait quelque chose dans l'air devant elle.

— Que faites-vous ? gronda Eva, sur la défensive.

Instinctivement, elle avait posé sa main sur la crosse de son arme, à sa ceinture.

— Je me protège de votre mauvaiseté.

— Écoutez-moi bien, madame Constantin. Vous feriez mieux de ne pas plaisanter avec moi et de répondre à mes questions. Est-ce que vous me comprenez ?

Amina Constantin découvrit des dents impeccablement blanches. Elle regarda l'arme de la policière, sa main crispée dessus, et rit.

— Je viens de perdre mon fils unique, et vous voilà, vous. Pourquoi ? Pour me faire souffrir davantage. Comme si je n'avais pas assez souffert, oui !

Eva prit une longue inspiration. Cela n'allait pas se passer aussi simplement qu'elle l'aurait souhaité.

— Madame Constantin, je dois savoir qui est la mère du bébé.

— Je ne connais pas de bébé.

— Bien sûr que si. Votre fils Ismaël le conservait dans son congélateur. Vous le savez très bien.

— Ismaël était un saint, cracha-t-elle en réponse. Vous voulez salir sa mémoire, mais il était un saint, oui.

— Je dois savoir son nom, répéta la policière. Nous devons la retrouver.

— Je ne sais pas, insista la vieille femme tandis que ses yeux calculateurs prétendaient le contraire.

Elle n'arriverait à rien ainsi. Eva essaya un autre angle.

— Vous savez ce qu'on a fait à votre fils ? On lui a arraché le cœur et la langue.

— Mon pauvre enfant, murmura Amina Constantin.

Sa voix tremblait, mais ses yeux demeuraient secs. À l'affût. Ils allaient et venaient, dévisageant la policière des pieds à la tête.

— Pourquoi lui a-t-on fait ça ? insista Eva. Le cœur et la langue, est-ce que cela signifie quelque chose ? Une vengeance ?

— Bien sûr que oui, c'est une vengeance. Après tout ce temps… personne n'y échappe… pas même les saints… pas même mon Ismaël…

Voilà. Elle y arrivait. Elle y arrivait presque.

— Est-ce à cause du bébé ? Parce qu'il l'avait tué ?

— Tout a toujours été à cause du bébé, marmonna la vieille femme, le regard vibrant de colère.

— La mère ? C'est elle, n'est-ce pas ? Elle a voulu laver le sang par le sang ? Il faut que vous me donniez son nom.

— Vous n'écoutez rien. Vous êtes sourde.

— Je veux juste que vous m'expliquiez. Vous ne voulez pas que les coupables soient arrêtés ? Pour la mémoire de votre fils ?

— Laissez les morts s'occuper des morts. Voilà ce qu'il faut faire, oui.

Sans la quitter du regard, Amina Constantin tritura ses chapelets, et Eva fut transpercée par une évidence terrible. Cette femme *savait*. Tout. Parfaitement. Elle connaissait le meurtrier, comme elle avait su que son fils allait se faire assassiner.

— Il vous a prévenue que quelque chose risquait de lui arriver ? C'est bien ça ?

— Ces choses nous dépassent. Vous n'y changerez rien. C'est la loi du premier sang. Ils savent, pour vous… La mauvaiseté dans votre cœur…

S'il y avait un sens à ces paroles, Eva ne le comprit pas. Mais elle refusait catégoriquement de se laisser intimider.

— De qui parlez-vous, madame Constantin ?

— *Le premier sang*, répéta la vieille femme. Il a été versé, il est trop tard pour revenir en arrière.

La policière fronça les sourcils. Elle sentait qu'elle touchait du doigt quelque chose. Quelle que soit la signification de l'amputation de la langue et du cœur, la vieille dame en noir devant elle la connaissait. Cela faisait partie de sa culture. Cela faisait partie de ses convictions. Il fallait la faire parler. Immédiatement.

— De quel sang parlez-vous ?

Amina Constantin eut une grimace de dégoût.

— Vous savez très bien.

— Bien sûr que non.

— Alors pourquoi cachez-vous vos yeux derrière vos lunettes ? grinça la vieille femme. Parce qu'il y a le mal et la mort en eux, voilà pourquoi. Vous avez peur d'être démasquée. Mais moi, je sais ce que vous êtes, oui.

Cette fois la policière tressaillit. Était-elle si transparente ?

Reste concentrée. Fais ton travail de flic.

— Dites-moi qui a fait ça à votre fils. C'est tout ce que je veux savoir.

Amina Constantin renifla, avant de s'approcher, tout près d'elle, pour lui susurrer :

— Le Diable. C'est le Diable qui a tué mon Ismaël. C'est ce que vous vouliez que je vous dise, n'est-ce pas ? Le châtiment des sorciers noirs ! Les flammes rouges de l'exorcisme !

Eva se raidit. Expira par le nez. La colère courait dans ses membres comme de l'électricité. Volatile, dangereuse. Puis elle réalisa que ce qu'elle ressentait n'était pas vraiment de la colère. C'était de la peur. Venue du fond de son ventre.

— Madame Constantin, j'en ai assez…

Elle fut interrompue par une voix venant du dehors, criée comme à son intention.

— *Meurtrière !*

Avant qu'elle ne comprenne, d'autres personnes s'étaient mises à crier :

— *Le sang sur tes mains ne s'en ira jamais !*

— *Meurtrière !*

— *Assassin !*

Eva fit un pas de côté. Un regard par la fenêtre lui révéla un groupe singulier de personnes, se tenant dans le jardin qu'ils avaient traversé pour accéder à la porte d'entrée. Il y avait quelques hommes, beaucoup de femmes, dont une visiblement enceinte jusqu'aux yeux, et trois très vieilles, vêtues de noir, aux visages masqués par des voiles de deuil. Derrière elles se tenait une fille d'une vingtaine d'années, torse nu malgré le froid mordant, ses seins lourds veinés de bleu. Tous ces gens la dévisageaient.

La fille aux seins nus leva un doigt accusateur dans sa direction.

— *Pas d'enfant pour toi !* vociféra-t-elle.

Elle fut aussitôt reprise en chœur par les autres membres de cette assemblée étrange :

— *Pas d'enfant ! Assassin ! Complice !*

— Erwan ! appela Eva, mal à l'aise. Erwan, bon sang, qu'est-ce qui se passe en bas ?

Elle ne pouvait détacher ses yeux du spectacle. Neuf. Ils étaient neuf en tout, enregistra-t-elle.

Mais pourquoi cette fille était-elle torse nu sous la neige ?

Elle se retourna vers l'escalier.

Elle n'aurait jamais dû.

Amina Constantin se jeta sur elle.

Eva la vit fondre sur elle au dernier moment. La vieille femme brandissait une lame, quelque chose de pointu, qu'elle venait de prendre dans un tiroir de la commode. *Une paire de ciseaux*, réalisa-t-elle.

Elle leva les bras pour se protéger – un instant trop tard. Les pointes acérées des ciseaux raclèrent contre le col de son blouson, jusqu'à atteindre son cou dénudé. Sa peau se déchira.

Poussant un cri de douleur strident, elle frappa Amina Constantin du plat de la main, pour la repousser. Rien n'y fit. La vieille femme s'était transformée en furie, elle leva de nouveau les ciseaux, comme un poignard, essayant de lui porter un autre coup. Eva intercepta son poignet et le serra, sans réfléchir, par instinct de survie. Ses lunettes avaient volé loin d'elle et la lumière l'aveuglait. Elle écarta les dangereuses pointes de son visage, mais Amina Constantin refusait de céder.

— Fille du Diable ! vociféra-t-elle, son visage à quelques centimètres du sien. Tu croyais que je ne te reconnaîtrais pas sous ton masque ? Tu ne peux rien contre moi ! Rien ! J'ai veillé sur lui toute ma vie ! Mon âme s'envolera car elle est pure ! Pure !

— Foutue tarée ! s'égosilla Eva en lui arrachant enfin la paire de ciseaux des mains.

— Fille du Diable ! répéta la femme. Fille du Diable !

Eva eut un instant de vertige. Elle porta la main à sa gorge blessée, qui était comme un foyer de douleur vive, et constata avec une certaine angoisse que son sang continuait de couler. Elle pressa de toutes ses forces sur la plaie, priant pour que son artère ne soit pas percée.

Amina Constantin revint à l'attaque en rugissant.

Cette fois, Eva ne se fit pas surprendre. Elle la repoussa de toutes ses forces, l'envoyant sur le canapé. Elle la vit basculer sur l'accoudoir et s'effondrer sur le lino. Mais elle n'y resta pas longtemps. Emmêlée dans sa robe noire, la vieille femme roula, avant de se mettre à quatre pattes. Écumant de rage. Ses yeux étaient révulsés. Les rides sur son visage semblaient encore plus creusées, fines comme des coupures de scalpel, ou des stries gravées sur un masque de sorcière. Tremblante, frémissante, elle semblait en transe. Elle marmonnait des mots, incompréhensibles, une langue étrangère que ne connaissait pas Eva, et son timbre brisé, sourd, *mauvais*, la transperça de part en part, à chaque syllabe. Tout au fond d'elle, il lui sembla entendre un bruissement d'ailes.

Leroy déboucha dans la pièce, l'arme au poing.

— Nom de Dieu ! C'est quoi, ce cirque ?

La mère d'Ismaël Constantin se rua vers la pièce voisine. Dans sa précipitation, elle se cogna à une table basse, renversant le vase posé dessus. Le vase explosa sur le tapis, et les fleurs qu'il contenait s'échappèrent – des fleurs mortes, qui tombèrent en petites miettes sèches.

— Ne bougez pas ! beugla Leroy, la mettant en joue.

Mais elle avait déjà claqué la porte. La clef bruissa dans la serrure.

Eva, tremblante, laissa tomber les ciseaux sanglants sur le sol. Elle traversa la pièce pour récupérer ses lunettes.

— Vite ! cria-t-elle.

— Laisse-moi faire, déclara Leroy en se précipitant devant elle.

Il donna un violent coup d'épaule dans la porte. Puis un deuxième.

Au troisième, la porte finit par s'arracher de ses gonds.

Une détonation retentit.

Leroy se jeta en arrière.

— Erwan ! hurla Eva.

Son collègue roula sur le sol. Il était livide, mais n'avait rien.

Ce n'était pas sur lui qu'Amina Constantin avait tiré.

— Oh, putain, non, murmura Eva en se précipitant dans l'encadrement de la porte.

C'était trop tard.

La vieille femme était assise sur le lit. Eva vit le tiroir ouvert, littéralement arraché du petit meuble, où elle avait dû récupérer son arme en hâte. Elle vit le pistolet dans sa main. Elle vit le corps désarticulé d'Amina Constantin, assise à l'angle du lit, nuque contre le mur. Des éclaboussures écarlates s'étalaient sur le papier peint, au-dessus de son cadavre encore chaud, comme une auréole impossible, ou une peinture surréaliste, coulant doucement vers le sol. Ses yeux fixes la regardaient. Eva ne pouvait se détacher d'eux. De cette morte qui la fixait depuis l'au-delà. Comme si elle continuait de la traiter de fille du Diable. Comme si elle continuait de voir la mauvaiseté au fond de son cœur.

— Ce n'est pas possible. Ce ne peut pas…

Eva vacilla, enveloppée par l'odeur de poudre et de sang.

Elle sentit les bras de Leroy autour de ses épaules. Elle s'agrippa à lui.

Un grand bruit sourd s'éleva du dehors, comme une série de claquements. De battements de tissus.

Ils se tournèrent pour regarder par la fenêtre, et virent, stupéfaits, des dizaines et des dizaines d'oiseaux noirs qui s'envolaient des arbres.

Eva eut l'impression de revivre son rêve. Le parc, les corbeaux. Des morceaux de viande dans leurs becs.

Un terrible pressentiment monta en elle.

Elle songea aux histoires de passeurs d'âmes. Aux corbeaux qui accompagnaient les esprits des morts vers l'au-delà.

Mon âme s'envolera car elle est pure, avait dit Amina Constantin.

Traversée par une impulsion – une angoisse subite –, elle lâcha le bras de Leroy et se précipita vers la fenêtre.

Le jardin était désert. Les personnes qui s'y tenaient quelques instants avant avaient toutes disparu.

— Erwan, il y avait du monde devant la maison…

— Quoi ?

— Ils criaient. Comme s'ils accusaient… s'ils accusaient…

Elle fit volte-face, le dévisagea, perdue.

— Des hommes, des vieilles en voiles de deuil… Tu ne les as pas entendus ? Ils étaient juste en bas, dans le jardin !

— Mais enfin, de quoi parles-tu ? lui répondit son collègue.

Elle secoua la tête. Elle ne comprenait pas. Elle ne comprenait plus rien.

Elle se tourna de nouveau vers la pelouse, et l'observa attentivement. Cherchant à déterminer ce qui n'allait pas dans ce qu'elle voyait.

Cela ne tarda pas.

Elle réalisa qu'il n'y avait aucune marque de pas dans la neige, en dehors des siennes et de celles de Leroy.

Aucune autre trace.

Trop tard pour revenir en arrière.

19

Toulouse.

Le pressentiment traversa Alexandre Vauvert au moment où il poussait la porte de son immeuble.

Une fulgurance. Aveuglante. *Le danger.*

Il stoppa net, main crispée sur la poignée de la porte. Cherchant à comprendre l'origine de cette sensation. Il lui sembla percevoir un froissement d'ailes.

Eva ? se dit-il, sans savoir d'où lui venait cette idée. *Est-ce Eva ?* Mais pourquoi était-il, subitement, empli d'une peur terrible pour elle ?

Il avait déjà ressenti cette profonde détresse ce matin. Quand il avait rêvé d'elle, dans ses songes étranges. Ses cauchemars qui lui restaient au fond de la gorge comme un goût amer d'urgence. Comme si quelque chose était en cours, quelque chose qui le dépassait. Un mécanisme invisible et inexorable.

Eva. Son image défila derrière ses yeux. Ses cheveux blancs, ses pupilles écarlates, éternellement fiévreuses. Ses silences, ses esquives, sa force cachée de survivante. Cette femme qu'il ne comprenait pas, qui ne le comprenait pas, et qu'il ne parvenait pourtant pas à oublier. Il lui avait juré d'être toujours là pour elle. Deux ans auparavant, quand ils avaient regardé l'enfer ensemble. Mais que pouvait-il faire pour elle, si elle était bien en danger ? Si elle ne voulait toujours pas de son aide ? Il se sentit idiot. Il se sentit impuissant. Il se sentit en colère. Il franchit la porte intérieure.

Sa Harley était garée dans la cour, au pied de l'escalier. Deux vélos appartenant à d'autres locataires étaient enchaînés à côté.

— Alexandre ! fit une voix aiguë.

— Virginie ? Qu'est-ce que tu fais là ?

Virginie se leva, dans un grand déploiement de cheveux roux. Elle l'avait attendu sur les marches, au niveau du premier palier, et descendait maintenant l'escalier vers lui, serrée dans un manteau blanc cintré, un sourire illuminant son visage.

— Il fallait que je te voie !

Il l'ignora, perturbé par ce qui se produisait en lui. Dans le ciel, il entendit des oiseaux passer en croassant. Son instinct de flic – sa seconde nature, observatrice, toujours sur le qui-vive – lui envoya de nouveau des frissons dans la nuque. Il se fit vaguement la réflexion que c'était rare, des corbeaux en ville, et pensa de nouveau à Eva. Il se demanda ce qu'elle faisait. Si elle était en service aujourd'hui. Si elle était en danger, encore. Il eut envie de l'appeler, tout de suite, d'entendre sa voix, de lui dire à quel point elle lui manquait.

— Alex ? lui dit Virginie, le ramenant à la réalité.

— Comment es-tu entrée ici ?

— Ton voisin m'a ouvert.

— Mon voisin va avoir des problèmes.

Son ex-femme soupira, s'approchant de lui en levant les yeux pour le regarder. Elle avait beau mesurer près d'un mètre soixante-quinze, à côté de lui elle semblait minuscule.

— Quoi ? grommela-t-il.

— Il faut qu'on discute. C'est important.

Comme lui, elle avait la quarantaine, mais en paraissait dix de moins, avec ses pommettes hautes et ses yeux en amande qui n'avaient jamais eu besoin de maquillage. Ses cheveux étaient détachés et coulaient en cascades ondulées sur ses épaules comme du cuivre liquide. Vauvert se fit violence. À chaque fois qu'il la revoyait, il lui semblait, l'espace d'un instant, qu'ils étaient toujours mariés. Qu'elle ne lui avait pas arraché le cœur en le quittant pour son meilleur ami. Les habitudes de dix ans de mariage étaient tenaces.

Fort heureusement, il se rappela aussi que les engueulades sans fin faisaient partie de ces habitudes.

— Pas le temps, désolé.

— Alex…

— J'ai à peine une demi-heure pour déjeuner, lui annonça-t-il en la dépassant, espérant qu'elle s'en tiendrait là.

Il était bien naïf. Elle monta les marches à sa suite, d'un pas nerveux, nullement découragée.

— C'était la seule manière de te voir ! Tu es toujours au travail !

— Ouais. Bon sang de bordel, on appelle ça être flic. C'est pour ça que tu m'as quitté, non ?

— Tu n'avais qu'à pas me raccrocher au nez tout à l'heure !

— Parce que plus rien ne m'oblige à te parler. Maintenant, je n'ai qu'à te signer un chèque tous les mois. J'ai largement gagné au change.

— Ce n'est pas d'argent que je suis venue te parler.

— Sans rire, rétorqua-t-il en arrivant devant sa porte. Alors c'est qu'un extraterrestre a pris ta place.

Elle le rejoignit, un peu essoufflée par la montée. Elle avait toujours cet air décidé de femme fatale ou de guerrière, de femme qui savait ce qu'elle voulait, quelles qu'en soient les conséquences, et Vauvert réalisa pour la première fois ce point commun entre elle et Eva. Il grogna.

— Je suppose que tu vas vouloir entrer ?

— Je dois te parler de quelque chose.

— Ouais, ouais…

Il poussa la porte, la laissant le suivre dans son appartement, où il alluma toutes les lumières pour pallier l'éclairage hivernal, gris et rasant. Il en profita pour enlever un tas de vêtements qui traînaient sur le canapé et les apporta dans le panier qui débordait.

— Mon Dieu, cela fait combien de temps que tu n'as pas fait le ménage ici ?

— Tu as envie de venir t'en occuper ? lâcha-t-il en se dirigeant vers la cuisine.

— Je l'ai fait pendant dix ans, si je me souviens bien.

— Tu te souviens toujours aussi mal. On avait une femme de ménage.

Une chose n'avait pas changé. Avant comme maintenant, ces discussions sans fin le fatiguaient. Dans le frigo, il examina pendant un moment les plats cuisinés sous vide, empilés les uns sur les autres, fut incapable d'en choisir un, et se ravisant, ouvrit le bac à légumes débordant de bouteilles de bière.

— Tu en veux une ?

— Volontiers, fit Virginie en acceptant la Grimbergen qu'il lui tendait. J'ai vu à la télé que tu enquêtais sur la disparition de ce type, Loisel ?

— Pas uniquement moi. Tous les services sont à sa recherche. On n'aurait jamais fait ça pour quelqu'un d'autre, mais il se trouve que Pierre Loisel est un ami du préfet.

Il soupira.

— Tu vas me dire pourquoi tu es venue, maintenant ?

— Oui, oui.

Elle alla s'asseoir dans le canapé, après y avoir délogé un cadavre de bouteille de whisky, qu'elle déposa sur la table basse, à côté de sa propre bouteille de bière. Puis elle ôta son manteau, dévoilant un ensemble de tailleur beige en dessous.

— C'est quelque chose de très gênant.

— Ça existe, quelque chose capable de te gêner ?

— Je suis sérieuse, Alex.

Il prit place face à elle, sur un vieux fauteuil en cuir défoncé qu'il ne s'était jamais résolu à jeter, et décapsula sa bouteille. Quand Virginie était sérieuse, c'était le début des ennuis. Il avait l'habitude.

— Je t'écoute.

Elle plongea son regard vert sombre dans le sien.

— Tu sais qu'on a toujours été là l'un pour l'autre ?

— Première nouvelle, grommela-t-il.

Si ce n'était pas de l'argent qu'elle était venue chercher, c'était vraiment plus inquiétant.

— C'est Arnaud.

— Arnaud ?

— Tu sais très bien. Arnaud Levy.

Pour savoir, il savait. Tout ça pour ça. Pour Arnaud Levy. Il n'en revenait pas qu'elle vienne lui parler de cette ordure. Virginie porta la bouteille de Grimbergen à ses lèvres et but une petite gorgée.

— Et qu'est-ce qu'il a donc, ton mec ?

— Il a des problèmes.

— Non, sérieusement ?

Arnaud Levy. Rien que l'évocation de ce nom le mettait hors de lui. Ce neurochirurgien véreux avait été mis trois fois en examen pour avoir diagnostiqué des symptômes graves chez des patients parfaitement sains, et ainsi facturé des opérations inutiles. Condamné à deux reprises sur les trois. Pendant des années, ce type s'était bâti une fortune en opérant des cerveaux sains, avec un taux de réussite qui frôlait – forcément – le cent pour cent. Jusqu'à la mort accidentelle d'une patiente, qui avait fait s'effondrer le château de cartes.

Par la logique habituelle et incompréhensible de ceux qui ont trop d'argent pour subir les désagréments de la loi commune, cette ordure travaillait encore, dans le privé, avec pignon sur rue et une clientèle inépuisable. Et, il allait oublier le meilleur, la cerise sur le gâteau, Virginie sortait plus ou moins avec lui depuis quelque temps – ce qui semblait plus officiel qu'il ne l'aurait cru.

Maintenant, voilà qu'elle avait le toupet de venir lui demander à *lui*, de lui rendre service.

— Il a tué qui, cette fois ?

— Oh, je t'en prie, Alex ! Arnaud n'a jamais rien fait de tel, ce ne sont que des calomnies et des ragots !

— Mais encore ?

— Il est victime d'une machination.

— Ouais, bien sûr…

Vauvert descendit le reste de sa bière d'une seule gorgée. Jusque-là, il était étonné de son propre sang-froid. Une partie de lui se demandait pourtant comment Virginie le prendrait, s'il la prenait par le col de son tailleur hors de prix pour la jeter tout de suite dehors comme la mendiante sans amour-propre qu'elle avait toujours été ? Une autre partie de lui, la partie malheureusement réaliste, lui rappela qu'il ne toucherait jamais à une femme. Il n'était pas ce genre d'homme.

— Raconte-moi donc, que je m'amuse, grogna-t-il.

— C'est tristement simple. Une paumée l'accuse d'acte déplacé.

Il ouvrit des yeux ronds, craignant avoir mal entendu.

— De quoi ?

— De tentative de viol, dit Virginie entre ses dents. Cette petite traînée accuse Arnaud d'avoir voulu abuser d'elle, c'est plus clair dit comme ça ?

— Bordel, murmura Vauvert. Rien à dire, il est génial, ton mec.

— C'est *vraiment* une pauvre fille. Une droguée. Elle était sa patiente. L'appât du gain ne fait aucun doute. Avec la position d'Arnaud…

Il se leva d'un bloc, ne tenant pas à en entendre plus. L'argent obsédait toujours autant son ex-femme – et, en l'occurrence, son nouveau petit ami.

— Ce ne sont pas mes affaires. Si ce gros con a emmerdé une gamine, ça le regarde.

— Mais tu peux l'aider. On sait qu'elle vient de déposer une plainte. Est-ce que tu peux t'arranger pour t'occuper de l'affaire ? Il suffirait que tu donnes ton avis.

— Mon avis ? De quoi parles-tu ?

— Je ne te demande pas de faire quoi que ce soit d'illégal. Juste de la recevoir.

— Mais pourquoi ?

— Avec ton instinct… Tu sais bien… Quand quelqu'un ment, tu le sens. Tu as ce don. Tu l'as toujours eu…

Vauvert déglutit. *Ils avaient déjà eu cette discussion trop souvent.*

Il arpenta la pièce de long en large. Il se sentait comme un animal pris au piège dans son propre appartement.

— Je ne pige pas, Virginie.

— Fais en sorte de la recevoir pour l'entendre. C'est tout. Quand tu l'auras en face, tu verras par toi-même ce qu'il faut en penser.

— Je le verrai, hein ?

— Au premier coup d'œil. Tu pourras refuser d'enregistrer sa plainte. C'est criminel, ce que cette fille essaie de faire.

Il secoua la tête.

— Hors de question. D'abord, ce n'est pas mon service qui gère les plaintes de ce genre, mais, même si c'était le cas, je n'en reviens pas que tu oses venir me voir pour ça ! Je n'en reviens vraiment pas !

— Il n'a rien fait ! s'écria Virginie avec une sincérité touchante dans la voix. C'est une gamine à problèmes qui vit dans un squat et qui revend de la drogue. Elle en veut à l'argent d'Arnaud, c'est évident…

Alexandre Vauvert eut un sourire sardonique.

— Contrairement à toi, bien sûr.

Son ex-femme planta un regard résolu dans le sien.

— Je suis sûre qu'Arnaud est innocent.

— Forcément…

Il regarda ailleurs. Par la fenêtre. La neige avait recommencé à tomber. L'horizon devint flou et cotonneux.

Au fond de lui, il fulminait. Il avait aimé Virginie, c'était un fait. À une époque, il n'aurait pas envisagé de vivre sans elle. Ce qu'il n'avait pas compris alors, c'est qu'il se liait avec une sirène perverse, qui le poursuivrait toute sa vie avec ses problèmes, toujours nouveaux, toujours insolubles.

Il se moquait bien du destin de ce minable Levy. Une seule chose tournait dans son esprit. Le visage d'Eva. Ses nuits sans sommeil. Ses rêves, de plus en plus obsessionnels. Les cheveux d'Eva. La peau d'Eva au bout de ses doigts.

Son *instinct*, dont avait encore parlé Virginie. Son foutu instinct de flic lui lançait des signaux désespérés.

Il grogna dans sa barbe.

— C'est tout ?

— Oui. C'est tout.

Virginie se leva, résignée. Elle enfila son manteau blanc et se dirigea vers la porte. Il la suivit, soulagé qu'elle le laisse tranquille. Pourtant, au tout dernier moment, elle se retourna vers lui. Il manqua de lui rentrer dedans.

— Tu fais des rêves à nouveau, n'est-ce pas ? murmura-t-elle tout près de son torse.

— Qu'est-ce que… Qu'est-ce qui te fait dire ça ?

— Tu as ton regard.

— Quel regard ?

— Ce regard-là. Celui que tu as quand tu fais ces rêves. Cela ne manque jamais. Il faut que tu les écoutes, ces rêves. Un jour, ils te sauveront la vie. J'en suis certaine. Je te l'ai toujours dit.

Il déglutit.

— Eh bien, j'essaierai de m'en souvenir, grommela-t-il.

Elle sourit, de son éternel sourire radieux. Il réalisa que lui seul pouvait voir la profonde tristesse qu'elle dissimulait comme une honte secrète.

— Est-ce que tu accepteras de voir cette fille ?

Vauvert la dévisagea. Colosse immobile.

— … pour moi ? chuchota-t-elle.

— Ce n'est pas mon service qui prend ce genre de plaintes, je te l'ai dit.

— Mais si c'était le cas ? Si le commissariat te passait l'affaire ?

— Cela arrive, admit-il, mais très rarement. Si c'était le cas, on verra bien…

— Merci Alex.

Elle descendit les premières marches avant de se retourner.

— Je sais ce que tu penses de moi, mais toi, tu sais ce que je pense de toi. Tu es un homme bien. Un vrai.

Puis elle fut partie, dans un froissement de velours.

Tu fais des rêves à nouveau, n'est-ce pas ?

20

Paris, bureaux de la brigade criminelle.

Le pansement autour de son cou était trop serré.

Cela l'empêchait de se concentrer.

Eva l'effleura du bout des doigts, essayant tant bien que mal de rester attentive aux cris de son supérieur, le commissaire Rudy Ô, qui enrageait, à cause d'elle, de Leroy, de leur initiative idiote, du suicide de leur meilleur témoin, du reste de l'équipe qui aurait dû les en empêcher et qui de toute manière n'avait toujours pas progressé d'un millimètre dans cette affaire. Tout le monde y passait. La tablette numérique faisait des bonds sur le bureau chaque fois que le poing du commissaire s'y écrasait. Et il s'y écrasait beaucoup.

— C'est déjà partout sur Internet ! vociférait-il à la dizaine de policiers réunis dans la pièce. On ne compte plus les vidéos disponibles de l'incendie des Ruisseaux, mais personne n'a rien vu, personne ne sait rien ! Et maintenant quoi ? Une femme de soixante-quinze ans qui se suicide en présence de deux officiers sans qu'ils soient foutus de l'en empêcher ? Vous voulez que l'inspection des services nous tombe dessus ? C'est gagné !

L'albinos baissait les yeux pour ne pas affronter le regard assassin de son chef. Celui-ci ne décolérait pas.

— Plus aucun d'entre vous ne fait quoi que ce soit sans me consulter ! Pas une interpellation, pas une audition, pas le moindre déplacement sans que je l'approuve en amont, et que je supervise tout de A à Z. Est-ce que je me fais bien comprendre ?

Devant lui, les membres du groupe au complet, lieutenants et commandants de la criminelle, acquiescèrent dans un silence attentif et penaud.

Eva toussa, mal à l'aise. Elle savait que tout était de sa faute. Amina Constantin, l'unique témoin, celle qui détenait les réponses, était morte à cause d'elle. Inutile de se voiler la face. Si elle n'avait pas foncé sur un coup de tête… *Si seulement elle avait écouté Leroy…*

— Maintenant, vous deux, je veux des explications ! attaqua Ô. Et pas d'excuse bidon, compris ? Qu'est-ce qui s'est passé *exactement* dans cette maison ?

Eva s'éclaircit la gorge, perdue, cherchant ses mots. Tous ses collègues la dévisageaient, certains avec un sourire mauvais au coin des lèvres.

Leroy lui sauva la mise en prenant la parole le premier.

— Nous étions en train d'interroger Amina Constantin de manière tout à fait régulière, chef. J'avais moi-même prévenu le central de notre déplacement. Nous ne pouvions pas savoir que cette personne était à ce point perturbée…

Rudy Ô le toisa, l'air sombre.

— Continue…

— Elle s'est jetée sur une paire de ciseaux et elle a attaqué Eva. Je vous jure qu'on ne l'a pas vue venir.

— Tu étais là ? Tu l'as vue faire ?

Leroy était bien décidé à mentir pour couvrir sa collègue.

— Oui, assura-t-il, le regard planté dans celui de son supérieur. Nous étions tous les deux face à elle, en train de discuter. Je peux certifier qu'Eva n'a rien fait pour la provoquer. Et même une fois agressée, elle a simplement désarmé cette femme.

— Ensuite ?

— Ensuite, le témoin est allé s'enfermer dans la chambre. Et elle s'est fait sauter la tête… Nous ne pouvions pas savoir qu'elle avait une arme ! se défendit Leroy.

Ô les dévisagea. Nullement convaincu.

— Est-ce qu'il s'est passé autre chose, dans cette baraque ? Quelque chose qu'on devrait savoir ?

Quelque chose ? Elle serra les dents. Quelque chose comme une femme aux seins nus sous la neige ? Des gens rassemblés dans le jardin pour crier des insultes à la fenêtre ? Ces gens qui n'avaient pas laissé la moindre empreinte sur le tapis de neige. Elle avait entendu leurs cris, leurs insultes. Comme Amina Constantin l'avait insultée. L'avait traitée de tueuse. De…

De quoi ? Dis-le. Fille du Diable. Ce sont les mots d'Amina Constantin. Enfant sans couleur, sale fille du Diable.

Elle déglutit. Elle sentait qu'elle perdait pied.

Elle trouva pourtant, enfin, la force de parler.

— Il ne s'est rien passé d'autre, chef. Rien du tout.

Ô se massa les tempes.

— Maintenant, leur annonça-t-il, sachez que si vous ne vous étiez pas précipités chez elle, les gars du labo auraient pu vous avertir de leur découverte. Vous auriez compris que vous avanciez sur des œufs.

La surprise fut de taille.

— Quelle découverte ? fit Leroy.

— Les empreintes. Là-dessus.

Le commissaire saisit un sachet à indice, scellé à la cire, qui contenait un rectangle fin mais rigide, d'une vingtaine de centimètres de long, aux couleurs sombres. Il y avait du noir, du rouge sang, et beaucoup de doré. Eva avait déjà vu cet objet. Il se trouvait à côté du cadavre de l'enfant.

— C'était dans le congélateur, dit-elle. Avec le bébé.

— Exactement. Il s'agit d'un morceau de bois peint. Comme vous vous en doutez, le froid, l'humidité et le givre ont détruit toutes les traces à l'intérieur du congélo, mais on a eu de la chance là-dessus, car cet objet était enveloppé dans du plastique. Le labo a retrouvé des empreintes, sur la couche interne du plastique d'une part, et sur la surface du bois d'autre part. Toutes ces empreintes appartiennent à la même personne. Amina Constantin.

Elle ressentit un frisson dans sa nuque. C'était donc ça.

J'ai veillé sur lui toute ma vie, lui avait dit Amina Constantin. Eva ne prenait conscience que maintenant de la portée de ces mots.

La vieille folle ne parlait pas de son fils Ismaël, comme elle l'avait cru sur le moment, mais du bébé.

— La vieille ? s'exclama Leroy. C'est elle qui avait décidé de conserver le cadavre du bébé ?

— C'est ce que tout porte à croire. J'allais ordonner de la placer en garde à vue, en bonne et due forme. Si vous n'aviez pas débarqué chez elle, elle ne se serait pas sentie prise au piège, et nous aurions toutes les réponses à nos questions à l'instant où je vous parle !

Eva eut un sourire amer. Toutes les réponses ? Elle en doutait. Elle avait vu quel genre de personne était Amina Constantin. La puissance froide qu'elle cachait sous son masque de vieille dame vulnérable. Non, elle ne pensait pas que l'équipe – qui que ce soit dans l'équipe – aurait pu faire parler cette folle. Le chef pouvait bien en penser ce qu'il voulait.

— Qu'est-ce que ce morceau de bois nous apprend d'autre ? demanda-t-elle.

Ô haussa les épaules.

— Pour l'instant, pas grand-chose. Ce n'est qu'un fragment, appartenant à une peinture plus importante. Peut-être un objet de culte. On y voit des corps empalés sur les dents d'une fourche, et des cornes de diable, sur le côté.

— Ça ressemble à une image du Jugement dernier, non ?

— Peut-être bien.

Il retourna le sachet. L'arrière de l'objet était doré.

— Il y a aussi une inscription au dos. Malheureusement, elle n'est pas complète. On peut lire le début du mot « Saint ».

— Cela doit provenir d'une icône religieuse en bois, fit remarquer Eva. Un panneau, sans doute.

Derrière elle, le commandant Bernard Forest s'exclama, avec son habituelle lourdeur :

— C'est des histoires de sorcellerie, tout ça ! On sait bien que Constantin était versé dans les gris-gris ! Un truc de son pays, quoi !

Il y eut une série de rires gras.

Ô les fit taire d'un regard courroucé, reposant le sachet à indice sur le bureau.

— Bernard, tu nous épargneras tes mots d'esprit, merci. On reste sur l'hypothèse que c'est la vieille qui a décidé de conserver cet enfant dans ce congélateur. Et maintenant, on s'intéresse à l'assassin, ou *aux* assassins, de Constantin. Je ne vais pas revenir sur les résultats des autopsies, les mutilations qu'on a fait subir à cet homme, c'est du lourd. Ça ne colle pas aux pratiques des lascars qu'on connaît. Ça nous laisse donc l'hypothèse de la vengeance personnelle…

Hochements de têtes. Sur ce point, toute l'équipe était unanime. Aucun autre chef de gang n'aurait pu commettre de telles atrocités.

— On a besoin d'identifier la mère du bébé. Commanditaire de ce crime ou non, tant qu'on ne l'a pas retrouvée, on est dans l'impasse.

— C'est quand même mal engagé, fit le commandant Jean-Luc Deveraux. Personne ne veut parler. On n'a que dalle.

— Alors il faut poursuivre les enquêtes de voisinage jusqu'à trouver quelque chose.

— Mais on se heurte à des portes fermées, putain !

Deveraux lissa sa moustache avec nervosité, avant de continuer :

— Sérieux, on n'y arrive pas. C'est le même topo dans les barres d'immeubles voisines, et on a ratissé large. Il a beau être mort, cette ordure terrorise encore toute la cité. La moitié de ces branleurs font même semblant de ne pas comprendre notre langue.

Eva soupira. Elle ne l'avait jamais supporté – Deveraux était misogyne, raciste, et imbu de cette incompréhensible fierté masculine, de cette absence totale de remise en question. Pas étonnant qu'il s'entende comme cul et chemise avec Forest. Mais elle était mal placée pour répliquer dans la situation présente.

— On continue quand même, insista le commissaire. On épluche la vie de Constantin, ses amis, ses ennemis, et on cherche des billes. On finira par trouver un angle qui nous a échappé.

Le lieutenant Perrine Alazard, toute nouvelle de l'équipe, leva une main timide.

— Je vais peut-être dire une bêtise, mais je trouve que Bernard a soulevé un aspect important. Toute cette aura sulfureuse dont Constantin s'était entouré… ces rumeurs de magie noire à son sujet… et puis, cette image religieuse déposée à côté du bébé…

— Où veux-tu en venir, Perrine ?

— Eh bien… Peut-être est-ce tout simplement *à cause de ça* qu'on l'a tué…

Un silence attentif s'installa. Alazard était une jeunette, tout juste sortie de l'école, trop grande et trop potelée, qui compensait ses kilos en trop par des minijupes plutôt osées. Pourtant, se sentir le centre d'intérêt de tout le groupe lui fit monter le rouge aux joues.

— On t'écoute, fit Ô, sourcils froncés.

— Eh bien… vous savez… On a tous entendu dire que Constantin flirtait avec le Diable. Des rumeurs idiotes, des superstitions, mais qu'il a toujours entretenues pour se faire respecter. Dans l'esprit des gens de la cité, ce type possédait *vraiment* des pouvoirs obscurs… comme le fait qu'il savait toujours quand on allait essayer de le serrer, par exemple… Pendant l'enquête de voisinage, j'ai même entendu une femme qui l'a surnommé « sorcier noir »… je l'ai indiqué dans mon procès-verbal…

Eva tressaillit à ce nom. De l'index, elle appuya fermement ses lunettes contre l'arête de son nez. De quoi avait parlé Amina Constantin ? *Le châtiment des sorciers noirs. Les flammes rouges de l'exorcisme.*

Alazard passa une main dans ses cheveux courts, noir corbeau, pour se donner de l'assurance.

— Ce qu'on a fait subir à Constantin correspond aux tortures qu'on infligeait aux sorciers, durant le Moyen Âge. On leur coupait la langue et on leur cousait la bouche. J'ai vérifié. J'ai aussi bien relu le rapport de la légiste. Les similitudes sont troublantes.

Elle croisa le regard de tous ses collègues, rougissant de plus belle. À en juger par leurs mines dubitatives, aucun d'entre eux n'avait jamais entendu parler de ces histoires.

— Continue, l'encouragea Ô.

— Je crois que Constantin a eu droit au traitement des hérétiques et des sorciers durant l'Inquisition, dit Alazard. On l'a exorcisé, et on l'a brûlé.

Au fond de la salle, Deveraux émit un sifflement mauvais.

— Le bûcher des sorcières ? Alors là, on aura tout entendu !

— Mais c'est troublant, non ? se défendit la jeune flic. On a tous vu comment réagissent les locataires. Ils sont terrifiés. C'est la même peur superstitieuse qu'on trouve vis-à-vis des rebouteux, des satanistes. La peur pour le salut de son âme. Ça ne vous crève pas les yeux, à vous ?

Les mines des policiers demeuraient toujours aussi incrédules.

Dans son coin, pourtant, Eva ne cessait de penser aux propos d'Amina Constantin. Ses formules qui, sur le moment, n'avaient pas semblé avoir le moindre sens. *La peur pour son âme ?* Amina lui avait dit qu'elle n'avait pas peur, justement. Que son âme était pure. Elle avait également parlé du premier sang versé. Eva s'en souvenait très bien. Le problème, c'est qu'elle ne voyait pas du tout à quoi cela pouvait faire référence.

— Donc, tu en déduis qu'on l'a tué pour ça ? demanda Ô, songeur. Juste par superstition ? Parce qu'il se la jouait sorcier vaudou, et qu'un déséquilibré l'aurait pris au pied de la lettre ?

— Euh… oui… Quelque chose comme ça…

— Et c'est pour ça qu'on lui aurait coupé la langue, cousu la bouche et arraché le cœur ?

Alazard secoua la tête. Elle éventa ses joues rondes avec une feuille de papier.

— Non. Pas le cœur arraché. Je ne crois pas qu'on faisait ça aux sorciers. Le cœur doit avoir une autre signification pour le tueur…

Puis, comme elle entendait encore le gloussement de Deveraux, au fond de la salle, elle s'empressa d'ajouter :

— Le sel, en revanche, fait partie des rituels d'exorcisme qu'on pratiquait sur les sorciers. C'est un symbole de pureté, il a la réputation de chasser les esprits maléfiques. Il y en a dans l'eau bénite, par exemple. Et puis on s'en sert également pour dessiner les cercles magiques.

— Il n'y avait pas de cercle, fit Ô. Le sel a été enfoncé à la place du cœur de Constantin.

— Peut-être une façon de dire que son cœur n'était pas pur ? Du temps de l'Inquisition, il n'était pas rare que les gens en jettent des poignées sur les sorcières ligotées à l'échafaud.

— Un inquisiteur fou fait le ménage chez les dealers de coke, gloussa Deveraux. La presse va adorer. Et nous, on va encore passer pour des manches.

— Surtout pas un mot à la presse ! s'emporta le commissaire. Il ne manquerait plus que ça !

Il se tourna ensuite vers Alazard :

— Suis-je assez clair ? Aucune allusion à des pratiques sataniques, de cœur impur ou de je-ne-sais-quoi. On a assez de problèmes comme ça.

Deveraux croisa ses mains sous son menton avec un sourire vicieux et satisfait.

— Mais alors, on fait quoi ? demanda Eva. On creuse cette piste, ou pas ? Moi, ça me semble digne d'intérêt. Amina Constantin avait l'air totalement illuminée, elle portait des tas de colifichets à caractère religieux. Elle a placé un morceau de peinture du Jugement dernier avec le cadavre de son petit-fils. Peut-être qu'il y a une histoire de secte derrière. Ça s'est déjà vu.

Le commissaire Ô resta silencieux durant quelques instants.

Son regard allait de Perrine Alazard à Eva Svärta.

Enfin, il leur dit :

— Soit. Vous deux, vous pouvez chercher dans ce sens, à condition que vous travailliez ensemble. Et tant que je sais en *permanence* ce que vous faites, et ce que vous vous apprêtez à faire.

— Attendez, intervint le lieutenant Leroy. Et moi ? Je ne suis pas avec Eva sur ce coup ?

— Toi, dit le commissaire, tu n'es sur aucun coup.

— Mais…

— J'en ai assez que tu prennes des initiatives. Tu as déjà entraîné Eva aux Ruisseaux, hier soir, parce que tu ne voulais pas lâcher cette affaire, et tu as vu ce que ça vous a coûté. C'est quoi, la raison de cet acharnement sur Constantin ?

Leroy se sentit pris au dépourvu. Il haussa les épaules.

— J'essaie de faire mon travail, chef.

Eva, elle, ne dit rien.

Mais cette raison, elle la connaissait. Il n'y avait pas que Leroy qui était capable de deviner les failles des autres.

Il y avait six mois de ça, son cousin germain était décédé. Overdose de cocaïne. Le jeune lieutenant avait toujours été très proche de lui, et ce drame l'avait sérieusement retourné. Il s'était plongé dans la traque de Constantin comme dans un exorcisme personnel. Et Eva était bien mal placée pour le juger…

Ô se contenta de soupirer.
Il leur donna congé d'un signe las de la main.
Lui non plus n'était pas dupe.

21

Après la réunion, quand tout le monde se fut dispersé, Eva resta seule avec Perrine Alazard. Yeux ronds d'excitation, la jeune recrue affichait un grand sourire.

— Je suis ravie qu'on fasse équipe, tu sais ! On n'a jamais eu l'occasion de parler, toutes les deux.

— Euh, oui, murmura l'albinos, s'abritant derrière ses verres noirs.

La perspective de ce tandem ne l'enchantait guère, elle s'était toujours débrouillée seule, c'était sa manière de travailler. Elle observa le lieutenant Alazard, debout devant elle, d'un air dubitatif, et non, décidément, elle n'arrivait pas à s'y faire. Avec sa jupe trop courte, son chemisier blanc et son énorme poitrine, Alazard lui faisait plus penser à une écolière qu'à un flic. Mais une écolière étrange, trop grande, trop grosse.

Toi aussi tu juges les autres sur leur apparence, réalisa-t-elle non sans amertume. Qu'importe. Elle avait simplement hâte de retourner dans son bureau. De s'y enfermer.

— On va se mettre au travail, d'accord ?

— Je vais relire mes cours d'histoire, déclara Perrine Alazard. On a eu une grande partie sur les procès en sorcellerie, en dernière année, et j'avais pris des notes complètes, c'est un sujet qui me passionne. J'adore les romans avec des sorcières.

— Ah, soupira Eva.

Elle réfléchit quelques instants. Puis elle lui demanda :

— Cette histoire de sorcier noir… Qu'est-ce que tu as entendu à ce sujet ?

— Pas grand-chose, vraiment. Cette expression a échappé à une voisine de Constantin, et quand je lui ai demandé de répéter, son mari l'a prise par le bras et l'a fait rentrer de force chez eux. Il a claqué la porte. Tu crois que je suis allée trop vite dans mes déductions ?

— Non, pas du tout, fit Eva, toujours plongée dans le torrent de ses pensées. Est-ce que l'expression « le premier sang » correspond à quelque chose, pour toi ? Ou bien… la loi du premier sang ?

— Le premier sang versé ?

Eva hocha la tête.

— Je suppose, oui.

— C'est peut-être une référence aux anciens duels à l'épée ? Autrefois, dans ce type de règlement de compte, on se battait jusqu'au premier sang. C'était la différence avec les duels à mort. Où as-tu entendu parler de ça ?

Ils savent, pour vous…

La mauvaiseté dans votre cœur…

Non, ça ne collait pas.

— Où je l'ai entendu n'a pas vraiment d'importance, éluda Eva. En tout cas, je pense que cette expression a une signification dans notre affaire. Je ne saurais te dire pourquoi, mais je le sens, j'en suis même certaine... Cela ne te fait penser à rien d'autre qu'aux règles des anciens duels ?

Perrine Alazard fit la moue.

— Non, là, comme ça, je sèche.

— Tant pis. On finira par trouver. De mon côté, je vais vérifier si Constantin n'a pas croisé la route d'illuminés, ces derniers temps. On a une recrudescence de témoins de Jéhovah dans les quartiers sensibles. Peut-être qu'un croyant plus fervent que les autres s'est mis en tête de lui infliger un châtiment destiné aux hérétiques ou aux blasphémateurs. Peut-être même que c'est la mère de l'enfant congelé qui est tombée dans une secte de ce genre... mais ça serait trop facile...

— Le cœur arraché doit forcément signifier quelque chose, lui rappela Alazard. Quand on aura compris quoi, on saura où chercher.

— C'est exact. Tu peux t'en charger ?

— Pas de problème. On refait un point dès qu'on a quelque chose de nouveau ?

— Ça marche, lui dit Eva, d'une voix distante.

Elle claqua la porte du placard qu'elle appelait bureau sans autre forme d'au revoir.

Perrine Alazard resta quelques instants dans le couloir, songeuse.

Elle avait beau être toute nouvelle dans l'équipe, elle avait entendu ce qu'on racontait. Les moqueries, les interrogations de tout le monde au 36. On lui avait expliqué ce que faisait sa collègue albinos, quand elle s'enfermait ainsi. Elle allait faire défiler ses dossiers et interroger les bases de données au sujet d'une vieille affaire de meurtres non résolue et qui ne le serait probablement jamais.

Elle haussa les épaules. Des ragots. Des jalousies.

Cela ne la regardait pas.

Elle avait de la documentation sur la sorcellerie à éplucher, et ça, c'était excitant.

La vague de chaleur monte dans sa tête, l'emplit de lumière. Le monde se dilate et se défait, devient soleil, aveuglant. Elle pousse un cri de plaisir. Puis un autre. Puis retombe, haletante, dans les draps, dans ses bras d'ébène.

— Est-ce que tu l'as senti ?

Ismaël lui a posé la question sur un ton très sérieux. Madeleine cherche à reprendre sa respiration, pantelante, avec l'envie de rire.

— Tu plaisantes ? J'ai eu trois orgasmes.

Ils sont allongés sur son lit, dans l'appartement d'étudiant que lui louent ses parents. Nus tous les deux, blottis l'un contre l'autre, son sexe encore enfoncé en elle. Elle cramponne ses cuisses pour le conserver là, et elle serre ses bras autour de son corps plus fort encore.

— Je ne te parle pas de ça, souffle-t-il au creux de son oreille.

— Alors de quoi parles-tu ?

— Je suis sûr que tu l'as senti. Réfléchis.

Madeleine lui mordille le cou, s'emplissant du goût pimenté de sa peau. Son cœur tape dans ses tempes. L'éblouissement persiste encore un peu.

— Allez, insiste-t-il. Dis-moi si je me trompe.

Elle finit par enfouir son visage dans ses tresses annelées. D'accord. C'est vrai. Cette sensation de chaleur, de lumière, elle ne l'a jamais ressentie auparavant. Cela ressemble à la caresse d'un rayon de soleil, mais qui serait venue de l'intérieur. Une aube qui était montée tout doucement, à la lisière de son plaisir, alors qu'il allait et venait en elle et qu'elle étreignait les draps de toutes ses forces. Le brusque aveuglement a suivi, l'a submergée. Et ensuite… elle a eu l'impression de retomber dans son corps.

— Qu'est-ce que tu as vu, toi ? lui demande-t-elle, redressant la tête.

— Ton âme, lui dit Ismaël avec une sincérité touchante.

Elle ne peut réprimer un sourire de bonheur absolu.

— J'adore quand tu parles comme ça.

— C'est la vérité. Tu es comme moi, Madeleine.

— Comment ça, comme toi ?

Les muscles de son cou saillent. Il est si beau qu'elle pourrait se perdre tout entière dans son regard limpide.

— Tu as de la lumière dans le cœur, dit-il. Tu ne t'en rends pas encore totalement compte, mais cela viendra. Tu es une élue. Comme moi.

— Une élue ?

— Il faut vraiment qu'on en parle, déclare-t-il, de plus en plus sérieux.

Ismaël se redresse alors, s'assoit dans les draps froissés. Madeleine se pelotonne contre son corps puissant. Elle aime quand il lui parle des dieux et des saints, des géants qui ont décroché les montagnes et fait plier la volonté des dieux. Elle pourrait l'écouter pendant des heures.

— Chaque homme et chaque femme est une étoile, récite-t-il. Tu sais qui a écrit ça ?

— Aleister Crowley, répond Madeleine, bonne élève. J'ai lu le livre que tu m'as offert. Par contre, je ne peux pas dire que j'aie tout compris.

Il sourit, essuyant du revers de la main la sueur sur son front, et rejetant ses longues tresses dans son dos.

— Si les réponses étaient simples, à quoi cela servirait-il de chercher ?

Elle rit, et embrasse ses pectoraux fermes. Elle se gorge de son odeur animale, affolante, tout en buvant ses paroles.

— Le feu des astres primordiaux est resté dans chaque être humain. C'est notre part de divinité. Pourtant, ce feu est plus vif chez certains. Il l'est chez moi. Il l'est chez toi. C'est une lumière qui transparaît, au fond de notre rétine. Elle éclaire le monde et nous libère de l'aveuglement.

Madeleine ne comprend rien mais hoche servilement la tête.

— Elle nous libère de l'aveuglement, murmure-t-elle, reprenant ses mots comme une formule magique, prête à croire la moindre de ses paroles si cela signifie rester au creux de ses bras encore un peu.

— Tels des astres, nous avançons, et chacune de nos actions change le destin de l'univers tout entier. La question est de savoir ce que nous sommes prêts à faire pour crever l'œil des dieux et arracher la texture du monde, Madeleine.

— Que faut-il faire ?

La voix d'Ismaël devient miel.

— Il faut apprendre. Tu aimerais apprendre avec moi ?

— Apprendre quoi ?

— À devenir l'égal des dieux.

Madeleine sourit.

— J'aimerais ça, oui. Qui n'aimerait pas ?

À la lisière de ses sens, le soleil noir semble briller plus fort.

22

À Toulouse, Vauvert remontait le long couloir de l'hôtel de police, un gobelet de café à la main, quand il vit le lieutenant Benjamin Blanca sortir de l'ascenseur et se diriger vers lui à grands pas.

— Alex ! J'allais te chercher, justement.

Comme lui, le jeune homme tenait un gobelet fumant. Son visage rond, éternellement juvénile, affichait un air résigné.

— Du nouveau ? fit Vauvert.

— Je viens de passer au labo pour récupérer les dernières analyses. J'ai les résultats concernant notre transsexuel retrouvé pendu.

— Oh. Et le verdict ?

— Il n'y avait que son ADN sur les fibres de la corde. C'est bien lui qui a fait le nœud et qui l'a passé autour de son cou. À moins d'une révélation de dernière minute, on va pouvoir classer l'affaire en banal suicide.

— Comme on le craignait, soupira Vauvert.

C'était lui qu'on avait envoyé sur place, trois jours auparavant, et qui avait trouvé le cadavre. Le garçon – il se faisait appeler Sabine – avait vingt-quatre ans, d'après ce qu'il savait ses parents l'avaient mis à la porte dès sa majorité, et à présent il se prostituait pour se payer une opération, qu'il n'aurait jamais, en fin de compte. Ces derniers temps, songea le policier, le monde se fissurait. De plus en plus vite.

Et toi, là-dedans ?

Tu deviens quoi ?

Il chassa ces idées noires tout en se dirigeant vers l'open space.

— Rien d'autre ?

— Au sujet des dizaines de véhicules dégradés ce week-end, les empreintes ont parlé. C'est toujours le même pauvre type, un déficient mental. Il est suivi, mais tous les six mois il arrête de prendre ses médicaments et s'acharne à coups de marteau sur toutes les voitures en stationnement dans sa rue. Je vais transférer le P-V aux assurances, ça ne nous concerne plus.

Vauvert avait déjà entendu parler de cet énergumène. Mais il doutait que les assurances remboursent qui que ce soit, étant donné que le vandale n'était pas légalement responsable de ses actes. Il haussa les épaules.

— La routine…

Il jeta son gobelet vide dans la corbeille. L'open space était occupé par les lieutenants Brodin et Majax, qui discutaient, tout au fond.

— Ah ! fit subitement Blanca. J'ai failli oublier le principal ! On nous refile un dépôt de plainte. J'ai eu la procureur au téléphone il n'y a pas dix minutes. Elle a demandé à ce qu'on te confie le dossier en personne.

Vauvert se raidit.

Virginie, songea-t-il. *Tu n'as pas osé faire ça ?*

Il se força à se dire qu'il se trompait. C'était trop gros.

— Qu'est-ce que tu me chantes ?

Blanca s'installa à son poste. Il effleura la souris et l'écran de son ordinateur s'illumina.

— Je l'ai noté sur ton planning, expliqua-t-il. C'est juste une plainte pour tentative de viol. Pour Dieu sait quelle raison, le parquet a décidé de dessaisir le commissariat, on récupère l'affaire. La fille s'appelle Jeanne Bonnet. Vingt-deux ans. Elle accuse son médecin.

Il ne se trompait pas.

— Le médecin, c'est Arnaud Levy, n'est-ce pas ?

— Tu le connais ?

— Non, grogna-t-il.

Il fulminait. Virginie n'avait pas perdu de temps. Et son foutu jules avait le bras aussi long que sa réputation le prétendait. Ce n'était pas la première fois que le parquet arrondissait les angles avec les notables.

— Personne d'autre ne peut s'occuper du dossier ?

Benjamin Blanca leva vers lui un regard étonné. Ce genre de réaction ne ressemblait pas à son chef d'équipe.

— Eh bien… Notre groupe est de permanence cette semaine, c'est donc forcément un de nous qui va devoir s'y coller. Et comme la proc' a mentionné ton nom… Mais je peux te remplacer, si tu veux.

— Non, ça va, lui dit Vauvert. Quelqu'un est en train d'essayer de jouer au plus malin, mais je n'ai pas à te mêler à tout ça, ça ne te concerne pas. Connaissant les ronds-de-cuir, je suppose qu'ils ont déjà arrêté la date et l'heure de l'audition sans nous consulter ?

— Onze heures, demain matin, confirma Blanca. À moins que tu ne souhaites le décaler.

— Ça ira très bien.

Il tira son téléphone mobile de sa poche et y entra le rendez-vous, se jurant que Virginie allait l'entendre. Et sa pourriture de petit ami aussi.

— Donne-moi une bonne nouvelle, au moins. Est-ce qu'on avance sur l'affaire Loisel ?

Blanca haussa les épaules.

— Une équipe continue de ratisser les chemins. Avec la neige qui est tombée ces derniers jours, on tourne au ralenti. En tout cas, les hôpitaux de la région n'ont admis aucune victime non identifiée. Et l'appel à témoins n'a encore rien donné. La seule chose qu'on sait, c'est que le bonhomme a passé sa journée en visite dans une usine de Saint-Gaudens, mais qu'il n'est jamais arrivé chez lui. On a refait tout le trajet, on s'est arrêtés à chaque maison, on a interrogé tout le monde sur des kilomètres. Personne ne l'a aperçu ce jour-là.

— Ses affaires marchent bien ? demanda Vauvert. On a tout vérifié de ce côté-là ?

— La brigade financière n'a rien trouvé de suspect. Loisel possède cinq usines en tout, et son business est florissant. Pour ses employés, sa disparition ne va pas faire une grande différence. Les bénéfices vont continuer de s'accumuler, et le conseil d'administration a déjà pris la relève, le temps qu'on retrouve le bonhomme… enfin, si on le retrouve…

Le lieutenant posa son gobelet vide sur la table devant lui. Il ajouta :

— On surveille ses comptes, mais il n'y a pas eu le moindre mouvement depuis deux semaines. Pas de demande de rançon non plus. À mon avis, il lui est arrivé une tuile.

— Est-ce que sa disparition profite à quelqu'un ?

— À strictement personne. Une grande partie de son capital, et crois-moi il est important, ira à des associations caritatives. Loisel n'a pas d'ennemis connus, pas de famille proche. Enfin… en quelque sorte…

Vauvert fronça les sourcils.

— Cela veut dire quoi, en quelque sorte ?

— En fait, je ne sais pas trop. Mais figure-toi qu'en entrant les procédures, je me suis rendu compte qu'il y a des trucs plutôt surprenants, le genre de détails qu'on ne nous avait pas donnés dès le départ. Tu savais qu'il a été marié, par exemple ? Il a même eu un bébé, un garçon, il y a une dizaine d'années.

C'était quelque chose de nouveau.

C'était même très important.

— Et on n'a pas interrogé l'ex-femme, depuis deux semaines ? explosa Vauvert. Comment ça se fait ? On a son adresse ?

Blanca secoua la tête.

— Maintenant ? Elle habite au cimetière Terre-Cabade, avec son fils. Ils sont morts tous les deux. On ne risquait pas de pouvoir les auditionner.

— C'est quoi, cette histoire ?

— Malheureusement, c'est très simple. Il y a dix ans, la femme de Pierre Loisel a insisté pour revenir en voiture d'une soirée arrosée chez des amis. Elle avait leur gosse, âgé de quelques mois, avec elle. On suppose qu'il dormait dans le siège bébé, à l'arrière. Il est arrivé le plus con des accidents, elle a quitté la route à grande vitesse et la voiture a plongé dans le canal. Elle a coulé à pic. Ni elle ni le gosse n'ont survécu.

Vauvert se souvenait de ce fait divers horrible. Jusque-là, il n'avait pas fait la connexion avec l'homme disparu. Il gratta son menton, yeux rétrécis.

— Comment elle s'appelait, sa femme ?

— Amandine Beaumont. Cela faisait deux ans à peine qu'ils étaient mariés.

— Elle a de la famille ? Ses parents sont encore en vie ?

— Attends voir. Les Beaumont habitent dans un bled, à une quarantaine de kilomètres, lui dit le lieutenant en observant les informations qui défilaient sur son écran. Ils sont à la retraite tous les deux. Amandine était leur fille unique.

Il leva les yeux vers son chef, ajoutant :

— Je ne sais pas si ça peut nous être de la moindre utilité, hein. En tout cas, personne n'est encore allé les interroger au sujet de leur gendre. Je ne pense pas qu'ils aient gardé de relations… avec cette histoire… leur fille et son gosse décédés… enfin, je sais pas…

— Il va falloir le faire, déclara Vauvert. On ne sait jamais. Je vais les voir en personne.

Il s'arrêta. Il avait failli dire : « Et je saurai. »

Il pensa à Virginie. Il pensa à ses rêves. À ces images de flammes qui restaient imprimées derrière ses rétines, comme une mélodie qu'on n'arrive pas à se sortir de la tête.

— Quelque chose qui te perturbe ? s'inquiéta Blanca.

— Non, non. Je pensais à l'heure, mentit le colosse en repartant vers le couloir. Envoie-moi les coordonnées des Beaumont sur mon mobile. Je prends une voiture de la flotte.

— Tu y vas tout seul ?

— Ouais, grogna Vauvert. Je crois que ça vaut mieux.

23

Paris.

— J'ai quelque chose ! s'écria le lieutenant Alazard quand elle vit passer Eva.

Celle-ci s'arrêta dans l'encadrement de la porte. La clarté dans la pièce était éblouissante. Alors que son propre bureau était éternellement plongé dans la pénombre, celui de Perrine Alazard s'ouvrait sur une large fenêtre, et plusieurs spots au plafond crachaient en permanence des flots de lumière blanche.

— Déjà ?

— Oui ! La peinture sur le morceau de bois !

L'imposante jeune femme se leva, excitée comme une adolescente. Sur le mur derrière elle était affiché un poster géant de Hello Kitty, contrastant avec l'image effrayante sur l'écran de l'ordinateur : le profil rouge et noir du Diable, les cornes, les flammes…

— Le Jugement dernier ! Le chef a raison, le fragment retrouvé avec le bébé provient bien d'un objet de culte. Je l'ai examiné, et j'ai fait quelques recherches. Je parierais à coup sûr pour un panneau.

L'albinos sourit. Au moins, on pouvait dire que la nouvelle recrue prenait son travail au sérieux.

Essayant d'ignorer le poster Hello Kitty, qui absorbait irrésistiblement son attention, elle lui demanda :

— Quel genre de panneau, Perrine ?

— Eh bien, dans les églises médiévales, on plaçait des illustrations représentant des scènes de la Bible au-dessus de l'autel. Ça s'appelle des retables. Littéralement, d'ailleurs, le mot signifie « peinture ». Le saint protecteur de l'église était placé au centre. De part et d'autre, on trouvait des scènes sacrées…

— Comme un livre d'histoire ?

— Exactement. Ces peintures permettaient aux fidèles de comprendre les passages de la Bible, puisque personne dans le bas peuple ne savait lire. Elles avaient, grosso modo, la même fonction éducative que les vitraux.

— Un retable, donc…

Eva observa l'image sur l'écran. Les corps des damnés empalés sur la fourche du Diable.

— Celui-ci est particulièrement effrayant.

Alazard hocha la tête, et sautilla sur ses petites chaussures vernies.

— Au Moyen Âge, et plus particulièrement à la période romane, la religion était terrifiante, tu peux me croire ! L'Église pensait qu'il fallait terroriser les gens pour qu'ils croient en Dieu. La Révélation de saint Jean était un motif très répandu. Ce qu'il faut comprendre aussi, c'est que c'était une époque où l'idée de purgatoire n'avait pas encore été introduite. Le jour du Jugement dernier, on était ou bien coupable, ou bien béni. L'enfer ou le paradis. Il n'y avait pas de palier intermédiaire entre le bien et le mal.

— Les justes seront sauvés, et les âmes noires seront dévorées par la Bête, dit Eva. Pas de doute, ça inciterait n'importe qui à rester dans le rang. Mais les bébés, dans tout ça ?

— Des âmes innocentes, avança Alazard. Constantin a peut-être tué son bébé pour qu'il ne soit pas souillé par le péché ? Ce n'est qu'une supposition, puisque certains psychotiques ont déjà suivi ce raisonnement, notamment les cas d'infirmières de la mort. Mais, en fait, je n'en ai aucune idée…

— Alors évitons de nous perdre en suppositions, si tu veux bien.

— Désolée, répliqua sa collègue en rougissant aussitôt.

Eva eut un sourire maternel.

— Tout ce qu'on sait, c'est que ce bébé a été assassiné, probablement dans un contexte religieux, et que son père a été puni comme les sorciers du Moyen Âge.

— Un exorcisme. J'en mettrais ma main à couper.

Les flammes rouges de l'exorcisme.

— Un exorcisme, répéta Eva, quelque peu mal à l'aise. On pratiquait ce rituel uniquement sur les sorciers ?

— Sorciers, sorcières, hérétiques, tous ceux qui étaient accusés d'avoir renié Dieu et de s'être liés avec le Diable, dit Alazard.

Elle passa son index dans ses cheveux noirs et les tortilla.

— Tu sais, la liste des crimes qu'on leur prêtait était longue comme le bras. Les gens croyaient vraiment qu'ils mangeaient de la chair humaine et faisaient des sacrifices…

Des sacrifices humains, songea Eva.

L'image, insupportable, du minuscule corps sur la table d'autopsie se dessina dans son esprit, et elle ferma les yeux derrière ses lunettes.

— Ces sorciers sataniques, que faisaient-ils d'autre ?

— Tout ce qui pouvait faire peur aux gens de l'époque. On les accusait de répandre les épidémies de peste, de détruire les cultures, d'assassiner le bétail… Ces pouvoirs terrifiants avaient une origine surnaturelle, bien sûr. Ils résidaient dans le don du sorcier à réciter des incantations. Comme si le Diable s'exprimait par leur bouche, avec leur langue…

Eva rouvrit les yeux.

— Avec leur langue, hein ?

Alazard hocha la tête.

— Voilà. C'est pour cette raison qu'on la leur arrachait, avant de leur coudre les lèvres pour qu'ils ne puissent plus du tout ouvrir la bouche, même morts. Il fallait être certain que les sorciers ne parviendraient plus à réciter leurs sortilèges. Les réduire au silence, c'était neutraliser définitivement leur pouvoir diabolique.

— On cherche bien une sorte d'exorciste, alors, soupira Eva.

Elle se focalisa sur l'écran d'ordinateur. Le fragment de bois peint, agrandi plusieurs fois. La représentation du Jugement dernier. Le profil médiéval classique du Diable, écarlate et grimaçant, le feu infernal jaillissant de sa bouche aux dents noires.

Alors, à qui avaient-ils affaire ?

À des satanistes tueurs d'enfants d'un côté ?

À des fous de Dieu de l'autre ?

Y avait-il seulement une différence entre ces deux extrêmes ?

Tu as ce regard-là. Celui que tu as quand tu fais ces rêves.

24

Il n'y avait personne chez les Beaumont.

Leur maison, une grande propriété, était située à l'écart du bourg, entourée d'une clôture en bois. Tout autour, le soleil rasant illuminait les champs couverts de neige. C'était tout ce qu'il y avait à voir ici. Des espaces blancs à perte de vue, sous un ciel noir anthracite. La nationale traçait une ligne d'asphalte, en direction de Toulouse d'un côté, de Paris de l'autre. La route vers Eva. Si proche, et insaisissable.

Vauvert pressa de nouveau la sonnette.

Toujours aucun signe de vie dans la maison.

Il planta son visage entre les barres de la grille. Sa respiration dessina des volutes de vapeur devant lui. Dès le premier instant, il avait compris que quelque chose clochait ici. Une étrange sensation effleurait sa nuque. Comme une caresse, ou une mise en garde.

Cette route. Le crépuscule qui approchait. Cette sensation de déjà-vu.

J'ai rêvé de cet endroit, réalisa-t-il. *J'en suis certain.*

Mais pourquoi ?

La maison, un bloc carré, se dressait au bout d'une allée couverte de neige. Des traces de pneus indiquaient le passage récent d'un véhicule, sans doute celui des Beaumont. En tout cas, les volets étaient fermés. Il remarqua également qu'aucune fumée ne s'élevait de la cheminée.

En d'autres circonstances, il n'aurait pas insisté. Il serait simplement reparti sans demander son reste, remplir des formulaires, convoquer les Beaumont un autre jour. C'est ce qu'aurait fait un autre que lui.

Le problème, c'est qu'il avait remarqué une grosse cylindrée, de couleur noire, garée à l'arrière. Un peu comme si on avait essayé de la cacher.

Une Chevrolet.

Il avait lu le dossier des Beaumont avant de venir. Il savait qu'ils ne possédaient pas un tel véhicule. Seulement une vieille Peugeot 607, qui n'était visible nulle part.

— Tu es qui, toi ? murmura-t-il pour lui-même.

Il essaya de pousser la grille. Celle-ci n'était pas verrouillée et s'ouvrit sans mal.

Si quelqu'un était là, il le saurait vite.

Alors que ses rangers s'enfonçaient dans la neige épaisse, il remarqua que les traces de pneus menaient bien à la Chevrolet. Un modèle puissant. Immatriculé en région parisienne.

Il nota mentalement le numéro de la plaque.

Toute son attention était déjà concentrée sur la baie vitrée.

Il lui semblait avoir repéré un mouvement, derrière les stores.

— Il y a quelqu'un ? appela-t-il en s'approchant de la porte. Monsieur Beaumont ?

Il tambourina sur la porte.

— C'est la police, vous êtes là ?

Silence.

Un mouvement.

Cette fois, il en était sûr.

— Il y a quelqu'un ? cria-t-il à travers la porte fermée.

Machinalement il tira son arme de son holster, et serra la crosse du Smith & Wesson. De la main gauche, il tourna la poignée.

La porte s'ouvrit.

— C'est la police ! répéta-t-il. Montrez-vous !

L'intérieur de la maison était plongé dans l'ombre.

L'odeur pestilentielle le frappa immédiatement. C'était une puanteur presque palpable, qu'il ne connaissait que trop bien.

L'odeur de la chair en décomposition.

Il resta figé, un pied sur le seuil, luttant contre un haut-le-cœur. Il reconnaissait maintenant le bourdonnement, tout aussi familier, des nuées de mouches bleues, au fond de la maison.

Il pointa son arme au hasard devant lui en criant :

— Qui est là ? Montrez-vous !

Une silhouette blafarde se dessina à l'extrémité du couloir. Des cheveux longs, un manteau en fourrure blanche. C'était une femme qui se tenait là, au milieu du nuage de mouches. Immobile. Ses yeux brillaient dans l'ombre.

— Ne tirez pas, dit-elle simplement. S'il vous plaît.

— Sortez de là ! hurla-t-il, en reculant d'un pas. Bon sang, sortez tout de suite !

La femme lui obéit. Elle avança dans un ondoiement de fourrure, apparaissant en pleine lumière, dans l'encadrement de la porte. Elle avait la quarantaine, peut-être, et devait être très belle, mais son visage était à moitié masqué par les plis d'un châle en soie, rouge vif, soigneusement remonté devant sa bouche.

Elle avait les deux mains écartées, mais aucune peur dans les yeux.

— Je ne suis pas armée. Vous voyez ?

Le policier remarqua le léger accent dans sa voix, peut-être étranger. Ou simplement snob. Le vent fit frémir son châle, et Vauvert aperçut la naissance de profondes plaies, dissimulées par l'étoffe rouge. Cette femme était blessée. Gravement blessée.

— Sortez ! ordonna-t-il. Et je veux voir votre visage !

— Ce n'est pas très beau, je le crains, dit la femme en serrant son manteau de fourrure autour d'elle.

— Je veux le voir, insista-t-il.

— Si vous y tenez, alors…

D'un geste parfaitement calme, elle défit son châle écarlate. Son visage apparut. Deux horribles balafres ouvraient ses joues, l'une allant de la commissure de la bouche jusqu'à l'oreille, l'autre passant sous l'œil, et mettant à nu l'os de la pommette.

Quelque part, dans un champ, un groupe d'oiseaux s'envola vers le crépuscule en poussant des cris aigus.

Le policier restait pétrifié devant ce qu'il voyait. La chair ouverte, béante. La ligne de l'os affleurant dans les plaies humides. Mis à part dans les accidents de la route, ou juste après des bagarres à l'arme blanche, il n'avait jamais vu de blessures aussi impressionnantes.

— Satisfait ?

La femme sourit, et les gouffres sur ses joues béèrent de façon obscène.

— Bon sang, mais qu'est-ce qui vous est arrivé ?

Elle ne répondit pas à cette question, se contentant de sourire. Et Vauvert avait beau ne pas comprendre ce que ces terribles lésions signifiaient, comment elle avait pu les recevoir et tenir encore debout, il n'aimait pas ce sourire-là. Il n'aimait pas non plus ce qu'il voyait dans le regard de cette femme. Cela allait au-delà de la tristesse. C'était une menace. Froide. Dépourvue de la moindre peur des conséquences. Et tout entière focalisée sur lui.

— Vous n'êtes pas madame Beaumont, dit-il, sans cesser de braquer son arme sur elle.

— En effet.

Trois mouches jaillirent de sa manche de fourrure, et tourbillonnèrent un instant autour d'elle avant de retourner dans la maison festoyer avec leurs sœurs.

— Qui êtes-vous, alors ? Que faites-vous ici ?

Elle sourit de nouveau, ses plaies souriant avec elle. Toujours cette tristesse. Cette menace froide au fond des yeux.

— J'étais venue voir les Beaumont. Je suis arrivée trop tard.

— Que voulez-vous dire ? demanda-t-il, alors que ses sens lui hurlaient qu'il le savait très bien, cette puanteur caractéristique de charogne ne pouvait signifier qu'une seule chose.

Elle haussa les épaules.

— C'était trop tard, répéta-t-elle, comme si c'était la chose la plus anodine du monde.

— Donnez-moi votre nom, insista Vauvert. Et dites-moi ce qui s'est passé ici.

Elle l'observa quelques instants encore. Elle semblait réfléchir.

Puis elle lui répondit. Mais il ne comprit pas les mots qu'elle employa. Elle s'exprimait dans une langue étrangère.

— *Nefesh kedosha shel hahoshech, ata she be kolcha metzaveh, adon kol hadevarim alei adamot, shmah koli…*

— Quoi ?

La femme continua de parler, d'une voix changée, un timbre plus grave, autoritaire, dangereux. C'était comme si elle s'adressait à quelqu'un, si elle demandait quelque chose avec insistance. Tout en prononçant ces paroles incompréhensibles, elle leva les mains vers lui et fit des signes dans l'air.

— *Cherev lohetet chamesh monim, ez boeret metschuka artzit, nachash mistareah al adama noshemet, ele hadevarim…*

Arrêtez ça, voulut-il dire. Taisez-vous.

Il se rendit compte qu'il n'avait pas ouvert la bouche.

Il ne parvenait plus à parler.

— *Nefesh kedosha shel hahoshech, zera tamim, betula lo mehulelet, ele hadevarim*, répétait la femme, paume de la main gauche face à lui, index de sa main droite dessinant un cercle lent. *Lev mukaf nachash, zel al nishmati, pkyiat zera almavet, ele hadevarim…*

Vauvert essaya de bouger. Impossible. Sa main tenant son arme était paralysée. Il la voyait qui tremblait, sans pouvoir exercer la moindre influence sur elle. Puis il sentit ses doigts qui s'ouvraient – contre sa volonté, malgré tous ses efforts. L'arme tomba à ses pieds, disparaissant dans le tapis de neige. Son bras pendit, inerte, à ses côtés.

Il contracta ses muscles, pria pour parvenir à bouger, s'interposer, faire quelque chose, mais son corps ne voulait rien entendre.

Une terreur primaire, comme il n'en avait jamais connu, le submergea.

La femme, elle, continuait de sourire, sans cesser de réciter ses mots étranges, sa litanie hypnotique.

Elle avança vers lui d'une démarche souple, un pas de prédateur.

— *Zel al nishmati, shmah koli ve-protz betochi…*

La puissance qui émanait de son être était terrible et aveuglante. Elle froissait la lumière autour d'elle, comme si elle bougeait un peu trop vite, ou juste un peu trop lentement, et que même l'air ne savait pas comment interpréter ses mouvements. Tout devint flou. Son sourire, ses plaies suintantes. Une peinture surréaliste.

— *Nefesh kedosha shel hahoshech, shmah koli, zrom letochi…*

Quand enfin elle s'arrêta de murmurer, elle était devant lui. Il ne voyait plus que son regard empli de cette tristesse et de ce danger. Et son sourire de mort, dans le flou de son visage.

Elle se baissa pour prendre son pistolet dans la neige.

Non, non, supplia-t-il mentalement.

La femme leva l'arme vers lui. Il sentit le canon contre sa gorge. Elle n'avait qu'à appuyer sur la détente et sa cervelle se répandrait sur dix mètres derrière lui.

La femme leva la main gauche.

Doucement, elle lui caressa la joue, froissant sa barbe de deux jours, et malgré le froid ambiant Vauvert sentit sa peau se couvrir de sueur.

Qu'allez-vous me faire ? voulut-il demander. Allez-vous me tuer, comme ça ? Sans raison ?

La femme sourit. Il vit distinctement ses muscles, dans ses plaies. Et il vit sa mort dans son regard pâle.

— Certains vivent, certains meurent, murmura-t-elle, comme si elle avait entendu sa question. La vie est un jeu. Heureusement, on peut tricher…

Il sentit les ongles de cette femme descendre le long de son cou, et il sentit également, de manière confuse, un liquide brûlant qui suintait sous sa chemise. Ce n'était pas de la sueur, comme il l'avait cru un instant. Ce n'était pas du tout de la sueur.

Je saigne. Pourquoi est-ce que je saigne, elle n'a pas d'arme. Juste ses ongles.

Son sang s'écoulait de son cou, de sa peau incisée.

Et il ne pouvait rien faire pour se défendre.

Il ne voyait que les yeux de cette femme. Que le grand sourire rouge et blanc en travers de ses joues.

Qu'est-elle en train de me faire ?

— Tu crois avoir toutes les réponses ? Tu ne sais rien sur elle, murmura-t-elle.

Vauvert déglutit. Chercha désespérément à bouger. N'y arriva toujours pas. Il sentit la douleur de blessures qu'il ne pouvait pas voir. Il sentit son sang qui continuait de couler sur sa poitrine, sans comprendre pourquoi. Un instant, il se crut bel et bien mort. Puis il entendit la voix de cette femme, qui lui chuchotait à l'oreille :

— Je savais que ce jour viendrait, Alexandre. Toi aussi, tu as fait ces rêves, n'est-ce pas ? À quelques années près, tu aurais pu être l'un d'entre nous, je trouve cela follement ironique, tu sais. Mais, maintenant, tout va dépendre d'elle. Seul le premier sang…

Et avec ces paroles énigmatiques, elle laissa choir le pistolet à ses pieds, et s'en alla.

Il sentit le frôlement souple de son manteau de fourrure, quand elle s'éloigna de lui.

Il entendit la portière de la Chevrolet qui claquait, et le moteur qui émettait son rugissement.

Puis il s'écroula d'un coup, comme une marionnette dont on aurait coupé les fils, avec la certitude d'avoir effleuré sa fin, et pour une raison étrange d'y avoir échappé.

Provisoirement.

Il resta ainsi un certain temps. Paralysé. Plié en chien de fusil dans la neige tachée de sang. Son sang. Sa vie. Qu'il avait bien cru perdre, une fois pour toutes.

Quand il sentit que ses forces revenaient, il roula sur le côté. Il sentait de nouveau le froid. Il sentait de nouveau ses membres.

Il empoigna son arme et la serra convulsivement.

La neige avait recommencé à tomber. Les flocons s'échouaient dans ses yeux.

Il hoqueta, roulant de nouveau pour se mettre à genoux.

La voiture de cette femme balafrée était déjà loin. Mais comment avait-elle… fait ce qu'elle avait fait ?

Elle connaît mon nom.

Il inspecta sa gorge avec une prudence infinie, sans trouver de plaie sous ses doigts. Pourtant, son sang le couvrait. Il y en avait partout sur la neige autour de lui. Une toux douloureuse le plia en deux, et il cracha des liquides rouges – il avait du sang dans la gorge également.

— Qu'est-ce que tu m'as fait, putain, grogna-t-il.

Il se redressa tant bien que mal. S'appuya à la porte. Il ne comprenait pas pourquoi l'inconnue en fourrure blanche n'avait pas emporté son Smith & Wesson, mais il en était heureux. Il sortit son téléphone et appela son service, tout en scrutant la pénombre à l'intérieur de la maison. Ce fut le lieutenant Blanca qui décrocha.

— J'ai un problème.

— *Chez les Beaumont ?*

— Ouais.

— *Qu'est-ce qui se passe ?*

Sa tête continuait de tourner, pourtant il avança, lentement, dans le hall. À l'intérieur, l'odeur de chair en putréfaction était suffocante. C'était le genre de puanteur, il le savait par expérience, qui avait déjà dû s'infiltrer dans les lattes du plancher et dans la laine de verre entre les cloisons, et qui ne s'en irait plus jamais.

Le bourdonnement des mouches s'accentuait à mesure qu'il approchait du salon.

— *Qu'est-ce qui se passe, Alex ?* répéta le lieutenant Blanca.

Il n'eut pas besoin d'entrer dans la pièce. Il aperçut les silhouettes des deux personnes. Elles étaient toutes les deux âgées, toutes les deux ligotées dans les fauteuils, face à face. On avait tranché la gorge de cet homme et de cette femme, jusqu'à l'os, leurs têtes pendaient dans des angles contre-nature. Les nuées de mouches bleues, qui tourbillonnaient avec rage autour de leurs cadavres, émettaient un son obsédant.

— *Alex ? Réponds-moi ! C'est quoi ce bruit ?*

— Ils sont morts.

— *Les Beaumont ?*

— Je crois.

— *Nom de Dieu de nom de Dieu. Je t'envoie une équipe et l'IJ tout de suite. Mais dis-moi ce qui s'est passé. Tu m'entends ? Qu'est-ce qui s'est passé ?*

Vauvert contempla les deux corps – attachés avec du fil de fer barbelé qui s'était enfoncé dans leur chair. D'ailleurs, sous l'effet de la putréfaction, leurs ventres avaient gonflé comme des baudruches. Il inspecta ses propres vêtements à nouveau. Couverts de sang alors qu'il ne ressentait aucune blessure.

— Je ne sais pas, murmura-t-il. Benjamin, je ne comprends pas ce qui s'est passé ici.

25

Quand la nuit fut tombée, et que le fourgon des pompes funèbres emporta les corps de Boris et Hélène Beaumont, il ne comprenait toujours pas. Cela le mettait à la fois très mal à l'aise, et furieusement en colère.

Il alluma une cigarette, au bord de la route, sous la valse lente des flocons.

Il lui fallait réfléchir.

Le médecin qui l'avait examiné, un peu plus tôt, n'avait pu lui faire décrocher la moindre explication. Et pour cause, il n'en avait aucune. Pour la première fois depuis longtemps, le commandant Alexandre Vauvert sentit qu'il avait un problème. Le contrôle lui avait échappé. Brutalement échappé.

— Vous n'avez aucune blessure, lui avait dit le médecin. Pas la moindre coupure.

— Je sais. Mais c'est mon sang, pourtant.

— Ce serait étrange. Je veux dire, comment l'auriez-vous perdu ?

— Faites analyser cette putain de chemise. Vous verrez que c'est mon sang.

Le médecin avait pris la chemise. Nullement convaincu.

Les autres membres de son équipe ne semblaient guère plus rassurés. Leur chef avait la réputation d'être un original, à sa façon. Mais ils ne l'avaient encore jamais vu dans cet état, des traces de sang séché sur les joues, le regard à ce point *perdu*.

Vauvert observa les feux arrière du fourgon des pompes funèbres jusqu'à ce que celui-ci ait disparu à l'horizon. Puis il se tourna vers la maison des Beaumont, à présent devenue le centre d'un grouillement d'agents, de techniciens, de personnes dont lui-même ne comprenait pas vraiment la nécessité, mis à part ajouter à la confusion et peut-être perdre des indices précieux.

Il préférait laisser la fourmilière fourmiller. Il avait déjà assez de questions qui le travaillaient. Cette femme en manteau de fourrure connaissait son nom. Elle l'avait bien appelé Alexandre. *Je savais que ce jour viendrait, Alexandre.* C'étaient ses paroles exactes, juste avant de le laisser. *Toi aussi, tu as fait ces rêves, n'est-ce pas ?*

Il se mordit les lèvres. Comment pouvait-elle savoir, pour ses rêves ? Il n'en avait parlé à personne. Ses rêves étaient sa croix. Son mystère.

Maintenant tout va dépendre d'elle… Cela avait été sa dernière phrase, tout aussi sibylline que les autres. Comme une pièce de puzzle sans doute essentielle, mais dont il ne parvenait pas à reconnaître le sens. Si tant est qu'il y ait quelque chose à comprendre, de *qui* avait-elle voulu parler ?

Et, en premier lieu, que lui avait-elle fait ?

Elle t'a paralysé juste en parlant. En faisant des signes dans l'air. Voilà ce qu'elle t'a fait. Elle a ouvert ta peau avec ses ongles et ta peau s'est refermée juste après que ses doigts ont caressé tes muscles en dessous. Cette fois ce n'est pas un rêve.

Comment tu expliques ça ?

Il en était incapable. Pas de manière rationnelle.

Son seul espoir était le numéro de sa plaque d'immatriculation. Il avait appelé le commandant Damien Mira pour lui demander de s'en occuper. Le doyen de la brigade – et une des rares personnes qu'il considérait comme un véritable ami – venait justement de prendre son service pour la nuit. Mira lui avait appris qu'il s'agissait d'une voiture de location. À présent, il devait être en train de contacter Hertz pour obtenir le nom et les coordonnées de la personne qui avait loué cette Chevrolet.

Si j'ai un nom, je pourrai la retrouver. Essayer de comprendre.

Il jetait le mégot de sa cigarette quand il aperçut la procureur, Anastasia Chanabé, qui sortait de la maison, en vive discussion avec les scientifiques. Elle le vit également, et se dirigea vers lui d'un pas ferme. Elle était très grande, très mince et très belle. Les lueurs des gyrophares dessinaient les courbes de ses traits, en bleu, par intermittence. Le froid était mordant, avec la tombée de la nuit, et elle avait remonté le col de son manteau.

— Alexandre, je vais saisir votre groupe de cette affaire. Le seul problème, c'est que je n'ai pas compris ce qui vous est arrivé.

— C'est un peu compliqué.

— On m'a dit que vous avez été blessé ? C'est vrai ?

— Il y avait une personne sur les lieux quand je suis arrivé. Une femme.

Il hésita un bref instant avant de poursuivre :

— Elle m'a poussé. Je suis tombé. Elle s'est enfuie. Tout s'est passé très vite. Je ferai un rapport.

Vauvert lui tendit son paquet de Marlboro avec un sourire qui la défiait de le contredire. Elle le dévisagea en coin pendant quelques instants, nullement convaincue par son histoire, avant de prendre une cigarette dans ses doigts fins. Il lui tendit ensuite la flamme de son briquet, et elle se pencha en avant pour l'allumer.

— Merci, dit-elle en soufflant de la fumée.

Puis, en braquant sur lui son regard autoritaire, elle dit :

— Nous avons deux cadavres, le mari et la femme. Selon le légiste, ces gens sont morts depuis un certain temps. Peut-être deux semaines. On les a attachés avec du fil de fer, et on les a égorgés comme des poulets. Qu'en pensez-vous ?

— Que quelqu'un s'est lancé dans une expédition punitive et que le compte des corps ne fait que commencer, dit Vauvert. Deux semaines, vous savez ce que ça veut dire, n'est-ce pas ? Cela coïncide avec la disparition de leur gendre.

— Pierre Loisel… Le chef d'entreprise qui s'est volatilisé dans la nature… Vous avez parlé de vengeance ?

— Si on pense à ce qui est arrivé à Amandine Beaumont et à son enfant, ça fait réfléchir, non ?

La procureur hocha la tête. Ses yeux étincelaient dans la pénombre.

— J'ai entendu parler de cet accident. La mère ivre qui plante sa voiture dans le canal. On a même longtemps suspecté un meurtre.

— Sans jamais rien pouvoir prouver, lui rappela Vauvert. Quoi qu'il en soit, quelqu'un s'est peut-être mis en tête de jouer les redresseurs de torts.

— Dans ce cas, pourquoi tuer aussi les beaux-parents ?

— Aucune idée, avoua le policier. On n'a pas encore… assez de pièces du puzzle…

Il évita soigneusement de mentionner la femme en manteau de fourrure, et ce qu'elle lui avait dit. *Je suis arrivée trop tard.* Trop tard pour quoi ? Pour les sauver ? Pour sauver Pierre, qui gisait peut-être déjà quelque part, lui aussi, ligoté avec du fil de fer et saigné à blanc ?

La procureur jeta le mégot de sa cigarette dans la neige.

— Vous sentez-vous capable de prendre cette affaire, commandant ? Vous ne me semblez pas dans votre assiette.

— Sans le moindre problème.

— Donc je vous saisis de l'affaire. Tenez-moi au courant.

— Bien sûr, madame la procureur.

Il la regardait s'en aller quand son téléphone émit un carillon. Il venait de recevoir un message de Mira.

Loueur de voiture m'a donné ce nom : Madeleine Reich.

Vauvert eut son premier véritable sourire de la soirée.

Il tenait au moins une pièce du puzzle.

Un jour, ils te sauveront la vie.

26

Le vent d'hiver souffle sur le parc. De la poudre de givre étincelle sur le marbre des statues.

La lune glisse entre les nuages, jetant ses reflets glacés par les fenêtres de l'hôtel particulier.

Les pièces sont vides. Plongées dans l'ombre bleue.

Pourtant, il y a une présence, dans cette maison, dans ce silence, dans cette immobilité des meubles et des vitrines.

Son pas tranquille sur le parquet en bois précieux.

Il est venu chercher Madeleine.

Mais Madeleine n'est déjà plus là.

La petite garce a fui avant son arrivée. À présent, il erre dans la demeure, ouvrant les portes à coups de pied, fouillant dans le bureau, arrachant les cadres des murs et jetant les tiroirs au sol. Enrageant, sans un bruit, les yeux secs.

— Méchante Madeleine. Tu as su que je viendrais. Comment ?

Sa voix est faite de crépuscule, de pouvoir, de patience.

De colère tapie. De terrible colère, prête à exploser. Dès que ses doigts pourront se poser sur le cou de la traîtresse…

Changement de pièce. Exploration des corridors. Meubles renversés. Le salon est plongé dans la demi-pénombre. Les hautes fenêtres laissent passer les ombres des flocons qui tombent au-dehors. La journée n'a pas suffi à faire fondre la neige, et demain matin la pelouse sera, à nouveau, un tapis blanc immaculé.

Il se déplace, observe la table, les restes du dernier repas de Madeleine et Jonathan Reich, avec une grande attention. Des sushis, dont l'odeur de poisson, déjà en voie de décomposition, monte dans l'air. Douce odeur.

L'odeur du sang est présente, elle aussi.

Sa main nue – aucun risque que ses empreintes figurent dans quelque fichier que ce soit – s'approche de la flaque coagulée. Le bout de son index la coupe en deux, recueillant le sang. Le portant à sa bouche. Au bout de sa langue frémissante.

Une vision, comme une fulgurance.

Les cris qu'a poussés Madeleine, ici même, quand ses plaies se sont rouvertes.

Ses blessures sont réapparues. C'est une très bonne chose. Cela signifie que ce qui devait être revient en place, peu à peu. Les erreurs du passé sont gommées. Une par une.

Son sourire, dans l'ombre, se dessine, esquissant ses dents taillées en pointe. Il est proche. Si proche, maintenant, oui.

Sa main effleure les assiettes en porcelaine.

Elles volent, tournoient, s'écrasent sur le sol. Explosions blanches. Au-dehors, des oiseaux s'envolent en croassant.

— J'ai assez attendu…

L'escalier. Le premier étage. En silence, à l'affût. L'odeur du sang est un guide efficace. Elle mène à la seule chose abandonnée par Madeleine, cette vieille garce de Madeleine, qui croit sans doute lui avoir échappé. Elle n'a gagné, au mieux, qu'un répit. Un maigre répit sans espoir.

Le corps se trouve dans la chambre. Celui, inanimé, de Jonathan. Là où elle l'a laissé, à son intention, c'est évident. Pour montrer qu'elle a encore des cartes à abattre. Que rien de ce qu'elle a acquis n'est vital pour elle.

L'idiote.

Le cadavre repose sur le lit, allongé, tordu dans une posture étrange. Le contenu de sa tête s'est échappé d'un trou, à l'arrière du crâne, et s'est répandu sur le mur en projections grisâtres. La Mort est venue par surprise, comme un coup de tonnerre. Tellement typique de Madeleine.

Il s'approche. Le contemple. Le plaint.

Dehors, un véhicule passe. Sur les boulevards. Loin.

Le silence revient, s'installe, pour de bon cette fois. La nuit est gardienne des secrets. Elle seule peut se douter des choses qui se profilent, à la lisière de la vie des humains.

— Madeleine, Madeleine, souffle sa voix de crépuscule. Tu es toujours si facile à déstabiliser…

Sa main, blanche et fine, caresse le visage du cadavre. Ses ongles font crisser la barbe naissante de Jonathan. Ils sont aiguisés, ces ongles. Ils déchirent la peau. Après leur passage, la chair inerte se partage en sillons noirs.

— N'est-ce pas, Jonathan, qu'elle a été bien vilaine ?

Il se penche, ouvrant de ses doigts la bouche du cadavre. La rigidité a commencé à s'estomper, et la mâchoire n'offre guère de résistance. Son index et son majeur pénètrent dans la gorge inanimée où nul souffle ne passera plus jamais.

— Chhh… chhh… siffle-t-il.

Et il commence à murmurer. Un murmure tout doux, chuintant, qui monte et qui descend. La formule est simple, répétitive, un chant naïf, à voix basse, comme une litanie recommencée autant de fois qu'il le faut. Jusqu'à ce que l'air dans la pièce ondule et s'ouvre. Jusqu'à ce que le tissu du réel soit défait. Irrémédiablement défait, comme une pelote de laine. Ensuite, il n'y a qu'à suivre les fils, remonter à leur source.

— Dis-moi ce que tu sais, Jonathan. Car je suis celui qui parle dans les ténèbres, la lumière qui brille dans les ténèbres, bien que les ténèbres ne la contiennent point. Écoute-moi, et obéis-moi. Je veux tout savoir, maintenant.

Le cadavre de Jonathan ouvre des yeux glaireux.

Il se penche au-dessus de lui, ses doigts s'enfoncent davantage dans sa bouche.

Et il reprend son chant étrange. Sa litanie.

La chanson des saints et des dieux.

Peu à peu, les souvenirs du cadavre reviennent. Passent dans sa bouche, dans la main serrée sur sa langue.

Ils sont décevants, ces souvenirs. Comme si le pauvre Jonathan n'avait jamais rien su du fabuleux miracle qui partageait sa vie. Son cerveau n'est empli que d'ignorance et d'amour naïf. Sa rencontre avec Madeleine remonte peu à peu en lui, des images chatoyantes, comme des bulles d'air au fond de l'océan. Des souvenirs intacts, d'une désarmante simplicité. Une femme mystérieuse ouvrant une porte, un soir, et Jonathan face à elle, englouti par sa beauté, oubliant tout le reste de sa vie pour ne plus vouloir qu'une chose, être avec elle, lui appartenir. À coups de fleurs rouges envoyées chez elle, de rendez-vous dans des restaurants de luxe, son cœur tout entier à elle, Madeleine, sublime et triomphante. Et lui, Jonathan, noyé dans son amour aveugle, n'a jamais posé la moindre question, trop heureux de l'avoir, elle, de partager avec elle des nuits d'amour dans ce lit, d'être là, simplement. Se moquant des silences de son épouse, de son refus de partager ses secrets, sa vie d'avant, comme elle le dit, un sourire énigmatique au coin des lèvres. Jamais il n'aura su les choses qu'elle a été contrainte de faire pour en arriver là. Au succès de son entreprise. À ce pouvoir absolu qui émane d'elle et qu'elle exerce sans retenue sur ses proches comme sur ses ennemis.

— Quel idiot inutile. Tu ne sais rien. Tu n'as jamais rien compris.

Qu'importe, il y a d'autres moyens.

L'amour est peut-être aveugle. Les rétines ne le sont pas.

Sa voix s'élève de nouveau, reprenant son chant, sa mélopée, plus grave. Plus insistante. Il n'y a personne à proximité pour l'entendre, aussi, doucement, le ton monte, le rythme s'accélère. Les mots se détachent, de plus en plus forts, expulsés avec de plus en plus de violence, comme des cris d'amour ou de douleur, hurlés dans l'obscurité.

Jonathan est mort ici, dans cette position brisée, dans ces draps poisseux. Quand sa tête a été retournée par le coup de feu, ses rétines ont imprimé les derniers instants de sa vie – et les premiers fantômes de sa mort.

Ce sont ces images qu'il va chercher, tout au fond de ce qui reste de Jonathan.

Des images de Madeleine, son arme fumante encore à la main.

Elles flottent un instant avant de se déchirer, de se fondre au grand flou, à mesure que la conscience s'estompe.

Madeleine l'observant. Madeleine se penchant sur lui. Ses lèvres murmurant quelque chose. Des mots. « C'est la seule solution, Jonathan. »

Puis, Madeleine se redressant, se dirigeant vers le dressing au bout de la pièce, et attrapant une valise sur l'étagère du haut. Madeleine, droite et sereine, du moins en apparence, prenant son temps pour choisir ses chemisiers, les plier avec soin, les ranger bien en ordre dans la valise. Madeleine a toujours été une personne stricte.

Elle est revenue vers lui.

Elle lui a souri encore, bien qu'il soit mort. Sans se douter que ses pupilles fixes continuaient d'enregistrer les images.

Les traits de Madeleine se mettent à fondre – les souvenirs du mort s'étiolent.

Non. Cela ne peut s'arrêter là. Il grogne. Il lui en faut plus. Puiser encore, plus profond, avec davantage d'insistance. Ses doigts s'enfoncent, son poing tout entier dans la gorge, à présent démesurément ouverte, de Jonathan Reich. Il veut savoir. Il sait que l'information est là, juste là, dans ces dernières images floues.

La mise au point revient. Les yeux et la bouche réapparaissent sur le visage de Madeleine. Oui, Jonathan a bien vu. Ses yeux morts ont bien observé.

Madeleine murmurant. Madeleine réfléchissant.

Il est impossible de voir ce qu'elle a fait, mais ses lèvres, oui, il les voit. Les lèvres de Madeleine bougent. Chuchotant, sans qu'elle ne s'en rende compte. La trahissant.

Il suffit de lire sur ces lèvres.

Pour avoir la réponse précise à ses questions.

Tout est dit. Il reprend confiance. Sa main raffermit sa prise autour de la langue de Jonathan, tire doucement, jusqu'à ce que le muscle cède et s'arrache de lui-même.

Il se lève. Ses yeux brillent dans la pénombre.

Ses doigts s'écartent et il abandonne la langue, molle, sur le sol, où elle se décompose à vue d'œil.

Il sait ce qu'il lui reste à faire.

Retourner à la voiture lui prend moins de dix minutes. Quand il remonte dans la chambre, il tient un bidon d'essence dans une main.

Dans l'autre, un carton de gros sel vierge.

Le sel est répandu sur le cadavre. C'est important. Pour effacer toutes les traces, visibles et invisibles.

Il lui faut à présent réciter le texte, la mélopée. Sa voix s'élève. Son timbre change, enfle, appelle les forces au-delà du voile.

Lorsque le filet d'essence éclabousse le cadavre, le lit, les meubles, ce n'est plus une simple litanie, c'est un chant de guerre, joyeux et exalté.

27

Au cœur de la nuit, Vauvert se réveilla en sursaut.

Une sensation de brûlure intense sur son visage.

Il se redressa d'un bloc, emportant son drap avec lui, mains plaquées sur ses yeux. Il sentit la texture couturée de sa peau, l'angle de ses pommettes dures, l'arête de son nez de travers, sous ses doigts. Mais pas la moindre douleur. Pas la moindre flamme. Juste de la sueur en abondance.

Un rêve.

Un instant, pourtant, il eut encore l'impression de se trouver prisonnier d'un immense fourneau, avalé par des flammes rouges et hurlantes – un reste de son cauchemar.

C'était juste un foutu rêve.

Mais son cœur battait encore à tout rompre.

— Merde, grogna-t-il, puis comme pour s'assurer du son de sa voix, ou du fait qu'il était bien seul, il répéta : Bon sang de merde.

Son appartement était plongé dans les ténèbres. La chaleur du chauffage central lui parut toujours aussi oppressante, mais elle n'avait rien de comparable à un véritable incendie.

Alors pourquoi conservait-il cette odeur d'essence, tenace, dans ses narines ?

Il inspira. L'odeur était puissante. L'odeur de l'essence, mais aussi celle de la chair brûlée.

— Il m'arrive quoi au juste ?

N'y tenant plus, il se leva et fit les cent pas dans son appartement. Tout était en ordre – aussi en ordre que pouvait être son lieu de vie. L'odeur ne venait pas d'ici. D'ailleurs, il se rendit compte qu'elle diminuait.

Il cessa ses allées et venues. L'odeur disparut totalement. Elle aussi était une hallucination.

— Bordel, grommela-t-il.

Il s'installa lourdement dans le canapé, chercha une cigarette, et alluma la télévision. La chaîne d'info en continu – guérisseuse familière de ses nuits sans sommeil – offrait son habituel florilège de scandales politiques et publicités déguisées. Un membre du gouvernement était mis en examen, on l'accusait de proxénétisme et d'abus de biens sociaux. Les associations gay et lesbiennes préparaient une grande manifestation pour revendiquer leurs droits. On évoquait brièvement le suicide du jeune transsexuel.

Puis, des flammes.

Hautes, voraces, elles se déployaient et crépitaient sous un ciel noir. Il s'agissait d'une grande maison incendiée, entourée par ce qui semblait être un vaste parc couvert de neige. Curieusement, aucun commentaire n'accompagnait les images.

Alexandre Vauvert se pencha un peu en avant, cherchant à comprendre. Il devait y avoir un quelconque problème de transmission, puisque de longues secondes s'écoulèrent encore sans la moindre intervention de journaliste. On n'entendait que des bruits de craquements et d'explosions, des radios de police qui crachotaient, et des ordres criés de loin.

En bas de l'écran s'inscrivirent enfin les mots : *Neuilly-sur-Seine – en direct.*

Une coïncidence. Ce ne pouvait être qu'une coïncidence, n'est-ce pas ? Cet incendie et… Neuilly-sur-Seine. Il avait fait une rapide recherche sur la mystérieuse Madeleine Reich avant de se coucher. Assez pour apprendre que cette femme était à la tête d'un énorme groupe industriel – la société Gaïa – et que sa résidence principale était située à Neuilly-sur-Seine, comme celles des plus grosses fortunes du pays.

Était-ce cette maison-là ? Serait-ce possible ?

Vauvert alluma sa cigarette et inspira une grande bouffée de tabac, les images de son rêve revenant comme des fantômes, en périphérie de ses pensées. Une maison en flammes. D'accord. Il y avait des incendies, criminels ou pas, tous les jours. Il y en avait même eu un de taille, pas plus tard que la veille au soir, dans une cité en région parisienne, il avait vaguement suivi l'information à la radio. Cela ne signifiait rien. Sans doute rien. Il attendit néanmoins que le son revienne, avec une certaine fébrilité.

— *Je me trouve actuellement à Neuilly-sur-Seine*, expliqua – enfin – la voix du journaliste. *Une cinquantaine de sapeurs-pompiers luttent contre l'incendie qui s'est déclaré un peu après minuit dans cet hôtel particulier situé non loin du parc de la Folie Saint-James. On nous a confirmé qu'elle appartient à la présidente de la société Gaïa, mais on ignore encore si les propriétaires se trouvaient à l'intérieur. Même s'il est encore trop tôt pour affirmer quoi que ce soit, une première source proche de la police nous a indiqué que l'incendie serait de nature criminelle…*

— Sans blague, grogna Vauvert.

Les flammes, sur l'écran de télé, avaient un aspect hypnotique.

La présidente de la société Gaïa.

C'est donc bien sa maison.

Madeleine Reich.

La voix de la femme en fourrure semblait le narguer.

Toi aussi, tu as fait ces rêves, n'est-ce pas ?

Il souffla de la fumée.

Ce n'est pas une foutue coïncidence. Accepte-le.

Il songea à Eva. Forcément. Il savait que Madeleine Reich ne s'était pas trouvée dans cette maison, ce soir, mais le procureur allait ouvrir une instruction. Et alors ce serait une affaire pour Eva. Peut-être même était-elle déjà sur place ? Regardait-elle ces flammes monter dans la nuit, en cet instant même ?

En bas de l'écran était affichée l'heure : déjà trois heures du matin.

Il observa son téléphone, posé sur la table basse devant lui.

Il regarda l'heure à nouveau.

Puis son téléphone.

Il finit sa cigarette avant de se pencher pour saisir le mobile.

Pourtant, Eva ne se trouvait pas face aux flammes. Elle se trouvait chez elle, allongée dans son lit, encore éveillée, quand son téléphone se mit à vibrer sur la table de nuit.

Elle se retourna dans ses draps de soie, se dépliant, pour l'atteindre du bout des doigts. Le numéro d'Alexandre était affiché sur l'écran.

Elle se demanda ce qu'il voulait. Qu'est-ce qui pouvait bien le pousser à l'appeler à trois heures du matin. Elle fut tentée de décrocher. D'entendre sa voix et de s'en emplir. Mais elle eut peur de ce qu'il lui dirait. De ses questions auxquelles elle ne pouvait pas répondre.

Elle attendit que le téléphone cesse de vibrer dans sa main.

— Alexandre, murmura-t-elle, le regard perdu dans l'ombre rouge du mur. Je suis désolée.

Ce n'était pas la première fois qu'il cherchait à la joindre. Ses tentatives s'espaçaient. C'était mieux ainsi. Elle ne voulait absolument pas lui faire de mal. Il y avait trop de noirceur en elle, trop de noirceur en lui. Trop d'obsessions incompatibles.

Le téléphone vibra une fois, et s'illumina. Il lui avait laissé un message.

Elle se connecta au service de répondeur. Une voix désincarnée lui confirma qu'elle venait de recevoir un message vocal.

— Effacer, murmura-t-elle, sans écouter ce qu'Alexandre pouvait bien vouloir lui dire.

— *Message effacé*, lui répondit la voix synthétique.

Elle laissa tomber le mobile et roula dans ses draps. Son esprit bouillonnait. Son corps la démangeait. Elle gigota, gratta le bandage qui serrait son cou, et finit par le dénouer. La plaie que lui avait causée Amina Constantin était en bonne voie de cicatrisation. Elle lâcha les bandes tachées de sang au hasard, sur le sol, au pied du lit, avant de rouler à nouveau.

Elle sentait l'effet du somnifère qui commençait à agir.

Elle souleva ses hanches, abaissa sa culotte, et laissa ses mains glisser lentement entre ses cuisses.

Yeux fermés, dents serrées, elle s'imagina le corps d'Alexandre sur elle. Elle se caressa en silence, longtemps.

Elle eut deux orgasmes avant de s'endormir, d'un sommeil profond.

Eva avait toujours dormi les yeux grands ouverts.

Dans la pénombre de son salon, illuminé par le halo de la télévision, Vauvert attendit, téléphone en main, l'esprit vide. Il se demanda ce qui aurait pu être, s'il était moins âgé, s'il n'était pas flic, s'il était plus beau. S'il n'était pas lui.

— Eva… murmura-t-il.

Elle ne voulait pas lui parler. Pas plus maintenant qu'au cours des mois précédents.

Il fallait qu'il se fasse une raison.

Alors il resta dans le canapé, attentif aux infos, le temps de fumer trois cigarettes et de boire autant de canettes de bière, sachant qu'il serait illusoire de chercher le sommeil à présent.

Comme la télé ne donnait pas plus d'éléments sur l'incendie, il alla récupérer son ordinateur portable, de l'autre côté de la pièce. Puis il revint s'installer sur le canapé, la machine sur les genoux.

Il avait des recherches à effectuer.

Il se cala confortablement.

Le reste de la nuit ne serait pas de trop.

III

Convergence

Madeleine est très concentrée.

Depuis quelques minutes, elle fixe son évier, situé à l'autre bout de la pièce.

Le robinet est ouvert. Le jet d'eau chaude coule en ligne droite.

De la vapeur monte dans l'air, dessinant des boucles et des arabesques.

— Tu es prête ?

— Oui.

Elle est assise en tailleur sur le lit. Ismaël, derrière elle, la tient dans ses bras. Ils n'ont pas commencé que déjà elle ressent une certaine excitation. Le rail de cocaïne qu'elle a sniffé rend son esprit plus lucide. Clair comme du cristal.

— Tout est dans la prononciation et dans l'intention, lui rappelle Ismaël. Répète en même temps que moi, sans t'arrêter…

Elle hoche la tête, yeux écarquillés, et il commence à psalmodier au creux de son oreille.

— Atah… malkuth… ve-geburah… ve-gedulah… le-olam…

Ses pensées se focalisent d'elles-mêmes. Alors qu'elle pensait ne jamais se rappeler la formule, voilà qu'elle s'entend la prononcer en même temps qu'Ismaël, comme si c'était la chose la plus naturelle du monde. Elle se cale sur sa voix et sur le rythme lent de la phrase, suivant ses inflexions, et elle répète avec lui, en boucle, la litanie qu'il lui a apprise.

— Atah… malkuth… ve-geburah… ve-gedulah… le-olam…

Le vertige la saisit. Ce n'est pas un vertige désagréable. Elle reste droite, accrochée à lui, au milieu d'un monde en dérive.

Ils répètent, encore et encore. Et plus elle forme les mots, plus il lui semble que la chaleur monte dans sa langue, dans son palais. Son souffle devient brûlant, comme cette eau qui coule en face d'eux. De la vapeur s'échappe de sa gorge avec les mots, et elle sent la respiration d'Ismaël qui fait de même.

Alors que les serpents de leurs souffles mêlés ondulent vers l'évier, elle sent le soleil monter en elle, tout au fond d'elle.

Elle voit, pourtant.

Le filet d'eau qui s'échappe du robinet.

Il est dévié, par à-coups, au rythme de leur incantation.

Ils persévèrent. Leur murmure se fait plus limpide.

L'eau se sépare en deux.

Madeleine n'en croit pas ses yeux.

Il y a bien deux filets d'eau jumeaux qui s'écoulent à présent. Et la vapeur est plus forte.

Elle cligne des yeux, aveuglée, oubliant de continuer de réciter.

Le charme est rompu net. Elle a l'impression de revenir dans son corps, que ses muscles enfilent sa peau après l'avoir quittée une fraction de seconde.

Elle halète.

— Tu vois. Tu y arrives, la félicite Ismaël. Le plus vieux tour de magie de l'humanité.

Elle fixe le jet d'eau redevenu normal.

— Est-ce que c'était vrai ? demande-t-elle. On n'a pas rêvé ?

— Est-ce que tu as envie que ce soit vrai ?

— Mais... bien sûr ! dit Madeleine.

— Alors pourquoi poses-tu la question ?

Il se lève, fait craquer ses articulations. Il est torse nu, vêtu d'un pantalon de treillis à la couleur verte délavée. Son corps d'ébène luit dans la pénombre.

— Maintenant tu es prête à rencontrer les autres.

Madeleine se tourne vers lui, surprise.

— Les autres ?

Il penche la tête sur le côté, amusé.

— Tu croyais qu'il n'y avait que nous ?

— Je... je n'y avais pas pensé.

Un éclair de douleur. Elle se masse l'épaule. Une brusque crampe s'est propagée dans les muscles de son dos. Une tension comprime ses côtes, y générant de minuscules épingles de souffrance.

— Je crois que je me suis froissé quelque chose... la position...

— Ce n'est rien, dit Ismaël, avec un étrange sourire. Ça arrive au début. Ça passera.

Madeleine ne comprend pas ce qu'il a voulu dire. Mais cela ne doit pas être important, décide-t-elle. S'il y avait un risque, il le lui dirait.

Il le lui dirait forcément.

Elle reste une minute à contempler le jet d'eau du robinet, avant de se décider à aller le fermer.

Elle se masse ensuite l'épaule pour dénouer cette maudite crampe.

28

22 janvier.

À l'approche de l'aube, Vauvert avait appris beaucoup de choses, mais se posait toujours autant de questions. Il avait passé les dernières heures à zapper d'une chaîne à l'autre, et il se connectait régulièrement à France Info pour guetter les derniers développements de l'affaire. C'est d'ailleurs cette radio qui, la première, prononça le nom des propriétaires de la villa incendiée. Bien sûr, ce nom, le policier le connaissait déjà.

Reich.

Madeleine Reich. La présidente du groupe Gaïa.

La femme qu'il avait croisée chez les Beaumont.

Pour peu qu'on sache où chercher, Internet regorgeait d'informations sur elle. Vauvert avait téléchargé des dizaines d'articles de presse qui retraçaient le parcours hors norme de cette femme : née Madeleine Ferrand, à Rodez, dans l'Aveyron, elle était aujourd'hui âgée de cinquante ans. Elle avait fondé la société Gaïa, dont la vocation était de racheter des entreprises en faillite pour les restructurer, et les revendre ensuite à de nouveaux investisseurs.

Une vraie *success story*, comme en raffolent les magazines ou le cinéma.

Rien qui laisse présager l'incroyable événement auquel il avait assisté la veille.

Ces deux cadavres putréfiés dans la maison des Beaumont. Cette femme terrifiante dont le seul son de la voix suffisait à ouvrir des plaies sur son corps. Des plaies qui s'étaient refermées sans laisser de trace.

À chaque fois qu'il y pensait – qu'il *revivait* la scène –, ses poils se hérissaient sur ses bras à lui faire mal.

Où était l'explication ?

Fouillant un peu plus sur le Net, Vauvert apprit que Madeleine était mariée à Jonathan Reich depuis quinze ans. Il put voir les photos de leur mariage, ainsi que celles de leur magnifique hôtel particulier de Neuilly-sur-Seine. C'était cette même propriété qui se trouvait, à présent, ravagée par les flammes.

Alors ? persistait à hurler son esprit. Quel était le grain de sable, la part d'ombre qui menait à ce désastre ?

… *À ce visage mutilé ?*

Sur la Toile, rien à faire, tout ce qu'il avait déniché relevait du conte de fées, typique des informations soigneusement contrôlées, idéales, à défaut d'être entièrement crédibles.

Madeleine Ferrand, désormais épouse Reich, était partie de zéro. Elle n'avait jamais bénéficié de ces fortunes familiales qui hissent les chefs d'entreprise modernes sur leurs trônes multinationaux. Son père était un cheminot, sa mère faisait des ménages à Rodez, et tous deux étaient à présent décédés d'un cancer du foie. Madeleine n'avait jamais pu compter sur le moindre apport financier de la part de sa très modeste famille. Ce n'étaient pas non plus ses études en fac d'histoire qui l'auraient préparée à un tel destin, plutôt l'inverse. D'ailleurs, après un cursus universitaire de cinq années, qu'elle n'avait finalement pas achevé, elle avait traversé une longue période de vaches maigres, enchaînant des remplacements de secrétaires de direction dans des PME, à Millau, Brive ou encore Reims.

Mais il semblait que l'univers avait d'autres projets pour elle.

Sa vie avait changé de cap du jour au lendemain.

Et cela s'était produit quinze ans auparavant, juste avant qu'elle ne rencontre son mari Jonathan.

En une seule année, elle avait eu ce projet fou de société, une banque lui avait accordé un prêt colossal, et c'était comme si les marchés étaient tombés littéralement dans ses mains tendues. Gaïa avait vu son capital augmenter de cent pour cent en seulement dix mois d'activité. On pouvait dire que Madeleine Ferrand avait reçu un don du ciel. Au fil des années, cette chance ne l'avait jamais quittée. Le groupe Gaïa était toujours en plein essor.

Vauvert médita un moment sur un tel concours de circonstances. L'anomalie commençait là, cela lui semblait évident. Pas de grain de sable, encore. Mais des questions. Le policier s'en posa beaucoup. Une telle réussite n'arrive pas comme ça, sans un réseau de connaissances haut placées, sans biaiser le système. Son quotidien à la brigade criminelle lui avait appris que, malheureusement, chaque rayon de soleil cache toujours, dans son ombre projetée, les gouttes de sang des innocents.

Il éplucha davantage de blogs et d'archives de magazines, sachant qu'il finirait par retrouver ce sang.

Les références en ligne ne parlaient pourtant que de week-ends dans des hôtels de luxe, des actions en Bourse de la société Gaïa qui ne cessaient de grimper, sans oublier l'histoire d'amour sans nuages entre Madeleine et son mari Jonathan, qu'elle avait rencontré lors d'une réunion du MEDEF et avec qui elle avait très rapidement partagé sa vie.

Toujours cette version officielle et unique, scintillant de paillettes.

Vauvert observa attentivement les photos de ce luxueux hôtel particulier, du parc baigné de soleil. Puis il leva la tête et contempla, sur l'écran de télévision, les flammes vengeresses au milieu de la nuit, auréolant les statues pensives, dévorant le rêve. Cet absolu démenti d'un monde parfait.

Il reprit sa recherche avec d'autant plus de curiosité.

Mû par son instinct, il s'intéressa plus particulièrement aux photos montrant Madeleine Reich. Il en trouva quelques dizaines, prises lors de réunions du MEDEF, de discours publics, il y avait même un reportage dans les pages du magazine *Gala*. Sur toutes, sans exception, la femme présentait un air décidé, toujours illuminé par le plus radieux des sourires. Un visage dénué des horribles blessures qu'il avait vues, bien sûr. Mais aussi, et c'était bien le plus perturbant, habillé d'un regard doux et d'une expression de profonde gentillesse que Vauvert ne reconnaissait pas. Il n'arrivait pas à faire coller ce qu'il voyait sur ces photos avec le visage de la femme qu'il avait rencontrée.

Sur les images parfaites de la presse people, Madeleine Reich vivait la plus heureuse des vies. Elle semblait ne jamais avoir eu à éprouver la moindre souffrance. Elle n'était certainement pas capable de la moindre cruauté.

La femme qu'il avait croisée dans la maison des Beaumont était tout autre. Ce n'était pas cette femme de papier glacé. Elle avait ses traits, mais ce n'était pas elle.

Il avait gravé dans son esprit son sourire froid. Cette menace dans le regard. Cette dureté de scalpel.

Où était cette femme dans ces photos ? Sous le masque, le maquillage et les retouches numériques ?

Pourquoi ?

Vers six heures du matin, alors qu'il venait de se rendre compte qu'il avait fini son dernier paquet de Marlboro, on parla à nouveau de l'incendie à la télévision. Les pompiers étaient enfin venus à bout des flammes, mais tout avait brûlé. La sublime bâtisse n'était plus qu'un souvenir. Vauvert monta le son.

— … *La police vient de nous informer qu'elle a découvert une personne décédée dans la chambre de la maison. Il s'agirait vraisemblablement du propriétaire, Jonathan Reich, et ici l'émotion est grande car son épouse reste introuvable. Les recherches continuent, parmi les vestiges calcinés de cet hôtel particulier de*

Neuilly-sur-Seine où l'on s'attend, désormais, au pire...

Le policier eut un sourire songeur. Ils pouvaient chercher autant qu'ils voudraient. Ils ne retrouveraient pas Madeleine Reich dans les décombres.

Lui savait où elle était. Elle conduisait une Chevrolet de location sur les routes du Sud. Elle était comme lui, à la recherche de Pierre Loisel. Dans un sillage de sang.

Vauvert songea qu'il faudrait avertir sa hiérarchie, et vite. Ce genre d'information était toxique, elle ne pouvait être retenue. L'enjeu était bien trop élevé. Il avait beau ne pas comprendre, ne pas tout saisir encore, cet incendie à l'autre bout du pays était lié à sa propre enquête. Il se demanda d'ailleurs si Damien Mira, de permanence cette nuit, avait déjà fait le rapprochement et l'avait devancé.

À six heures et quart, il se leva du canapé. Tout son corps était endolori. Il alla se préparer du café. Fort. Il pouvait supporter le manque de sommeil mais il ne pouvait imaginer une seule journée sans ce breuvage. Puis il passa sous la douche.

Ses idées tournoyaient.

Il n'y avait pas qu'un lien entre cette femme et la disparition de Pierre Loisel. Il y avait un lien entre cette femme *et* Pierre Loisel.

Ils se connaissaient.

Il lui fallait trouver comment.

Des parallèles entre ces deux personnes se profilaient déjà, et de manière évidente. Comme Madeleine Reich, Pierre Loisel était à la tête de plusieurs sociétés. Lui aussi s'était « fait » tout seul, sans appui familial, sans le moindre piston ni connivence politique. Deux contes de fées étrangement similaires, quand on y réfléchissait.

Et maintenant il avait disparu. Et ses proches avaient été torturés.

Pourquoi ? se répéta le policier.

Pour qu'ils révèlent où Loisel s'était caché ?

Il se rappela les paroles de la femme en fourrure.

Je suis arrivée trop tard, avait-elle dit.

Cette phrase revenait sans cesse dans sa tête. *Arrivée trop tard.*

Trop tard pour quoi ? Pour sauver les Beaumont ? Ou pour sauver Loisel lui-même ?

Immobile sous le jet brûlant de la douche, Vauvert se laissait porter par ses pensées.

Loisel introuvable depuis deux semaines.

Et maintenant elle. Madeleine Reich.

Il était peu probable qu'elle reparaisse après ce qui était arrivé. Elle allait elle aussi être considérée comme disparue. Inexplicablement.

Vauvert se remémora la chronologie des faits. La disparition mystérieuse de Loisel s'était produite quinze jours auparavant. Presque aussitôt, son ex-belle-famille, les Beaumont, étaient séquestrés, torturés et finalement assassinés. Il était évident que quelqu'un recherchait Loisel. Et que ce quelqu'un était prêt à s'acharner sur des innocents pour le trouver. Cela signifiait que Loisel avait, aux yeux du meurtrier, une importance capitale. Mais laquelle ? Détenait-il une information pour laquelle on était prêt à tuer ? Un secret industriel à ce point essentiel ?

Cela faisait davantage de questions.

Vauvert devait commencer à trouver quelques réponses.

Il avait des pièces maîtresses du puzzle juste sous les yeux. Il le sentait.

Il suffisait de les mettre dans le bon ordre et tout deviendrait clair.

Guère rasséréné, il quitta le bac de douche, se sécha et se rasa devant la vitre embuée. Il observa son cou, les muscles de ses épaules, ornées de son vieux tatouage, qui serpentait en descendant autour de son biceps droit. Il passa les doigts sur la peau épaisse de ses pectoraux, sur sa pomme d'Adam, là où, la veille, il avait senti son sang couler. Son épiderme était parcouru de cicatrices, chacune avec son histoire particulière. Certaines étaient très anciennes, d'autres remontant aux mois précédents, encore blanches et luisantes, et toutes ramenaient leur lot de souvenirs d'arrestations musclées, de blessures par balles, fractures et luxations. Il les connaissait par cœur. Il n'y en avait aucune nouvelle. Pas la moindre trace qui aurait expliqué sa perte de sang, la veille. Cette pensée fit remonter un frisson dans sa colonne vertébrale.

— Comment as-tu fait ça, Madeleine Reich ?

Au fond de lui, il savait ce qui le perturbait à ce point.

Il avait déjà rencontré ce genre de situation. Il avait beau le nier, se réfugier sous une épaisse carapace de scepticisme, sa vie avait déjà croisé des lignes de feu, des zones de soufre que l'œil humain n'est pas fait pour contempler. Lui avait vu, et il en avait été brûlé de l'intérieur. Un peu plus brûlé à chaque fois.

Il était déjà passé de l'autre côté du miroir. Il savait ce que cela coûtait.

Serrant les dents, il se souvint d'une traque dans les carrières abandonnées, en périphérie de la ville. C'était près de cinq ans auparavant. Il se souvint qu'il avait cru voir le fantôme d'une femme. Il se souvint qu'il avait cru mourir.

Non, ce n'était pas exact. Il *était* réellement mort, l'espace de quelques minutes, et il était revenu de l'autre monde. Il n'en gardait pas le moindre souvenir mais il savait que c'était arrivé. Plus besoin de se mentir.

Il observa ses yeux noirs, irisés de reflets d'or, floutés par le voile de buée sur le miroir.

Il s'était coupé en se rasant et une petite goutte de sang brillait au coin de sa lèvre.

Le sang, songea-t-il. Il semblait faire partie de son destin. De son métier. De tous les événements incroyables qui sans cesse revenaient dans sa vie. *Le sang des innocents. Et, parfois, celui des monstres.*

— Alors ? Tu vas l'admettre, ou pas ? murmura-t-il à son reflet, comme s'il se mettait lui-même au défi.

La vérité, c'est qu'il avait l'impression de se retrouver une nouvelle fois dans un endroit qu'il détestait.

Un endroit où sa propre existence lui échappait.

La dernière fois qu'il s'était trouvé là – confronté à ce genre de phénomène, regardant de l'autre côté du miroir –, il n'avait pas été seul. Il était en compagnie d'Eva.

Au fond de lui, une angoisse nouvelle s'éveilla.

Sa dernière rencontre avec l'impossible avait bien failli la tuer, elle.

Il réalisa que c'était ça, et rien d'autre, qui le mettait aussi mal à l'aise.

La certitude inexplicable, dans ses tripes, qu'elle aussi était liée à ces forces. Et que l'issue ne serait pas toujours heureuse. Pour lui comme pour elle.

Il enfila des vêtements et revint dans le salon. Assis en tailleur sur son canapé, il but son café en observant, à la télévision, les nouvelles images de la maison incendiée.

Les journalistes ne lui apprirent rien qu'il ne sache déjà.

29

Il était huit heures quand il arriva à l'hôtel de police. Le commandant Damien Mira l'attendait dans son bureau, les yeux gonflés sous ses épaisses lunettes après sa nuit de permanence.

— Te voilà enfin ! Je suppose que tu es au courant pour la maison des Reich qui a brûlé cette nuit ?

— Ouais, grommela Vauvert, en déposant son gobelet de café sur le bureau. Je me doutais que tu ferais le lien…

— Et comment ! C'est le nom que m'a donné Hertz quand je leur ai demandé qui avait loué leur

Chevrolet ! En d'autres termes, la femme qui a disparu n'est autre que ta fameuse suspecte d'hier soir !

Vauvert hocha la tête.

— Alors, quoi ? Tu as averti Kiowski ?

— Bien sûr que non, c'est ton dossier. Avec toi, je ne sais jamais ce qu'il faut rendre public et ce que tu souhaites garder sous le coude.

Il ne put s'empêcher de sourire. Mira avait toujours su le cerner, il le comprenait vraiment.

— Merci, Damien. Tout ça s'annonce comme une drôle d'affaire.

— Sans déconner.

Mira avait un air inquiet, inhabituel chez lui.

— Qu'y a-t-il d'autre ? demanda Vauvert.

— Ça, lui dit-il en lui tendant une enveloppe.

Il comprit tout de suite en voyant l'en-tête.

— Les résultats du labo ? Alors ?

— C'était bien ton sang, sur tes vêtements.

— Comme je l'avais dit.

— Mais il n'y a aucune explication. Je veux dire, tu n'étais pas blessé !

Vauvert haussa les épaules.

— Je sais, Damien. Je sais.

— Du coup, tu es une nouvelle fois au centre des discussions de tous les techniciens, l'avertit Mira en baissant la voix. J'ai entendu dire que c'était déjà remonté jusqu'au chef…

— Ce n'est pas grave, assura-t-il. Je commence à être habitué…

Il n'était guère convaincant, mais son collègue s'en contenta.

— En tout cas, si j'étais toi, Alex, je ne laisserais pas traîner. Cette histoire d'incendie, de bonhomme dégommé et de femme disparue avec qui tu as été en contact, hier soir… j'irais en parler à Kiowski avant qu'il ne se rende compte que tu fais de la rétention d'information, tu comprends ce que je veux dire ?

— Cinq sur cinq, lui répondit Vauvert.

Ses rapports avec le commissaire divisionnaire Boud Kiowski avaient toujours été électriques. Dans le cadre d'une affaire comme celle-ci, qui mobilisait l'ensemble des forces de police, il valait mieux ne pas tendre le bâton pour se faire battre… d'autant plus que Kiowski n'attendait que ça.

— Bon, je rentre chez moi, la nuit a été longue, lui dit Mira en se dirigeant vers la porte de son bureau. Au fait, j'ai appris qu'on t'a collé l'audition d'une victime de viol ? Ce n'est pas très habituel.

Vauvert grinça des dents. La soi-disant victime d'Arnaud Levy, que son ex-femme lui avait jetée dans les pattes. Bien sûr, que ce n'était pas habituel, et il était le pigeon de l'histoire.

— Le parquet a de ces lubies, parfois, grogna-t-il en saluant son collègue.

Laissé seul, il ne perdit pas de temps. Il vérifia ses messages sur son mobile ainsi que sur sa ligne fixe. À sa grande déception, le commandant Svärta ne l'avait pas encore rappelé.

— Eva, merde, qu'est-ce que tu fabriques ?

Il classa ses dossiers, vérifia ses e-mails, retrouva avec bonheur un paquet de Marlboro au fond d'un tiroir et alla fumer à la fenêtre au bout du couloir. Au passage, il en profita pour saluer son équipe et prendre des nouvelles à l'état-major. Rien de neuf.

Tout le monde était toujours mobilisé sur la recherche de Loisel, mais, avec la neige, le temps semblait suspendu.

À huit heures trente, n'y tenant plus, il revint dans son bureau et rappela le commandant Svärta.

30

Paris.

Eva Svärta montait l'escalier de la PJ, au 36 quai des Orfèvres, quand son téléphone se mit à vibrer dans son blouson. Elle fouilla distraitement au fond de sa poche.

— Eva ! lui cria le lieutenant Leroy en haut des marches. Te voilà enfin ! La réunion va commencer ! Tu n'as pas écouté tes messages ?

Ses doigts trouvèrent le téléphone. Tant pis pour la personne qui souhaitait la joindre, ce n'était pas le bon moment.

Elle éteignit le mobile sans chercher à savoir qui l'appelait.

— Qu'est-ce que j'ai manqué ? demanda-t-elle en atteignant l'étage de la brigade criminelle.

— Un autre incendie. Une autre victime. Larusso a bien été obligé de nous laisser sur le coup, et de toute façon il ne va pas tarder à passer le dossier à un juge. Il semblerait que l'affaire Constantin prenne une nouvelle dimension.

Leroy avait l'air particulièrement excité. Il s'était rasé et arborait de nouveau ce visage de séducteur rayonnant, tout juste trentenaire aux cheveux dorés soigneusement coiffés en arrière. Avec son jeans délavé, parfaitement coupé, et son polo parme griffé Hugo Boss, il ressemblait plus à un étudiant des beaux quartiers qu'à un flic.

— Neuilly-sur-Seine, ajouta-t-il. Tu n'as pas suivi les infos non plus ?

— Vaguement, marmonna-t-elle.

Comme la plupart de ses collègues, elle avait l'habitude d'écouter France Info chaque matin. Elle se souvenait que cet incendie avait, en effet, été mentionné dans un flash. Mais elle n'avait pas encore établi le lien.

— Un chef d'entreprise, c'est ça ?

— Jonathan Reich. Famille friquée, avec des parts dans diverses multinationales. On l'a descendu d'une balle dans la tête, en plein milieu de la nuit, avant de mettre le feu à son domicile. On s'est servi d'essence, tout a entièrement brûlé. C'est le même mode opératoire qu'aux Ruisseaux. Mais le plus inquiétant, c'est que sa femme a disparu.

— Oh. Un enlèvement, alors ?

— Trop tôt pour le dire, mais ce n'est pas exclu. Elle dirige une grosse boîte, les intérêts derrière sont énormes. Même son mari travaillait pour elle. Quant à leur baraque, c'est un hôtel particulier entouré d'un parc à tomber. Leur voisin est un émir arabe. Tu vois le genre de gratin…

Eva voyait très bien. Elle connaissait un peu Neuilly-sur-Seine, pour y avoir déjà enquêté, une histoire de proxénétisme de luxe. Cette commune rassemblait le plus grand nombre de contribuables payant l'impôt sur la fortune – et les vices qui allaient avec.

— Quel est le lien avec Constantin, alors ? Un trafiquant de cité et des industriels pleins aux as, ça ne se croise pas souvent.

— C'est un peu le problème, bredouilla Leroy. On n'a pas encore réussi à établir un véritable lien entre les deux. Mais tu vas voir, il y a des similitudes troublantes.

Ils passèrent dans la salle de réunion. Tout le monde parlait à voix basse en attendant le commissaire Ô. Les visages étaient graves. Les mains froissaient des papiers, ou tripotaient nerveusement des tablettes numériques. Une certaine inquiétude flottait dans cette pièce. Eva pouvait reconnaître, uniquement à leurs yeux cernés et à leur barbe naissante, les membres de la brigade qui avaient passé la nuit de garde, et qu'on n'avait pas laissés rentrer chez eux ce matin. Elle pouvait sentir leur tension, qui émanait d'eux comme les relents de leur sueur âcre – et l'étincelle de leur excitation larvée, aussi.

— Je t'écoute, murmura-t-elle en s'installant à côté de son collègue. Des mutilations ? Le cœur arraché ?

Le regard de Leroy pétilla.

— Pas le cœur, non. Et pas de lèvres cousues non plus. En revanche, on lui a bien tranché la langue. Et on a déposé du sel sur son corps.

Eva hocha la tête.

— Je vois. Le chef va encore nous mettre la pression.

31

La réunion se passa très exactement comme Eva l'avait supposé. C'est-à-dire que le commissaire n'y alla pas par quatre chemins.

Ô n'était pas un homme bavard. Il lui suffit de quelques mots pour résumer l'état de l'affaire, aborder les problèmes techniques et juridiques – ils seraient nombreux – dans lesquels ils fonçaient tout droit, et leur rappeler l'urgence de trouver une piste valable. Madeleine Reich était une femme puissante. Une notable. Ils ne pouvaient se permettre de bâcler cette affaire.

Contrairement au cas Constantin, songea la policière avec une profonde amertume. Mais elle garda ses réflexions pour elle.

— L'autopsie de M. Reich aura lieu cet après-midi, acheva le commissaire. L'arme du crime est un 9 millimètres, on attend le rapport de la balistique. Notre priorité est de retrouver sa femme. À ce stade, il n'y a que deux hypothèses. Soit c'est elle qui a fait le coup, ce qui serait pour l'instant incompréhensible, mais n'est toutefois pas à écarter, soit elle est également victime. Dans les deux cas, nous avons un mode opératoire commun avec l'assassinat de Constantin.

Le lieutenant Chris Mangin leva la main.

— J'ai peut-être quelque chose, chef. Je crois que Constantin et Mme Reich se connaissaient.

— On t'écoute.

— J'ai épluché la téléphonie, expliqua Mangin. Et j'ai trouvé un appel du mobile de Madeleine Reich vers celui d'Ismaël Constantin. La communication a eu lieu la semaine dernière, elle a duré cinq bonnes minutes. Un peu long pour que ce soit une erreur. Sans compter qu'aucun de leurs deux numéros n'est dans l'annuaire.

Les officiers prenaient des notes. Ils savaient tous qu'à ce niveau, les coïncidences n'existaient pas.

— D'accord, ils se connaissaient, dit Ô. Il n'y a jamais eu d'autre appel entre ces deux mobiles ?

— Je n'ai pu remonter que trois ans en arrière, mais c'est, semble-t-il, la seule et unique fois où ils se sont contactés par ce biais.

— Très bien, on a une base de travail. Je veux savoir pourquoi elle l'a appelé. Où ils se sont connus. Quelle était la nature de leur relation.

Leroy prit la parole à son tour.

— J'ai déjà essayé de recouper les bios. Malheureusement, ça ne colle pas. Ismaël Constantin est arrivé en région parisienne il y a vingt-cinq ans. Il a d'abord vécu à Villiers-le-Bel avant de s'installer aux Ruisseaux, il y a quinze ans. On connaît la suite. En ce qui concerne Madeleine, elle n'est arrivée qu'il y a quinze ans.

— Elle s'est installée directement à Neuilly-sur-Seine ?

— Tout à fait. Elle venait de fonder sa société, qui a été un succès immédiat. Cela lui a permis d'acheter cet hôtel particulier. L'année suivante, elle a épousé Jonathan, qui n'avait jamais quitté Marseille de sa vie.

— Ils se sont mariés il y a quinze ans ? fit remarquer Perrine Alazard.

— C'est ça, dit Leroy.

La jeune policière écarta les mains.

— Au moment où est né le fils de Constantin ? Est-ce que je suis la seule à penser ce que je pense ? Cette Madeleine Reich pourrait-elle être la mère du bébé congelé, tout simplement ?

Il y eut un silence fait de hochements de tête songeurs.

Tous avaient déjà imaginé cette éventualité.

— Nous avons l'ADN de Mme Reich, annonça Ô. La comparaison génétique avec le bébé est en cours. D'ici là, pas de conclusions hâtives.

Eva Svärta plongea dans d'intenses réflexions. Si cette hypothèse était la bonne, si Mme Reich était bien la mère, cela impliquait qu'elle avait connu Constantin quinze ans auparavant. Autrement dit, dès son arrivée en région parisienne, alors qu'elle s'installait à Neuilly-sur-Seine et que, lui, habitait encore à Villiers-le-Bel, une des cités les plus mal-famées du Val-d'Oise. Elle n'arrivait pas à faire coller les deux images. *D'autant plus qu'elle se serait mariée avec un autre quelques mois après avoir accouché ?*

— Il y a quelque chose d'improbable là-dedans, ne put-elle s'empêcher de dire. Ces deux personnes n'ont jamais évolué dans les mêmes sphères. Si Mme Reich connaissait Constantin, cela doit remonter bien avant leur arrivée à Paris. En outre, on a vraisemblablement un illuminé dans la nature, quelqu'un qui a décidé de tout purifier par le feu. Cette personne-là aussi a dû croiser leur chemin dans le passé. Peut-être dans une secte, comme on l'a déjà évoqué…

Une agitation se fit entendre au fond de la salle, où était installé le commandant Deveraux.

— On ne va pas non plus se perdre en théories fumeuses ! déclara-t-il avec humeur. On le sait, que tu aimes toujours tout compliquer, et voir des psychopathes partout ! Mais Constantin a plus que probablement été victime d'un règlement de compte. Pas besoin de chercher midi à quatorze heures !

— Jean-Luc a raison, renchérit Bernard Forest, assis à côté de lui. Les Reich étaient sans doute clients du Nigérien. Un nouveau caïd aura voulu faire des exemples. Aussi simple que ça.

Eva fulmina. Il n'y en avait pas un pour rattraper l'autre.

— D'accord, leur lança-t-elle sur le ton du défi. Mais au fait, quelle est la dernière affaire que vous avez résolue, déjà ?

— Va chier, Madame Dracula ! répliqua Deveraux.

— Jean-Luc, *ça suffit*, dit Ô en haussant la voix juste ce qu'il fallait pour que le silence revienne.

Il observa les mines bougonnes de Deveraux et Forest, puis se tourna vers Leroy.

— Erwan, tu vas fouiller dans leur passé. On sait que Constantin a vécu au Niger jusqu'à ses dix-sept ans, et que Reich, elle, a grandi dans l'Aveyron, mais on a un trou dans leur bio à partir de ce moment-là. Je compte sur toi pour faire la liste des villes où ils ont vécu, leur cursus scolaire, les endroits où ils sont allés en vacances. S'ils se sont rencontrés quelque part, tu me trouves où. S'ils ont fait partie d'un culte ou d'une secte quelconque, je veux savoir où et quand.

Les deux commandants croisèrent les bras et ne dirent plus rien.

Le lieutenant Alazard s'éclaircit la voix en se trémoussant sur sa chaise. Comme tout le monde se tournait vers elle, une brève rougeur se diffusa sur ses pommettes. Elle croisa et décroisa ses cuisses comprimées par des collants à carreaux.

— J'ai fait des recherches sur cette histoire de cœur arraché, comme on en avait parlé…

Deveraux soupira.

— Oui, Perrine ? fit Ô.

— C'était quelque chose de répandu dans les rites préhistoriques. Les chasseurs dévoraient le cœur de leur gibier pour s'approprier leurs forces. Ce genre de rituel a longtemps perduré dans les tribus au fond des forêts d'Amérique latine ou d'Afrique noire. Je veux dire, jusqu'à *vraiment* très récemment… C'est une pratique qui renferme une charge symbolique primordiale. Si M. Reich n'était pas la personne que le tueur cherchait, cela expliquerait pourquoi on n'a pas touché à son cœur…

Ô hocha la tête.

— Dans ce cas, cela signifierait que c'est bien sa femme, Madeleine, la prochaine cible du tueur…

Ismaël, pourquoi ai-je si mal ?

32

Toulouse.

Quand Christophe Girodon, tout sourire, toqua à la porte de son bureau, Vauvert réalisa que Mira ne lui avait pas menti. Son coup d'éclat de la veille était remonté jusqu'en haut lieu. Voilà qu'on lui envoyait le psychologue pour s'assurer qu'il ne perdait pas la boule.

— Bonjour Christophe, grommela-t-il.

— Bonjour Alex, lui dit Girodon en entrant, sans se départir de son éternel sourire sibyllin. Dis-moi… ça fait un moment qu'on n'a pas eu de rendez-vous tous les deux, tu ne trouves pas ? Je sais que tu es très occupé avec l'affaire Loisel, mais si tu pouvais te libérer, juste une petite heure…

Vauvert se sentit sur la défensive. Il n'avait rien contre Girodon, bien au contraire. Ce petit bonhomme jovial à la coupe de cheveux improbable avait la repartie facile et le talent de rire de tout. Souvent, les week-ends, il se joignait à la poignée de gradés qui avaient l'habitude de se réunir dans une brasserie du centre-ville pour descendre des bières et regarder les matches de rugby sur grand écran.

Mais voilà, Girodon était avant tout le psy attitré de la préfecture. Depuis près de six ans, son rôle consistait à s'assurer que personne ne perdait pied

– ce qui, dans ce métier, arrivait plus vite qu'on ne voulait le croire. Chaque agent était supposé le voir régulièrement. Compétent, compréhensif, et pas embêtant le moins du monde, il signait les fiches d'aptitude psychologique sans faire de problème. Malgré ça, Vauvert avait profité de trous du calendrier et de ses vacances pour esquiver ses derniers rendez-vous. Il n'en était pas fier. Et, surtout, il se retrouvait à court d'excuses bidon pour se défiler.

— Allez, déballe ton sac. C'est Kiowski qui t'a demandé de venir me voir ?

— Simple routine, temporisa Girodon. Je fais le tour de tous ceux qui sont intervenus chez les Beaumont, hier. Le spectacle de la mort n'est jamais bon à voir. En parler fait du bien. Et tu sais que tu as été le plus exposé…

Exposé ? Sans blague. Les images de corps putréfiés lui traversèrent l'esprit. Ces corps, et tous les autres, qu'il bloquait au fond de lui. Sa souffrance, sa solitude, qu'il cachait sous sa carapace.

— Si j'avais besoin de parler, je serais le premier à faire la démarche… crois-moi…

Son mensonge était mal assuré, et il vit dans le regard pétillant de Girodon qu'il ne la lui ferait pas.

— Alors, disons que c'est un ordre du chef, admit le psy.

— Tu vois. Il me déteste.

— Tu exagères, Alex. Il s'inquiète vraiment.

Vauvert haussa les épaules. Il savait qu'il n'exagérait rien du tout. Entre le divisionnaire Boud Kiowski et lui, les rapports avaient toujours été houleux. Comme des buffles, aussi fiers l'un que l'autre, ils s'affrontaient sans se l'avouer depuis des années, front contre front. Kiowski ne tolérait pas les méthodes peu orthodoxes de son commandant. Et Vauvert, de son côté, ne supportait pas la course au pouvoir de son chef.

Il fallait pourtant admettre que Kiowski, même s'il dirigeait d'une main de fer le SRPJ, n'était pas pour autant un mauvais commissaire. Ses crises de colère étaient nombreuses, d'une rare violence, mais toujours franches, d'homme à homme. Jamais il n'aurait essayé de nuire sciemment à un de ses officiers – même Vauvert, qui lui en avait pourtant fait voir des vertes et des pas mûres. Si Kiowski avait pris la peine d'appeler Girodon, c'est qu'il pensait que c'était utile. Que la période de stress que traversait Vauvert – stress qui commençait à rejaillir sur son comportement au travail – le justifiait.

— Alex, je sais que tu es un gars solide, lui dit le psychologue. Je ne t'ai jamais vu flancher. Mais ce qui s'est passé hier dans cette maison, ce n'est pas rien. Tu as été agressé. Tu ne te souviens même plus vraiment des faits. Je me trompe ?

— Je vois que tout le monde parle dans mon dos, dit Vauvert, le regard noir.

— Promets-moi juste que tu passeras me voir aujourd'hui. Je suis de permanence toute la journée, jusqu'à tard. Tu viens quand tu peux, on discute, et je signe les papiers de sorte que Kiowski te foute la paix pour les six mois à venir, c'est un deal ?

— Ouais. C'est un deal, fit Vauvert, qui se sentait tout de même piégé.

Girodon se fendit de son grand sourire de Sphinx. *Pas psychologue pour rien*, songea Vauvert.

Au moment de passer la porte, il se retourna et lui dit :

— Au fait, je crois qu'il y a quelqu'un qui attend après toi…

Vauvert fronça les sourcils.

— Pour moi ? Je n'attends personne…

Il se souvint de son rendez-vous avec Jeanne Bonnet. Mais l'audition n'était prévue qu'à onze heures.

Il passa la tête dans l'encadrement de la porte. La jeune fille installée sur le siège, à côté de la machine à café, ne pouvait être qu'elle.

— Merde, elle a plus d'une demi-heure d'avance.

Instinctivement, il sut que cela n'augurait rien de bon.

33

Ce qui le frappa en premier, ce fut l'air totalement désarmé de cette fille. Elle se tenait pliée en deux sur le siège, front plissé, les mains sur ses cuisses, et tout absorbée par la contemplation de ses pieds.

Il remarqua qu'elle cherchait à dissimuler sa maigreur par plusieurs couches de vêtements : un jeans noir, des bottes montantes par-dessus, et un pull rose pâle qui descendait presque jusqu'à ses genoux. On sentait que si elle avait pu abaisser ce pull jusqu'à les couvrir, elle l'aurait fait. En outre, elle conservait sa veste en cuir malgré la chaleur qui régnait dans le couloir. Vauvert observa ses mains, recouvertes par des mitaines en laine angora rouge, puis son visage barré par d'énormes lunettes noires.

Quand il s'approcha d'elle, il la vit s'affaisser sur le siège comme s'il était un monstre qui venait la manger.

Suis-je aussi repoussant ? songea-t-il.

La fille, elle, était tout sauf repoussante, et elle ne faisait absolument pas son âge. Elle ressemblait plus à une lycéenne qu'à une femme de vingt-deux ans. Ses cheveux, à la couleur noir corbeau artificielle, étaient coupés court et déstructurés avec soin.

— Mademoiselle Bonnet ?

— Euh, oui, c'est moi, fit-elle d'une toute petite voix.

— Je suis le commandant Vauvert. C'est moi qui vais prendre votre déposition.

Elle se leva. Elle était si fine. Vauvert eut l'impression qu'elle aurait pu se déchirer sous ses yeux comme une image de papier.

— Suivez-moi, lui intima-t-il, décidé à mener à bien cette audition aussi vite que possible.

Il la guida au bout du couloir aux murs de brique et la fit entrer dans son bureau.

— Prenez place.

La fille s'installa, épaules en avant, tout en se tripotant les ongles. Elle n'ôta pas sa veste, ni ses verres noirs. Vauvert prit place devant son ordinateur.

— Vous allez devoir enlever vos lunettes, mademoiselle. J'aimerais voir vos yeux quand je vous parle…

— Oui… je suis désolée…

Elle s'exécuta.

Comme il le craignait, elle avait eu une bonne raison de conserver ses lunettes. Un hématome boursouflait son œil gauche et le haut de sa pommette. Même le blanc de son œil était strié de minuscules veinules rouges. Vauvert sentit son estomac se serrer. Il fallait un coup particulièrement violent pour laisser une pareille trace.

— Comment vous êtes-vous fait ça ?

— Je suis tombée, mentit-elle. Mais c'est rien du tout, vous savez.

Ben voyons, pensa Vauvert.

Il ne comprenait pas pourquoi cette piteuse excuse était toujours celle à laquelle les gens avaient recours.

— Vous êtes tombée sur quelque chose ? C'est une vilaine marque que vous avez là…

— Une porte… Je me suis cognée…

— Ah. Une porte…

Il soupira. En face de lui, la fille n'arrivait pas à croiser son regard plus d'une demi-seconde.

— Je vais vous poser quelques questions. Vous savez, bien sûr, que les accusations que vous portez à l'encontre de M. Levy sont assez graves…

— Ce qu'il m'a fait est grave, rétorqua-t-elle de sa petite voix. Il a essayé de me violer…

Il hocha la tête, lui expliqua qu'il ne s'agissait que de routine, et lui posa les questions habituelles pour définir le délit et constituer le dossier. Où habitait-elle, depuis combien de temps était-elle suivie par le médecin, avait-il déjà eu des gestes déplacés à son encontre ? Des questions simples, auxquelles elle répondit en s'appliquant. À une ou deux reprises, il crut voir un fantôme de sourire sur les lèvres de cette fille. Un doute terrible l'envahit.

— Qu'aviez-vous fait ce jour-là, avant d'aller à la clinique ?

— J'étais chez moi... Pourquoi voulez-vous savoir ça ?

— Je dois indiquer votre emploi du temps. Chez vous, vous vivez seule, et vous étiez seule durant cet après-midi ?

— Euh, oui, dit-elle en fixant ses mitaines.

Elle mentait. Mais pourquoi ?

— Avez-vous le permis ?

— Le permis de conduire ? Euh, non.

— Vous avez déclaré être allée à la clinique en voiture, lui rappela-t-il.

— J'ai dit ça ?

— Oui. Mes collègues du commissariat l'ont noté noir sur blanc. Vous n'êtes pas allée à la clinique en voiture ?

— Oui. Je veux dire, j'y suis allée en voiture. On m'a amenée...

— Puis-je savoir qui ?

— Un ami. Cela n'a pas d'importance, si ?

Vauvert la scruta. La fille sembla fondre encore davantage sur sa chaise. Elle renifla.

— À quelle heure aviez-vous rendez-vous avec le docteur Levy ? demanda-t-il, de plus en plus attentif.

Cette fois, elle ne répondit pas tout de suite, comme si elle s'attendait à un piège. Il pouvait voir qu'elle se concentrait. Qu'elle réfléchissait plus que nécessaire. Mais cela lui semblait évident, à présent. *L'air de chien battu de cette fille était feint de A à Z.*

— Vous aviez bien rendez-vous ? répéta-t-il.

— Mais… Oui… Enfin… Je veux dire…

— Vous savez que cela sera vérifié, n'est-ce pas ?

— Je ne sais plus, murmura-t-elle. Peut-être que non…

— Un docteur de ce genre est très pris, non ? Mais il vous a quand même reçue sans rendez-vous ?

— Oui…

— Avez-vous patienté longtemps en salle d'attente ?

— Un peu… Je ne sais plus trop…

— Qui vous a reçue, quand vous êtes arrivée ?

— La secrétaire, comme d'habitude… Mais je…

Les yeux de la fille demeuraient braqués sur la table, mais ils allaient et venaient de droite à gauche, tandis qu'elle se concentrait.

— Pourquoi me demandez-vous tout ça ? fit-elle, un début de sanglot dans la voix.

— J'essaie de comprendre, dit Vauvert. C'est vous qui venez porter plainte, je vous le rappelle. Donc la secrétaire vous a laissée attendre, comme d'habitude, dites-vous. Vous allez souvent voir le docteur Levy ?

— Non. Juste de temps en temps.

— Mais il vous a reçue quand même ? Il vous a fait passer dans son cabinet ?

— Oui. C'est ça. C'est là qu'il a essayé de me violer.

— Qu'a-t-il fait exactement ?

— Je l'ai déjà raconté…

— Je veux me rafraîchir la mémoire, insista le policier.

— Eh bien… D'abord, il m'a pris le bras d'une main. Il m'a serrée, et avec son autre main il a touché… ma poitrine, vous savez…

— Tout de suite ?

— Oui. Je ne me souviens plus très bien, c'est allé très vite… Il m'a coincée contre le bureau, et il m'a forcée à l'embrasser…

Vauvert croisa les bras. Ce n'était pas exactement ce qu'elle avait déclaré la première fois. Elle avait parlé d'un rendez-vous ordinaire. Mais il préférait attendre toute l'histoire avant de porter le moindre jugement.

— Mademoiselle Bonnet, est-ce que le docteur Levy vous avait déjà fait ce genre de chose dans le passé ?

La fille tressauta.

Enfin une réaction qui n'est pas feinte. On va peut-être y arriver, finalement.

— Bien sûr que non, lança-t-elle, paupières papillonnantes. Pourquoi ?

Parce que tu me mens, et que j'aimerais comprendre pourquoi.

— Qu'a-t-il fait, après vous avoir embrassée ?

— Il a essayé d'avoir une relation sexuelle avec moi.

— Oui, mais comment s'y est-il pris ?

— J'étais plaquée contre son bureau.

— Sur le dos ?

— Non, je veux dire, assise sur son bureau. Il m'avait poussée. Il voulait me forcer à me coucher sur le dos. J'étais terrifiée… Il me touchait et… Il voulait… enlever ma culotte…

— Il y est arrivé ?

— Oui.

— Vous vous êtes débattue, je suppose ?

— Bien sûr que je me suis débattue !

Vauvert regarda ce qu'il venait de noter.

— Il voulait donc vous violer sur son bureau, à la clinique, alors que des personnes patientaient dans la salle d'attente à deux mètres de là ?

Une ombre passa dans le regard de la fille. Vauvert devina qu'elle serrait les poings sous la table.

— Oui. La porte était fermée. Personne ne pouvait savoir ce qui se passait.

— La secrétaire qui vous a reçue, était-elle encore là ?

Jeanne Bonnet réfléchit. Là encore, un peu plus longtemps que nécessaire.

— Je crois…

— Vous croyez ? Comment êtes-vous sortie de ce bureau ?

— J'ai réussi à me dégager… je pleurais…

— Et en passant, vous n'avez pas croisé la secrétaire…

— Mais… si, bien sûr. Maintenant, je m'en souviens. Elle était là.

— Elle était donc présente pendant que le docteur essayait de vous forcer à avoir une relation sexuelle avec lui ?

— Euh, oui.

— Je connais un peu cette clinique, le secrétariat est mitoyen du bureau de consultation. Comment se fait-il qu'elle n'ait rien entendu ? Vous n'avez pas crié ?

— Je ne sais pas… J'ai dû essayer, mais il m'avait mis la main sur la bouche et il m'a murmuré à l'oreille que si je ne faisais pas ce qu'il voulait, si je le racontais à quelqu'un, personne ne me croirait.

— Il a dit ça ? interrogea le policier. Vous ne l'aviez pas mentionné.

— C'est important ?

— Il me semble, oui. Pourquoi vous a-t-il dit ça ?

Jeanne Bonnet inspira et souffla plusieurs fois.

— Il a dit qu'il lui suffirait de dire que je suis une toxico. Que face à lui je ne ferais pas le poids.

Elle maintenait les yeux baissés tout en parlant. C'était vraiment embêtant. Il voyait qu'elle lui mentait. Pourtant, il y avait autre chose chez cette fille. Une tension, sous son air de victime. Peut-être était-ce à cause de son cocard qui avait viré au violet sur la joue. Vauvert fut mal à l'aise car il n'arrivait pas à mettre le doigt sur ce qui clochait.

Comme il ne disait rien, la fille releva les yeux.

— Vous ne me croyez pas, hein ?

Elle n'est pas si bête qu'elle en a l'air.

Elle tremblait. Vauvert poursuivit :

— Ce n'est pas à moi d'en décider, mais à vous de me dire la vérité. Après être partie aussi vite, comment êtes-vous rentrée chez vous ?

— En… euh…

Jeanne Bonnet sourit. Le masque de jeune idiote revint. Elle essayait de le manipuler à nouveau, mais cela ne prenait plus.

— En métro.

— Ah bon ? Juste en métro ?

— Oui. Pourquoi ?

— Parce qu'il n'y a pas de station de métro à côté de la clinique, me semble-t-il.

— J'ai pris un bus. Puis j'ai pris le métro.

— Vous l'avez attendu longtemps, ce bus ?

Elle secoua la tête. Chercha un nouveau mensonge.

— Je commence à fatiguer, mademoiselle Bonnet.

C'était dit. Il était en train de perdre son temps, et il lui tardait à présent d'en finir avec cette mythomane. Il savait qu'il n'était pas entièrement concentré, son esprit regardait déjà ailleurs. Mais il aurait plutôt dû être en train d'enquêter sur la disparition de Loisel. De rechercher Madeleine Reich.

— Qui vous a raccompagnée chez vous ?

— Ne m'en veuillez pas, ce n'est pas ma faute, murmura-t-elle.

— Je ne comprends pas, lui dit Vauvert. Que voulez-vous dire ?

— Arnaud Levy est quelqu'un de méchant. Il faut qu'il comprenne… Il faut qu'il lui arrive quelque chose…

— Mais il ne vous a pas vraiment violée, n'est-ce pas ?

Elle secoua la tête.

— J'ai besoin d'une réponse claire, mademoiselle. Parce que je crois que vous êtes en train de faire une dénonciation de crime imaginaire, et que c'est un délit puni par la loi. Êtes-vous certaine de vouloir continuer dans cette voie ? Vous ne vous en rendez peut-être pas compte, mais le parquet a déjà décidé de saisir un service judiciaire pour vous entendre, alors que rien ne l'y oblige en théorie. Je peux vous assurer que le juge n'aura pas la moindre pitié pour vous s'il s'avère que votre témoignage est faux. Est-ce que vous comprenez ce que je vous dis ?

— Oui… très bien… dit-elle.

— Alors, est-ce que vous maintenez votre plainte ?

Elle inspira, expira, croisa et décroisa ses mains, puis remit ses lunettes noires.

— Vous êtes tous les mêmes, hein ? Mon copain… il va me tuer… quand je vais le lui dire…

— C'est pour cela que vous avez déclaré une tentative de viol ? Pour ne pas que votre ami pense que vous l'avez trompé ?

Ce n'était pas la première fois qu'il se trouvait face à pareille situation. Parfois des femmes ayant eu des relations sexuelles hors de leur couple accusaient leur amant de viol pour ne pas se faire renier par leur mari. Parfois elles y étaient poussées pour des raisons religieuses. D'autres encore ne cherchaient que de l'attention. Il détestait l'admettre, mais Virginie avait eu raison. *Pour une fois.*

— Vous ne pouvez pas comprendre, dit simplement Jeanne Bonnet en se levant. Vous n'avez pas de cœur…

— Puisqu'on parle de ça, une dernière petite chose, lui rappela Vauvert avant qu'elle ne s'en aille.

— Quoi ?

— La porte qui vous a fait ça, dit-il en tapotant sa propre pommette, je vous suggère de lui dire qu'elle ferait mieux de ne pas recommencer.

— Je… ne comprends pas, dit-elle.

— Tant pis, soupira-t-il.

34

Paris.

Sur le mur de son bureau, Eva avait punaisé les photos de Jonathan Reich, Madeleine Reich, Ismaël Constantin et Amina Constantin. C'était un réflexe d'une autre époque, mais cela l'aidait à réfléchir. Comme la carte de France et le plan de Paris, tous deux criblés de punaises à têtes rouges, qui occupaient le mur d'en face. Eva était une visuelle. Elle avait besoin de « voir » l'ensemble d'une affaire. Et quand elle y arrivait, elle finissait par entrer dans la tête des tueurs – et voir, réellement, avec leurs yeux.

Parfois.

Pivotant sur son fauteuil, elle scruta les visages figés sur le papier photo.

— Pourquoi vous connaissiez-vous, hein ? Qu'est-ce qui vous unit ? Ce pauvre enfant assassiné ?

Tout a toujours été à cause du bébé, lui avait dit cette folle d'Amina Constantin.

Mais pourquoi ?

L'avaient-ils tué ensemble ? Un horrible sacrifice humain ? C'était un sujet qui la glaçait, au plus profond de son âme. Elle savait qu'on dénombrait, chaque année, des dizaines d'infanticides d'un bout à l'autre du pays. Des agriculteurs qui finissaient par massacrer leur famille à coups de fusil avant de se donner la mort. Des mères de famille qui balançaient leurs enfants par le balcon, ou qui les jetaient dans le vide-ordures. À chaque fois qu'elle parcourait ces listes froides de faits divers, Eva avait l'impression de s'effondrer de l'intérieur, tout au fond, là où elle cachait son âme fragile.

Elle pivota, de nouveau face à son écran.

Elle rouvrit l'autre dossier.

« Son » dossier.

C'était plus fort qu'elle.

Elle avait besoin d'effectuer son rituel quotidien, comme les personnes souffrant de troubles obsessionnels compulsifs se lavent les mains dix fois de suite chaque fois qu'ils passent devant la salle de bains.

Dans son cas, ce n'était pas différent. Elle ne faisait qu'entretenir son mal, rouvrant cette vieille plaie. Sachant que ce gouffre-là finirait par l'avaler, un jour ou l'autre.

Elle fit défiler les documents. Les témoignages, les graphiques, les photos.

Cette photo-là.

Deux fillettes aux cheveux blancs et aux yeux rubis s'affichèrent sur son écran.

Elle-même, et sa sœur. Justyna Svärta. Elle se trouvait à droite, Justyna était à gauche. Mais personne n'aurait été capable de déceler la moindre différence physique entre les deux jumelles.

C'était vingt-cinq ans auparavant.

Une vie entière – sans elle. Privée de sa sœur. De son double. D'une partie de son âme.

Comme chaque fois qu'elle observait cette photo, Eva sentit son estomac se serrer jusqu'à lui faire mal. *Elle se revoyait dans ce sous-sol, blottie contre sa sœur. Elles avaient six ans. Elles entendaient les pas de l'ogre qui descendait les marches, sachant où elles se cachaient... venant pour faire couler le sang...*

Elle tâtonna dans son tiroir pour chercher sa boîte d'amphétamines.

Une toute petite voix l'interrompit dans son geste.

— *Il ne faut pas que tu sois si triste.*

Eva ne se tourna pas. Elle avait l'impression que l'air autour d'elle se ridait imperceptiblement.

Cela faisait longtemps que cela ne s'était pas produit. Elle avait pensé que ses hallucinations avaient définitivement cessé – et chaque jour ces hallucinations lui avaient manqué.

— Cela fait longtemps que tu n'étais pas venue me voir, murmura-t-elle.

Puis, lentement, elle se retourna.

Sa sœur était assise en tailleur par terre, devant la porte.

Une fillette de six ans, dans une robe rose pâle, avec des tennis blanches aux pieds.

Elle avait l'air si réelle qu'Eva en fut totalement ébranlée.

C'étaient les vêtements que Justyna portait le jour où l'ogre les avait retrouvées. *Le jour où l'ogre était descendu les retrouver dans la cave, et avait pris Justyna dans ses bras...*

— Pourquoi... commença-t-elle.

— *Parce que tu es en train de te perdre*, fit la petite fille d'une voix aiguë.

Eva la contempla, un grand frisson glissant sur sa colonne vertébrale. *Est-ce que je suis totalement dingue ?* se demanda-t-elle. *Est-ce que je discute avec moi-même ?*

— Justyna…

La fillette sourit.

— *Ne pense plus à moi. Pense à lui. Il sait que tu le cherches.*

Eva déglutit.

— Il est encore en vie ?

— *Bien sûr. Mais tu l'as toujours su, n'est-ce pas ?*

Son regard tremblait. La fillette se dissipa dans la pénombre de la pièce. Un instant plus tard, elle était contre elle. Assise sur ses genoux. Le spectre – l'hallucination – la serra tendrement. Eva sentit le contact de ses petits bras autour d'elle.

Elle ferma les yeux, tremblante. Elle percevait le léger parfum de vanille – et d'autre chose, comme de la vieille, vieille poussière – qui montait de la peau de Justyna. La fillette inclina la tête, et ses cheveux frisés effleurèrent son menton. Le monde tourbillonna.

— *Tu as un don rare*, murmura le spectre. *Il est dans ton sang. Tu n'y peux rien.*

Eva secoua la tête, incapable de prononcer le moindre mot.

— *Le premier sang a été versé. Tu le sais maintenant. Toi plus que tout autre, tu le sais. Souviens-toi de ce qu'elle t'a dit. Protège-toi.*

Eva ouvrit subitement les yeux.

— Quoi ?

Justyna avait disparu. Avec son odeur de vanille. Avait-elle seulement été là, réellement là, autrement que dans sa tête ? Dans ses souvenirs ?

Eva, seule dans son bureau étroit, sentit ses yeux s'embuer de larmes.

Elle se retourna vers l'écran d'ordinateur. Fixa la photo qui y était toujours affichée – des fillettes souriantes, innocentes, dans une vie passée. Les fillettes qu'elles avaient été, Justyna et elle. Les sœurs inséparables qui avaient été brutalement séparées. Un temps qui n'existait plus. Un temps où Eva ne pouvait plus se réfugier que dans ses rêves. Elle était seule désormais. Elle devait faire face seule.

Protège-toi.

Elle se prit la tête dans les mains et resta un long moment sans bouger.

Cherchant à calmer les battements de son cœur.

Le chiot est attaché à une corde.

Il est terrorisé. Impuissant, il pleure, tremble, comprenant, avec l'instinct inné des animaux, le terrible sort que ces êtres humains lui réservent, et ne pouvant rien faire pour y échapper.

Madeleine constate qu'elle tremble, elle aussi.

Au fond de sa poitrine, là où les sentiments se battent, cachés dans les muscles, elle sent quelque chose se tendre, prêt à se déchirer.

Elle a conscience de leurs regards, dans son dos.

L'encourageant.

Impatients.

Elle serre le couteau sacrificiel dans une main hésitante.

Le chiot aboie une fois. Puis recommence à trembler.

Comment en est-elle arrivée là en si peu de temps ?

— Tu dois le faire, souffle la voix d'Ismaël. Maintenant.

Madeleine hoche la tête. Oui, oui. Elle sait à quel point le rite de passage est important. Il va sceller tout ce qu'ils ont fait jusqu'ici. Ils en ont assez discuté. Elle a été d'accord, depuis le début.

Ils ont tous promis qu'ils ne faibliraient pas. Et même durant cet instant de doute, au fond d'elle, l'avidité demeure.

Ces derniers mois ont passé vite. Des journées studieuses à la fac, et les nuits, encore plus studieuses, les rendez-vous, les expériences... Au fil des mois, ils se sont bien préparés, elle sait qu'ils sont prêts à passer le cap. Ils ont développé les chants et les formules, les mouvements des mains, ajustant, apprenant. L'air est meuble sous leur souffle. Eux seuls peuvent voir le cœur secret qui se cache dans la poitrine du commun des mortels. Ils ont eu des visions qui auraient pétrifié sur place n'importe qui d'autre.

Mais, bien sûr, cela n'est pas assez. Toujours pas assez.

Madeleine doit donc le faire. Comme elle a promis. Devant eux, devant les forces surnaturelles qu'ils ont invoquées, chaque fois un peu plus...

— Allez ! s'impatiente Ismaël.

— Fais-le ! lui crie Pierre.

Elle déglutit. Elle a l'impression d'avancer au ralenti vers le caniche.

Regarder ce petit animal sans défense – savoir ce qu'elle va devoir lui faire – lui retourne le cœur. Cet idiot de chien, en plus, elle le connaît. C'est le caniche de sa voisine, cette vieille peau de Mme Hérisson. Elle a enjambé la clôture de son jardin pour dérober la bestiole, qui s'est laissé faire sans résister.

La vieille Hérisson ne saura jamais ce qui est arrivé à son animal de compagnie. C'est presque dommage…

Sur le moment, cette pensée l'avait fait sourire.

Mais maintenant…

Madeleine voit des taches noires danser en périphérie de sa vision. Le stress. Une crampe, terriblement douloureuse, lui vrille le ventre. Au début, ce genre de symptôme ne venait qu'après les invocations. Quand elle avait joué trop longtemps à manipuler les forces de la nature. Mais, depuis peu, la seule anticipation des séances suffit à les provoquer.

Elle se tient au-dessus du chiot terrorisé. Il est recroquevillé sur lui-même, ses grands yeux en forme de billes l'implorant naïvement. Sa queue remue faiblement, par petits coups.

— Non. Je ne peux pas faire ça.

Dans son dos, elle sent les brûlures de leurs regards. Elle entend leur cœur battre en même temps que le sien.

— Ce n'est pas plus difficile que pour un pigeon, fait la voix d'Ismaël.

Il a raison. Elle a déjà sacrifié des pigeons, oui. Elle a déchiré leurs ventres avec ses dents, a croqué leurs cœurs encore chauds, et elle a senti les forces dormantes derrière le voile qui subitement cessaient de respirer et dirigeaient leurs regards vers elle, prêtes à écouter ses demandes.

Ceci est différent.

Elle ne peut pas le faire. C'est au-dessus de ses forces.

— Ça suffit pour moi.

— Un peu de volonté ! s'impatiente Pierre, dos contre le mur, reniflant. C'est tout ce qui compte. La liberté soumise à la volonté. Ressaisis-toi !

Madeleine se retourne, leur fait face, peu fière d'elle. C'est comme si elle découvrait pour la première fois leurs visages, juvéniles et déjà si durs. Des enfants prêts à devenir des adultes. Maintenant. Par le sang et le sacrifice. Par la folie et la cruauté.

Elle réalise qu'il était temps qu'elle ouvre les yeux. Après... il aurait été trop tard, elle en est certaine. Elle est allée à la limite. Elle l'effleure à présent, et elle se rend compte qu'elle est terrifiée par ce qu'elle trouvera de l'autre côté du mur de ténèbres, une fois qu'elle l'aura franchi.

— J'arrête, insiste-t-elle. C'est fini.

— Tu ne peux pas reculer, lui dit Pierre, une menace à peine voilée dans la voix. Tu le sais. Nous avons prêté serment.

Elle sait très bien qu'elle a prêté serment. Un serment scellé par les cendres, et leur propre sang. Ils se sont promis d'ouvrir les portes interdites.

C'était une erreur.

— Au Diable le foutu serment, dit-elle. Je refuse de le faire. Contentez-vous de ça.

Les regards brillent. Leur colère muette irradie. Le chien se recroqueville encore plus.

— Ne nous lâche pas maintenant ! geint Guillaume, comme toujours le plus surexcité du groupe. Tu sais l'importance que ça a. Tu ne peux pas t'en aller aujourd'hui. Tu ne peux plus t'en aller du tout !

Elle se tourne vers Ismaël.

— Toi, dis quelque chose, supplie-t-elle. Tu comprends, n'est-ce pas ?

Il la fusille du regard, un rictus de dépit déformant les coins de sa bouche. Son mépris la traverse de part en part, une lame chauffée à blanc. Elle se rend compte que la douleur physique n'est rien, comparée à cette souffrance-là. Cette déception-là, dans le regard d'Ismaël.

Elle lâche le couteau et marche vers la sortie, haletante.

Elle a besoin d'air.

Tout de suite.

35

Toulouse.

— Qu'est-ce que tu trafiques ? demanda le lieutenant Thibaut Brodin en trouvant son chef d'équipe assis seul dans l'open space, alors que tout le monde était allé déjeuner.

— Je profite du calme pour refaire le tour des procédures, lui répondit Vauvert sans détourner les yeux du grand écran sur le mur.

Sur cet écran défilaient des images, des plans, des procès-verbaux. Toutes les saisies auxquelles ils avaient procédé dans le cadre de l'affaire Loisel avaient été numérisées dans la base informatique.

Brodin s'installa à côté de Vauvert et observa le kaléidoscope de photos, d'enquêtes de voisinage, de scellés. Le commandant passait de l'un à l'autre, par ordre chronologique, et les documents défilaient à grande vitesse sur l'écran mural.

— Tu as une idée derrière la tête ? interrogea Brodin.

— Je voulais revoir ce qu'on avait sur la disparition de Loisel. Ça m'éclaircit les idées…

Le lieutenant hocha la tête. Il était mal rasé, les cheveux en pétard, emmitouflé dans un blouson à l'effigie du groupe Kiss.

— Tu as raison. Moi aussi, je sature. On manque de recul. J'étais là quand on a perquisitionné son domicile. Je peux te dire que tout était nickel. Jamais vu une maison aussi bien tenue. C'est comme si le bonhomme s'était volatilisé. On n'a même pas reçu la moindre demande de rançon. Il nous reste quoi comme piste ? Un accident à la con ? Un assassinat ? Tu penses qu'il lui est arrivé la même chose qu'à Agnès Le Roux, l'héritière du casino de Nice, dont on n'a jamais pu retrouver le corps ?

— Cela fait beaucoup de pistes, ricana Vauvert, toujours absorbé par les images qui s'affichaient à l'écran.

— Donne-moi la tienne, alors, rétorqua Brodin. Je sais que tu en as une. Tu en as *toujours* une.

— Bien. Si tu veux.

Il sélectionna un dossier, déplaça le pointeur de la souris, cliqua. La photo d'une jolie jeune femme, les cheveux roux et les yeux vert menthe, occupait maintenant le mur face à eux.

— Qui est-ce ? Elle fait partie du personnel de Loisel, non ?

— Absolument pas, dit Vauvert. Je viens d'ajouter cette photo à la procédure. La femme que tu vois là est Amandine Beaumont. Son ex-femme. C'est pour parler d'elle que je suis allé voir ses parents, hier.

— Ah, oui. L'accident avec son bébé. Bizarre, hein.

— Plus que tu ne le crois, Thibaut. La mort de sa femme et de son enfant coïncide, à quelques semaines près, avec la création de la première société de Loisel. Le succès a suivi comme une traînée de poudre. L'année suivante, il revendait sa première boîte et en achetait deux autres.

— Où veux-tu en venir ? Tu crois qu'il y a un lien entre la mort de sa femme et la création de son business ? Elle avait des fonds dont il aurait hérité ?

— Non, rien de ce genre-là. Je me pose simplement des questions. Je rassemble les faits et je les mets les uns à côté des autres. En l'occurrence, les faits, c'est que l'empire Loisel a débuté quelques semaines, si ce n'est quelques jours, après le décès, plutôt inhabituel, de sa femme. Et maintenant, nous voilà dix ans plus tard, Loisel est au sommet de son succès. Il fait une visite de routine dans une de ses usines de Saint-Gaudens… celle-ci, précisément…

Il cliqua sur une nouvelle image. Un vaste parking, des bâtiments qui ressemblaient à des hangars, des camions-bennes. Alignés plus loin, on distinguait des monticules de plastique compacté. Un panneau indiquait : GROUPE LOISEL P.E.T.

— Recyclage de bouteilles en plastique, reprit-il, l'air songeur. Loisel y a passé tout l'après-midi, comme il le fait régulièrement, selon les témoignages. Sauf qu'en repartant, il s'évapore dans la nature. Personne ne l'a revu depuis. Un nouveau fait, c'est que les membres du personnel sont les dernières personnes à l'avoir vu… d'où ma curiosité… quand j'entends ça…

Les listes de documents défilèrent sur l'écran. Vauvert ouvrit le dossier contenant les vidéos d'auditions et en sélectionna une intitulée AUDIPACE1.MOV.

Sur l'écran apparut une pièce aux murs blancs. Par la fenêtre, en arrière-plan, on voyait la ligne dentée des montagnes, et une usine voisine, diffusant de la fumée épaisse dans le ciel.

L'homme qui répondait aux questions avait un visage en lame de couteau et une chemise bleue à galons avec un énorme badge indiquant : SÉCURITÉ.

— Voici l'audition d'Olivier Pace, l'agent de sécurité qui était de service ce jour-là, lui expliqua Vauvert. Maintenant, écoute.

Il monta le son :

— *... Euh, oui, M. Loisel était bien ici toute la journée, je peux vous le confirmer. Il vient souvent s'occuper de ses comptes lui-même... Quand il est parti ? Vers six heures de l'après-midi. Je m'en souviens, c'est moi qui lui ai ouvert la barrière. Même qu'il m'a parlé... Ce qu'il m'a dit ? Oh, ça, je sais plus trop. Attendez voir. Si. Il m'a souhaité bon courage. Et puis il m'a dit qu'il lui tardait de rentrer chez lui... Des banalités, quoi... Si c'est tout ? Oui, je crois...*

Vauvert mit en pause.

— Et alors ? fit Brodin, qui ne comprenait toujours pas. Qu'est-ce que tu veux me montrer sur cette vidéo ?

— Qu'il a dit au gardien qu'il rentrait chez lui.

— Oui. On le sait. Mais, comme je te l'ai dit, sa maison était parfaitement en ordre.

— Parce qu'il l'a nettoyée de fond en comble avant de partir. Et qu'il n'y est jamais revenu ce soir-là, dit Vauvert. J'ai aussi vérifié la vidéo autoroutière. Elle le montre en train d'emprunter l'autoroute en direction de Montréjeau...

— Je ne vois toujours pas ce que ça change...

Vauvert sourit. Ses rides se creusèrent sur son visage buriné.

— Ça change peut-être tout. Souviens-toi que le domicile de Loisel se trouve à Noé. S'il avait eu l'intention de rentrer chez lui, il aurait dû prendre l'autoroute dans la direction de Toulouse. Mais il ne l'a pas fait. Il est parti dans le sens opposé, vers Montréjeau. La route qui mène vers l'Espagne.

— Oh…

Brodin se gratta le front.

— Peut-être qu'il avait une course ailleurs, hasarda-t-il. Il était seulement dix-huit heures.

— Peut-être. Mais je n'y crois pas.

— Que crois-tu, alors ?

— Que cet homme a peur de quelqu'un. Une peur terrible. J'en mettrais ma main à couper. Il n'est pas rentré chez lui parce qu'il a décidé de fuir.

— Tu penses qu'il se cache ?

— Oui. C'est exactement ce que je pense.

— Mais alors, de qui ?

Voilà la question essentielle. L'image de la femme en fourrure traversa l'esprit de Vauvert. Les corps des Beaumont, gonflés de putréfaction dans les fauteuils. Il se contenta de hausser les épaules.

— De quelqu'un qui veut le retrouver à tout prix. Quelqu'un qui, s'il met la main sur lui avant nous, lui fera sans doute subir le même sort qu'à sa belle-famille. *Moi*, j'aurais peur de quelqu'un capable de ce genre de choses.

Brodin hocha la tête.

— Je vois ce que tu veux dire, et j'avoue que ça se tient. La question reste pourtant la même. Où chercher ?

Vauvert resta quelques instants silencieux, les yeux réduits à des fentes. Puis il sourit.

— D'après toi, pourquoi a-t-il passé sa journée là-bas ? Dans cette usine, précisément ?

— Le gardien l'a dit, il venait souvent pour s'occuper de la comptabilité.

— Je n'arrive pas à y croire. Pierre Loisel possède une dizaine d'entreprises. Celle-ci est la plus petite, elle ne compte qu'une vingtaine d'employés. Le recyclage de plastique alimentaire est entièrement automatisé. Pourtant, il s'y rend plusieurs fois par mois, alors qu'il ne prend pas cette peine pour des usines autrement plus grosses et qui nécessiteraient, me semble-t-il, davantage d'attention. Ce qui me fait penser à ce que tu as dit tout à l'heure…

Vauvert chargea le fichier des employés et fit défiler la liste sur l'écran.

— Tu as cru que la photo de son ex-femme était celle d'une employée.

— J'ai dû confondre, dit Brodin. Tiens, elle, là. Elle lui ressemble, non ?

Vauvert cliqua sur la photo que désignait le lieutenant. Une femme aux cheveux roux. Même en miniature, on distinguait une certaine ressemblance. L'image occupa tout l'écran – et la ressemblance devint frappante.

— Annie Lavigne. C'est la DRH de l'usine.

Même couleur de cheveux, tressés en deux longues nattes, qui lui donnaient un vague air de walkyrie nordique. Comme Amandine Beaumont, elle avait un visage rond aux traits fins. Il y avait des différences dans leur physique, bien sûr. Les yeux de cette femme, par exemple, n'étaient pas verts, mais d'un marron noisette très clair. Elle était également bien plus jeune qu'Amandine ne l'aurait été aujourd'hui.

La ressemblance était pourtant là.

C'était exactement le même type de femme.

Les informations défilaient en bordure de l'écran. Annie Lavigne avait trente-six ans. Son mari travaillait à la mairie de Saint-Gaudens. Ils avaient un enfant de cinq ans.

— C'est avec elle que Loisel passait ses journées, dit Brodin, qui commençait à comprendre où voulait en venir son supérieur. Tu penses qu'il avait une aventure avec elle ?

Pour toute réponse, Vauvert chercha la vidéo de son audition. Il ne tarda pas à la retrouver. Annie Lavigne apparut à l'écran. Contrairement à sa photo, elle portait de petites lunettes ovales dernier cri. Elle avait l'air totalement effondrée.

— *... Oui, nous avons passé la journée comme il faisait d'habitude. Pierre... je veux dire, M. Loisel...*

Elle sanglotait.

— *... je ne comprends pas ce qui a pu lui arriver... tout le monde apprécie M. Loisel...*

Ils regardèrent toute l'audition sans rien commenter.

Ils n'en avaient pas besoin.

Il était évident que Vauvert avait vu juste.

Assise sur un rocher, face à la vallée tapissée de sapins, Madeleine essaie de reprendre sa respiration.

Le vent lui apporte encore les gémissements apeurés du chien, depuis l'intérieur.

Elle entend également la discussion animée des autres. La voix de Pierre, haut perchée, parle de catastrophe, de leurs longs mois d'efforts désormais réduits à néant. Il y a aussi la voix de Guillaume, agressive, qui propose de se passer d'elle, de continuer comme si de rien n'était. Pierre lui répond que c'est impossible, que sans elle leur nombre n'est plus le bon, que les conséquences seraient dramatiques. Le ton monte. Les garçons en viennent à s'insulter.

Elle comprend tout à fait qu'ils soient déçus de sa brusque sortie. Elle aurait dû les prévenir avant.

Mais elle n'y peut rien.

Rien que de penser à ce pauvre chiot... Elle en tremble encore.

Quand Ismaël s'approche d'elle, pourtant, elle sent son cœur se fissurer.

— Tu me déçois. Après tout ce qu'on a fait ensemble.

Sa voix est glaciale. Jamais il ne lui avait parlé sur ce ton. Cela la blesse terriblement. Tête rentrée dans les épaules, elle se gratte le cuir chevelu jusqu'à s'arracher les cheveux.

— C'est mal. Je crois qu'on a eu tort. Depuis le début…

— Depuis le début ? Tu sais ce qui s'est passé, au début, dès l'aube des temps ? Des hommes ont plongé leurs mains dans la source rouge et ont convoqué les forces de l'autre monde. Il n'y a rien de mal à ça. Ce qui est mal, c'est de ne pas honorer ses promesses. C'est le lot des lâches et des faibles.

Madeleine serre ses bras autour de ses côtes. La douleur est intense. Comme si tous ses muscles allaient se décrocher de ses os.

— Je ne suis pas lâche, grince-t-elle.

— Tu me fais honte, murmure Ismaël. Ce chiot vaut mieux que toi.

Elle hoquette.

— Et après cela, qu'y aura-t-il ? crache-t-elle.

— Tu le sais. Tu le sais très bien, Madeleine. On a discuté tellement de fois !

— Tu ne te rends pas compte.

Elle lève des yeux humides vers lui.

— Ce ne sera pas toi qui porteras un enfant dans ton ventre. Vous êtes tous des garçons. Vous ne pouvez pas vous imaginer ce que ça implique pour le corps d'une femme, aucun d'entre vous.

— Dans ce cas, nous trouverons quelqu'un d'autre pour te remplacer. Tu n'es pas la seule à avoir le don.

Elle renifle.

— Tu n'es pas trop en colère contre moi, alors ?

Ismaël penche la tête sur le côté, et ses tresses coulent et se tordent en suivant le mouvement, le long de sa chemise. Les dagues de ses yeux la crucifient sur place.

— Je ne veux plus jamais te voir, déclare-t-il, sans la moindre trace d'émotion dans la voix.

Tout l'air semble avoir été chassé de sa poitrine.

— Mais… Tu ne peux pas dire ça… Juste parce que…

Il tourne les talons, sans l'écouter.

— Rentre toute seule. Quand je reviens chez moi, ce soir, je veux que tu aies enlevé toutes tes affaires de l'appartement. Tu as bien compris ?

— Tu n'es pas sérieux ! Ismaël !

Il y a un pleur dans sa voix.

— Adieu, Madeleine.

La douleur la plie en deux. Elle ne peut pas le laisser lui faire ça.

Elle ne peut pas.

— Attends.

Ismaël est arrivé sous l'arche. Il va pénétrer à l'intérieur. L'abandonner.

— Ismaël, attends !

Elle se redresse. Sa vue se trouble.

Elle reste aussi droite qu'elle le peut.

— Attends, répète-t-elle, d'une toute petite voix.

Il se retourne. Ce regard, de nouveau. Ce dépit dans ses prunelles. Intolérable.

Madeleine inspire profondément.

Elle sait qu'elle peut prendre sur elle. Elle doit y arriver. Une fois encore.

— Je vais le faire.

— Mais tu viens de dire que tu ne voulais plus, crache Ismaël. On ne plaisante pas avec ce genre de choses.

— Je te dis que je vais le faire, dit-elle revenant vers lui. Je ne serai plus jamais faible. Je te le jure.

Le garçon lui adresse un léger sourire. L'éclat de ses dents brille sur sa peau noire.

Il lui tend le couteau.

— D'accord. Alors, prouve-le. Tout de suite.

36

Il était quatorze heures quand la policière arriva sur l'immense esplanade de la Défense, au milieu des allées et venues de gens pressés, d'hommes et de femmes tirés à quatre épingles qui traversaient d'un pas rapide l'espace bétonné, entrant ou sortant des immeubles scintillants. Elle jeta un regard à l'église coincée entre les parois de verre – contraste de la pierre ancienne et des tours du quartier d'affaires – qui carillonnait imperturbablement sous la neige. Un envol de pigeons, chassés par le son des cloches, peupla brièvement le ciel gris.

Les locaux du groupe Gaïa étaient situés au septième étage d'un de ces immeubles high-tech. Moquette noire, murs gris, des photos sous verre exposant les dernières entreprises rachetées par le groupe. Plantes vertes, fontaines et machines à café à chaque coin de couloir. Les baies vitrées offraient une vue sur l'esplanade grouillante de monde.

Elle fut à sa porte.

Elle toqua.

Vincent De Bonald, le directeur adjoint de la communication, sursauta et leva les yeux de son ordinateur. Il fit une drôle de tête en voyant cette femme aux cheveux blancs, lunettes de soleil vissées sur son nez et arborant un blouson de cuir noir.

— Comment êtes-vous arrivée jusqu'ici ? s'écria-t-il.

— Pas de panique, monsieur De Bonald, lui dit la nouvelle venue en levant une carte de police. Je suis le commandant Eva Svärta, de la police criminelle. J'ai dit à l'hôtesse que je me débrouillerais toute seule.

L'homme s'affaissa sur son fauteuil. Il avait la cinquantaine, des cheveux gris ramenés en arrière, et quelques kilos en trop. Son ventre tendait le tissu de sa chemise violette – probablement d'un grand couturier – et son goitre tremblotant semblait comprimé par sa cravate, impitoyablement serrée. Il dardait un regard pénétrant sur l'albinos devant lui. De toute évidence, il n'arrivait toujours pas à associer le statut d'agent de police avec l'apparence de sa visiteuse.

— Est-ce que vous venez m'apporter des nouvelles de Mme Reich ? Vous l'avez retrouvée ?

— Malheureusement non. Et c'est moi qui ai des questions à vous poser.

— Cela ne va pas être possible, déclara le directeur adjoint. J'ai déjà répondu à toutes les questions de vos collègues.

— Mais pas aux miennes.

Elle traversa la vaste pièce jusqu'à son bureau, et prit place dans le fauteuil face à lui sans attendre d'y être invitée. Le voile de ses cheveux blancs retomba sur ses lunettes.

— Je n'en aurai pas pour longtemps, lui dit-elle, avec un sourire en coin qui assurait le contraire.

— Très bien. Parce que je ne vous accorderai pas beaucoup de temps, rétorqua De Bonald sans le moindre sourire. Je suis un homme occupé, voyez-vous.

Il replia l'écran de son ordinateur. Eva nota les infimes gouttes de sueur qui venaient d'apparaître sur son front. Ses pupilles noires demeuraient pourtant rivées sur elle, affichant une force de caractère naturelle. À sa main gauche, elle remarqua la présence d'une alliance, et à sa main droite, c'était une chevalière ornée d'une croix dorée et d'une rose rouge. Un détail intéressant. Elle le nota dans un coin de son esprit.

— C'est une terrible tragédie, ce qui s'est produit cette nuit, murmura-t-il. Jonathan était quelqu'un de bien. Nous sommes tous en deuil.

— Il s'occupait de quelle branche, dans le groupe ?

— Jonathan dirige, *dirigeait*, je veux dire, le pôle juridique. Vous comprendrez facilement que c'est un département crucial dans une société telle que la nôtre.

— Cela fait longtemps qu'il occupait cette place ?

— Depuis la création de la société. M. et Mme Reich ont toujours travaillé ensemble.

— Et vous ? Cela fait longtemps que vous êtes directeur de la communication ?

— Moi ? Un peu plus de dix ans, dit De Bonald après un rapide calcul.

— Vous connaissez donc bien Mme Reich ?

Cette fois, l'homme hésita quelques instants avant de répondre.

— Sincèrement, je ne peux pas dire ça.

— Pourquoi ? Ma question vous dérange ?

— Elle ne me dérange pas du tout, rétorqua-t-il, de mauvaise grâce. Ce que je veux dire, c'est que la présidente est une personne qui a toujours cultivé le mystère. Nous avons beau travailler en liaison directe depuis des années, je n'ai jamais été très intime avec elle. Il faut que vous compreniez bien que toute la société Gaïa, je dis bien *toute*, repose sur ses épaules et sur son intelligence exceptionnelle. Elle a créé le groupe de ses propres mains, elle l'a amené là où il est. C'est elle, et uniquement elle, qui prend les décisions concernant les marchés, les choix, absolument tout. S'il lui arrivait malheur… et je prie de tout mon cœur pour que cela n'arrive jamais… mais s'il lui arrivait malheur, permettez-moi d'être franc, ce serait la fin de Gaïa à moyenne échéance.

— Je vois, acquiesça Eva, songeuse. Mais vous ? Vous êtes pourtant directeur adjoint. Vous n'êtes pas aux commandes de Gaïa, vous aussi ?

Il secoua lentement la tête. Son goitre se balança.

— Absolument pas. Mon travail est considérable, certes. Je supervise les réunions d'actionnaires, je vais signer les contrats dans le monde entier, je passe plus de temps dans des jets et dans des hôtels à l'autre bout du monde que dans mon foyer. Mais Madeleine demeure le centre nerveux de Gaïa.

Eva vit qu'il était sincère. Mal à l'aise, mais tout à fait sincère.

Elle lui posa alors la question pour laquelle elle s'était déplacée en personne. Elle voulait voir, de ses yeux, sa réaction.

— Je voudrais savoir si votre présidente s'intéresse, de près ou de loin, à la magie ou à l'occultisme.

Une ombre profonde passa dans le regard de Vincent De Bonald.

— Qu'est-ce que c'est que cette question ? Je ne tiens pas à glisser sur ce terrain-là.

— Mais pourtant, j'attends votre réponse, lui dit Eva sans se démonter. Je veux savoir si votre patronne fait partie d'une confrérie ésotérique. Et, si oui, laquelle.

— C'est ridicule. Madeleine est bien trop rationnelle. Sa seule religion, c'est le travail. Elle n'est pas du genre à s'intéresser à l'ésotérisme, croyez-moi.

Eva sourit.

— Et vous ?

— Que voulez-vous dire ?

Elle indiqua la chevalière que portait De Bonald.

— Ne vous moquez pas de moi. C'est bien le symbole des rose-croix que vous avez là, n'est-ce pas ?

L'homme haussa les épaules. Une rougeur lui monta aux joues.

— D'accord, vous avez vu juste. Et alors ? Je suis croyant. C'est quelque chose de plus en plus rare de nos jours… mais ce n'est pas un délit.

— Bien sûr. Tant que vous ne tuez personne.

L'homme fronça les sourcils.

— Vous ne m'accusez tout de même pas de quelque chose ? Vous êtes comme tous ces gens qui s'imaginent que les confréries hermétiques sont des ramassis d'extrémistes illuminés et racistes, comme le Ku Klux Klan, prêts à brûler des théâtres parce qu'on y joue des œuvres jugées blasphématoires ? Ce n'est pas le cas. La confrérie de la Rose-Croix est avant tout un lieu de fraternité et de pensée positive.

Par bien des aspects, nous ne sommes pas si différents d'un club privé, si vous voulez. Oubliez les bêtises que vous voyez dans les films policiers, où des sectes complotent dans l'ombre.

Eva étudia cet homme. Il semblait sincère. Il tapota nerveusement sur son bureau du bout de ses doigts aux ongles impeccablement manucurés, avant d'ajouter :

— De toute manière, je sais que Madeleine Reich ne fréquente aucune confrérie de ce genre, parce qu'elle me l'a dit elle-même.

Voilà qui devenait intéressant.

— Vous en avez discuté avec elle ? demanda Eva.

— Une seule fois, et c'était il y a des années, au tout début. Elle aussi, elle avait reconnu le symbole de ma chevalière. On en avait donc parlé, un peu. Je me souviens de ses propos parce qu'ils avaient été pour le moins tranchés. Elle m'a expliqué qu'elle était une athée convaincue. Nous n'en avons jamais plus reparlé. Chacun d'entre nous est libre de suivre sa propre voie…

Eva digéra l'information.

— Vous ne pensez pas qu'elle aurait pu vous mentir ?

L'homme eut une expression de sincère incompréhension.

— Pourquoi aurait-elle fait une telle chose ? Ce n'est pas une grande affaire…

Il réfléchit.

— Écoutez, je vais vous donner mon avis. Après la mort de son enfant, je pense qu'elle s'est détournée de la foi parce qu'elle n'acceptait pas la cruauté du destin.

Eva essaya de ne pas bondir de son fauteuil.

— Qu'est-ce que c'est que cette histoire ?

— Quelle histoire ?

— Vous dites que Mme Reich a eu un enfant ? Et qu'il est mort ?

— Eh bien, oui, fit De Bonald. Vous l'ignoriez ? Elle a fait une fausse couche, moins d'un mois avant le terme, elle était seule chez elle. Elle n'en parle jamais, mais tout le monde est au courant, vous pensez bien.

— Son mari n'était pas là ?

— Cela s'est passé avant qu'elle ne rencontre Jonathan. Elle habitait encore dans l'Aveyron, elle était célibataire à l'époque et... ce n'est pas à moi de vous dire ça, mais on raconte qu'elle ignorait qui était le père. Perdre son premier enfant comme ça, c'est une épreuve terrible. Certaines personnes ne s'en remettent jamais. Jonathan et elle n'ont jamais essayé d'en avoir un autre. Je pense que cela explique une partie de la... raideur de Madeleine.

— Bon sang, dit Eva.

— D'ailleurs, maintenant que j'y pense, ajouta Vincent De Bonald, c'est ironique que Madeleine ait fondé la société quelques mois après ce drame. Je pense qu'elle a transféré tout son amour maternel dans son travail. C'est sans doute pour ça que sa réussite a été aussi spectaculaire.

Je ne le ferai plus jamais. Tu peux le dire aux autres. Plus jamais.

C'était la première et la dernière fois.

Ismaël, j'ai de nouveau mal. Je ne comprends pas pourquoi.

37

De retour à la PJ. Bureaux de la brigade criminelle. Eva occupa l'heure qui suivit à passer des coups de téléphone et à envoyer des e-mails. Elle put ainsi retracer un événement de la vie de Madeleine Reich qui avait été totalement occulté dans les médias – et dans leurs propres fiches de renseignements par la même occasion.

Tout d'abord, les archives de l'assurance maladie lui indiquèrent que Madeleine Reich, à l'époque Madeleine Ferrand, avait été soignée pour dépression, et qu'elle avait fait une fausse couche.

Son enfant était mort-né.

— Soit, murmura-t-elle.

Jusque-là, l'histoire restait plausible. Ce genre de drame arrivait, malheureusement, à de nombreuses mères. Le certificat de décès semblait en règle. Du moins, en apparence. Eva constata qu'il avait été signé par un médecin aveyronnais. Celui-ci ne devait plus exercer, car son nom ne figurait pas dans l'annuaire.

La policière se fia à son intuition.

Elle demanda une copie de ce certificat, ce qui ne fut pas une mince affaire, car ses premiers interlocuteurs ne le trouvaient pas, et les suivants refusaient de lui transmettre des informations aussi intimes sans une demande officielle en bonne et due forme. Il lui fallut donc palabrer pendant presque une heure, avec une demi-douzaine de fonctionnaires successifs, avant que quelqu'un à la mairie accepte de lui transmettre une copie du document.

Ensuite, il ne lui fallut qu'un seul coup de téléphone – et moins de deux minutes – pour se rendre compte qu'il s'agissait d'un faux grossier.

— *Désolée*, lui dit la secrétaire du conseil de l'ordre des médecins, après l'avoir fait patienter sur un air synthétique de Vivaldi. *Je ne trouve pas le numéro que vous m'indiquez. Il ne correspond à personne.*

— Vous avez essayé avec le nom du médecin ? Je l'ai cherché, mais je n'ai pas réussi à le trouver dans les Pages jaunes.

— *Vous ne risquez pas. Ce nom ne correspond à aucun praticien enregistré chez nous.*

Eva remercia son interlocutrice et raccrocha. Elle avait beau s'y être attendue, elle n'en revenait pas. Elle n'avait pas retrouvé les coordonnées du fameux médecin, non pas parce qu'il n'était plus en exercice, mais parce que cet homme n'avait jamais existé. Aucun toubib ne s'était jamais trouvé chez Madeleine Ferrand, cette nuit-là, pour constater la mort de son enfant. L'administration, bien sûr, n'y avait vu que du feu.

Elle ne put s'empêcher de siffler entre ses dents.

— Nom de Dieu, Madeleine, tu n'as pas fait ce que je crois que tu as fait, hein ?

Elle chercha ensuite une trace de l'inhumation. Il y avait bien eu un enterrement au cimetière de Rodez, les dates correspondaient et le certificat semblait, lui aussi, parfaitement en règle. Mais on ne la lui faisait pas deux fois. Si l'acte de décès était un faux, elle en déduisit que ce certificat en était également – forcément – un.

Il n'y avait pas eu d'enfant mort-né. Pas plus qu'il n'y avait jamais eu le moindre bébé déposé dans ce caveau.

Parce que sa dépouille était restée, tout ce temps, dans le congélateur d'Ismaël Constantin.

Une terrible vérité commença à s'esquisser.

Madeleine Reich avait bien été enceinte. Pourtant, cette femme avait produit un faux certificat indiquant que le bébé était mort juste avant terme.

Un mensonge. Énorme. Et qui pourtant était passé inaperçu.

Mais pourquoi ? Pour accoucher seule chez elle ? Eva avait du mal à se mettre dans la peau d'une mère célibataire – elle n'avait jamais voulu d'enfant – mais fit de son mieux. Elle s'imagina en train d'accoucher, seule, chez elle.

Et ensuite ?

Constantin était-il présent, quand le bébé était né ?

Lequel de ses deux parents l'avait-il égorgé ? Reich ou Constantin ? La mère ou le père ?

POURQUOI ?

Cette question en amenait une nouvelle. La plus troublante de toutes.

Si je faisais ça, songea Eva. *Si j'étais elle, si je mettais au monde un enfant et que je le déclarais mort. Ce serait pour une seule raison…*

C'est que je prémédite déjà son assassinat.

Avant même sa naissance, je prévois ce que je vais faire.

Cette pensée lui donna la nausée.

Elle se leva, anxieuse, remit ses lunettes, et quitta son bureau.

Il lui fallait partager sa découverte.

Tout de suite.

Elle débarqua dans le bureau de Leroy, où elle trouva le jeune lieutenant en compagnie de Perrine Alazard. Tous deux se tournèrent vers elle, les yeux ronds de surprise en la voyant aussi électrique.

— L'enfant congelé est bien celui de Reich ! leur annonça-t-elle.

— Quoi ? s'exclama Leroy.

— Madeleine Reich. Notre disparue de Neuilly-sur-Seine. Elle a eu un enfant il y a quinze ans. Elle a déclaré une fausse couche, mais je parie mon salaire que, si on ouvre le caveau où est supposé se trouver le corps, il sera vide. Je pense que ce bébé était noir, et qu'il a fini dans le congélateur de Constantin.

Ses deux collègues échangèrent un regard ennuyé. Elle comprit que quelque chose n'allait pas.

— Qu'est-ce qu'il y a ? J'ai manqué quelque chose ?

— On a du nouveau, nous aussi, lui dit Leroy. On vient de recevoir les analyses du labo. Sauf que ça ne colle pas.

— Qu'est-ce qui ne colle pas ?

— Les résultats de la comparaison ADN indiquent que Mme Reich n'est pas la mère biologique du bébé.

— Ils en sont *certains* ?

— Eva, tu connais la fiabilité de ce genre de test. Le bébé congelé n'est pas le sien, voilà tout. Cela n'empêche pas qu'elle ait eu un enfant à la même période, mais il ne s'agit pas du même bébé.

Eva posa ses fesses au bord du bureau.

Il lui fallait encaisser l'information.

Toutes ses théories s'effondraient d'un coup.

Mais, dans ce cas, les faits étaient encore plus dérangeants.

— Je vais demander le permis d'exhumation de toute urgence. On va ouvrir le caveau où est supposé se trouver son fils mort-né, finit-elle par murmurer.

— Tu persistes à croire qu'il sera vide ?

— Je t'avoue que je ne sais plus, Erwan. Soit le cercueil est vide, et le gosse est vivant, quelque part. Soit la dépouille du bébé s'y trouve bel et bien. Et alors… c'est pire que ce que j'avais imaginé. Cela voudrait dire que cette femme a tué son propre enfant. *Elle aussi.*

Elle leva les yeux vers ses collègues.

— On n'aurait plus un infanticide sur les bras, mais deux. Deux bébés assassinés par leurs parents. Aussi dingue que ça paraisse… deux personnes qui se connaissaient…

Elle déglutit, abattue par ce que son propre raisonnement impliquait.

Constantin et Reich n'auraient pas seulement commis l'acte le plus ignoble auquel un être humain puisse se rabaisser. Le pire, c'est la terrible certitude, l'évidence indéniable que cette monstruosité a été concertée, calculée, planifiée…

— Alors, ce serait exactement comme les histoires de sorciers du Moyen Âge, renchérit Perrine Alazard. Ils étaient accusés d'offrir leur premier enfant en sacrifice au Diable. Mais… tout ceci est supposé n'être qu'une légende ! Si ce genre de pratique était une réalité… Ce serait… vraiment dément…

— Ça l'est, assura Eva. Parce que c'est bien de ça qu'il s'agit.

— Des sacrifices humains, murmura Alazard, toujours incrédule.

— Il nous faut absolument comprendre où cela a commencé.

— J'ai mon idée là-dessus, intervint Leroy.

Eva se tourna vers lui.

— Qu'est-ce que tu attends ? Je t'écoute !

— J'ai fouillé leur scolarité, comme le chef me l'a demandé, et j'ai trouvé où ils se sont rencontrés. Mme Reich et Constantin ont été en fac ensemble, il y a trente ans.

— Où ça ?

— Université du Mirail. C'est…

— À Toulouse, le coupa Eva, une brusque contrariété dans la voix. Je connais cette université. Alors ils ont fait leurs études ensemble ?

— Du début à la fin, confirma Leroy. Ils se sont inscrits en histoire la même année. Madeleine Ferrand, notre future Mme Reich, venait d'avoir son bac avec mention au lycée Foch de Rodez. Quant à Constantin, il débarquait du Niger avec sa mère.

Ferrand et Constantin étaient dans la même promotion. Ils ont suivi exactement le même cursus. En tout, ils ont passé cinq ans à Toulouse. Là où cela devient très bizarre, c'est qu'ils n'ont pas achevé leur cycle universitaire…

— Que s'est-il passé ?

— Aucune idée. Mais il a bien dû se passer *quelque chose*. Ils ont arrêté la fac brutalement, juste avant la fin de leur cursus.

— Et ils ont laissé tomber si près de la fin ? fit Eva.

— Mieux, ils ont quitté la ville tous les deux.

— C'est l'année où Constantin et sa mère ont déménagé à Villiers-le-Bel, leur rappela Perrine Alazard.

— Exactement. Madeleine Ferrand, elle, est retournée dans son Aveyron natal, où elle est restée jusqu'à sa grossesse, acheva Leroy.

Eva hocha la tête. C'était assez radical comme changement.

Elle ne pouvait pas s'empêcher de penser à cette université…

Fac d'histoire.

— C'est là-bas que tout a commencé, affirma-t-elle subitement. Les racines de la folie…

— Tu crois qu'ils l'avaient prévu depuis cette époque ? bredouilla Alazard.

— C'est ce qu'il faut qu'on découvre.

— Il ne faut pas oublier une chose, intervint Leroy. Nous avons un tueur dans la nature. Il a massacré Constantin, il a massacré Jonathan Reich, et il est peut-être déjà en train de torturer sa femme. De lui faire subir l'exorcisme des sorciers…

Eva hocha la tête, perdue dans des pensées vertigineuses.

— Cet illuminé a décidé de les punir pour leurs crimes diaboliques.

— Mais cela suppose qu'il a fréquenté ces gens, lui aussi… dit Alazard.

— Et qu'il a été assez proche d'eux pour connaître leur secret commun… poursuivit Eva.

— Ils se sont forcément connus à la fac ! fit Leroy.

Perrine Alazard agita ses mains, débordant de son éternel enthousiasme.

— Erwan, est-ce qu'on peut encore obtenir la liste des étudiants en histoire de cette période ?

Leroy hocha la tête.

— Ça, c'est facile. Je vais appeler l'université du Mirail et je vais leur demander leurs listings, je sais qu'ils conservent tout.

— Si c'est un de ces élèves, murmura Eva, il y aura des traces de délits, ou au moins de plaintes. Ce genre de tueur doit avoir un passif de violence.

— Tu as raison. Dès que la fac m'aura transmis ses listes de noms, je n'aurai qu'à les passer dans le système de traitement des infractions constatées. On sera vite fixés.

38

Saint-Gaudens.

— Vous êtes révoltant. Vos insinuations sont tout à fait… ridicules !

Annie Lavigne était accoudée à la fenêtre de sa cuisine, le rouge aux joues, regard perdu dans le ciel sombre. Le soir commençait déjà à tomber. Un froid polaire soufflait au-dehors. La fumée de l'usine de cellulose de Saint-Gaudens formait un long nuage opaque au-dessus de la ligne dentelée des Pyrénées.

— Vous comprenez très bien ce que je veux dire, dit Vauvert calmement.

Il se tenait debout à quelques mètres d'elle, dans l'encadrement de la porte de la cuisine. Il n'était arrivé au domicile d'Annie Lavigne que depuis dix minutes, et déjà la discussion tournait à la confrontation. Il était sincèrement désolé pour elle, mais il n'avait pas de temps à perdre, et ne comptait pas prendre de gants si elle s'entêtait à lui mentir.

— Si vous préférez, nous pouvons attendre que votre mari rentre du travail avec votre fils. Nous en parlerons tous ensemble. Qu'en pensez-vous ?

Elle se retourna, son regard inquiet derrière ses petites lunettes cerclées de métal doré. C'était une très belle femme. Elle était vêtue d'une paire de jeans bleus délavés, d'une chemise crème et d'un gilet blanc, et elle portait un tour de cou, plusieurs bagues et des boucles d'oreilles, uniquement de l'or. Ses longues tresses couleur de cuivre tombaient de part et d'autre de ses bras croisés. Sa poitrine se soulevait et s'affaissait nerveusement à chacune de ses respirations. La rougeur sur ses pommettes ne voulait pas partir, au contraire, elle augmentait à mesure que la colère montait.

— J'en pense que vous êtes un sérieux enfoiré, dit-elle lentement, d'une voix empreinte d'un profond mépris.

— Allons, allons, fit Vauvert.

— Vous vous méprenez. J'aime mon mari. Et ni lui, ni moi, n'avons quoi que ce soit à voir avec la disparition de Pierre.

Le policier haussa les épaules.

— Je n'ai jamais rien supposé de tel, madame. Ce dont je vous parle, c'est de la nature de vos relations avec *Pierre*…

— C'est un excellent patron, que j'apprécie beaucoup, se défendit-elle, la voix nouée. Il s'intéresse à ses sociétés, il ne compte pas son temps. C'est pour cela que ses affaires sont aussi florissantes. Il me rend – *nous* rend – visite aussi souvent parce qu'il tient à s'impliquer dans son usine, voilà tout. Et puis merde ! Ma vie privée ne vous regarde pas !

— Écoutez, madame Lavigne, lui dit le policier en la fixant dans les yeux. Si cela peut vous rassurer, vos histoires de fesses ne m'intéressent absolument pas, elles n'apparaîtront nulle part dans mon rapport. Je ne suis pas venu ici pour vous juger, ni pour vous mettre dans l'embarras. Mais j'ai un besoin urgent de votre coopération. Si Pierre Loisel représente quelque chose à vos yeux, vous avez une vraie occasion de l'aider. Je *sais* qu'il est allé se cacher quelque part. Je veux juste savoir *où*.

— C'est ridicule. Pourquoi ferait-il ça ?

— Parce qu'il est menacé. C'est une question de vie ou de mort.

Il guetta la réaction de la jeune femme.

Celle-ci ne tarda pas. Elle fut agitée de tremblements.

— Non. Je ne vous crois pas.

— Avez-vous regardé les infos ce matin ? Le double meurtre de ce couple, dans la région de Montauban ? C'étaient les ex-beaux-parents de Loisel.

Le regard noisette de la jeune femme s'écarquilla derrière ses lunettes. Elle se planta de nouveau à la fenêtre, observant le paysage des montagnes – et guettant aussi, avec une peur panique, l'éventuel retour de son mari.

— On les a torturés avant de les massacrer, continua Vauvert. Tous les deux. Ils avaient plus de soixante-dix ans. Pourquoi croyez-vous qu'on leur a fait ça ?

La femme, bras serrés, tremblait de tout son corps.

— Mais… je ne sais pas, moi… C'est dément, ça… n'a pas de sens !

Vauvert fit quelques pas dans la cuisine pour la rejoindre. Son regard accrocha les dessins d'enfants affichés sur le frigo. Il lui dit :

— Regardez-moi, Annie. Je veux que vous compreniez bien que ceux qui sont responsables de cette barbarie, ils vont remonter jusqu'à vous, comme moi je l'ai fait. C'est à vous et à votre famille qu'ils vont s'en prendre.

— Ils… *feraient ça* ? fit la femme en se retournant vers lui, blême.

Vauvert hocha gravement la tête. Il bluffait, un peu, mais pas entièrement. Quoi qu'il en soit, il était content de lui. Au départ, il avait eu un doute sur ce que pouvait savoir cette femme. À présent il était certain qu'elle savait quelque chose. Des larmes brillaient derrière ses lunettes.

— Je ne sais pas de quoi Pierre avait si peur. Mais oui, il était nerveux. Irritable…

— Il ne vous a pas expliqué ce qui le tracassait ?

— Je crois que cela concernait son passé.

— Quoi exactement, dans son passé ? Il y avait un lien avec ses sociétés ?

— Comment voulez-vous que je le sache ? explosa-t-elle.

À présent, les larmes roulaient sur ses joues. Elle renifla, et alla chercher un mouchoir en papier.

— Une fois, dit-elle d'une toute petite voix, il m'a dit qu'il croyait aux démons parce qu'il en avait déjà vu de ses yeux. Cela m'avait fait rire, et il l'avait très mal pris. On n'en a plus jamais reparlé.

Vauvert fronça les sourcils.

— Des démons ?

Il avait encore le souvenir des ongles de Madeleine Reich sur sa peau. Une peur irrationnelle monta en lui. *Il avait déjà croisé des démons, lui aussi.*

— Savez-vous où il se cache ?

La femme secoua la tête, mais avec beaucoup moins de conviction.

— Bien sûr que non, je ne le sais pas.

Elle renifla de nouveau. Son teint empourpré démentait ses paroles. Vauvert n'était pas dupe.

— Annie, parlez-moi.

Mme Lavigne déglutit plusieurs fois. Elle se moucha. Fit des gestes perdus dans l'air, autour d'elle, comme si elle cherchait à se raccrocher à quelque chose. Elle finit par poser les paumes de ses mains derrière elle, sur le rebord de l'évier. Elle baissa la tête.

— Ce que je sais, c'est qu'il a acheté une propriété, l'an dernier…

— Où ça ?

— Dans les montagnes, à une cinquantaine de kilomètres d'ici. C'est presque à la frontière espagnole, un ancien centre équestre comme il y en a des dizaines dans le coin. Mais c'est une vraie ruine. Et… l'acte de propriété n'est pas à son nom.

— Que voulez-vous dire ?

— Il a fait acheter le bien par le biais de l'usine. En gros, ce sont les actionnaires qui ont payé, sauf qu'ils ne le sauront jamais parce que… (Elle renifla, provoquant un lent mouvement de ses tresses rousses.) J'ai effacé la transaction de la comptabilité. M. Loisel me l'a demandé.

— Ce qui fait que cette propriété n'apparaît nulle part ?

— Voilà. Je ne sais pas pourquoi il a fait ça, mais Pierre y tenait vraiment. Je peux vous donner l'adresse, je l'ai conservée. J'avais visité le terrain avec lui. Comme il m'avait dit que l'ancien propriétaire faisait des chambres d'hôtes, je m'imaginais qu'il s'agissait d'une ferme. Il aurait pu la rénover pour en faire un pied-à-terre, enfin, ce genre de choses…

— Mais ce n'était pas le cas ?

— Pas vraiment. Il n'y a rien à rattraper dans cet endroit. Tout s'écroule, la seule solution serait de raser et tout reconstruire… En fait, cet endroit m'avait fait un peu peur… C'était tellement… *isolé*…

Elle se retourna pour ouvrir un tiroir, et se munit d'un bloc-notes ainsi que d'un stylo feutre. D'une écriture appliquée, elle nota une adresse, déchira la feuille de papier et la tendit au policier.

— C'est facile à trouver, il suffit de dépasser Valcabrère et de continuer sur la départementale. Ensuite, vous empruntez le chemin domanial, la propriété se trouve tout au bout. Je vous préviens, c'est totalement perdu dans les pics… En cette saison, tout est sous la neige, personne ne s'aventure dans ce coin…

Il lut l'adresse, se disant que ça collait tout à fait avec ce qu'il cherchait. Il se rendit également compte que cela lui rappelait quelque chose. Mais quoi ?

Il fouilla ses souvenirs. Impossible de mettre le doigt dessus. Il ne connaissait personne dans cette partie du Comminges. Il espérait que cela lui reviendrait en chemin.

— Dites, murmura Annie Lavigne. Vous croyez que vous le sauverez ?

Vauvert leva les yeux vers elle. Elle avait beau s'efforcer de masquer son angoisse, il la trouva touchante. Il se fit la réflexion que la plupart des gens auraient plutôt tenté de savoir si le détournement de fonds, qu'elle venait d'avouer, n'allait pas leur causer de problèmes. Annie Lavigne, elle, ne se préoccupait que de son amant. Elle lui fit penser à son ex-femme, cherchant à défendre son escroc de nouveau petit copain.

Il aurait aimé la rassurer. Il n'avait pas les mots.

— Je vais aller jeter un œil à cette propriété, fut tout ce qu'il trouva à dire.

Il s'en alla, plus mal à l'aise qu'il ne l'aurait voulu, laissant la jeune femme blanche comme un linge. En redescendant l'allée, il croisa son mari, qui venait de se garer : un homme grand, en costume gris à rayures, avec un début de calvitie. Un enfant roux, emmitouflé dans une parka rouge vif, jaillit de la voiture et courut vers la porte de la maison en piaillant. L'homme jeta un regard surpris à Vauvert, qui se contenta de le saluer avant de s'engouffrer dans son véhicule.

Il se demandait encore pourquoi cette adresse dans les montagnes lui disait quelque chose.

39

Paris.

— Tu ne vas jamais le croire, souffla Erwan Leroy.

Sur l'écran de son ordinateur, du texte défilait. Le programme STIC comparait la liste de noms d'élèves avec toutes les infractions commises ces trente dernières années. Viols, cambriolages, escroqueries, ou simples rixes dans les bars, le moindre procès-verbal y était fiché, analysé et comparé.

Installée à côté de lui, à l'extrémité du bureau, Eva releva les yeux de son propre laptop.

— Tu as trouvé une correspondance intéressante ?

— Un type qui a tué son fils. Homicide volontaire. J'ai demandé à un copain de me donner accès à son fichier pénitentiaire, échanges de bons procédés… Mais je te préviens, ça devient très, très glauque.

Eva recula sa chaise pour voir l'écran. Le lieutenant Alazard, qui s'était absentée pour aller chercher un thé à la machine, poussa la porte du bureau à ce moment-là et vint s'installer à côté d'eux. Elle aussi observa la photo qui venait de s'afficher.

— C'est qui, lui ? demanda-t-elle.

L'homme avait le crâne rasé, le regard noir intense, et portait un tee-shirt noir, une roue solaire imprimée sur la poitrine.

— Il s'appelle Guillaume Alban. Il était étudiant au Mirail pendant les mêmes années que Madeleine Ferrand et Ismaël Constantin. En histoire lui aussi. Spécialisé en mythologie. En d'autres termes, il était dans les mêmes cours que nos deux sujets, il a validé chacune de ses années, lui aussi, et… devinez quoi ? Il a tout abandonné du jour au lendemain. Comme Ferrand et Constantin, il semble qu'il ait quitté la ville avec précipitation. Sauf que lui, il est parti s'installer à Nancy, en Lorraine. Il y a habité pendant cinq ans…

Leroy enchaîna les clics de souris sur les dossiers qui venaient de se charger. Il continua :

— … avant de se faire arrêter pour le meurtre de sa gamine de huit mois. Alban l'a jetée du cinquième étage. La gosse est morte sur le coup. C'est sa femme, témoin de la scène, qui a prévenu la police. Alban a été condamné à vingt ans de réclusion. Pendant ce temps, sa femme s'est suicidée…

Ni Eva ni Perrine Alazard ne firent la moindre réflexion. Elles étaient atterrées par ce qu'elles entendaient.

— Il a donc purgé sa peine, continua Leroy. Il l'a faite à la maison d'arrêt d'Épinal, d'où il est ressorti après dix-huit ans au final. Cette fois, c'est en Guadeloupe qu'il est allé s'installer. Il a acheté une propriété là-bas. Il devait espérer pouvoir passer le reste de sa vie peinard, à boire du rhum et fumer de l'herbe au bord de la mer… sauf que, tenez-vous bien…

— Il a été assassiné… susurra Eva, qui commençait à comprendre.

— En plein dans le mille. Ça s'est passé l'an dernier.

— Incendie ?

Leroy fit défiler la procédure sur son écran.

— Un sacré incendie, même. Sa baraque a entièrement brûlé, et le feu s'est propagé aux champs de canne à sucre qui l'entouraient. Le bonhomme a été retrouvé à l'intérieur. Ligoté à un fauteuil avec du fil de fer barbelé. On l'a aspergé d'essence et on a mis le feu. Ça vous rappelle quelque chose ?

— Des mutilations ? demanda l'albinos. La langue ? Le cœur ?

Il secoua la tête.

— Aucune idée. Le dossier est très incomplet à ce sujet. Ça arrive souvent, avec les procédures d'outre-mer, ils font encore des procès-verbaux sur papier, et se servent de leurs ordinateurs quand ils en ont envie… Bon, je vois tout de même une numérisation du rapport de police… Il mentionne qu'Alban a subi des « tortures », ce qui reste vague… Les collègues ont conclu à un règlement de compte mafieux, et ils ont classé l'affaire sans suites…

— Ils doivent avoir un Larusso, eux aussi, grinça Eva.

Perrine Alazard intervint alors :

— Il y a un détail qui me chiffonne. Où est-ce que ce type a pu avoir l'argent pour se payer une telle propriété ? Après dix-huit ans de prison, il devait être fauché, non ?

— Très bonne question, dit Leroy.

Il chercha pendant plusieurs minutes dans ses listes de fichiers. Puis finit par trouver l'information.

— Il n'était pas fauché du tout. Tout l'inverse, même. Il a enregistré des disques en prison. Sa musique lui a fait gagner beaucoup d'argent.

— C'est possible ? De faire de la musique en prison ?

— Il suffit d'être débrouillard. De nombreux rappeurs y arrivent très régulièrement. Dans le cas d'Alban, ce n'était pas du rap, cela dit, mais de la musique électronique. L'enregistrement est encore plus facile. Il n'a eu besoin que d'un ordinateur. Les disques se sont vendus sur Internet, via les sites spécialisés. Attendez, je cherche ça…

Les fenêtres s'ouvraient et se refermaient sur son écran. Il passa de l'une à l'autre jusqu'à trouver une discographie complète.

— Temple of Midnight. C'est le nom de groupe sous lequel Guillaume Alban a sorti tous ses albums. Sur ce site de référencement, sa musique est classée comme étant du… *extreme dark ambient*. Jamais entendu parler. Ça vous dit quelque chose ?

— Non, dit Eva.

— Mon ex écoutait ce genre de trucs, intervint Alazard. C'est de la musique à vous ficher la chair de poule : des nappes de basses, des cris, des boucles de bruit, des concepts dépressifs ou occultes. Je n'arrêtais pas de lui dire que ça me faisait penser à de la bande-son pour tueurs en série…

— Tu as des chouettes petits copains, fit Leroy.

— Il avait d'autres qualités, répliqua la jeune policière avec un sourire en coin.

Eva, elle, se pencha sur l'écran.

Elle ne parvenait pas à y croire.

— Affiche le deuxième album, là.

Leroy cliqua. La pochette du disque occupa tout l'écran.

C'était une photo d'archive en noir et blanc, assez difficilement soutenable : un bébé, famélique et de toute évidence mort, probablement dans un camp de concentration.

Mais ce qui retournait Eva n'était pas tant cette image provocatrice que le titre de l'album. Il s'étalait en alphabet gothique rouge vif :

LE PREMIER SANG

— Erwan, télécharge-moi ça tout de suite, murmura-t-elle.

IV

L'échappée

40

Il ne fallut que quelques minutes à Erwan Leroy pour trouver un blog russe pirate, sobrement nommé *blckmtl4evr*, et où étaient facilement téléchargeables les disques de Guillaume Alban, alias Temple of Midnight.

Les titres de ses trois albums étaient aussi mystérieux que sombres : *Goétie*, *Le Premier Sang*, et *Le Baiser du Diable*. Leroy sélectionna les liens et entra des codes pour prouver à l'ordinateur qu'il n'était pas un robot espion. Des barres de progression s'affichèrent et se mirent à défiler tandis que les fichiers étaient transférés du serveur vers l'ordinateur de la PJ.

Eva se mordit la lèvre, observant la progression des téléchargements.

C'était trop pour être une simple coïncidence.

— Tu as fini de recevoir *Le Premier Sang* ! Lance-le !

Leroy s'exécuta et alluma le lecteur. L'image de l'enfant mort occupa un tiers de l'écran, tandis que la playlist annonçait deux morceaux, faisant vingt-deux minutes chacun. Le premier était intitulé : « Le premier sang », et le deuxième : « Le dernier sang ».

Le premier morceau était lancé.

Ils attendirent.

Au début, ils ne comprirent pas ce qui se produisait, car ils n'entendaient rien du tout.

— Merde, on dirait que le mp3 a un problème, fit Eva.

Puis elle s'interrompit. Un son de basse, lointain, commençait à leur parvenir au travers des enceintes de l'ordinateur. Leroy monta le son au maximum. Cette fois, un gémissement était perceptible. Il enflait tout doucement, s'effaçait, et revenait, comme une respiration, ou le va-et-vient du sang dans les veines. Ce n'était pas vraiment une mélodie – pas à proprement parler – mais ces quelques sons suffisaient à dégager une atmosphère chtonienne, quelque peu étouffante.

Puis, soudain, le mur de bruit arriva.

Ce fut comme une déflagration – des dizaines de hurlements en même temps.

— Putain ! cria Leroy en s'empressant de baisser le volume.

Les bruits qui s'échappaient maintenant de l'ordinateur étaient l'incarnation du malaise absolu. Ceci n'était pas de la musique. Ils n'entendaient que de la crépitation et des souffles d'infrabasses, des gémissements enregistrés à l'envers, des pleurs et encore davantage de gémissements. On se serait cru plongé dans un enfer peuplé de damnés à l'agonie et de flammes dévorantes.

— Qu'est-ce que c'est que ce truc ? souffla Eva.

— Je vous l'avais dit, fit le lieutenant Alazard. Ça demande une certaine habitude…

Ils ne dirent rien pendant un moment. La musique – cette nausée sonore, qui tournait en rond, leur vrillant les tympans – était hypnotique, et plus que cela encore. Ses vibrations semblaient entrer en eux. S'infiltrer tout au fond d'eux.

— Mais bon, là, c'est quand même le pire que j'aie jamais entendu dans le genre, ajouta-t-elle. Je ne me sens carrément pas bien.

Leroy allait arrêter la lecture. Eva lui posa la main sur l'épaule.

— Attends. Écoute.

Une voix s'élevait dans les nappes de basse, craquements de flammes, grincements et bruits de coups.

— Il y a des paroles…

C'était une voix d'homme. La voix d'un mort – Alban – qui murmurait quelque chose.

Leroy monta le son de nouveau. Ils tendirent l'oreille. Des chuintements. Des pulsations. Des boucles de malaise, un flux et un reflux de chaos noir, âpre, suintant. Il leur fallait faire abstraction de cette apocalypse sonore pour discerner ce que disait le chuchotement.

— *Le… premier… sss…*

La voix diminuait, revenait, et les trois policiers se pliaient, inconsciemment, en avant, concentrés.

— *Le premier… sssang… du… premier-né…*
Pour que mes vœux… sssoient… exaucés…
Le précieux sssang… du… premier… né…

Alazard finit par s'écarter, livide.

— J'arrête. Sérieux, c'est trop bizarre. Ça me donne envie de vomir.

Eva allait lui dire quelque chose, mais elle aussi sentit son estomac se contracter. Sa collègue avait raison. Ces sons parvenaient à titiller quelque chose, tout au fond d'elle. C'était plus que du dégoût.

C'était… comme si ces sons entraient dans sa tête et tourbillonnaient dans son cerveau. Elle fut subitement saisie d'un début de vertige.

— D'accord, tu peux arrêter maintenant.

Leroy cliqua sur l'icône stop avec un soulagement évident. Lui aussi avait blêmi.

Ils constatèrent que la sensation d'étouffement s'effaça net. Aussi subitement qu'elle était venue.

— Merde. C'est juste avec des nappes de synthé qu'il arrive à nous mettre dans cet état…

Eva se leva. Elle se sentait encore très bizarre. Presque pantelante.

— Ce type essayait de faire de la magie avec de la musique, murmura-t-elle. Comme une sorte d'hypnose sonore…

— C'est vraiment troublant, dit Leroy. Je n'avais jamais ressenti quoi que ce soit de semblable…

— Pas étonnant que quelqu'un arrache la langue à ces gens, fit Alazard, en tirant nerveusement sur sa minijupe.

41

Suivant les indications du GPS, Alexandre Vauvert emprunta la sortie n° 17 indiquant « MONTRÉJEAU » et poursuivit sur la départementale, sur la route d'Espagne.

Il n'était pas si tard, mais la nuit d'hiver s'était déjà bien installée. À l'horizon, la ligne imposante des Pyrénées se découpait, comme des dents de scie glacées sur le ciel noir. La neige recommença à tomber, et le policier mit l'essuie-glace en marche.

Subitement, il se souvint. Et ce souvenir lui serra le cœur.

Comment avait-il pu oublier !

Cette route en lacets longeant les champs, ces maisons au bord du chemin avec leurs clôtures de bric et de broc. Ces hautes montagnes évoquant, ici et là, comme des découpes de visages, des silhouettes de géants allongés à l'horizon… une voix remonta dans sa mémoire :

— *Devant nous, tu vois le profil des montagnes ? On dirait la tête de Napoléon Bonaparte, non ? Même que le pic, il s'appelle le Nez de l'Empereur !*

La voix de Damien Mira, quinze ans auparavant. Dans une autre voiture, sous un autre hiver, le même paysage enneigé. Alexandre Vauvert venait d'intégrer le SRPJ de Toulouse, il n'était alors que lieutenant, et il s'agissait de sa toute première affaire criminelle. Le vieux flic l'avait amené avec lui pour le former. À l'époque, Damien Mira n'était pas mince, mais il pesait une bonne vingtaine de kilos de moins qu'aujourd'hui. Vauvert se souvint qu'il portait déjà ses énormes lunettes d'écaille.

— *C'est par là qu'on va*, avait-il ricané. *Tu pourras dire que pour ton premier jour tu auras vu le nez de l'Empereur.*

Son premier jour. Une tempête de neige. Un meurtre sanglant, là-haut, dans ces montagnes. Il n'aurait pu rêver mieux comme immersion dans le groupe.

Vauvert soupira. *Quinze ans déjà ?* Le Nez de l'Empereur était toujours là – et sa ressemblance avec le célèbre profil corse toujours intacte. Alors que les lacets de la route départementale s'intensifiaient, que les champs désertiques défilaient et qu'il montait de plus en plus haut dans les montagnes, il se souvint du centre équestre. Il se rappelait surtout le cadavre du propriétaire. Ses tripes à l'air.

Pour sa première scène de crime, il avait eu droit à du costaud. On avait retrouvé l'homme pendu au milieu des box de ses chevaux. Toutes les bêtes avaient été empoisonnées. Et celui qui avait fait ça ne s'était pas arrêté là. Il avait également éventré le bonhomme, il avait sorti les intestins de son ventre, visiblement sur le coup d'une crise de rage. Vauvert chercha à se souvenir du nom. Peut-être Dujardin… Non… *Dupin. C'était son nom. La victime s'appelait Élie Dupin.*

Le crime était particulièrement horrible mais, pour une fois, le coupable n'avait pas été bien difficile à identifier : Dupin venait de porter plainte contre un certain Renaud Garnier, qui habitait le village voisin. Garnier était un escroc à la petite semaine, qui traînait déjà derrière lui diverses plaintes pour arnaques bancaires. À plusieurs reprises, il avait soutiré de l'argent à Dupin, des sommes rondelettes qu'il devait soi-disant « placer en Bourse » et qu'il avait simplement dépensées au casino de Barbazan. Apprenant que Dupin intentait une action en justice contre lui, il était venu « s'expliquer », la confrontation avait dégénéré, et

Garnier avait fini par assassiner son voisin, avant d'empoisonner ses chevaux dans un accès de folie furieuse. C'était la première fois que Vauvert était témoin d'une telle violence gratuite. Bien sûr, ce fut loin d'être la dernière.

Quoi qu'il en soit, localiser et interpeller ce triste individu avait été une immense gratification pour Vauvert, surtout pour sa première affaire criminelle. Il s'était fait un plaisir de l'envoyer derrière les barreaux. Six mois plus tard, avant même que le procès puisse avoir lieu, Garnier s'était pendu dans les douches de la prison de Seysses avec un lacet. Il n'avait manqué à personne.

Vauvert avait été promu commandant peu de temps après. Des années plus tard, il était même passé chef de groupe. Il n'avait plus repensé à cette histoire.

À présent, il y était replongé bien malgré lui. Les hautes montagnes, la route qui montait, longeant la paroi abrupte tapissée de sapins et les cours d'eau sauvages qui cascadaient vers la vallée. Les flocons qui tombaient dru réfléchissaient l'éclat des phares, le ralentissant. Le mouvement de l'essuie-glace peinait à balayer la neige de la vitre. Oui, il n'y avait pas à dire, revenir sur les lieux quinze ans plus tard lui procurait une sensation très étrange.

Il n'était pas étonné qu'on ait laissé la propriété tomber en ruine. Depuis cette horrible histoire, les lieux avaient eu la réputation d'être hantés. La famille Dupin n'y avait jamais remis les pieds. Quand ils avaient décidé de vendre, il y a fort à parier que les acheteurs ne s'étaient pas pressés pour faire une offre…

Si Loisel l'avait fait, s'il avait acquis cet endroit, c'est qu'il savait que personne ne s'aventurerait par ici.

Se souvenant que les réseaux téléphoniques ne passaient pas dans les hautes montagnes, Vauvert s'empressa d'appeler tant que c'était possible. Il tomba sur la messagerie de Mira.

— Damien, tu ne devineras jamais où je vais. Je crois que Loisel se cache dans un centre équestre du Comminges. L'affaire Dupin, tu te souviens ? Je ne sais pas si je vais trouver quoi que ce soit là-haut, mais qui ne tente rien n'a rien…

Il raccrocha.

La route commençait à se couvrir de neige, et les roues patinaient dans les virages en épingle. Le 4 × 4 avait beau être puissant, il n'était pas équipé de pneus neige.

Vauvert roula avec prudence.

42

Après des kilomètres de montée entre les sapins, il atteignit enfin la clôture de la propriété. Une grande barrière, jadis rouge, à présent couverte de neige, en interdisait l'entrée.

Il stoppa le 4 × 4 et sortit. Ses rangers s'enfoncèrent dans dix centimètres de neige. Un vent gelé le cingla. La nuit était déjà aussi noire que de l'encre.

Même dans la lueur des phares, il ne voyait pas grand-chose à plus de trois mètres, hormis les violentes hachures de neige tombant du ciel. Il se souvenait que les bâtiments n'étaient pas loin de la clôture, juste au bout du chemin. Il était pourtant incapable de les apercevoir dans les ténèbres.

S'approchant du portail, il s'aperçut que la chaîne et le cadenas étaient flambant neufs.

Qu'à cela ne tienne. Il avait une pince coupante dans le coffre du véhicule. Il alla la chercher, enfila des gants pour se protéger du froid, et n'eut besoin que de quelques instants pour sectionner la chaîne.

Il poussa ensuite le portail – non sans mal, en raison de l'accumulation de neige qui l'empêchait de pivoter.

Alors qu'il achevait de l'ouvrir, il crut discerner un mouvement, sur le chemin.

Le policier se figea. Y avait-il eu une silhouette, juste là, dans la tempête, *en train de l'observer* ?

Pourtant il ne voyait rien. Seulement les flocons. Il se sentit frigorifié jusqu'aux os.

— Qui est là ? lança-t-il à la nuit.

Le vent hululait comme des dizaines d'âmes en peine. Il repensa à la réputation de l'endroit. Pas étonnant qu'Annie Lavigne ait eu peur ici.

Il regagna la chaleur du 4 × 4 et jeta un œil à son téléphone mobile. Il ne parvenait pas à capter le moindre réseau. Comme dans son souvenir, les pics des montagnes bloquaient tout. Il espérait que Mira avait eu son message.

— Bon, murmura-t-il pour lui-même. C'est parti…

Il pressa l'accélérateur et remonta le chemin.

Les pneus s'enfonçaient dans l'épais tapis de neige.

Il s'approchait des bâtiments. Il put constater qu'ils étaient, comme lui avait dit Annie, dans un état pitoyable.

Tout à coup, une silhouette passa en courant devant les phares. Éclair noir.

Vauvert pila.

— Hey ! s'écria-t-il, en baissant la vitre.

Il ne vit rien dans la nuit autour de lui.

— Loisel ! Est-ce vous ?

Il ouvrit la portière, non sans avoir dégainé son Smith & Wesson. Il se trouvait à quelques mètres des haras désaffectés. Il se rendit compte que la toiture d'une partie du bâtiment – là où étaient jadis les box des chevaux – s'était effondrée. *Des ruines.*

Il descendit de la voiture, cherchant Loisel des yeux.

Au milieu des tourbillons de neige, il vit de nouveau la silhouette, à quelques mètres de lui. C'était un homme, de dos. Un grand gaillard. Il était vêtu d'un ciré noir, luisant sous l'éclairage violent des phares, et était en train de s'éloigner, se dirigeant vers les box en décrépitude. Il y avait dans sa démarche quelque chose d'incongru, comme s'il boitait.

— Attendez ! Vous !

Il s'arrêta. Son ciré claquait au vent. Vauvert avança vers lui.

— Police ! Venez ici !

L'individu hocha la tête et, sans se presser, se retourna.

À cet instant, Vauvert crut que son cœur allait s'arrêter de battre.

Il reconnaissait très bien cet homme. Il n'avait pas pris une ride. Et pour cause, Élie Dupin était mort et enterré depuis quinze ans.

Mais pourtant, il se trouvait bien là, devant lui, sous les bourrasques glacées. Sa barbe noire broussailleuse scintillant de minuscules diamants de givre, son regard bleu limpide, creusé de profonds cernes noirs. Il se tenait le ventre comme pour contenir quelque chose sous son pull gris et bleu.

— *Il est… trop tard…* murmura Dupin, tandis que ses intestins s'échappaient entre ses doigts et se déroulaient à ses pieds.

Vauvert, saisi d'un haut-le-cœur, fit un pas en arrière. Il glissa, tomba de tout son long dans la neige.

— Bordel, non ! glapit-il, cédant à la panique.

Il roula sur le côté, aveuglé par la poudreuse. Il braqua son arme en tous sens, avant de se rendre compte qu'il n'y avait plus la moindre trace de l'homme devant lui. Seulement les box vides.

Un fantôme.

Ce ne pouvait être que ça.

Il avait déjà vu de telles choses. C'était déjà arrivé.

Et cela recommençait. Qu'il le veuille ou non.

Il se frotta les yeux.

Que faire, maintenant ?

Il se tourna vers les box noirs.

Hors de question qu'il mette les pieds dans cet endroit. Tous les poils de son corps se hérissaient sur sa peau.

Il recula prudemment, époussetant la neige qui maculait son blouson et son jeans. Le froid semblait pénétrer sous sa peau.

Il y avait une sorte de préau, devant la bâtisse principale, et sous ce préau se trouvait une grande bâche recouvrant un véhicule. Vauvert empoigna le bord de cette toile en plastique et la tira vers lui, découvrant la voiture qu'on avait dissimulée en dessous. Une énorme BMW noire. Il reconnut le numéro d'immatriculation. C'était bien celle de Loisel.

Jusqu'ici, son instinct ne l'avait pas trompé.

Mais son cœur battait la chamade.

Il scruta l'obscurité autour de lui, cette nuit profonde de givre, il scruta la neige qui tombait comme pour l'étouffer sous ses énormes flocons, puis il scruta les interstices du corps de ferme. Ce qui avait été les chambres d'hôtes de Dupin, quinze ans auparavant.

Des ruines, à présent.

Il aperçut un éclat de lumière à l'intérieur.

Il éteignit sa Maglite. Il ne s'était pas trompé : une faible source de lumière filtrait par les vitres brisées.

Vauvert se força à respirer calmement. Dans le noir, les champs de neige qui l'entouraient devenaient comme phosphorescents. Un monde en négatif.

Il vérifia une nouvelle fois son téléphone portable. Toujours pas de réseau. Son équipe devait commencer à se demander ce qu'il faisait.

Il ne fallait pas perdre de temps.

La lumière, dans la maison, se déplaça.

43

Paris.

À la fin de la journée, le commissaire Ô appela Eva Svärta pour qu'elle vienne « discuter ». Elle s'y attendait.

— Laisse-moi deviner, Larusso a déjà fait des siennes ? attaqua-t-elle dès qu'elle eut poussé la porte de son bureau.

Ô eut un pâle sourire. Il venait de se servir un mug de thé et la fumée s'élevait devant son visage glabre.

— Il n'approuve pas ta demande d'exhumation à Rodez. Il a même demandé à ce qu'on te retire l'affaire. On dirait bien qu'il t'a dans son collimateur.

— Mais tu ne vas pas céder à ce triste con ! explosa-t-elle. Ce n'est qu'une question d'heures avant qu'on ne lui enlève cette affaire et qu'elle ne soit confiée à un juge !

— Je t'écoute, soupira Ô.

Eva ne se le fit pas redire. Elle posa les deux mains à plat sur le bureau de son chef et lui expliqua tout, d'un bloc. Elle lui raconta comment elle avait découvert que le certificat de décès de l'enfant était faux, et que seule l'autopsie du corps – si corps il y avait – prouverait que sa mort n'était pas naturelle. Elle parla de Guillaume Alban, de comment il avait tué son enfant, et de comment on l'avait assassiné, lui, à peine un an après sa sortie de prison. Comment l'incendie de sa maison, en Guadeloupe, était semblable à ce qui était arrivé à Constantin. Elle lui parla, enfin, des disques enregistrés en prison, qui faisaient référence au « premier sang », cette expression qu'Amina Constantin avait prononcée, et qui désignait sans aucun doute le sang des premiers-nés – le sacrifice rituel de leur propre enfant.

— C'est tout ce que tu as ? lui répondit le commissaire après l'avoir patiemment écoutée. Ce ne sont que des suppositions et de la mauvaise musique. Tu n'as aucune preuve concrète de ce que tu avances, n'est-ce pas ?

— Oh, arrête, Rudy ! Tous ces gens se connaissent, et tous baignent dans les pratiques occultes. C'est une secte qu'on a trouvée, d'accord ? Il faut comprendre jusqu'où ça va. Parce que si tout ce que je devine est vrai, c'est qu'il y en a d'autres dans le même cas…

— Tu veux dire, d'autres personnes ayant assassiné leur enfant ?

— Oui. C'est exactement ce que je veux dire.

— Et tu penses que quelqu'un traque les membres de cette secte ? Pour les tuer ?

Eva marchait de long en large dans le bureau, incapable de se contenir.

— Cela te semble si incroyable ? On a un justicier vengeur dans la nature. C'est peut-être l'enfant d'un membre de leur groupe qui a pu survivre. Ou bien quelqu'un qui se prend pour une sorte d'inquisiteur. Ce qui est certain, c'est que tout remonte aux années de fac de ces personnes. Reich, Constantin, Alban. Ils ont étudié à Toulouse il y a trente ans. C'est de là que tout est parti…

Eva s'interrompit enfin, cessant ses allées et venues. Son chef, buvant son thé, demeurait imperturbable.

— Mais dis quelque chose ! Tu sais que j'ai raison ! L'autopsie du bébé de Madeleine Ferrand est non seulement nécessaire pour prouver qu'elle l'a tué, mais elle nous apportera peut-être d'autres indices. Et puis merde, Rudy, tu ne peux pas m'éjecter comme ça de cette affaire !

— Ça n'a jamais été mon intention, se contenta-t-il de dire.

Eva le dévisagea, quelque peu surprise. Elle s'était attendue à plus de difficultés pour convaincre son patron.

— Quoi ? Tu me crois ?

— Ma foi, pourquoi pas. Il y a juste une chose qui me perturbe dans ce que tu viens de dire.

— Laquelle ?

Ô ouvrit un tiroir et chercha dans ses papiers.

— Puisque tu parles de Toulouse, de sang et de sorcellerie… Regarde donc ça…

Il fit glisser une feuille de papier sur son bureau. Eva se pencha et constata qu'il s'agissait d'une fiche de disparition émanant du SRPJ de Toulouse. Elle la parcourut en diagonale.

— Pierre Loisel ?

— Disparu depuis deux semaines. Il est originaire de la région toulousaine. Je n'ai pas vérifié, mais il a la cinquantaine, soit le même âge que Reich et Constantin. On peut donc penser qu'il a fait ses études à la même période qu'eux. Et au même endroit…

Eva hocha la tête. Elle avait immédiatement compris où il voulait en venir.

— Je vais demander à Erwan de chercher dans la liste des élèves du Mirail…

— Je pense que c'est une bonne idée, lui dit son chef avec un léger sourire. Mais il n'y a pas que ça. L'autre détail troublant de cette affaire, c'est que la femme et le gosse de Loisel sont morts dans un prétendu accident.

— Quand ça ?

— Il y a dix ans.

— Lui aussi, souffla la policière. Tu vois, il y en a d'autres !

— Si j'en crois ta théorie, oui. Je dois avouer que c'est perturbant.

— Mais pourquoi m'as-tu parlé de sang et de sorcellerie ?

Ô pencha la tête sur le côté. Son sourire en coin était revenu.

— Ton copain Vauvert a fait de drôles de rapports dans cette affaire. Tu veux lire les copies ?

Rudy, il faut appeler Toulouse tout de suite. Je pense qu'il court un danger. Un terrible danger.

44

Alors que les rafales de vent et de neige redoublaient de violence, le policier poussa la porte. Elle n'était pas fermée, et s'ouvrit en grinçant.

Il braqua sa Maglite à l'intérieur de la maison, éclairant le carrelage crasseux au sol, un vieux meuble pourrissant contre le mur, et des flocons venus du dehors qui tourbillonnaient quelques instants dans le rayon de lumière.

Il n'y avait personne dans cette entrée. Un petit couloir menait aux autres pièces.

Vauvert inspira profondément. Son cœur battait un peu trop fort. D'accord, il n'en menait pas large, mais il n'avait pas le choix. Maintenant qu'il était ici, il lui fallait entrer. Il avança prudemment. Le pinceau de la torche allait d'un mur à l'autre. Partout la tapisserie s'était cloquée sous l'effet de l'humidité et avait commencé à peler. Ce n'était pas étonnant : quinze années étaient passées sans que personne s'occupe des lieux. La maison était à présent une ruine imbibée d'humidité et de crasse.

Les portes étaient en bois épais. Vauvert franchit celle qui menait au cœur de la maison, et la referma soigneusement derrière lui. Ainsi, si quelqu'un l'ouvrait dans son dos, il l'entendrait.

Le salon, dans lequel il se trouvait à présent, était une vaste pièce. Le rayon de la torche ne pouvait en éclairer qu'une mince portion à la fois, et Vauvert redoubla de prudence, son Smith & Wesson serré dans sa main droite. Il vit des armoires aux vitres brisées qui renvoyaient la lumière en tous sens, des meubles qui au contraire jetaient des myriades d'ombres. Ténèbres et éblouissements alternaient. Ici aussi, le papier peint s'était décollé. Il constata également que des branches et des saletés gluantes s'étaient entassées par terre. Cherchant à ne pas glisser, il se cogna à un tabouret. Il jura. Puis il éclaira la table, où étaient abandonnés les restes d'un repas – du pain et du fromage. Une chaise en bois se tenait encore debout. Il éclaira plus loin : deux ou trois autres chaises se trouvaient contre le mur, mais toutes semblaient cassées. Comme si quelqu'un s'était acharné dessus.

— Loisel ! appela-t-il. Montrez-vous !

Il balaya de droite à gauche, avança dans les ombres mouvantes, dépassa une horloge suisse qui occupait tout un mur, et se trouva au pied d'un escalier. Il neigeait sur ces marches, comme si les flocons avaient décidé de suivre le policier jusqu'ici. Il orienta la lumière vers l'étage : la toiture devait avoir cédé quelque part au-dessus de lui. De là où il se trouvait, il ne voyait que des ténèbres profondes. C'était bête, mais il espérait ne pas avoir à aller fouiller là-haut aussi.

Derrière l'escalier, il y avait un passage dans le mur, un renfoncement en forme d'arche. Le passage donnait sur une nouvelle porte.

Vauvert éteignit sa lampe. Un halo provenait de derrière la porte entrouverte. C'était la lumière qu'il avait aperçue du dehors. Quelqu'un se tapissait dans cette pièce.

— Je sais que vous êtes là, dit-il en éclairant de nouveau devant lui – et en levant son arme, au cas où. C'est la police. Je vais ouvrir cette porte et je vais entrer. Vous m'entendez ?

Aucune réponse.

Il poussa la porte du pied, le canon de son Smith & Wesson dirigé droit devant.

— Ne tirez pas, dit enfin Loisel.

— Loisel, bordel !

L'homme se trouvait bien là. Il était assis à même le sol, dos au mur, jambes croisées. Une unique bougie, longue et tordue, allumée devant lui. Vauvert eut un instant de malaise. Il ressemblait au Loisel des photos, mais il semblait comme déjà mort. *Décomposé.* Son visage, naturellement beau et anguleux, avait à présent une couleur grise, grumeleuse, craquelée de crasse. Les cheveux blonds collaient en mèches épaisses à son front. Pris dans le rayon éblouissant de la Maglite, Loisel cligna des yeux, et Vauvert vit le plus étrange. *Ses yeux étaient entièrement injectés de sang.* Comme si toutes ses veines avaient explosé, à tel point que plus une trace de blanc n'y était visible. Ainsi prostré, grelottant, il faisait peur à voir.

— Que vous est-il arrivé ?

Loisel sourit, ce qui plissa davantage la crasse sur ses joues. À cet instant, Vauvert réalisa qu'il s'agissait de cendres. L'homme s'en était barbouillé. Même sa barbe, qui avait considérablement poussé en deux semaines, était enduite d'une épaisse couche de cendres.

— Ce n'est pas vous que j'attendais, dit Loisel. Sortez de chez moi.

Sa voix était à peine un souffle. On aurait dit que cet homme n'avait pas dormi depuis des jours. Ce qui était sans doute le cas. Vauvert se rendit compte qu'il n'était vêtu que d'une simple veste de costume, passée sur une chemise qui avait dû être blanche, à présent raide de saleté. Pas étonnant qu'il tremble, il faisait un froid polaire dans cet endroit ! Il se demanda d'ailleurs comment le bonhomme avait pu tenir ainsi, depuis deux semaines, sans électricité, sans source de chaleur…

— Monsieur Loisel, je suis policier. Je suis venu vous aider. Nom de nom, vous êtes dans un de ces états.

— N'approchez pas. Je me défendrai si vous approchez.

Vauvert hésita.

— Je sais que vous avez peur. Je sais aussi que vous êtes en danger. Mais je suis là pour vous aider. Tout le monde vous cherche depuis deux semaines.

— Vous ne pouvez pas m'aider.

Au coin de ses yeux, de grosses gouttes sombres se formaient. Vauvert réalisa avec une certaine angoisse que Loisel pleurait des larmes de sang.

— Vos yeux…

L'homme passa sa paume sur ses yeux, lentement, maculant ses joues de traces rouges.

— Habituellement ce sont les saints qui pleurent du sang, murmura-t-il. Ou plutôt, ce sont les martyrs… Je me suis toujours demandé si je finirais comme un martyr…

Il eut un rire glacial.

— Vous ne pouvez pas me sauver, parce que je suis déjà mort. Comme les autres. Je suis mort, et je le sais.

Comment ça, il n'est pas joignable ? Réessayez. Tout de suite. C'est très sérieux.

Vraiment personne ne sait où il est ?

45

— De quels « autres » parlez-vous ? fit Vauvert, tétanisé, n'osant pas s'approcher de cet homme couvert de cendres.

Loisel toussa. Il cracha du sang devant lui. La flamme de la bougie, éclaboussée, se mit à crépiter, projetant de brèves étincelles.

— Il nous retrouvera tous. Un par un. C'est le prix de notre péché. Cela ne vous concerne pas. Partez.

— Je ne peux pas faire ça, lui dit Vauvert. Vous le savez très bien. Je suis obligé de vous ramener. Vous avez besoin de soins.

Le regard rouge sang de Loisel allait de la Maglite de Vauvert à son pistolet.

— Vous allez le regretter, murmura-t-il, le feu couvant dans sa voix.

Vauvert leva instinctivement son arme.

— Pas de blague, Loisel. Vous entendez ?

— Il le saura si je les appelle à nouveau, souffla l'homme assis par terre. Mais vous ne me laissez pas le choix, n'est-ce pas ?

Vauvert fronça les sourcils. Il ne comprenait pas ce que disait Loisel. Il aperçut une nouvelle larme de sang couler sur sa joue. Ce type avait l'air d'un fou. Mais il dégageait quelque chose qui prenait à la gorge.

Un brusque pressentiment le traversa.

Il se jeta en arrière au moment même où une planche du plafond cédait.

Des débris se déversèrent dans la pièce avec fracas. Vauvert, calé contre le mur du passage, leva ses bras devant son visage pour se protéger. Les morceaux de plâtre, de briques et de bois avaient cessé de tomber, mais un épais voile de poussière noyait la pièce. Le rayon de la Maglite n'éclairait plus rien que des particules en suspension.

— Loisel ! cria-t-il.

Loisel, au centre des tourbillons de poussière, n'avait pas bougé.

— Vous l'avez senti, dit-il, d'une voix étonnée.

— Quoi ?

— C'est pour cela que vous m'avez retrouvé. Vous aussi. Vous le sentez.

Sentir quoi ? Vauvert ne sentait rien de particulier. Rien… en dehors de ce picotement familier dans sa nuque, qui s'accentuait. Comme de minuscules piqûres d'épingle, à la base de son crâne.

— Vous comprenez ce que je vous dis ? Vous êtes médium, espèce d'idiot ! cracha Loisel.

Le colosse ne sut que répondre à ça.

Il vit Loisel se lever. Son corps était encore nappé de poussière. Il passa une main dans sa barbe. Ses yeux scintillèrent. Puis, subitement, il bougea sur le côté, vers le mur. Vauvert eut du mal à le conserver dans le rayon de la torche.

— Que faites-vous ? Ne bougez pas si vite.

L'homme disparut derrière une table renversée.

— Ne bougez plus ! cria Vauvert.

— Si vous rêviez d'un pouvoir plus grand que vous, un pouvoir qui dépasserait votre chair, et que vous réalisiez tout à coup que ce pouvoir existe, que feriez-vous ?

Vauvert ne répondit pas. Il chercha à localiser l'homme avec le rayon de sa lampe.

— C'est un pouvoir qui vous transforme, continua la voix de Loisel. Il est plus séduisant que toutes les drogues… Il vous dévoile l'univers tel qu'il est…

Vauvert le retrouva subitement au fond de la pièce, dos collé au mur, immobile. Ses yeux écarlates étaient braqués sur lui.

— Mais, chaque fois que vous l'utilisez, vous perdez un peu de votre lumière…

— Loisel, calmez-vous.

— C'est trop tard.

Il y avait de la sérénité dans sa voix – en parfait contraste avec son visage couvert de cendres et de larmes de sang.

Alors Loisel se mit à murmurer. Des mots incompréhensibles s'échappèrent de ses lèvres, tout doucement, tandis que ses yeux se révulsaient.

— *Anochi ha-yehidi betehom metzulot hahoshech, lifnei leidati mitehom hahoshech anochi ba, midmamat hasheina harishonit. Anochi hu hadover betoch hahoshech, avir hazohar betoch hahoshech she hahoshech eino mechilo klal…*

Vauvert se souvint de ce qui s'était produit avec Madeleine Reich. Elle aussi avait marmonné des choses dans une langue étrangère. Une peur panique envahit le policier.

— Arrêtez ça tout de suite !

L'homme continua. Davantage de syllabes. Une litanie.

— *Hakshev li ve-asseh shekol hanefashot ykaanu li, shekol nefesh barakia oubaavir, al haaretz oumitachta, al adama mutzaka oubamaim, memaarbolot haavir oumehaesh hapeziza, ve-kol kessem ve-shot shel hael hayehid ve-hacholesh al hakol ykaanu li…*

Vauvert le sentit venir une fraction de seconde avant que cela ne se produise.

Il fit un pas en arrière, comme la lourde porte de bois se refermait, claquant avec fracas, lui bloquant le passage.

— Loisel !

Il se jeta sur la porte. Son épaule s'écrasa contre le bois.

La porte résista.

Tout autour de lui, Vauvert sentit une vibration, un froissement. La voix de Loisel portait jusqu'à lui, comme si son murmure était physique, un serpent invisible qui sinuait jusqu'à lui dans les airs.

— Loisel, non ! vociféra-t-il en se jetant sur la porte de tout son poids.

Cette fois, la porte céda.

Vauvert braqua son arme vers Loisel. Celui-ci se tenait maintenant au centre de la pièce. Il avait levé la main droite, index et majeur tendus, les autres doigts repliés, comme une parodie de Christ, tandis que son autre main était dirigée vers le bas. Il continuait de psalmodier.

— *Oukeshelefanai bohek hapentagram, anochi hatechiya ve-hahaim…*

— Arrêtez ça tout de suite !

— *Kol asher maamin bi, gam met ichieh, ki anochi poretz hanetiv ve-moshiya betoch hahoshech...*

L'ondulation s'accentua, l'air s'épaissit et se dilata. L'air se *déchirait* tout autour de lui, et de la texture même de cet air arrivaient des choses qui s'agrippaient à ses bras et à ses jambes. Il eut l'impression qu'un voile tombait sur son visage, comme un masque, pour l'étouffer...

Pas *encore*. Pas *à nouveau*.

Il pressa la détente de son Smith & Wesson.

La détonation fut assourdissante.

La balle pénétra dans l'épaule de Loisel, pulvérisant l'os de la clavicule, et l'homme fut emporté par l'impact. Il roula sur le sol, face contre terre.

Vauvert vit qu'il se vidait déjà de son sang. Agité de spasmes de douleur, ses mains griffant le sol, l'homme continuait pourtant de murmurer, encore et encore.

46

Assis en tailleur sur le lit, mains posées de chaque côté, paumes ouvertes vers le haut, il médite.

Il s'est installé dans cette chambre d'hôtel au bord de la route. Un endroit anonyme. Un de ces lieux qu'il aime, où il peut se diluer et attendre.

Serein, il respire par le nez.

De plus en plus lentement.

Murmurant, un son impossible à entendre, mais une vibration continue.

Devant lui, la télévision ne fonctionne pas. L'écran affiche un grand rectangle bleu, fixe et silencieux.

Et lui, il regarde cet écran. Il se perd dans le bleu électrique. Quand il le fixe assez longtemps – quand il est assez à l'écoute pour regarder comme il le faut –, alors il finit par pénétrer dans cette lumière, la traverser pour voir au-delà, ce qui se cache derrière le bleu, dans le monde derrière le monde. Comme en ce moment. En cet instant précis. Il perçoit des formes, des images, qui ne sont pas vraiment là, mais qui l'ont été, peut-être. Le plus souvent, ces images de ténèbres et de lumières surgissent des entrelacs du passé. Ou, parfois, du futur.

Il est généralement difficile de faire la différence entre les deux. Mais cela fait partie du jeu.

Les images se précisent.

Le bleu devient noir. Et blanc. Ténèbres et lumières. La nuit et la neige. Et les choses reposant sous la terre, là où on les a mises, il y a des années.

Tandis que les battements de son cœur ralentissent, il sent le voile frémir sur sa peau. Le voile glisse de lui. Le voile qui couvre le monde glisse de toute chose autour de lui.

Et il le sent.

Brutalement.

Celui qu'il recherche.

Il n'arrive pas à le croire. Cet idiot est en train de le faire. Loisel se sert des mots, en cet instant. Il fait bouger les étoiles dans le ciel, et trembler le cœur de la terre. Même ici, assis sur ce lit, dans cette chambre d'hôtel, il peut sentir le soleil noir à l'œuvre. L'œil s'ouvrir au tréfonds des ténèbres. Tel est le serment qu'ils ont passé. Un seul ne suffit pas.

Lentement – très lentement – un sourire se dessine sur ses lèvres.

Les battements de son cœur inversent peu à peu leur courbe. Ils se mettent à battre plus vite. Puis de plus en plus vite. Au rythme des mots que prononce Loisel.

Son sourire dévoile ses dents taillées en pointes.

Il s'est ouvert les lèvres et un filet de sang suinte sur son menton, alors que son cœur palpite à en exploser.

47

— Arrêtez ça ! hurlait Vauvert, alors que l'air serpentait autour de lui. Nom de Dieu, ARRÊTEZ !

Il sentait chaque fibre de son corps agitée par les incantations redoublées de Loisel. La porte se remit à claquer, s'ouvrit et claqua à nouveau, de plus en plus vite. Le policier, déboussolé, recula dans le passage, puis déboucha dans le salon, n'y voyant rien, se heurtant aux chaises brisées.

— Allez au Diable ! s'écria-t-il, en cherchant à fuir à tâtons.

Les litanies de Loisel portaient toujours jusqu'à lui, et au-delà de lui. Chacune des syllabes de son murmure voyageait dans l'air, secouait la matière inanimée, avec une violence croissante.

Une fissure apparut au plafond. Du plâtre en tomba, recouvrant Vauvert de débris pulvérulents. Il ne savait plus où diriger sa torche pour éviter les obstacles.

Une seule chose était sûre, il fallait qu'il sorte de cet endroit. Il fallait qu'il le fasse tout de suite.

Il se figea pourtant, entendant le cri inhumain.

C'était plus un rugissement qu'un cri. Et cela ne provenait pas de la pièce où se trouvait Loisel, mais de l'autre côté. La *chose* qui hurlait ainsi se trouvait dehors.

On assena un coup brutal sur la porte d'entrée.

Le coup fut suivi d'un autre. La porte trembla, comme si on la frappait avec un marteau.

Vauvert se déplaça plus lentement, éclairant les ténèbres, la poussière aveuglante. Qu'y avait-il donc devant la maison ? Ça poussait des cris stridents, emplis de rage. *Et ça essayait d'entrer.*

Les coups sur la porte s'intensifièrent.

Vauvert était pris entre les deux, Loisel derrière lui, la chose tambourinant contre la porte devant.

Le bois craqua.

— Qu'est-ce que…

Il s'accroupit, buste en avant, sur la défensive. Il réalisa qu'on ne frappait pas *avec* un quelconque objet. C'était des griffes qui s'abattaient sur la porte, à coups redoublés. Il y avait un monstre, là-dehors. Une créature qui essayait de fracasser la porte. Dans le rayon de la torche, sur le mur opposé, le couloir tout entier tremblait.

Davantage de rugissements s'élevèrent.

Le monstre n'était pas seul.

— Loisel, par pitié ! hurla-t-il en jetant un regard derrière lui.

Ce qu'il vit ne le rassura pas. Par la porte qui ne cessait de s'ouvrir et de se fermer, de claquer jusqu'à se fissurer, il aperçut la silhouette de Loisel. L'homme avait réussi à se retourner, à se hisser en position assise, au fond de la pièce, où il était de nouveau dos contre le mur, semblable à une momie de cendres et de poussière, l'épaule droite en charpie rouge, l'os à nu. Il souriait pourtant – dans l'alternance de lumière et de ténèbres – Vauvert vit du sang qui coulait de sa bouche – formant des bulles, alors qu'il continuait de marmonner.

Au bout du couloir, de l'autre côté, la porte d'entrée ne résista plus aux coups portés.

Elle vola en éclats sous des sabots puissants.

Des créatures massives se précipitèrent dans le couloir. Elles étaient énormes, elles se bousculaient, frappant les murs de leurs lourdes têtes, leurs dents claquant dans le vide, renversant les meubles sur leur passage.

C'était des chevaux.

Vauvert ne les vit que par intermittence, dans les rayons de sa torche. Des torses musculeux – des crinières folles – des bêtes plus hautes que lui. C'était bien ça. *Des chevaux*. Combien y en avait-il ? Il en distingua deux. Puis un troisième, derrière eux. Les animaux se cognaient furieusement dans le couloir, se montaient dessus, poussaient des hurlements stridents tout en défonçant les murs à coups de sabots rageurs.

Ils débouchèrent dans le salon comme une apocalypse, un chaos absolu, de la puissance sauvage que rien ne pouvait stopper. Illuminé par la torche, l'un d'eux se cabra – la table fut renversée – les ténèbres se déplacèrent – les redoutables sabots scintillèrent, broyant les chaises qui se trouvaient sur leur chemin. Ce n'étaient plus des chevaux ordinaires. C'étaient des cauchemars vivants.

Des monstres revenus d'entre les morts.

Vauvert se précipita vers l'escalier. Les chevaux foncèrent à ses trousses. Il était l'unique but de leur réanimation. Après quinze ans de décomposition dans la terre de cette propriété, Loisel avait trouvé le moyen de les faire revenir, de leur redonner de la chair, noire et puissante, et la volonté de tout détruire sur leur passage.

Le policier ne pensait plus. Tout son corps était mobilisé dans le seul but de fuir, sauver sa peau, vite. Mais l'escalier couvert de neige était glissant. Il dérapa au bord d'une marche, se cogna le genou, et sa Maglite lui échappa.

Il la rattrapa in extremis.

Sous le choc, la torche s'était éteinte.

Pas le temps de tergiverser. Il grimpa le reste des marches à quatre pattes, aussi vite qu'il le put, juste avant que les chevaux impossibles ne se fraient un chemin entre les meubles. Il les entendit s'écraser en bas des marches, l'un sur l'autre, chacun frappant avec ses sabots pour essayer de passer devant.

Vauvert ne voyait plus rien, mais il sentit les barreaux de bois de la rampe – et la grosse boule en verre, surplombant cette rampe – exploser sous leurs coups rageurs.

Les trois monstres avaient beau être réanimés et redoutables, ils n'étaient pas très intelligents.

Ils devaient essayer de monter ensemble, se bloquant mutuellement, dans un enchevêtrement de cuisses, de sabots noirs, de dents énormes qui claquaient convulsivement.

Mais dans un instant – dans juste un instant – ils finiraient par arriver à grimper les marches à leur tour.

Cette pensée galvanisa Vauvert. Il rampa dans le couloir, se heurtant aux commodes posées en travers du passage. Une épaisse couche de neige recouvrait tout. Le froid le regagna. Il était trempé, et frigorifié. Il sentait le vent du dehors, et le contact des flocons sur son visage.

Il secoua la Maglite jusqu'à ce qu'elle se rallume.

Il agita le pinceau de lumière d'un mur à l'autre, cherchant une issue, un moyen de fuir cet enfer.

Il vit que le plafond s'était effondré, mais cela ne lui servirait à rien. Celui-ci était bien trop haut pour être escaladé.

Pendant ce temps, le premier des chevaux était presque arrivé en haut des marches. Les sabots de ses congénères frappaient ses flancs, cherchant à le dépasser. La bête rua pour se dégager, mais glissa de tout son long. Les deux autres monstres en profitèrent aussitôt pour lui marcher dessus.

Vauvert s'engouffra dans la première pièce munie d'une porte encore en état. Il la claqua, constata que la clef était dans la serrure et s'empressa de la tourner.

Les rugissements suraigus envahirent le couloir. Les sabots cognèrent sur le parquet.

Vite.

Il neigeait ici aussi, où le toit était en partie effondré. Les flocons tombaient sur un vieux lit au montant de bois massif.

De l'autre côté de la pièce, Vauvert illumina une vitre.

Il s'y rua, tandis que depuis le couloir lui parvenaient davantage de bruits de casse, de chocs contre les murs.

La porte trembla comme les chevaux monstrueux se jetaient dessus.

Vauvert se pencha à la fenêtre. Le vent gelé lui souffla au visage.

Il enjamba le rebord et s'accrocha à la base de la fenêtre, les pieds dans le vide.

Le froid lui engourdissait les bras.

Maintenant.

Il se laissa tomber, au hasard dans le noir, et atterrit dans la neige épaisse.

Les rugissements qui venaient de l'étage se répercutaient dans toute la vallée. Il entendit la porte qui cédait.

Vauvert se remit sur ses pieds.

Un moteur démarra. Des phares l'éblouirent.

Loisel fuyait. Malgré la balle qui lui avait fait exploser l'épaule, il avait trouvé assez de vitalité en lui pour traverser la maison, ramper dehors et regagner sa BMW.

La puissante voiture glissait sur le tapis de neige, mais réussit tout de même à gagner le chemin communal.

Vauvert puisa dans ses dernières forces et se hâta vers son véhicule, tandis qu'à l'étage la tête monstrueuse d'un cheval cherchait à passer par la fenêtre trop étroite. Dans l'obscurité, les yeux de la bête brûlaient comme des flammes de haine pure.

48

Dans la chambre d'hôtel, le monde est retourné.

Il est toujours assis sur le lit mais chaque fibre de son corps vibre, se forme et se déforme au rythme de sa voix.

Dans sa poitrine, son cœur ne bat plus. C'est un soleil en train d'exploser – une explosion bleue – qui rayonne hors de lui avec rage. L'écran devant lui l'absorbe, l'avale, tels les miroirs des temps anciens, quand les premiers de sa profession pratiquaient les rites des reflets. Il se fond au bleu électrique, il devient ce bleu et il est le monde qui contient ce bleu. Maintenant, il entend distinctement la voix de Loisel. Chaque syllabe l'enveloppe. Les mots du pouvoir. Ils arrachent le voile et ouvrent les portes.

Et le mènent tout droit à lui.

Le fou ! Loisel n'a pas pu s'empêcher de les invoquer, une nouvelle fois. Une fois de trop.

Il a soulevé le voile, il a tiré dessus et déchiré sa texture pour laisser s'y glisser des âmes mortes venues du versant de ténèbres, et le voile est flétri, parcouru de rayons menant à lui, telle une couverture serrée dans une main tremblante.

Maintenant, il sait où il se trouve. Au bout du voile tiré à lui. Dans l'ouverture béante.

Il VOIT où il se trouve.

Le parfum lui parvient comme un écho, avec un décalage. Il hume l'air. Il a toujours adoré cette odeur. Cet arôme rouge intense qui se répand dans tout ce bleu comme un grand nuage toxique.

Le

sang.

Non seulement Loisel a utilisé le Miracle, mais il a été blessé.

C'est bien. C'est même merveilleux.

Il ferme les yeux, et le lien est rompu. Il sent la pression subitement revenir sur son corps, tandis que le bleu le recrache. Le voile revient sur le monde, grimpe sur le lit, sur sa peau. Sur son corps toujours assis en tailleur. Il se rend compte qu'il halète. Son cœur bat très fort – moins vite qu'avant, mais encore beaucoup trop vite.

— Je te sens. Oui. Je te sens. Je te cerne dans l'invisible.

Il déplie les jambes et pose les pieds sur le sol. Le monde tangue encore un peu, mais la sensation est supportable. Il se baisse pour enfiler ses chaussures.

Puis il se lève.

Tout ce qu'il transporte tient dans son sac. Il s'en saisit, passe sa veste en peau de serpent sur ses épaules, et le voilà prêt.

Il ouvre la porte de la chambre.

Le couloir de l'hôtel est éclairé par des néons anémiques, au rabais. Un établissement sans personnel, entièrement automatisé. L'homme emprunte l'escalier à la moquette râpée.

Le parking. Désert et glacé. La neige tombe. Les phares des voitures se poursuivent sur l'autoroute, juste à côté.

Il se tourne vers le profil des Pyrénées. Les pics évoquent des contours de visages allongés, gris presque lumineux, se découpant sur l'horizon d'encre. Celui qu'il cherche est là-bas. Au cœur des montagnes. Il entend encore son murmure. Il hume l'odeur douce, salée, du sang qui palpite à son cou. Le sang du traître, enfin répandu. Cette seule idée l'emplit d'euphorie.

Il hume cette odeur merveilleuse dans le vent froid.

Loisel ne pourra s'en défaire, maintenant. Son sang va dessiner une trace indélébile.

Il est temps de se mettre en chasse.

Il serre sa veste en écailles.

Il peut déjà imaginer le goût qu'aura le cœur de Loisel, quand ses dents plongeront dedans.

49

Vauvert se hâta jusqu'à son 4 × 4, l'esprit en ébullition, tandis que ses rangers s'enfonçaient jusqu'au mollet dans la neige poudreuse, gênant ses mouvements. Il ouvrit la portière et se jeta dans l'habitacle.

Le pare-brise était déjà couvert d'un voile opaque de neige.

Grelottant, malgré son blouson et ses gants épais, il chercha à amener la clef vers le démarreur. Sa main était agitée de tremblements, il ne parvint pas à l'insérer du premier coup.

Calme-toi, bon sang calme-toi, se répéta-t-il. *Prends ton temps. Tu es en sécurité maintenant.*

Une ombre passa derrière le véhicule.

Il se redressa, aux aguets.

Comme surgi de nulle part, quelqu'un se jeta violemment sur sa portière, le faisant sursauter.

Il leva son pistolet, prêt à se défendre.

Un visage grimaçant était collé contre la vitre.

Vauvert réalisa que ses balles ne lui seraient d'aucune utilité.

C'était Élie Dupin – ou, du moins, le fantôme d'Élie Dupin. L'homme tenait ses intestins, toujours reliés à son ventre, et les pressait contre la vitre. Des traînées noires suintaient.

Vauvert poussa un cri, mêlé de panique et de rage – car les clefs lui avaient échappé. Elles étaient tombées sur ses genoux. Il ne les voyait plus. Il écarta les cuisses, cherchant à ses pieds, en vain.

— Merde ! Merde !

Sans perdre de temps, il pressa la fermeture centralisée pour empêcher l'individu d'entrer. Puis il étendit son bras entre ses jambes. Ces foutues clefs avaient dû glisser sous le siège, il ne voyait pas d'autre explication. Il se contorsionna, gêné par sa masse musculeuse, tâtonnant au hasard.

Ainsi tordu, il voyait l'horrible visage boursouflé de Dupin. Le spectre appuya sa joue couverte de sang sur la vitre. Son œil droit était entièrement noir. Sa gorge énorme, violacée – il était tel qu'on l'avait trouvé, pendu dans les box des chevaux.

— Laisse-moi, haleta Vauvert. Putain, laisse-moi donc.

À l'extérieur, l'homme en ciré noir semblait lui dire quelque chose. Il tourna son visage, ce qui eut pour effet d'étaler son sang, et pressa ses lèvres contre la vitre. Il lui répéta la même phrase.

Vauvert n'entendait rien. Il ne voulait pas savoir. Il devait partir d'ici, tout de suite. Pour cela, il lui fallait récupérer le trousseau de clefs. Il se contorsionna davantage. Peut-être avaient-elles glissé devant, sous les pédales ?

Dupin continua inlassablement de prononcer les mêmes mots. Finalement, Vauvert reconnut vaguement les voyelles qu'il articulait – un « é », un « o », un « i » –, mais cela n'avait aucun sens.

Ééé... aaaa... oooo... iiiiii...

Éééééé... aaa... oooo... iiiii...

Il sentit le trousseau au bout de ses doigts – sous la pédale de l'accélérateur – et le ramassa.

Cette fois, il inséra la clef correctement dans le démarreur. Il mit le contact. Le moteur rugit.

L'essuie-glace écarta la couche de neige du pare-brise. Vauvert put voir la façade de la maison, illuminée par les puissants phares. Les chevaux avaient disparu de la fenêtre. Il se demanda s'ils étaient encore coincés à l'étage, ou s'ils allaient subitement jaillir par la porte d'entrée.

Qu'importe. Dans un instant il serait loin d'ici. De plus en plus loin.

Il écrasa l'accélérateur, volant braqué, chassant la neige en un long dérapage.

Le spectre de Dupin fut absorbé par les ténèbres.

Vauvert s'éloigna de la maison sur les chapeaux de roues.

Il lui fallait rattraper Loisel.

Lui seul avait les réponses.

50

Il n'y avait qu'une seule manière de quitter la propriété : le chemin domanial qui serpentait sur près de cinq kilomètres. Vauvert ne se posa donc pas de question et fonça.

Dans le halo des phares, les flocons, énormes, tombaient en essaims denses.

L'essuie-glace fonctionnait à plein régime.

Je peux le rattraper. Je peux le faire.

Le 4 × 4 dérapait dangereusement à chaque virage sur le goudron enneigé, mais le policier n'en avait cure. Il conservait le pied au plancher, et avançait. Plus vite. Négociant les lacets du chemin, l'un après l'autre, s'enfonçant dans les nuées blanches au sein des ténèbres.

Ses pensées s'entrechoquaient.

Qu'était Loisel ? Une sorte de magicien ? Un sorcier ? Qui qu'il fût, il détenait des pouvoirs extraordinaires. Il pouvait ramener à la vie des choses mortes, et sans doute était-il capable d'autres horreurs.

Mais il n'en demeurait pas moins un homme, fait de chair et de sang.

Un homme *blessé.*

S'il ne perdait pas de temps, Vauvert était certain de le rattraper.

Il voulait des réponses.

Il les aurait.

Coûte que coûte.

Il roula pendant des kilomètres. Il commençait à se demander si l'autre avait trouvé le moyen de se garer sur le bas-côté, phares éteints, et s'il l'avait dépassé, quand il aperçut les feux d'une voiture illuminant brièvement les sapins. Encore loin devant lui. Mais plus si loin que ça.

Il accéléra.

La lueur des phares creva de nouveau les bourrasques. Puis disparut de nouveau.

Je te tiens. Nom de Dieu, je te tiens.

Il tourna le volant d'un coup sec, dérapant dans un virage traître.

Le 4 × 4 se rapprocha dangereusement du fossé.

— Et merde ! cria-t-il.

Il dut ralentir, perdant de précieuses secondes. Devant lui, les phares ne réapparaissaient pas. Il ne voyait que les flocons de neige projetés sur le pare-brise, comme l'hyper-espace des films de science-fiction.

Fais attention, se rappela-t-il. *La route est glissante.*

Son téléphone se mit à sonner.

Sans ralentir, il tâtonna pour enclencher le haut-parleur.

— *Alex ! J'arrive enfin à te joindre ! Tout le monde est mort d'inquiétude !*

C'était la voix du lieutenant Blanca.

— Benjamin ! beugla-t-il, se concentrant autant qu'il le pouvait sur la route, négociant un nouveau virage non sans difficulté. Je suis en montagne, ça ne captait plus !

— *Je sais, Damien m'a parlé d'un centre équestre. Qu'est-ce qui se passe ?*

— Tu ne le croiras jamais ! J'ai retrouvé Loisel ! Il est en train de fuir vers l'Espagne ! Récupère les coordonnées de mon GPS…

Le virage suivant le prit par surprise.

Il freina – trop tard.

Les pneus du 4 × 4 dérapèrent sur le verglas.

— Merde ! jura-t-il à nouveau. Bordel de merde !

— *Que se passe-t-il ?* s'alarma Benjamin Blanca. *Alex, tout va bien ?*

Vauvert réussit à rétablir sa trajectoire in extremis.

Il se trouvait face à une longue descente. Tout au bout, les lumières de l'autre véhicule se découpèrent enfin, hachurées par les sapins.

— *Alex !* criait Blanca dans le haut-parleur. *Réponds-moi !*

— Ouais ! Ouais ! Tout va bien ! Je crois que je le vois ! Je l'ai presque…

Il réalisa que les phares du véhicule, au loin, ne descendaient pas la montagne.

Ils étaient dirigés vers lui.

La voiture qu'il voyait ne fuyait pas. Elle venait à sa rencontre.

— Oh putain. Ce n'est pas lui. Mais ce con roule pleins phares.

Vauvert fit des appels nerveux. Il ne manquait plus que ça.

La personne qui arrivait en face n'éteignit pas ses phares pour autant.

— Que…

Il fit d'autres appels.

Toujours pleins phares. L'éblouissant.

Et cette voiture roulait au milieu de la route.

Fonçant droit sur lui.

Vauvert comprit le danger au dernier moment. Il eut l'impression que son sang quittait ses veines d'un coup.

Il se vit mort.

Il essaya de braquer. La route était trop étroite pour le lui permettre. D'un côté, c'était la chute à pic. De l'autre, la façade rocheuse hérissée de sapins.

Loisel chercha le choc frontal.

Vauvert écrasa la pédale de frein.

Les deux véhicules se percutèrent.

Je crois qu'il court un terrible danger.

51

Le choc fut d'une extrême violence. Des étincelles jaillirent tandis que les carrosseries se déchiraient, que les capots s'ouvraient, et que les deux véhicules valsaient de part et d'autre de la route. Vauvert fut propulsé contre le volant. L'airbag se déploya et le comprima brutalement, le rejetant en arrière, plaqué sur son siège.

Le 4 × 4 fit un tête-à-queue. Il se dressa sur deux roues, prêt à se renverser, puis retomba lourdement sur la route, continuant à déraper pendant ce qui parut à Vauvert une éternité. Il fut écrasé contre le siège, puis jeté en avant à nouveau, jusqu'à la nausée.

Enfin, le véhicule arrêta sa course, en équilibre au bord de la route.

Le policier sentit un lent basculement.

Le fossé, réalisa-t-il avec une vive angoisse.

Le 4 × 4 s'inclina du côté du précipice.

— *Alex !* criait la voix de Blanca, quelque part au sol, où le téléphone avait été éjecté. *Alex, putain, réponds !*

La voiture sembla trouver un équilibre miraculeux.

Pour l'instant.

Vauvert repoussa la masse désormais flasque de l'airbag. Sa ceinture, elle, l'étranglait, mais elle venait de lui sauver la vie.

— L'enfoiré a provoqué un accident ! gueula-t-il. On s'est rentrés dedans !

Il se tourna comme il le put, en essayant de bouger le moins possible pour ne pas déséquilibrer le véhicule, et chercha à distinguer ce qui était arrivé à l'autre voiture.

Il l'aperçut, plus loin, en travers de la route. La BMW était entrée en collision avec un arbre. Un de ses phares, qui par quelque miracle fonctionnait encore, illuminait la paroi de la montagne sous un angle bizarre. Vauvert tendit l'oreille, mais il n'entendait que les bourrasques de vent qui sifflaient et crachaient plus fort que des chats en rut.

— *Et toi ? Tu n'as rien ?* s'inquiéta Blanca.

Vauvert fit rouler ses épaules. Ses côtes étaient endolories. Peut-être fêlées. Son poignet gauche le faisait davantage souffrir, car il avait été écrasé contre le volant, mais la douleur restait tolérable.

— Tout va bien ! Nos deux voitures sont bigrement amochées.

Tâtonnant, il saisit la poignée de la portière, tira. Rien ne se produisit. Il tira plus fort. Toujours rien.

— Je crois que je suis coincé… Je…

Il se figea subitement.

Le rayon du phare de la BMW avait changé d'angle.

Il ne rêvait pas. La voiture de Loisel était vraiment en train d'effectuer une marche arrière.

— Merde ! C'est pas vrai !

— *Alex ? Alex, je t'ai localisé, je préviens les secours, tu m'entends ?*

Vauvert ne perdit pas de temps à répondre. Les secours ne serviraient à rien s'il n'arrivait pas à sortir de cette voiture. S'il n'y arrivait pas *tout de suite.*

Il chercha à détacher sa ceinture.

Impossible. Elle était bloquée.

Il maudit sa masse musculaire, trop imposante pour lui permettre de se contorsionner. Il était totalement empêtré dans les coussins de l'airbag. Ses coups de reins furieux ne lui furent d'aucune utilité, la foutue ceinture refusait de céder.

Ce qu'il redoutait le plus se produisit.

Il entendit le rugissement du moteur de la BMW.

Loisel avait du mal à la manœuvrer, mais il était de nouveau sur la route, avançant en zigzag. L'avant du véhicule était totalement enfoncé, il avait perdu son capot, mais le moteur fonctionnait encore.

L'unique phare se braqua vers lui, l'éblouissant.

Le moteur fit un tonnerre de tous les diables comme la voiture prenait de la vitesse.

— Il me fonce dessus !

— *Quoi ?*

Vauvert fut traversé par une sensation de désespoir intense. Il n'arriverait jamais à se détacher à temps.

— Benjamin…

La BMW arriva sur lui.

Il banda tous ses muscles. Pour rien.

Le choc le projeta sur le côté comme un pantin désarticulé.

Sa vitre s'étoila en une grande toile d'araignée blanche.

Cette fois, le 4 × 4 bascula pour de bon dans le vide.

Il se sentit aspiré.

Non. Pas ça.

Pourtant, il n'eut pas le temps d'avoir peur. Il continua de gonfler ses muscles tandis qu'il se sentait passer tête en bas, écrasé contre le plafond, puis revint à la normale, puis repassa tête en bas à nouveau, dévalant la pente raide.

Le 4 × 4 heurtait des troncs et des rochers, rebondissait et retombait plus bas encore.

Au troisième tonneau, le pare-brise éclata.

Vauvert ne compta plus. La spirale s'accélérait. Le haut et le bas n'existaient plus. Il n'y avait plus que le vertige, les chocs, de plus en plus nombreux.

Il y eut du froid.

Un grand éblouissement blanc.

Et encore davantage de froid quand vint le choc final.

52

Le centre équestre désaffecté, sous les rayons de ses phares, évoque un bateau à l'abandon, un déréclict gelé, perdu dans le brouillard.

Ils ne sont plus ici.

Qu'à cela ne tienne. Le souvenir de leur présence est resté dans l'air. Sur les murs. Partout.

Il s'avança vers la façade, attiré irrésistiblement par les gouttes du sang qui maculent les vieilles pierres. Celui-ci n'est, de toute évidence, pas celui de Loisel, mais il a toujours porté un intérêt pour le sang. Toutes les sortes de sang.

Il approche son visage des pierres et tend sa langue pour les laper comme un animal lape la blessure de sa proie. Ce sang-là a un goût puissant.

Le sang du flic. Ce géant au visage couturé.

Intéressant.

Très intéressant, même.

Sa langue râpeuse passe et repasse sur la pierre, jusqu'à ce qu'elle ait absorbé la dernière des éclaboussures.

Cela fait, il se tourne vers la porte. Sourire carnassier. Buste en avant, humant les effluves qu'apporte le vent glacé.

L'odeur du sang de Loisel est forte. Fer et rage. Pourtant, cette odeur n'est pas la seule à flotter dans cet endroit.

Ses narines frémissent.

Les restes de sa magie flottent ici. Des miasmes puissants.

Un gémissement s'élève de la pièce principale.

Une plainte inhumaine, d'inhumaine douleur.

Sachant déjà ce qu'il va y trouver, mais curieux de le voir de ses propres yeux, il pousse la porte et avance dans le couloir. Ses semelles écrasent des éclats de bois. Des morceaux de cadres et de vases brisés jonchent le sol.

Les créatures se trouvent dans le salon, au cœur d'un désordre de meubles renversés et de fragments de vaisselle, de lampes, de murs fissurés. Ce sont des choses sans nom, qui ont jadis été des chevaux, des êtres puissants faits d'amour, de crainte et de fierté. À présent, de véritables horreurs, contrefaites et visqueuses. L'une est recroquevillée dans l'angle de la pièce, déjà inerte, tandis que l'autre semble en train de fondre sur la table renversée, comme si sa chair était faite de boue. Une boue vivante et frémissante.

La chose lève vers lui son muffle putréfié. Des étincelles cruelles dans ses orbites vides. Ses dents claquent. Inoffensives à présent.

Quel gâchis, songe-t-il. *Quel terrible gâchis.*

Se tournant vers les escaliers, il repère un troisième ectoplasme. Celui-ci a visiblement essayé de redescendre les marches, mais la texture de sa chair n'a pas tenu, et la créature s'est affalée au milieu de l'escalier, avec une de ses jambes prisonnière des barreaux de la rampe, incapable de se dégager. Cette bête abjecte, à moitié figée dans la matière et à moitié une insulte à la matière, relève la tête, ses yeux flamboyant de colère, et elle essaie de se redresser à nouveau. Elle tire tant et si bien sur sa jambe, prise dans les barreaux, que ses os finissent par craquer et sa chair se déchirer. Abandonnant le membre inutile, la créature se dresse, mais, incapable de tenir debout, elle bascule aussitôt en avant. Elle dévale les marches, dans une spirale de muscles gélatineux, et s'écrase au rez-de-chaussée en poussant une longue plainte de souffrance et d'incompréhension. Même les cordes vocales de ces choses sont en train de se déliter, et son cri n'est qu'un souffle rauque.

Debout entre les trois créatures, il joint les mains et souffle entre ses paumes. Il n'y a plus rien à tirer d'elles.

— Mon pauvre Pierre… Alors que tu aurais pu être un dieu… voilà tout ce que tu sais faire…

D'un simple geste, il envoie son souffle sur ces trois choses, et ôte le simulacre de vie qui animait encore ces vieilles carcasses. Les bêtes cessent enfin de geindre. Elles s'affaissent, l'une après l'autre, comme des tas de feuilles.

Il les regarde fondre et se disperser sur le carrelage, devenant flaques de pétrole.

Leur odeur de charogne et d'épices disparaît en quelques instants avec les spectres.

Il peut de nouveau sentir le sang de Loisel dans le froid nocturne.

Loisel, qui perd à chaque instant davantage de sang.

Dans les montagnes, encore. Si près, maintenant.

Il regagne la chaleur de son véhicule.

La nuit est encore loin d'être achevée.

53

Il avait réussi.

Pierre Loisel, accroché à son volant, sentit un frisson de joie parcourir ses membres endoloris.

Le maudit flic. Il était mort maintenant.

Il n'en croyait pas sa chance.

La douleur dans son épaule – le gouffre de chair que celle-ci était devenue – lui rappela l'urgence de la situation. Il lui fallait quitter les lieux aussi vite que possible. Avant que les secours n'arrivent et ne le trouvent si vulnérable. Avant que… *l'autre* n'arrive et ne le découvre.

C'était sa plus grande peur.

Combien de temps penses-tu pouvoir lui échapper encore ?

Loisel fit taire la voix dans sa tête. Il refusait d'y penser. Tant qu'il demeurait en vie, l'espoir demeurait également.

Il enclencha la marche arrière. La BMW recula en crachotant. Le moteur avait des ratés, mais tenait encore bon.

Direction les hautes montagnes. La frontière espagnole. L'espoir.

Il roula tout droit, lentement, la route illuminée de travers par son unique phare, mais roula tout de même, tant qu'il le pouvait. Avec un peu de chance encore… avec seulement un peu de chance…

La douleur était insupportable.

Il était en train de se vider de son sang, il le savait. Il sentait l'écoulement régulier sous ses vêtements. Et, à présent, le froid le prenait, le mordait, le dévorait. Il lui était pourtant impossible de colmater la vitre brisée par laquelle le vent glacial s'engouffrait par rafales. Des flocons de neige se déposaient sur sa peau, la recouvrant par endroits.

Il secoua la tête pour chasser les étoiles éblouissantes de l'inconscience qui assaillaient ses rétines. Décidé à tenir bon. Tenir encore un peu.

Baissant les yeux, il vit ses mains crispées sur le volant, blanches à force de le serrer, et il crut subitement voir du givre se former sur ses doigts. Une illusion. Ou un intersigne. La certitude que ses minutes étaient comptées, maintenant.

Il pressa l'accélérateur.

Il n'avait pas encore joué toutes ses cartes.

Tout en roulant dans le noir, il commença à psalmodier. Sa voix était à peine plus qu'un murmure, presque inaudible. Mais les mots glissaient de ses lèvres, et il savait que c'était tout ce qui comptait. Le pouvoir des mots. Le pouvoir qui résidait dans sa chair et dans son âme.

— *Nefesh kedosha shel hahoshech, ata she bekolcha metzaveh, adon kol hadevarim alei adamot, zrom orcha letochi…*

Ces paroles, il les avait apprises par cœur, près de trente ans auparavant, et elles lui revenaient, intactes, comme si elles étaient toujours restées sous sa langue, prêtes, vibrantes. Et avec elles, il sentit l'air se froisser et se plisser, caressant sa plaie, se glissant à l'intérieur de sa chair blessée.

— *Molid kium, shemesh shechora hameira et haaretz, lahet bepi ve-hafoch bessari lebessarcha…*

Les esquilles d'os de sa clavicule bougèrent. Il trembla de tout son corps sous la douleur. Mais il savait qu'elle était un bon signe. Sa chair était agitée de pulsations parce qu'elle était en train de se cautériser, se corriger.

— *Lev sodi shel hagehenom, nachash elohi shel hamavet, hazrek bi et raal hayecha…*

Les lèvres de la plaie frémissaient, se rapprochaient. Les fragments d'os se soudaient de nouveau. La blessure commença à se refermer. Un peu.

Pas assez.

— Oh, pitié, hoqueta-t-il.

Dès l'instant où il cessa de réciter le mantra, les fibres de sa chair se déchirèrent et la plaie se rouvrit. Le sang ruissela avec une vivacité accrue. La magie n'était plus assez forte. Cela faisait trop longtemps qu'il n'avait pas pratiqué.

— Merde. Bon sang de merde.

La souffrance était si intense qu'elle envoyait des soubresauts incontrôlables dans ses bras. Il avait de plus en plus de mal à maintenir la trajectoire du véhicule.

Au virage suivant, il n'arriva même plus à tenir le volant.

La voiture fit une embardée.

Il écrasa la pédale de frein, mais les pneus dérapèrent sur la neige. La BMW heurta une congère haute de plusieurs mètres qui s'élevait au bord de la route, et tout le capot s'y enfonça. Le moteur stoppa net.

— Non, gémit-il. Pas ça.

Il remit le contact. Le moteur démarra.

Il enclencha la marche arrière.

La voiture recula.

Sur un mètre environ.

Puis le moteur s'étouffa et s'arrêta pour de bon.

— Par pitié…

Il tourna la clef à nouveau. Le démarreur émit un soupir. Rien de plus. Il essaya, encore et encore, sans le moindre résultat. Cette fois, la neige avait totalement noyé le moteur.

Le phare encore vaillant clignota une fois ou deux, avant de s'éteindre.

Il essuya son visage couvert de neige. Les flocons charriés par le vent se déposaient sur les sièges, décidés à coloniser chaque millimètre de l'habitacle.

Il était seul. Seul dans les bourrasques de neige et le noir total.

C'était fini.

— Non. Pas encore.

Il poussa la portière et sortit de la voiture, s'offrant aux éléments déchaînés. Le paysage enneigé à perte de vue réfléchissait la lumière. Ses yeux s'étaient habitués à l'obscurité.

Il ne m'aura pas.

Tenant son épaule d'une main pour presser la plaie, il avança en boitillant vers la forêt. Et tout en avançant, il recommença à murmurer.

— *Nefesh kedosha shel hahoshech, ata she bekolcha metzaveh, adon kol hadevarim alei adamot, shmah koli…*

L'air se rida. Il vit la surface de la neige se modifier, se soulever, partout autour de lui, comme si une pellicule de peau morte était en train de se détacher du paysage. Il ne voyait pas ce voile avec ses yeux, mais avec d'autres sens bien plus ancestraux, à présent pleinement alertes.

— *She kochoteicha irrapou chulshotai…*

Quelques pas de plus, et il sentit aussi la variation sur le sol.

Le long de la route. Un ricochet traversant la montagne.

Il arrive.

Il m'a retrouvé.

Loisel hoqueta. Du sang coula sur ses lèvres, et se changea aussitôt en glace.

Il fit abstraction de la douleur et se mit à courir vers la forêt, de toutes ses dernières forces, comme une bête blessée au moment de l'hallali.

Il trébucha et tomba à genoux dans la neige meuble.

De puissants phares crevèrent la nuit dans son dos.

Relève-toi. Maintenant.

Il parvint à se remettre debout. Il était désormais incapable de courir, mais il pouvait encore avancer, poser un pied devant l'autre, s'enfonçant dans la neige jusqu'aux genoux. Un pas après l'autre.

Les sapins se trouvaient à quelques mètres devant lui.

Il se concentra sur leurs silhouettes noires se découpant sur les pans de neige.

Le véhicule s'arrêta derrière lui. Les faisceaux des phares braqués sur lui. Il se sentit épinglé dans la nuit comme un insecte, impuissant, insignifiant.

Avance.

Il arriva au niveau des sapins. Souleva une jambe et l'enfonça de nouveau dans la neige. Encore quelques pas…

Les arbres se mirent à bouger.

Loisel se figea.

Les sapins noirs ployaient à vue d'œil. Leurs branches, hirsutes, courbées comme des griffes monstrueuses, se tendirent vers lui, lui interdisant le passage.

La magie de l'autre. Plus puissante que la sienne. Elle avait toujours été beaucoup plus puissante. Beaucoup trop.

Bruit d'une portière qu'on claque.

Il sentit sa présence dans son dos. Sa puissance rayonnante.

Il se retourna. Il le fallait bien.

Une silhouette se dressait dans la lumière des phares.

— Tu ne m'auras pas ! cria Loisel, un bras devant le visage, à demi aveuglé.

Le simple effort fourni pour prononcer ces paroles lui arracha des étincelles de douleur au fond de la gorge.

L'autre avança vers lui.

— Je suis prêt ! geignit Loisel, d'une toute petite voix à présent.

Il ne l'était pas. Mais il n'avait pas le choix.

Il se força à contempler la silhouette découpée dans la lumière.

— Tu n'es pas…

Ce n'était pas l'ennemi qu'il attendait.

Mais une femme blonde, dans un manteau de fourrure blanche qui claquait sous les bourrasques de vent.

— Madeleine ?

Dans ce décor, droite et superbe malgré son visage balafré, elle ressemblait à une sorcière des neiges des contes japonais. Une fée blanche de la mort venant boire la vie des voyageurs s'étant endormis dans le froid.

— Laisse-moi. Nous avons promis…

Il tomba à genoux. Des larmes ruisselèrent sur son visage. D'épaisses larmes de sang.

La femme s'avança vers lui. Il entendit son murmure, son charme. Il sentit sa puissance tordre l'air et glisser sur son corps.

— Si tu me tues… tu lui donneras… plus de pouvoir encore… tu le sais…

Elle arriva devant lui.

Il s'effondra dans la neige.

Madeleine Reich l'observa quelques instants. Puis elle se pencha sur lui et le souleva d'une main.

— Idiot, souffla-t-elle. Il faut toujours que je fasse tout, n'est-ce pas ?

Elle emporta le corps de l'homme dans ses bras, sans le moindre effort. Il était presque mort, mais pas encore tout à fait. Pas encore maintenant.

— Le temps a jugé, murmura-t-elle. Nous avons tous changé. Ce que nous avons fait nous a changés. Chacun d'entre nous. Les cinq branches de l'étoile.

Elle emporta le corps dans sa voiture.

L'allongeant sur la banquette, elle continua de psalmodier. Elle contraignit les forces de la nature et de la nuit. Elle en appela aux dieux de la lumière et des ténèbres. Elle se servit des paroles de domination. Des mots qui changeaient la course des planètes.

Loisel eut un hoquet, revenant à lui.

Il cracha un filet de sang noir et épais.

Il grelottait.

Madeleine sourit.

Il vivrait encore un peu.

Peut-être.

V

Vestiges

Du blanc. Un monde de neige.

C'est l'endroit où il se trouve.

Une immensité blanche, aveuglante, à perte de vue.

Vauvert n'ose bouger. Il ne sait pas depuis combien de temps il est ici. Il est allongé dans la blancheur. Dans cet espace infini de lumière, de blanc parfait.

Il n'aime pas ça – ohh, pas du tout. Une partie profonde de lui, son âme la plus primitive et la plus sage, reconnaît ce monde pour ce qu'il est.

Je suis mort, pense-t-il avec pragmatisme. Nom de nom. Il fallait bien que ça arrive.

Cette fois, c'est vraiment fini.

Sa carcasse a été arrachée au monde de chair et de sang.

Il tente, tant bien que mal, de se remémorer son accident. Comment sa sortie de scène s'est-elle déroulée ? Son véhicule a-t-il rencontré un rocher ? S'est-il encastré dans un arbre ? Malheureusement, il n'en conserve aucun souvenir, rien qui lui rappelle cette triste conclusion. Sa mémoire se résume à des tourbillons de neige, à ce froid intense qui l'a avalé…

Le froid ? Il n'a plus froid, à présent. Pas plus qu'il ne ressent la moindre sensation de chaleur, la moindre odeur, ou même la douleur. Rien. Il n'éprouve strictement rien.

C'est extrêmement frustrant. Il avait imaginé mille façons de quitter le spectacle, mais celle-ci, il doit bien avouer qu'il ne l'avait pas vue venir.

Redresse-toi, bon sang.

A-t-il bougé ?

Ou le monde blanc a-t-il pivoté autour de lui ?

Cet espace n'a ni haut ni bas. C'est un univers virginal.

Un monde vide.

Je ne peux pas rester ici, songe-t-il. Je vais devenir dingue.

Il réalise subitement qu'il n'est pas seul.

Surgie de la lumière blanche, une silhouette s'avance.

La silhouette s'approche.

Son cœur subitement s'affole dans sa poitrine, tandis qu'il reconnaît ses cheveux blancs, se fondant à la lumière, les deux joyaux rouges de ses yeux. Sa beauté étrange et fascinante. Elle. Toujours elle.

Eva, veut-il dire, et bien que nul son ne soit sorti de sa gorge il entend ce nom répercuté sans fin autour de lui. Eva. Tu vois, même ici, mes pensées te sont destinées.

— Alex, murmure-t-elle, en se penchant sur lui. Quelle frayeur tu nous as faite…

54

23 janvier.

Alexandre Vauvert cligna des yeux.

La lumière blanche l'éblouissait encore.

Une odeur désagréablement familière de javel et de parfum industriel monta dans ses narines. Avant même d'ouvrir les paupières, il comprit où il se trouvait. Cette odeur était unique. Il la retrouvait chaque fois qu'il mettait les pieds dans un hôpital – et, au fil des années, il y avait mis les pieds assez souvent, dans à peu près chaque hôpital et clinique que compte la ville.

Il se frotta les yeux – toussa.

Et subitement, la vit.

Assise à côté du lit, ses mains nouées sous son menton, dans les boucles blanches de sa chevelure.

Un rêve.

Ainsi, son rêve continuait. Quoi qu'il fasse, elle refusait de quitter ses pensées. C'était plus fort que lui.

— Eva, répéta-t-il, sa voix rauque ne souffrant plus du moindre écho à présent. Eva…

L'albinos eut un sourire indéchiffrable. Son visage était encore plus fin que dans ses souvenirs, encore plus diaphane – et encore plus beau. Ses cheveux soyeux tombaient en vagues sur ses épaules. Dans ce rêve étrange, elle avait enlevé ses lunettes – son éternelle armure, qui ne trompait qu'elle –, et Vauvert pouvait voir ses prunelles rouges, improbables, qui semblaient éternellement fiévreuses.

— Bonjour, toi, murmura-t-elle d'une voix douce.

Vauvert sentit son cœur s'ouvrir comme une grande fleur. Il afficha un sourire idiot, et se dit qu'il aimait ce rêve si réaliste.

Il redressa la nuque. Un éclair de douleur passa dans ses côtes.

L'expression d'Eva Svärta changea. Elle replaça ses lunettes sur son nez, les appuyant du bout de son index. Vauvert fut confronté à son double miroir. Il réalisa qu'il avait plusieurs pansements sur le visage, et des cernes à rendre un zombie jaloux.

Un doute terrible le traversa. Il cligna de nouveau des yeux. Même ses putains de paupières le faisaient souffrir.

— Ce n'est pas un rêve ?

L'albinos gloussa. Ses cheveux ondulèrent.

— Tu ne changes pas, hein ?

— C'est toi ? C'est vraiment toi ?

— Je suis arrivée avec la première navette.

Elle lui prit la main, et il ne se sentit plus surpris du tout, mais terriblement gêné. Il essaya de se redresser. Des pointes de douleur se fichèrent dans l'ensemble de son dos. Il avait tellement anticipé leurs retrouvailles qu'il se trouvait idiot, diminué, cloué dans ce lit.

— J'ai eu un léger accident de voiture, dit-il d'une voix pâteuse, comme pour s'excuser.

Il se remémora la BMW fonçant sur lui. Le choc. Les tonneaux dans la neige. Un frisson parcourut sa colonne vertébrale.

— Cet accident n'avait rien de léger, soupira-t-elle. J'ai eu l'occasion d'en discuter avec la chef de service…

— Oh. Et qu'est-ce qu'elle t'a dit ?

— Qu'elle en avait assez de s'occuper de toi. Si j'en crois ce qu'elle m'a raconté, c'est loin d'être ta première admission ici…

— Le docteur Couplet m'a recousu il y a deux mois pour une blessure à l'arme blanche.

Il releva la manche gauche de son tee-shirt. Son énorme biceps était traversé par une longue ligne blanche qui descendait presque jusqu'à la pliure du coude. Eva sourit, mais détourna la tête. Vauvert se sentit de nouveau gêné par sa propre gaucherie.

— Je lui avais promis qu'elle ne me reverrait pas dans son service d'au moins six mois, ajouta-t-il. Elle va encore en faire tout un plat, tu verras…

Il fit une pause, le temps qu'un brusque élancement dans son dos passe, avant d'achever :

— … Mais elle m'a vu en pire état. Je n'ai que des coupures, hein ?

— Un certain nombre de coupures. Et aussi trois côtes fêlées.

— La routine.

Il sourit, serrant les dents pour masquer sa souffrance.

— Alors ? Qu'est-ce que tu fais si loin de Paris ?

— Le type que tu as poursuivi hier…

— Loisel ?

— J'enquête sur lui. Je pense qu'il est directement lié à une série d'homicides assez peu ordinaires.

— L'affaire Reich ?

Eva hocha la tête.

— Jonathan Reich, oui. Il y a eu une autre personne, assassinée la veille. À chaque fois, des incendies criminels…

— Mais il n'y a pas que ça. N'est-ce pas ?

— Il y a… des choses plus étranges, admit la policière.

— De la magie, dit Vauvert.

Elle inclina la tête sur le côté, subitement nerveuse.

— Ce n'est pas aussi simple…

Vauvert toussa, puis il lui dit d'une voix lente :

— Si, ça l'est. Il y a des gens… des sortes de magiciens. J'ai vu ce dont ils sont capables. J'ai été témoin… je ne sais même pas comment raconter ce à quoi j'ai assisté. Ils peuvent ramener des choses mortes à la vie… Ils peuvent nous blesser sans même nous causer de plaie…

— D'accord, dit-elle.

— Tu me crois, n'est-ce pas ?

— Je te crois. Mais tu es encore sous le coup de l'accident…

Il lui coupa la parole :

— Je t'avais laissé un message. Pourquoi ne m'as-tu pas rappelé ?

Elle resta tout d'abord immobile, le dévisageant, cherchant une excuse. D'une toute petite voix hésitante, elle finit par répliquer :

— Je n'ai eu aucun message…

Il sut qu'elle lui mentait, bien sûr. Tout le monde semblait lui mentir, ces derniers temps. Et qu'est-ce que cela disait sur lui ? Une vague d'anxiété le submergea. Il fit de son mieux pour la chasser. Essaya de respirer. De rester concentré.

— Eva, ça recommence. Les phénomènes surnaturels… Les visions… Cette fois, je ne peux pas les nier. Je ne *veux* pas les nier. Tout est terriblement réel.

Il se rappela Loisel, sa barbe hirsute, ses yeux injectés, déments. Il le revit adossé contre le mur, sa blessure béante laissant échapper son sang.

— J'ai tiré sur lui. Je l'ai touché. Je suis certain de lui avoir explosé la clavicule. Magicien ou pas, personne ne pourrait survivre à ça.

— On a retrouvé sa voiture, lui apprit Eva.

— Et pas lui ?

— Aucune trace. Tous les services sont sur le coup.

— Des barrages ?

— Partout dans les Pyrénées. On a également fait passer un avis de recherche en Espagne.

— Bien…

Il essayait de se redresser tant bien que mal quand on toqua à la porte.

— C'est la journée des visites, s'amusa-t-il.

La porte s'ouvrit. Son sourire se fana.

55

— Alex ? Je te dérange ?

Virginie entra dans la chambre sans attendre la réponse. Elle tenait dans ses mains un volumineux bouquet de fleurs, rouges et jaunes éclatants dans la blancheur des lieux.

— Virginie ? Qu'est-ce que…

Il jeta un regard à son ex-femme, puis à la policière albinos qui restait immobile, ne sachant que dire à l'une ou à l'autre. Virginie toussa, une fois. Eva se leva avec une certaine précipitation.

— Bien, je vais vous laisser…

— Ce n'est pas nécessaire, grogna Vauvert. Je te présente mon ex-femme, Virginie. Virginie, voici ma collègue de Paris, Eva.

Les deux femmes se saluèrent froidement. Vauvert sentit une brusque électricité monter dans la pièce.

À quoi jouent-elles ?

— Eva… commença-t-il.

Il chercha quelque chose à lui dire, pour qu'elle ne s'en aille pas comme ça, pas tout de suite, bordel. Il était trop lent.

— J'attends devant la porte, trancha Eva d'une voix sèche. Je ne veux pas vous gêner.

Vauvert se mordit les lèvres, avec la sensation d'avoir fait une connerie, encore.

Virginie, elle, ne sembla pas s'en émouvoir. Elle laissa passer l'albinos, puis s'approcha de lui, rayonnante. Il remarqua qu'elle s'était maquillée. Il sentit également son parfum, plus sucré qu'un bonbon. Mal à l'aise, il désigna le bouquet rouge et jaune que son ex-femme tenait dans ses mains.

— Qu'est-ce que c'est que ça ?

— Des pivoines.

— Je vois que ce sont des pivoines. Je te demande ce que ça veut dire.

— Elles sont pour toi.

— Mais bordel, je déteste les fleurs !

Virginie haussa les épaules.

— Tout le monde aime les fleurs. Je les ai vues en bas, dans le kiosque, elles étaient si belles ! Attends que je trouve un vase…

Elle alla remplir la carafe au robinet de la salle d'eau, y glissa le bouquet, puis le déposa sur la tablette à côté du lit. Le policier lui décocha un regard assassin.

— C'est quoi ce cirque, maintenant ? Tu as besoin de quoi ?

Virginie s'installa sur la chaise, où elle remua nerveusement.

— Je voulais te remercier pour ce que tu as fait, Alex. Arnaud a été informé que la procédure contre lui était classée pour absence d'infraction. Mieux que cela, c'est à présent contre cette fille qu'il va y avoir une procédure, pour dénonciation de crime imaginaire. Grâce à toi, Arnaud n'aura plus de problème.

Dénonciation de crime imaginaire ? Il n'aurait jamais pensé que l'affaire puisse aller aussi loin. Le parquet avait décidé de faire du zèle – ou un exemple, peut-être. Quoi qu'il en soit, la pauvre

Jeanne Bonnet allait être poursuivie en justice… et cela ne présageait rien de bon pour elle.

— Ils sont durs, se contenta-t-il de dire. Mais cette fille, elle a menti. Je ne sais pas pourquoi, si elle voulait seulement de l'attention ou si elle a trompé son petit ami et qu'elle ne voulait pas que cela se sache… Il y avait trop d'incohérences dans ses déclarations pour que l'infraction soit caractérisée. Je n'ai fait que mon boulot.

— Oui, oui, dit Virginie.

Ce qu'elle sous-entendait le mit terriblement mal à l'aise.

— Tu ne crois tout de même pas que j'ai arrangé le coup à ton jules, hein ?

— Non. Bien sûr que non, murmura Virginie.

Elle le regarda, les yeux brillants.

— Tu as mal ?

— Pas plus que chaque fois que je te vois.

Elle ignora le sarcasme et lui sourit. Il se demanda depuis combien de temps il ne l'avait pas vue aussi attentionnée pour lui. Et pourquoi se mordait-elle ainsi le coin de la lèvre ?

— Je voulais que tu saches que, quand j'ai appris que tu avais eu un accident, j'ai eu très peur, ajouta-t-elle. Vraiment très peur.

— J'en ai vu d'autres. Et je compte bien être dehors pour le repas de midi.

Elle hocha la tête.

Vauvert, saisi d'un pressentiment, jeta un coup d'œil vers la porte, restée ouverte. Il aperçut Eva, adossée au mur, dans le couloir. Elle l'observait en coin, l'air de rien.

— Il faut que tu me laisses, maintenant, déclara-t-il à l'attention de son ex-femme. Je t'assure que je vais très bien.

Elle sourit. Inclina la tête à droite, puis à gauche, de manière imperceptible.

— Oui. Bien sûr.

Elle se leva, sembla hésiter une seconde, puis se pencha vers lui.

Elle déposa un baiser sur ses lèvres.

Il fut si surpris qu'il n'eut pas le réflexe de la repousser. La bouche de Virginie était chaude et soyeuse, comme elle l'avait toujours été. Le baiser ne dura qu'une fraction de seconde mais il lui sembla s'allonger pendant de longues minutes. Son parfum de pur sucre – Chantal Thomass, elle n'en avait pas changé – sembla le recouvrir, l'englober totalement, même après que leurs lèvres se furent séparées.

Virginie lui offrit un grand sourire et, cette fois, se dirigea vers la porte sans se presser.

— Au revoir, Alex.

Il ne dit rien. Il observa Virginie qui passait devant Eva, la saluant au passage. Mais Eva ne rendit pas son salut à son ex-femme. Immobile contre le mur, elle continuait de l'observer derrière ses verres noirs.

— Eva ? lança-t-il. Bon… Je…

Subitement, elle décolla son dos du mur et s'éloigna dans le couloir.

— Eva ? répéta-t-il. Merde.

Il reposa sa nuque sur l'oreiller. Des ondes de douleur reprirent dans son dos.

— Merde, soupira-t-il. Bordel de merde.

56

Le lieutenant Benjamin Blanca attendait au chaud dans une voiture officielle, garée le long de l'allée, quand il vit Eva Svärta jaillir de l'hôpital comme une fusée. Il se demanda quel pouvait bien être le problème, et ouvrit sa portière. Mais la jeune femme ne lui jeta même pas un regard. Elle marcha jusqu'au banc, à l'angle de l'immeuble, posa son pied droit dessus, et observa le trafic dense des voitures qui remontaient en direction de la place Saint-Cyprien.

— Voilà autre chose, marmonna-t-il.

Il sortit de la voiture, un peu inquiet. Il ne neigeait plus pour le moment, mais le ciel était bas. Un vent piquant soufflait.

— Il y a un problème ?

La jeune femme resta quelques instants sans rien dire. Quand il l'avait déposée ici, il l'avait trouvée préoccupée. À présent, elle avait l'air féroce. Il se demanda ce qui avait bien pu se passer avec Vauvert. Celui-ci avait le don de mettre les gens à bout, mais rarement aussi vite.

— Pourquoi y aurait-il un problème ? lui lança-t-elle d'un ton agressif.

— Je ne sais pas, tu es tout à coup…

Il haussa les épaules.

— Non, rien.

Elle indiqua le bâtiment d'un mouvement irrité du menton.

— Ton chef est réveillé. Tu ferais mieux d'aller le voir.

Blanca hocha la tête. Il avait compris le message.

— D'accord, je te fiche la paix. Voici les clefs de la voiture.

Elle prit une longue inspiration, réfléchissant. Puis répondit :

— Ne t'embête pas. Je vais prendre le métro. Il y a un endroit que je souhaite voir. On se retrouvera tout à l'heure, d'accord ?

Sur quoi elle s'éloigna, le laissant planté là. Benjamin Blanca ne put s'empêcher de penser à tout ce qu'il avait entendu sur cette femme. Il s'était toujours demandé si la réputation de « Robocop » dont on l'affublait était fondée. Elle venait de lui en montrer une splendide illustration. Cette femme avait un sérieux problème relationnel.

C'était dingue comme elle ressemblait à Vauvert.

57

Le pic enneigé était nimbé de brouillard.

Pour y accéder, il n'y avait qu'un unique chemin, à peine un sentier, qui rétrécissait sur les dernières centaines de mètres, avant de disparaître totalement dans les couches de neige compacte. Madeleine le suivit jusqu'au bout, pied au plancher. Les roues de la Chevrolet patinèrent. À la fin, elles tournèrent dans le vide.

La voiture dérapa à droite, puis à gauche, incontrôlable.

Elle n'irait pas plus loin.

Madeleine coupa le moteur.

Sur les talus abrupts, de part et d'autre, la brume épaisse se laissait couler avec une certaine volupté entre des sapins aux branches chargées de neige. Par temps dégagé, elle aurait pu contempler la vallée en contrebas. Mais à l'instant on ne voyait qu'une mer de nuages, un grand flou gris et mouvant.

— Nous y sommes. Réveille-toi, Pierre.

Sur le siège arrière, Loisel grogna, gratta sa barbe encroûtée de sang, et se contorsionna pour se redresser. Ce mouvement le fit tousser. Il ouvrit des yeux aux cernes profonds. Et réalisa subitement où ils se trouvaient. Il perdit aussitôt le peu de couleurs qu'il avait regagnées pendant son sommeil.

— Pourquoi nous as-tu ramenés ici ? Tu es complètement folle !

— Du calme.

— Hors de question que je reste près de cet endroit ! geignit Loisel en s'agitant. Il doit encore y avoir…

Elle se retourna vers lui, un hiver de glace brillant dans les yeux.

— Justement. Tu vas venir avec moi sans discuter. Je n'ai pas fait tout cela pour rien.

Il secoua vivement la tête.

— Il doit bien y avoir un autre moyen de lui échapper ! Il faut… nous cacher… quelque part…

— Tu sais très bien que c'est impossible, le coupa Madeleine. Nous n'avons plus d'autre refuge. Où que nous nous cachions, il saura nous retrouver. Nous sommes autant liés à lui qu'il est lié à nous. Surtout toi…

Au moment où elle prononça ces mots, un sourire inhumain déforma son visage. Sa plaie droite s'écarta un peu. Un fluide épais suinta. Elle l'essuya du bout des doigts.

— Te souviens-tu de ce que tu m'avais dit, le jour où vous m'avez forcée à sacrifier ce chien ? Moi, je n'ai pas oublié…

Loisel garda le silence. Il jetait des coups d'œil nerveux à la bâtisse qui les surplombait, émergeant du brouillard par moments, dans le silence profond de la montagne.

— Je vais te le répéter, susurra Madeleine. Tu m'as dit qu'on ne pouvait plus reculer. Que nous avions prêté serment. Tu étais tellement furieux après moi… T'en souviens-tu, Pierre ?

Il ferma les yeux. Acquiesça en silence.

— Pourtant, continua-t-elle, nous aurions pu tout arrêter, ce jour-là. Nous aurions dû le faire. Rien ne serait arrivé. Nous n'en serions pas là…

— Madeleine, pourquoi ressasser ça ? Ce qui est fait est fait, et…

— *Pourquoi ?* explosa-t-elle. Parce que c'est à cause de nos actes que nous sommes là ! Nous avons voulu être des étoiles, libres et puissantes, mais regarde donc les trajectoires que nous avons choisies ! À quels désastres cela nous a conduits ! Nous avons découvert le goût du pouvoir. Nous avons succombé à son addiction. Mais nous aurions pu y résister, Pierre ! Si nous avions fait preuve de cette fameuse volonté dont nous avons si souvent discuté, nous aurions dû être capables de nous arrêter !

Loisel se replia sur lui-même tandis que Madeleine se penchait vers lui. Elle susurra :

— Et même en voulant nous débarrasser de lui, regarde tout ce à quoi nous avons abouti. Il n'a eu qu'à patienter. Il savait qu'il serait capable de le faire. Rester là, invisible, attendant. Comme un foutu reptile…

— Je sais, bredouilla-t-il. Bon sang, je sais ! Et qu'est-ce que cela change ? Maintenant, nous allons tous mourir !

Un éclat terrible traversa les yeux de Madeleine. Elle passa une épaisse écharpe sur ses épaules et autour de son cou, puis enfila des gants de cuir.

Elle fit craquer ses articulations.

— C'est là que tu te trompes, Pierre. Nous ne sommes pas encore morts. Il est toujours temps de sauver ce qui peut l'être.

— Nos âmes ? ironisa Loisel. Tu crois qu'il y a quelque chose à sauver ?

— Commençons déjà par nos vies, dit Madeleine en ouvrant sa portière. Maintenant, suis-moi. Allez.

Ses bottes s'enfoncèrent dans la neige. Le vent fit aussitôt voler son manteau de fourrure, à présent taché du sang séché de Loisel.

Elle plaqua son écharpe contre son visage.

Le sentier s'élevait entre les pins et les rochers.

Là-haut, émergeant du brouillard, les ruines apparurent.

La façade était rectangulaire, d'une totale sobriété. La moitié de l'enceinte était effondrée depuis longtemps, révélant un puzzle de murs épais, et la grande arche de pierre séparant la nef du chœur, encore intacte. Le clocher ajouré, au fond, tenait bon lui aussi, surplombant l'édifice et la vallée en contrebas.

La chapelle était telle que dans ses souvenirs. Froide et seule, perchée sur la montagne, où elle se fondait aux rochers.

Personne ne venait jamais ici.

Durant leurs années étudiantes, ils avaient fait de cet endroit leur lieu de réunion secret.

C'était l'endroit où ils avaient tous tué pour la première fois.

L'endroit où ils avaient découvert le goût du sang.

58

Toulouse.
Université du Mirail.

Au sud-ouest de la ville, à quelques centaines de mètres de la sortie de métro, la grande arche de l'université se découpait sous un ciel gris acier.

Eva découvrait l'endroit pour la première fois. Le spectacle de cette université sous la neige lui sembla des plus étranges. Incongru.

Ce n'est pas uniquement pour ça, tu le sais.

Oui, elle le savait. Il faudrait bien finir par regarder la vérité en face, mais elle ne voulait pas encore y penser. Pour l'instant, elle voulait juste s'emplir de l'atmosphère des lieux, laisser agir son don naturel d'empathie, se mettre dans la peau de ces étudiants qui allaient et venaient, emmitouflés dans leurs manteaux. Elle se fondit dans leur groupe, avançant en leur sein, comme si elle aussi était une étudiante un peu perdue, errant le long des allées abritées entre les amphithéâtres, les salles de cours, les toilettes et les distributeurs de café installés à intervalles réguliers.

Elle croisa un groupe de jeunes particulièrement bruyants, arborant des patches de groupes de métal et des tignasses hirsutes, leurs sacs entièrement recouverts de logos colorés. Une fille au look de pin-up, des tatouages rouge vif fleurissant en arabesques jusque sur son cou, lui jeta un regard suspicieux, scrutant la couleur blanche de sa chevelure. Eva se contenta de lui sourire froidement. La fille continua son chemin.

L'âge des expériences. La plupart de ces jeunes venaient de quitter le foyer familial pour la toute première fois de leur vie. Ils découvraient l'aventure des études, de la grande ville, des nouvelles rencontres et des nouvelles folies, comme elle l'avait fait elle-même, il n'y avait pas si longtemps en fin de compte.

Elle entendit des discussions où il était question d'aller boire des verres place Saint-Pierre, des prochains concerts du Bikini. Elle perçut des bribes de discours passionnés sur les horaires de trains du week-end, le calendrier des prochains examens, la vie sexuelle des professeurs. Elle sentit des parfums de cannabis et de joie de vivre adolescente.

Elle poussa la porte du secrétariat, heureuse de retrouver une température agréable.

— Je peux vous aider ?

La personne derrière le bureau avait l'accent chantant du Sud, ce qui contrastait avec la couleur chocolat de sa peau, et ses traits typiquement antillais. Elle avait des cheveux attachés en palmier, et portait un pull angora beige.

— Je cherche à contacter un professeur, lui dit Eva.

— Vous êtes étudiante ?

Elle ne put s'empêcher de sourire.

— Plus depuis quelques années. Police.

Elle fit glisser sa carte tricolore sur le bureau.

— Oh. D'accord. Désolée, bredouilla l'Antillaise. Qui cherchez-vous à joindre au juste ?

— C'est ça, le problème, fit Eva. Je n'en suis pas sûre.

— Je ne comprends pas…

— Avez-vous la liste des professeurs qui enseignent la mythologie ?

— Vous n'avez pas besoin de liste pour ça.

La fille se fendit de nouveau d'un grand sourire. De nouveau, son accent typique du Sud fut étonnant.

— C'est M. Haas qui se charge de l'option mythologie. Lui seul. Il enseigne l'histoire, et a repris la responsabilité de l'option quand son prédécesseur est parti à la retraite.

— Qui était l'ancien professeur ?

— M. Parme. Marc-Henri Parme. Il était également professeur d'histoire.

— Il enseignait déjà, il y a vingt-cinq ans ?

La fille hocha la tête.

— Tout à fait. Il est resté plus de trente ans en poste. Il a pris sa retraite il y a trois ans.

Bingo. Elle ne s'était pas attendue à ce que ce soit si simple. Peut-être que la chance lui souriait enfin.

— Comment puis-je le contacter ?

— Malheureusement, vous ne le pouvez pas. M. Parme est décédé pas plus tard que l'an dernier.

Eva demeura indéchiffrable. Son espoir s'évanouit aussi vite qu'il était apparu.

— Savez-vous s'il a de la famille ? essaya-t-elle à tout hasard. Des enfants que je pourrais contacter, par exemple ? J'ai besoin de parler à quelqu'un qui l'aurait connu à l'époque.

— Il y a vingt-cinq ans, vous dites ?

— Oui.

La fille réfléchit.

— Je ne sais pas. Je vais demander…

Elle se retourna et appela sa collègue, qui sortit de son bureau situé à l'arrière. C'était une femme plus âgée, cheveux grisonnants, elle aussi emmitouflée dans un gros pull à motifs de couleurs vives.

Après un bref échange, cette personne secoua la tête.

— Je ne pense pas que M. Parme avait de la famille. Mais je vous conseille de contacter Loana Wilson. Elle est professeur d'histoire de l'Europe, pas de mythologie, mais elle a été elle-même élève de M. Parme.

— Quel âge a Mme Wilson ?

La femme aux cheveux gris passa une main sur le menton, réfléchissant.

— Eh bien, je ne sais pas. La cinquantaine, peut-être.

— Donc elle était son élève il y a trente ans, dit Eva.

— Je suppose, oui.

— Savez-vous si Mme Wilson est présente sur le campus en ce moment ?

— Malheureusement, pas aujourd'hui. Mais je peux vous communiquer son numéro et son adresse, si vous le désirez.

Eva nota ces informations et remercia les deux femmes pour leur aide.

Son esprit tournait déjà à plein régime.

Loana Wilson.

Elle était présente à l'époque où toute cette histoire a commencé.

Elle savait peut-être quelque chose.

De retour dans les allées du campus, la policière remonta la fermeture de son blouson de cuir. Elle marcha au hasard, finissant par s'arrêter devant le restaurant universitaire. Celui-ci était situé face à une pelouse couverte de neige. Derrière, des escaliers, l'esquisse d'un parc grillagé.

Eva inspira l'air glacé. De la glace dans son cœur, de nouveau.

Que s'était-il donc passé ici ?

Trente ans auparavant, il y avait eu d'autres étudiants, dans ces mêmes lieux. D'autres presque enfants, découvrant la vie, nouant des amitiés, se cherchant, pas à pas, mais sûrement. Les photos du dossier Constantin défilèrent dans sa tête. Un jeune Nigérien, une fille venue de l'Aveyron qui s'appelait à l'époque Madeleine Ferrand. Et puis Guillaume

Alban, et Pierre Loisel. S'étaient-ils retrouvés ici, devant cette cafétéria, comme tous ces étudiants qu'elle apercevait en train de faire la queue ? Avaient-ils allumé leurs cigarettes dans le froid de l'hiver, pour refaire le monde ?

Et se jurer quoi ?

Entrer dans quelle secte ?

Songeuse, la policière observa le parc, les tours HLM qui se dressaient derrière, tandis que les flocons recommençaient à tomber.

Elle avait déjà vu des photos de cette université, lors d'affaires précédentes. Mais elle n'y était jamais venue en personne.

Parfois, elle en avait eu envie.

Sa mère aussi avait fréquenté cette université.

Avant de les avoir, Justyna et elle. Sa mère avait étudié ici pendant trois ans.

Pour une raison idiote, elle sentit des larmes monter dans ses yeux.

Elle se tourna, se demandant si quelqu'un allait la voir ainsi.

Mais la seule personne présente dans les environs était une petite fille, debout au milieu de la pelouse enneigée. Malgré les flocons qui tourbillonnaient avec de plus en plus de force, la fillette n'était vêtue que d'une petite robe d'été rose. Elle avait fait des couettes avec ses cheveux blancs. Ses yeux brûlaient d'un feu rouge.

Eva inspira.

— *Tu devais venir ici un jour ou l'autre.*

Le spectre avait chuchoté, mais sa voix de fillette, aiguë et joueuse, avait glissé jusqu'aux oreilles d'Eva.

La policière ferma les yeux.

Je sais.

Son téléphone vibra dans la poche de son blouson.

Elle le porta à son oreille sans soulever les paupières.

— Svärta.

— *Eva, c'est Rudy. Les collègues de Rodez ont effectué l'exhumation que tu demandais ce matin. Il y avait bien un bébé dans le caveau. Ils t'attendent à Rodez dans l'après-midi pour l'autopsie.*

— J'y serai, lui dit-elle, la voix blanche.

Tu devais venir ici un jour ou l'autre.

59

Le vent se leva, venu de la vallée. Un froid pénétrant s'attaqua à leur épiderme. Pourtant, ni l'homme à l'épaule ensanglantée, ni la femme au visage fendu ne semblaient se soucier de ce détail.

— Que comptes-tu faire ? marmonna Loisel, en se tenant à la voiture pour se maintenir debout.

La femme ouvrit le coffre. À l'intérieur, elle empoigna un manche de bois, qu'elle tira à elle.

— Exhumer le passé. Notre passé.

Les yeux de Loisel frémirent à la vue du double pic de fer. Madeleine posa la lourde pioche de mineur sur le sol. Un outil primitif, conçu pour briser de la pierre.

— D'accord, dit Loisel.

Il grimaça, et posa sa main sur la blessure de son épaule. Le sortilège de Madeleine avait cautérisé sa chair et ressoudé ses os, mais il sentait les fibres de ses muscles qui pulsaient et frémissaient, encore instables, prêtes à se déchirer de nouveau au moindre faux mouvement. Si cela arrivait, il savait qu'il se viderait de son sang, et que cette fois il en mourrait.

Ou pire.

Il s'ébroua.

— On ne sait même pas ce qu'on va trouver là-dedans, se lamenta-t-il. Sera-t-il encore là ? Cela fait… si longtemps…

— Raison de plus pour aller vérifier.

Elle se dirigea vers le sentier entre les sapins, au cœur du brouillard, traînant la pioche de mineur dans la neige derrière elle.

— Cesse de geindre et suis-moi. Nous devons le faire ensemble.

Loisel tremblait de tout son corps. Il cracha à ses pieds.

— Oh, nom de Dieu.

Finalement, il décolla son dos de la carrosserie et marcha, lui aussi, tant bien que mal, grimpant sur les rochers couverts de neige, vers le sommet du pic et la chapelle en ruine qui y était accrochée.

60

Quand le docteur Axelle Couplet rendit visite à Alexandre Vauvert, ce fut pour le sermonner. *Une fois de plus.* Elle n'y alla pas de main morte. Il s'agissait de sa quatrième admission dans son service en moins d'un an. Et, cette fois, avec trois côtes fêlées et le poignet luxé. Il allait devoir être mis en arrêt maladie.

— Je n'en ai pas besoin, lui assura le colosse.

— Et moi je vous dis que vous n'avez pas le choix. J'en ai assez de vos enfantillages.

Il était assis au bord du lit, son torse massif bardé de pansements, dévisageant cette femme grande et mince en blouse qui se tenait devant lui, bras croisés, l'air exaspéré.

— Quelques égratignures ne m'ont jamais empêché de travailler, insista-t-il. Vous savez que ce n'est pas la première fois.

Le docteur Couplet leva les yeux au plafond.

— Raison de plus, commandant. Cette fois, j'insiste pour que vous preniez du repos. Je ne sais pas si vous réalisez que votre chance est insolente. Une veine pareille, elle ne vous suivra pas toute votre vie… Vous me comprenez, n'est-ce pas ?

Vauvert attrapa le tee-shirt neuf que lui avait apporté Blanca et l'enfila, l'air renfrogné.

— Je ne doute pas de vos compétences, Axelle. Mais je vous prie de me croire, j'ai un travail très important à achever avant de pouvoir me reposer sereinement. Donnez-moi les médicaments qu'il faut. Je vous jure que vous ne me reverrez pas de sitôt.

— Vous m'avez déjà promis la même chose il y a deux mois.

— Mais vous m'aviez remis sur pied du tonnerre, répliqua-t-il avec un grand sourire de défi.

Dix minutes plus tard, furieuse mais résignée, la femme en blouse blanche avait changé le bandage à son poignet et lui avait prescrit des anti-inflammatoires. Doses de cheval, il fallait au moins ça pour la constitution hors du commun du commandant de police. Elle lui demanda de lui promettre de faire attention, et de revenir la consulter dans une semaine pour un nouveau scanner. Vauvert lui mentit pour lui faire plaisir, et elle fit semblant de le croire.

Encore dix minutes de plus, et le policier passait les portes de l'hôpital. Il éprouva une sensation de soulagement puérile mais intense. Il *détestait* les hôpitaux.

Pris dans le froid mordant, mains fourrées bien au fond des poches de son blouson, il allait traverser les allées pour se diriger vers le métro quand un klaxon retentit derrière lui. Il se retourna. Une Audi A4 noire stationnait le long du trottoir.

Le conducteur le klaxonna à nouveau.

Vauvert marcha jusqu'au véhicule.

Quand il fut à quelques pas, la vitre teintée descendit avec un murmure électrique.

Des cheveux blancs jaillirent dans l'air glacé. Il se vit en reflet dans les lunettes noires de la conductrice.

— Ne fais pas cette tête et dépêche-toi de monter, lui dit Eva. On a de la route qui nous attend.

61

Elle ne lui avait pas menti. Ils étaient partis pour un long trajet.

L'Audi de location avalait le ruban d'asphalte, encadré par les champs enneigés, à perte de vue. Direction Albi.

Vauvert n'aimait pas cela.

Il se pelotonna dans son siège, nez collé contre la vitre. L'horizon blanc défilait. *Rabastens. Lisle-sur-Tarn. Gaillac.* Dans le ciel s'étiraient de longs nuages sombres qui ne lui disaient rien qui vaille. Après son aventure de la veille, il n'était pas prêt à retourner en montagne de sitôt.

Mais dans l'immédiat, une autre chose le perturbait.

Son cœur battait trop vite.

Il ouvrait et refermait les poings, ne sachant quoi lui dire. Terrifié à l'idée de la braquer. De la perdre, encore.

Eva déboîta et doubla une file de voitures. Se retrouvant derrière une camionnette qui persistait à rester sur la file de gauche, elle se rabattit et la dépassa par la droite.

— Tu roules un peu vite, non ?

— Parce que tu roules différemment ?

— Non. Mais d'habitude, je conduis.

Eva eut un léger sourire.

— Alors, on va où ? demanda-t-il en massant précautionneusement son poignet bandé.

— Rodez. Ça te rappelle quelque chose ?

Le visage de Vauvert s'assombrit.

— Et comment. C'était là-bas que vivait Judith Saint-Clair. Je n'y suis pas retourné… depuis…

Il fut incapable d'en dire plus, aspiré par les souvenirs de leur première rencontre. Deux ans auparavant. L'affaire des vampires de la montagne

Noire. Le plus terrible cauchemar de sa vie. Judith Saint-Clair était un monstre – un *véritable* monstre, ayant réussi à déjouer les lois de la nature. Elle avait kidnappé Eva. Elle l'avait séquestrée, torturée, et avait bien failli la tuer. Eva n'avait dû son salut qu'à l'intervention de Vauvert et du lieutenant Leroy, dans une ferme isolée près de Rodez. Les horreurs qui s'étaient produites dans cet endroit… Les événements incroyables auxquels ils avaient assisté… Le policier n'avait jamais pu les consigner dans le moindre procès-verbal. Ils le hanteraient probablement jusqu'à la fin de ses jours.

Exactement comme ce qu'il avait vécu dans la maison des Beaumont.

Certains vivent, certains meurent.

La vie est un jeu.

Les paroles de Madeleine Reich brûlaient encore dans sa tête.

Heureusement, on peut tricher.

Il savait qu'il n'avait pas rêvé. Il n'avait rien imaginé. Cette sensation que le monde s'ouvrait, que la texture même de l'air était déchirée…

Ces manifestations surnaturelles avaient eu lieu. Il en avait été témoin, et pas seulement avec ses yeux. Il en avait été témoin *dans sa propre chair* également. Il savait, oui, qu'on pouvait invoquer les forces régissant l'univers, et les commander, parfois. Pire, il lui semblait être le seul à pouvoir s'en rendre compte.

Vous êtes médium, espèce d'idiot !

La voix de Loisel, maintenant.

Loisel et ses bêtes de l'apocalypse. Comment oublier cette expérience ? Les silhouettes monstrueuses, les yeux qui crachaient des flammes, et ces sabots redoutables qui fracturaient les murs, cherchant son crâne… C'était une forme de magie, noire et terrible, que Loisel avait utilisée en récitant ses sorts.

Si la vie est un jeu, quelle est ma place dedans, hein ? tergiversa-t-il.

Il observa Eva du coin de l'œil. Si superbe, si insaisissable.

Et sa place à elle ?

Il avait tant de choses à lui dire. À lui hurler. Il voulait la saisir et la secouer pour qu'elle l'écoute, il se sentait comme un enfant perdu en sa présence. Il demeura paralysé, ses pensées s'entrechoquant.

Chaque fois que cette femme entrait dans sa vie, réalisa-t-il, c'était dans les mêmes circonstances. Quand les lignes de feu de l'irrationnel croisaient sa vie pour la marquer au fer rouge.

Y a-t-il un sens étrange à ça aussi ?

Malgré lui, en la voyant conduire, les éclairs rouges de ses yeux se devinant dans son profil, derrière ses lunettes, les souvenirs de leur liaison l'envahirent et le noyèrent. Leurs images intactes. Leurs rêves impossibles. Combien de jours leur idylle avait-elle duré ? Une semaine ? Un mois ? Combien de fois avaient-ils seulement – réellement – été ensemble ? L'avaient-ils jamais été, ne serait-ce qu'un instant ? Il se souvenait encore du contact de ses lèvres sur les siennes, de l'odeur affolante de sa peau. Il se souvenait du corps de cette femme, svelte et ferme, si parfait dans sa plastique, et pourtant couvert de profondes cicatrices, stigmates des sévices qu'elle avait reçus cet automne-là. Une carte en relief sur peau humaine. Une poupée idéale lacérée par un psychopathe.

Mais ces blessures-là n'étaient rien, il le savait. Eva en dissimulait d'autres, bien plus secrètes. Les cicatrices dans son âme. Et ces cicatrices avaient beau être invisibles, Vauvert savait qu'elles étaient plus profondes – tellement plus profondes – que les simples entailles dans son épiderme.

C'était tout ce qui lui restait, maintenant. Ces souvenirs. Cette poignée de nuits où elle s'était offerte à lui. Où il avait cru qu'elle s'entrouvrait à lui. Mais, aussitôt, elle lui avait refermé les portes de son corps comme de son âme. Définitivement. « Eva est comme ça », lui avait pourtant expliqué Leroy.

Il s'ébroua.

— Alors, quoi ?

— Alors on va assister à l'autopsie d'un bébé, dit Eva, sans tourner la tête.

Il renifla.

— Raconte.

Elle le fit. Elle lui raconta tout ce qu'elle avait vécu les jours précédents, depuis l'incendie de la tour HLM jusqu'à l'écoute des enregistrements de Guillaume Alban, et l'effet physique que ceux-ci produisaient. Elle lui expliqua sa thèse, sa quasi-certitude que Madeleine Reich avait tué son propre enfant et dissimulé sa mort en inventant une fausse couche. Et plus elle parlait, plus la terrible réalité lui apparaissait.

— Ces gens… On a affaire à quoi ? pensa-t-il à haute voix. Une sorte de guerre ? Quelqu'un les traque pour les exterminer…

Eva klaxonna une voiture qui bloquait la voie de gauche.

— Je n'en ai aucune idée, Alex. Mais les morts se multiplient. Il faut qu'on fasse quelque chose.

Il réfléchit à tout ce qu'elle venait de lui dire. Puis il se décida. Il lui raconta, à son tour, la vérité sur sa rencontre avec Madeleine Reich. Les murmures qu'elle avait prononcés, cette torpeur que cela avait provoquée chez lui, et tout ce sang qui était sorti de son corps sans qu'il eût la moindre plaie. Il lui décrivit les spectres horribles des chevaux invoqués par Loisel, dans ce centre équestre des Pyrénées, en sachant qu'elle au moins pourrait le croire, parce qu'elle avait déjà assisté à des événements de cette nature. Qu'elle en portait encore les marques sur son corps…

— C'est avec de simples mots qu'ils font ça. Reich et Loisel s'y sont pris de la même manière, tous les deux. Ils récitaient des formules…

— Le pouvoir des sorciers réside dans leur voix, lui expliqua Eva. Ces gens ont trouvé comment faire pour utiliser ce pouvoir. Ils ont ouvert des portes interdites… comme…

Elle s'interrompit quelques instants. Quand elle reprit, ce fut d'une voix lente, qu'il ne lui connaissait pas.

— Comme Saint-Clair l'avait fait, il y a deux ans…

Vauvert hocha la tête.

Ils étaient face à une forme de magie rouge. Une magie liée au sang et à la mort. Et eux seuls, cette fois encore, étaient capables de le comprendre. De stopper cette vague de morts, peut-être.

— Ils ont sacrifié des enfants, dit-il d'une voix sombre. Ils s'en sont pris à la chair de leur chair, le plus grand interdit qui existe…

— Et leur vie a changé du jour au lendemain, lui rappela Eva. Il faut croire que leurs prières, d'une manière ou d'une autre, ont été exaucées.

— Est-ce pour ça que quelqu'un les tue ? Et qui cela peut-il être ? Un de leurs enfants qui aurait échappé au massacre ? Un illuminé qui a découvert leur existence ?

— C'est ce que nous devons découvrir au plus vite. Cette autopsie nous apprendra peut-être quelque chose.

Elle doubla un camion, louvoyant d'une file à l'autre, provoquant les coups de klaxon des autres automobilistes.

Vauvert se cramponna à la poignée.

— Pourquoi ne m'as-tu jamais rappelé ?

Il se rendit compte qu'il avait parlé à haute voix. Il l'avait *dit*.

Bordel.

Il se tourna vers Eva. Attendant qu'elle lui mente.

La jeune femme roulait en regardant droit devant elle.

— Ça n'aurait jamais collé entre nous, se contenta-t-elle de dire. Tu le sais très bien.

Vauvert essaya de tourner cette phrase dans tous les sens.

— Non. Je ne comprends vraiment pas, dit-il.

Eva leva la main et réajusta le rétroviseur.

Puis elle s'humidifia les lèvres avec une certaine nervosité.

— J'ai fait quelque chose ? demanda Vauvert, en remarquant ce brusque changement dans son comportement.

Eva secoua légèrement la tête.

Elle pressa l'accélérateur, doublant une série de voitures.

— Eh ! Tu fais quoi, là ?

— On est suivis.

— Quoi ?

Il se retourna.

— Où ?

— Volvo bleu.

— Je la vois.

C'était un break, peinture sombre. Un véhicule puissant. Il roulait en retrait, mais conservait la même vitesse que leur Audi, soit une trentaine de kilomètres au-dessus de la vitesse autorisée.

— Il était derrière moi tout à l'heure, dit Eva.

— Tu n'es pas la seule à rouler comme une tarée.

— Je ne le sens pas, insista-t-elle.

Avisant une station-service, à moins de cent mètres, elle mit son clignotant et se rabattit entre les véhicules de la file de droite. Les appels de phares et les coups de klaxon hystériques fusèrent tandis qu'elle débouchait sur la bretelle de sortie à pleine vitesse.

Eva dépassa les pompes à essence. La plupart des emplacements devant la boutique étaient libres. Elle se gara en écrasant les freins.

Le break Volvo, lui, continua son chemin sans dévier.

Vauvert regarda sa partenaire, quelque peu inquiet. Il se rendit compte qu'elle tremblait.

— Je… Je me suis peut-être trompée…

Il ne dit rien. Il se contenta de lâcher la poignée au-dessus de la vitre, qu'il avait serrée jusque-là. Celle-ci était désormais tordue.

62

Quand elle atteignit le sommet, Madeleine Reich sentit une vive excitation la gagner.

Derrière elle, la pointe de la pioche raclait sur les crêtes des roches acérées.

Elle s'approcha de l'édifice.

Le portail de la chapelle était constitué d'une voûte de grosses pierres. À l'intérieur, une grande partie des murs de la nef s'étaient effondrés, et la neige tapissait tout. Les rayons gris de l'hiver pénétraient dans l'ancien lieu de culte en lignes obliques.

Même d'ici, Madeleine distinguait le bloc massif de l'autel, tout au fond.

Elle leva les yeux vers le clocher, dressé au-dessus de la brume. Il n'y avait plus de cloche dans la tour ajourée, depuis qu'ils l'avaient décrochée pour la briser. Une des nombreuses profanations qu'ils avaient commises ici.

Le lieu secret de leurs sabbats.

Aucun d'entre eux n'y était revenu depuis vingt-cinq ans. La chapelle ne semblait pas avoir changé. Elle aurait tout aussi bien pu être figée dans le temps. Peut-être était-ce d'ailleurs le cas ? Ce lieu isolé, difficilement accessible, avait su se protéger lui-même des intrus.

La magie était encore puissante.

Ces vieilles pierres avaient été baignées par leurs rituels impies. Elles avaient été témoins du vrai pouvoir. Oui, ces ruines avaient vu leur visage secret, leurs vices cachés exposés – et leurs failles, aussi, à tous les cinq.

Elle inspira l'air glacé, tenant la pioche avec une nervosité grandissante.

En cet endroit reposait la relique de leur jeunesse.

Elle la sentait. Tout au fond d'elle, dans son sang. Elle sentait sa présence, préservée intacte. Attendant.

Derrière l'autel. Dans le caveau. Là où ils l'avaient enterrée.

Loisel arriva à ses côtés, l'air plus abattu que jamais. Il s'appuya à l'arche de pierre, fut pris d'une quinte de toux et cracha un long filet de bile rougeâtre dans la neige immaculée.

— Bon sang, balbutia-t-il. Je n'arrive pas à croire… que nous sommes de retour…

— J'ai l'impression que c'était hier, avoua Madeleine, fascinée malgré elle par le silence absolu de l'endroit.

Loisel toussa à nouveau, comme s'il allait s'étouffer.

— Nous nous sommes réunis ici… tant de fois… songea-t-il à voix haute.

— Pendant cinq années, fit Madeleine.

— Nous avons réveillé les forces qui dorment derrière le voile…

— Et nous allons le faire une fois encore, déclara-t-elle.

Elle avança au cœur des ruines, traînant sa pioche derrière elle.

Ses bottes s'enfonçaient dans la neige accumulée sur les vieilles dalles. Le vent soufflait avec insistance, faisant claquer son manteau de fourrure.

Loisel la suivit en clopinant, blême.

Enfouis sous la neige, au pied des pans de murs écroulés entre les sapins, les ossements de leurs victimes devaient encore être là, quelque part. Madeleine se rappela le chien qu'elle avait égorgé sur cet autel. Ce pauvre caniche idiot, dont elle avait sorti les entrailles à mains nues, devant les autres. Devant les dieux.

Quelque part aussi, songea-t-elle, devait se trouver la croix sur laquelle elle avait uriné, et qu'elle avait réduite en miettes.

Elle frissonna à ces souvenirs.

Faire toutes ces choses… cela l'avait emplie d'une telle sensation de puissance.

Des illusions.

Elle avança jusqu'à l'autel de la chapelle et dégagea la neige qui le recouvrait.

La neige tomba par paquets à ses pieds.

L'autel de pierre apparut.

Lui non plus n'avait pas changé. Il était parfaitement intact. L'autel de leurs sacrifices.

— C'était ici, murmura-t-elle.

Les souvenirs affluaient en elle. Tant de souvenirs. Cinq années de sa vie. Cinq années de folies, d'interdits systématiquement transgressés. Ensemble, ils avaient repoussé les limites de tout ce qu'elle avait considéré comme possible. Ils avaient connu le goût du blasphème, et ce désir dévorant qui marchait à ses côtés.

Quand ils avaient découvert cet endroit, dans la fosse d'un caveau rudimentaire situé derrière cet autel, ils avaient déterré les restes d'un ancien retable, dont ils s'étaient partagé les fragments. Par jeu, par superstition ou par simple fascination. Le panneau, la moitié de panneau très exactement, représentait le Jugement dernier. Madeleine la première y avait vu un signe ironique, un encouragement. C'était ce jour-là qu'ils avaient décidé de revenir ici pour continuer leur initiation, leur entraînement, et peu à peu se mettre, aussi, à verser le sang.

— La magie rouge, fit Loisel. Notre pacte…

— Notre relique…

Madeleine fit quelques pas derrière l'autel, dans les vestiges de l'abside circulaire dont il ne restait plus que des pierres éparses. Du bout de ses bottes, elle fouillait la neige.

— C'était là. Quelque part ici… *Là*…

Elle s'agenouilla au pied d'un bloc de pierre et, plongeant ses bras jusqu'aux coudes, entreprit de creuser la neige. Au bout d'une minute, ses gants effleurèrent une surface dure et rugueuse, et elle sut qu'elle l'avait retrouvé. Elle continua de creuser, jetant des poignées de neige derrière elle, mettant au jour le gris du ciment qu'ils avaient coulé ici, pour clore la fosse une fois pour toutes.

— La chape est toujours intacte, dit-elle en l'époussetant avec ses avant-bras. Regarde.

Loisel s'assit sur l'autel.

— Ne sois pas folle, se lamenta-t-il. Si on se sert de la magie, il le saura aussitôt. Surtout ici… ce serait signer notre arrêt de mort !

— Pourquoi crois-tu que j'ai pris cette pioche ?

L'homme écarquilla les yeux.

— Tu te rends compte de la profondeur qu'il va falloir que tu creuses ? On y a mis deux sacs de ciment.

— Je ne vais pas creuser seule, lui répondit-elle, avec un sourire sardonique. Tu vas m'aider.

— Je n'ai plus assez de force pour ça, Madeleine. Tu le sais très bien.

— Tu mourras peut-être en le faisant, mais tu creuseras, lui dit-elle.

Loisel rejeta la tête en arrière et souffla. Sa respiration créa un spectre de vapeur.

— Salope, dit-il. Espèce de salope.

Madeleine se redressa, empoignant le manche de la pioche à deux mains.

— Je vais commencer.

— Même si… nous arrivons à… à le sortir de là, bégaya-t-il. Nous ne pouvons… nous ne savons même pas… ce qui se passera…

La femme en fourrure ne répondit pas. Elle leva la pioche et l'abattit sur le bloc de ciment. L'impact fut violent. Mais, s'il avait causé le moindre dommage sur le ciment gelé, cette dégradation était quasiment invisible.

Pierre Loisel soupira, mais n'ajouta rien.

Il l'observa tandis qu'elle levait de nouveau son pic, et l'abattait avec un gémissement rauque et déterminé. Elle frappa encore. Et encore. Madeleine avait toujours été douée d'une volonté de fer, une volonté plus dure peut-être que la pointe de cette pioche. Elle continua de marteler la chape, faisant éclater de petits fragments de ciment. Un peu plus à chaque coup.

Cela serait long, oui.

C'est toute la fosse qu'ils avaient remplie de ciment, précisément pour que personne ne puisse exhumer la relique.

Quelle ironie.

Loisel ferma les yeux.

Il se demanda s'il aurait assez de forces, quand viendrait son tour de creuser.

63

Rodez.

La salle d'autopsie ressemblait à toutes les autres salles d'autopsie. Carrelage au sol comme sur les murs, tables en métal, rectangulaires, équipées d'éviers, alignements de plans de travail et d'outils de torture, éclairage clinique. Et toujours cette odeur pestilentielle caractéristique, difficile à masquer, impossible à chasser, des miasmes de la mort.

Pendant qu'un employé, bottes en caoutchouc et longue blouse verte, passait le jet d'eau pour évacuer les liquides corporels qui avaient coulé dans la rigole au sol, un gendarme local leur tendit un sachet scellé. Ce gendarme était âgé, le visage traversé de profondes rides, et les poils poivre et sel de son impressionnante moustache dépassaient de son masque en papier. Il paraissait terriblement mal à l'aise.

— On a trouvé ça dans la tombe, leur expliqua-t-il d'une voix enrouée. Ça a été déposé avec… le gosse…

Eva prit délicatement le sachet, dans ses mains gantées de latex bleu vif.

— C'est rien qu'un bout de bois peint, ajouta le gendarme. On dirait un morceau de tableau religieux.

— En effet, dit Eva. Il provient d'un retable…

Elle observa le rectangle noir et doré, à travers le plastique. Les flammes et les cornes. Les damnés hurlant, juste avant de se faire dévorer par un Diable écarlate aux longues dents.

Un nouveau fragment de panneau religieux.

Il provenait, c'était évident, du même retable que le morceau retrouvé dans le congélateur de Constantin.

Pour quelle raison ?

Elle retourna le sachet. Comme elle s'y attendait, ce morceau de peinture complétait parfaitement l'autre. On pouvait lire le mot « Jean », suivi d'autres lettres plus effacées. Peut-être un « d » et un « u ».

— C'est une représentation de la Révélation de saint Jean, pensa-t-elle à voix haute. Le jour du Jugement dernier.

Ce fragment de bois qu'elle tenait entre les mains la fascinait. C'était un nouvel indice. Il devait être très important. Et, en même temps, il était terriblement frustrant. Elle avait l'impression de tenir une clef tout en ignorant à quelle serrure elle était destinée. Elle se tourna vivement vers le gendarme.

— Avez-vous pensé à chercher des empreintes ?

— Qu'est-ce que vous croyez ? aboya le bonhomme. Qu'on est que des ploucs ou quoi ? Il n'y avait strictement rien d'exploitable sur votre machin.

— Bien, ce n'est pas la peine de vous mettre dans cet état-là, grinça-t-elle.

Le gendarme grogna et se referma comme une huître.

Le médecin, un homme barbu et bien charpenté qui répondait au nom de David Calmejane, leur annonça alors qu'ils pouvaient commencer l'examen *post-mortem*.

Eva se prépara au pire.

Elle se tourna vers la table à dissection au moment où Calmejane ôtait la housse de plastique, révélant l'enfant de Madeleine Reich.

Une petite silhouette affaissée sur elle-même. Un crâne grimaçant, sous le voile de chair sèche.

Eva inspira par la bouche, lentement, s'approchant.

Elle sentit son esprit qui se détachait de la scène. Du tracé du scalpel dans l'épiderme grisâtre. Le corps d'un bébé. Une créature innocente. C'était au-dessus de ses forces.

— Je peux déjà vous confirmer qu'il ne s'agit pas d'une fausse couche, annonça le médecin d'un air concentré. On peut constater que le cordon ombilical a été coupé *ante-mortem*. Ce bébé a forcément vécu pendant plusieurs jours… Quant à la cause de la mort, elle est loin d'être naturelle…

Le docteur Calmejane avait de très longs doigts évoquant des pattes d'araignées improbables. Il manipulait cependant ces restes humains avec une étrange douceur.

— Sa gorge, sa poitrine et la région temporale inférieure gauche ont été perforées à plusieurs reprises et avec un objet très pointu. Après quinze ans de décomposition, il est inutile de prendre des empreintes, mais je pencherais néanmoins pour un couteau, ou un poinçon.

Eva ne disait rien. Cela ne faisait que confirmer ce à quoi elle s'attendait.

Elle restait dans sa bulle, détachée. Analysant les informations.

À ses côtés, Vauvert était légèrement plié en avant. Lui ne laissait rien paraître, mais elle connaissait son air, les yeux rétrécis, son visage couturé plissé par la réflexion.

— Toutes ces plaies sont situées du côté gauche ?

— En effet, dit le médecin. La personne qui a tué cet enfant tenait son arme de la main droite. On a frappé du haut vers le bas. Comme ça…

Il leva son poing fermé comme s'il tenait un poignard invisible, et mima les coups. Cinq perforations successives. Le bébé était sans doute mort dès la première. Pourtant, la lame avait continué de s'enfoncer dans son corps, quatre fois de plus.

Vauvert se tourna brièvement vers sa collègue. Elle hocha la tête. L'autre bébé avait été tué par un gaucher. Celui-ci par un – ou plutôt *une* – droitière.

— C'est elle, murmura l'albinos. C'est forcément elle.

— Ce corps peut-il encore nous apprendre quelque chose ? demanda Vauvert.

— En l'état, je ne vois pas, avoua le médecin. Je vais réaliser les analyses toxicologiques.

— Y a-t-il des traces qui pourraient indiquer qu'on a exécuté une sorte de rituel sur ce bébé ?

— Un rituel ? Que me chantez-vous là ? grogna Calmejane.

Il jeta un regard appuyé au sachet de plastique contenant le fragment de peinture. L'éclat noir et or du Jugement dernier.

— C'est une affaire de satanisme ? C'est pour ça qu'il y avait ce truc dans la tombe ?

— Imaginons que ce soit le cas, lui dit Vauvert.

— Eh bien… Je vais chercher…

Le médecin examina d'abord le cerveau, puis il retira soigneusement les organes internes du petit corps.

À un moment, Eva se retourna et constata que le gendarme, resté en retrait, avait les yeux fermés. Il semblait au bord de l'évanouissement.

— Non. Rien d'autre d'exploitable, finit par conclure Calmejane. Je suis désolé de ne pouvoir vous aider davantage. Le corps est trop dégradé. Il faudra analyser les fragments des vêtements qu'on a tamisés. Je les ai déjà envoyés au labo.

Il baissa son masque de papier vert, une expression d'impuissance sur le visage.

— Mais, sérieusement, je me demande où va le monde. N'est-ce pas, Bertrand ?

Le gendarme moustachu hocha la tête, avant de sortir, blanc comme un linge. Eva se demanda s'il n'allait pas s'étaler dans le couloir tellement il titubait.

— Il ne faut pas lui en vouloir, leur dit Calmejane. Bertrand est un peu fragile. On a déjà eu une sale affaire, ici. Un tueur en série, un vrai de vrai, avec rituels diaboliques et tout le tremblement. Le beau-frère de Bertrand était sur place.

— Oh, fit Vauvert.

— Il s'est fait décapiter lors de l'intervention au domicile de la folle meurtrière, vous vous rendez compte ?

Vauvert sourit poliment. Il s'en rendait d'autant plus compte qu'il avait assisté à la scène de ses propres yeux, deux ans auparavant, et que les faits étaient un peu plus compliqués que ce qu'il décrivait. Mais cela, le médecin n'avait pas à le savoir.

— Où va le monde, ouais. Merci pour votre aide, monsieur Calmejane.

64

La fissure s'agrandissait à chaque impact du pic de mineur.

Alors que Madeleine commençait à montrer des signes de fatigue, haletant comme un animal de trait, la pointe de métal se ficha dans l'anfractuosité du ciment, et y resta bloquée. Madeleine tordit le manche de droite à gauche pour libérer la pioche, en gémissant.

— Saleté !

L'homme, prostré au pied de l'autel, ricana. Il était assis à même la neige, pelotonné contre le bloc de pierre pour se protéger du vent glacé. Il avait allumé un feu qui faisait de hautes flammes mais qui ne le réchauffait pas, et ses yeux brillaient autant de folie que du reflet de cette lumière rouge, au centre de son visage hérissé de barbe. Il se frotta frénétiquement les joues, où des glaçons se formaient sans cesse.

— Tu vois, grinça-t-il. On n'y arrivera jamais, jamais !

— SILENCE ! siffla-t-elle.

À présent, son grand manteau de fourrure était maculé de sang, de neige boueuse et d'éclats de ciment. Elle ressemblait à une mendiante, ou peut-être à une divinité terrible, cachée sous les traits d'une souillon. Ses cheveux blonds, qui avaient été si soyeux, étaient maintenant poisseux de sueur, ruisselant sur ses joues fendues.

Loisel baissa les yeux, frissonnant.

— C'est ton tour, lui annonça-t-elle. Puisque cela t'amuse, tu vas continuer.

Elle parvint à dégager la pointe de la pioche, et lança l'outil vers lui. Loisel leva les bras pour se protéger. Le manche lui heurta violemment le front.

— Salope.

— Lève-toi et creuse, ordonna-t-elle. Ça te réchauffera.

Il fut bien obligé de lui obéir.

La pioche était lourde. Il la souleva et frappa le bloc de ciment déjà bien entamé par les coups de Madeleine. Un nouveau morceau se détacha.

— Applique-toi, dit Madeleine, s'accroupissant à côté du feu.

Loisel serra les dents.

— Si je m'en sors, je te jure que je te tuerai, dit-il, ses yeux scintillant de haine intense.

Il recommença à cogner sur le ciment.

65

Leurs cigarettes grésillaient. Eux se taisaient.

Serrés dans leurs épais blousons de cuir pour se protéger du vent, aucun des deux policiers ne parvint à prononcer le moindre mot durant de longues minutes. Il leur fallait bien ce délai pour digérer la dissection du bébé, chasser ces images de viande morte de leur esprit.

Au moins, ils avaient la confirmation officielle que la mort de cet enfant était un meurtre. *Un sacrifice humain. C'étaient tous des sacrifices.*

Ils contemplèrent le paysage vallonné qui entourait l'hôpital. Sur la colline d'en face, on apercevait les toits de Rodez, couverts de neige. Le ciel était noir et immobile.

— Bon, dit Vauvert, soufflant un long trait de fumée.

— Bon, dit Eva, l'imitant.

Nouveau silence. Ils portaient nerveusement leurs cigarettes à leurs lèvres, et expulsaient des volutes qui montaient comme des fantômes entre eux. L'obscurité tombait à vue d'œil. Ici et là, les lumières de la ville se mirent à scintiller.

Vauvert finit par jeter son mégot dans la neige et demanda :

— C'est quoi, cette histoire de tableau du Jugement dernier ?

— On pense que cette peinture vient d'un panneau de retable. C'est une représentation de l'Apocalypse, comme il y en avait dans la plupart des églises du Moyen Âge.

— Et cette femme l'a déposé avec son gosse après l'avoir sacrifié. Pourquoi ?

— Je ne sais pas pourquoi, mais ce n'est pas le premier fragment de cette peinture qu'on retrouve. Il y en avait un autre, à côté de l'enfant de Constantin…

À son tour, elle projeta son mégot loin d'elle, d'un coup d'index.

— Le mieux est que je t'explique tout ça dans la voiture…

Ils s'enfermèrent à l'abri dans l'Audi, où elle alluma le moteur pour lancer le chauffage. Ensuite, elle lui raconta en détail la découverte du morceau de bois dans le congélateur de Constantin, et les déductions qu'en avait tirées sa collègue, Perrine Alazard.

— Tu crois que ces morceaux de peinture proviennent d'une église encore ouverte ? demanda Vauvert.

— Je n'en sais vraiment rien. Au début, j'ai supposé qu'il s'agissait d'un trophée quelconque. Peut-être le souvenir d'une profanation, ou d'un rituel… Le problème, c'est que cela ne nous a pas menés bien loin…

Elle récupéra son téléphone dans la poche de son blouson et ouvrit une série de fichiers d'images.

— J'ai scanné le premier fragment du tableau. Voilà à quoi il ressemble.

Il se pencha pour observer l'écran où apparaissait la moitié du profil du Diable.

— Si j'ai bien compris, nous disposons de deux pièces du même puzzle ?

— C'est exactement ça.

— Tu ne crois pas qu'on en trouvera d'autres avec les autres bébés sacrifiés ?

— C'est très possible, admit Eva. Mais en fait je ne suis plus sûre de rien, dans cette affaire.

Vauvert se pinça le nez entre le pouce et l'index.

— Il va falloir vérifier… En attendant, on a déjà deux pièces… Est-ce qu'elles s'assemblent ?

— Je crois bien. Attends…

Elle déposa le sachet scellé sur ses genoux, et scanna consciencieusement le bloc de bois avec son appareil. Elle répéta l'opération sur l'autre face, afin d'avoir la totalité de la pièce à conviction. Après s'être assurée que le rendu de ses photos était de qualité suffisante, elle ouvrit un éditeur d'images avec lequel elle pouvait les assembler.

Vauvert la regardait faire, fasciné.

Du bout de l'index, elle déplaça la première peinture, celle qui avait été retrouvée chez Constantin, pour la déposer à côté de la deuxième. Les deux parties s'imbriquèrent à la perfection.

— Vue comme ça, la fin du monde ne donne pas envie, fit remarquer Vauvert.

Eva sourit. La tête du Diable, maintenant, était complète, et terrifiante dans toute sa naïveté médiévale. La créature, la peau cramoisie, se penchait pour dévorer la tête d'un damné. Elle brandissait une fourche, et il y avait des gens gesticulants empalés sur des piques.

Elle fit une sauvegarde de ce montage et ouvrit les fichiers des parties arrière. Après la même manipulation, elle obtint une vision d'ensemble de l'arrière du panneau.

Celui-ci était doré, à l'exception de l'inscription qui s'étirait maintenant avec lisibilité sur toute sa surface.

SAINT JEAN DU

La policière se mordit la lèvre, tenaillée par la frustration. Elle ne parvenait toujours pas à comprendre ce qu'il fallait en déduire. Or, cette information était capitale, de cela au moins elle avait la certitude.

— Saint Jean, pensa Vauvert à haute voix. Le Jugement dernier… la Révélation de saint Jean… c'est la même chose, non ?

— Oui. C'est un livre du Nouveau Testament, qui décrit la fin de l'humanité. Mais cette inscription doit aussi signifier autre chose…

— Comme quoi ?

Elle glissa de nouveau son téléphone dans son blouson, et tripota nerveusement ses lunettes.

— Il peut s'agir d'une référence au saint patron d'une église. À mon avis, cela expliquerait pourquoi il est inscrit sur le retable.

— Ce n'est pas bête. Dans ce cas, on pourrait peut-être essayer de retrouver cette église ?

Eva prit le temps de la réflexion.

— Oui, sauf qu'on ne peut pas, Alex. Pas comme ça. On trouve des milliers d'églises placées sous le patronage de saint Jean. Il nous est impossible de deviner le nom de celle-ci sans le reste du puzzle.

— Il nous faut les autres morceaux de la peinture…

— Exactement.

Vauvert posa sa nuque contre l'appuie-tête.

— Alors, on n'a pas le choix, soupira-t-il. Il faut ouvrir les tombes des autres gosses, et aussi vite que possible.

— L'enfant de Guillaume Alban est enterrée à Nancy, répliqua Eva. Mais je doute que le bonhomme ait réussi à y placer quoi que ce soit, si on considère qu'il a été arrêté immédiatement après avoir défenestré sa fille. Il se trouvait déjà derrière les barreaux lors de l'inhumation.

— Pierre Loisel, lui, a eu accès au cercueil de son fils.

— Il est enterré à Toulouse ?

Le policier hocha la tête. Puis son visage couturé se plissa comme un masque de cuir.

— Bon. J'ai horreur de faire ça, grommela-t-il, mais le parquet me doit un sacré retour d'ascenseur, après le sale coup qu'ils viennent de me faire…

— C'est-à-dire ?

— C'est-à-dire, dit Vauvert, que tu peux considérer que le caveau de Loisel sera ouvert dans la soirée.

Il se tourna de nouveau vers l'hôpital, le regard sombre.

— Combien de membres y avait-il dans leur petite secte, d'après toi ? Combien d'autres gosses sacrifiés par ces malades ?

Un léger frisson la parcourut malgré la chaleur qui montait dans l'habitacle de l'Audi.

— Je ne sais pas. Ce qui est certain, c'est que quelqu'un les traque. Un par un. Il leur fait payer quelque chose.

Il hocha la tête.

— Mais pourquoi ? Qu'ont-ils déclenché ?

De nouveau, Eva sentit un frisson désagréable ramper le long de sa colonne vertébrale.

La lame du couteau scintille, éclat de jour prisonnier de la main noire d'Ismaël.

Ils se sont rassemblés en cercle, tout autour de l'autel, au fond de la chapelle abandonnée. Dans l'ombre pâle du printemps, leurs yeux rayonnent de leurs fantasmes et promesses. Des rêves fous. À la portée de leurs doigts.

— Devons-nous donner un nom à notre groupe ? demande Pierre.

— Depuis l'aube des temps, les chamans attirent les dieux par la danse et les chants, lui répond Ismaël. Les sorciers contraignent l'univers à leurs désirs. Nous serons comme eux, bientôt… Des sorciers noirs… les égaux des dieux !

Ouvrant sa chemise, il approche la lame du couteau de sa poitrine nue.

— Ceci est notre sang… le sang des sorciers noirs…

Sans hésiter, il trace un long trait en travers de son pectoral gauche, à l'emplacement où il a fait tatouer une étoile.

Son sang ruisselle sur sa peau. Ismaël sourit, extatique.

— … dieux des ténèbres qui louez le sacrifice volontaire, nous faisons cela pour vous, aujourd'hui…

Madeleine s'accroupit devant lui, recueillant le précieux fluide dans le gobelet de fer qu'elle tient entre ses mains.

— Recevez ce sacrifice et cette communion, récite-t-elle. La puissance des cinq branches de l'étoile flamboyante…

Ils répètent ensemble. La voix est le plus important. La puissance des mots.

Le couteau passe de main en main, accompagnant le murmure.

L'un après l'autre, chaque membre du groupe incise sa peau et libère le filet rouge de sa vie, pour qu'il s'écoule dans le récipient de fer.

Autour d'eux, la tension augmente. L'air frémit, se froisse, agité de rides invisibles.

Lentement, la puissance monte.

Le tour de Madeleine vient en dernier, comme à chaque fois.

C'est maintenant Ismaël qui tient le calice. Il se met à genoux devant elle, et lève le récipient.

— Recevez ce sacrifice et cette communion, déclame-t-il. La puissance des cinq branches de l'étoile flamboyante…

Avant de trancher dans sa propre chair, pourtant, Madeleine connaît un moment d'hésitation. Elle observe la lame maculée de sang, dans l'ombre de la chapelle. Cet endroit où ils se sont regroupés pour expérimenter, défier les forces de la nature – et les plier à leur volonté.

Elle plonge son regard dans celui, bleu acier, du jeune homme devant elle.

— Il ne reste plus que toi, la presse-t-il. Allez.

— Oui, soupire-t-elle.

Et sans plus réfléchir elle approche le tranchant de la lame de sa poitrine, et elle la lacère d'un seul mouvement, ouvrant une plaie sur le tatouage en forme d'étoile, le même que celui d'Ismaël, qu'elle aussi a fait réaliser à l'emplacement de son cœur. La douleur qui suit est curieuse. Ce n'est même pas vraiment de la douleur. Madeleine se sent détachée. Une profonde sérénité l'envahit.

À présent, réalise-t-elle, elle est liée aux autres. Physiquement liée. Elle ressent leur présence autour d'elle sans avoir besoin de les regarder.

Des frères de sang, en communion, sous le regard des dieux noirs de la folie et de la force.

— Les sangs des sorciers noirs sont maintenant mélangés, dit Ismaël, d'une voix vibrante, en levant le calice à bout de bras au-dessus de l'autel.

— Le sang des sorciers noirs ! s'écrie Guillaume, le regard halluciné par le LSD qu'il a pris avant la cérémonie.

Ils le répètent tous, et Madeleine avec eux, d'une même voix extatique.

— Le sang des sorciers noirs ! Réunis maintenant et pour toujours ! Nous sommes les cinq branches de l'étoile flamboyante ! Les cinq épées des ténèbres qui tranchent la lumière ! Amen !

66

Toulouse.

— C'est celle-là, dit Vauvert.

Eva gara la voiture au bord du trottoir, devant la grande maison, et coupa les phares de l'Audi. L'éclairage doux des réverbères avait du mal à percer la nuit profonde, traversé par un vent givrant.

Comme les autres résidences du quartier, celle de Loana Wilson disposait d'un vaste jardin, ainsi que d'une piscine – à présent protégée par une bâche, elle-même recouverte de plusieurs centimètres de neige poudreuse.

Quand elle leur ouvrit la porte, les policiers découvrirent une belle femme de cinquante ans, les cheveux courts et la mâchoire large, habillée d'un tailleur gris anthracite impeccable.

— Entrez, je vous prie. Il fait un de ces froids !

— Merci de nous recevoir aussi tard, madame, lui dit Eva en pénétrant dans la maison. Nous n'en aurons pas pour longtemps.

Le rez-de-chaussée était composé d'une unique pièce aux grandes baies, comme un loft. Il y avait du parquet au sol, plusieurs tapis colorés et des canapés en cuir. Dans l'angle, un beau piano, noir laqué. Un mur était presque entièrement occupé par un écran de *home cinema*. Tout au fond, ils devinèrent les plans de travail d'une cuisine américaine. Le tout était tellement bien entretenu qu'ils se seraient crus dans un appartement témoin.

— Vous vivez seule ? demanda Vauvert.

— Techniquement, je suis encore mariée, lui répondit Mme Wilson en éteignant le lecteur où passait la série *Six Feet Under*. Mon mari a eu la bonne idée de me quitter pour une de ses élèves de vingt-cinq ans. Il enseigne le droit, vous voyez…

Elle se tourna vers eux, le regard brusquement suspicieux.

— Vous ne venez pas à cause de lui, n'est-ce pas ?

— Non, ne vous inquiétez pas, lui assura Eva. Nous sommes là parce que nous avons des questions au sujet d'un de vos anciens confrères, M. Parme.

— Marc-Henri ? Que lui voulez-vous ?

— Vous l'avez bien connu ?

— Eh bien, comme tout le monde, je suppose. On le surnommait « l'homme au veston rouge », parce qu'il portait toujours un veston de cette couleur, quelle que soit la saison. C'était son côté excentrique. Le seul qu'il avait, en réalité. Pour tout le reste, Marc-Henri était quelqu'un de plutôt strict…

L'ombre de la nostalgie passa sur son visage. Elle s'arrangea nerveusement les cheveux, tout en poursuivant :

— C'était un excellent professeur, je peux dire que je l'ai toujours admiré. J'ai été son élève durant mes études. Avant d'être titularisée, j'ai d'ailleurs eu la chance d'être assistante sous sa direction pendant quatre ans. Son décès m'a profondément attristée.

La policière albinos hocha la tête.

— Nous voudrions savoir si vous vous souvenez de vos années d'études. Je sais que cela remonte à une trentaine d'années, mais peut-être vous rappelez-vous certains élèves ? Le nom de Constantin, cela vous dit quelque chose ? Ou bien Loisel ?

— Vous voulez parler d'Ismaël Constantin ? Impossible de l'oublier, celui là !

Loana Wilson leva les yeux au ciel.

— C'est loin, à présent. Mais je peux vous dire qu'il avait un physique hors du commun. Il était à la fois très attirant et… totalement effrayant.

Les deux policiers hochèrent la tête, attentifs. Vauvert prit la parole, d'une voix prudente :

— Pourquoi dites-vous cela ? En quoi vous semblait-il effrayant ?

— Des sottises de gosses, souffla la professeur. Simplement des sottises, de la superstition et de la méchanceté. Il vaut parfois mieux laisser le passé dormir, si vous ne souhaitez pas réveiller ses spectres…

— Vous êtes superstitieuse, madame Wilson ? lui demanda Vauvert.

— Pas vous ?

Elle eut un sourire forcé.

— Mais non, ne vous méprenez pas, ajouta-t-elle. Quand je parlais de superstition, je faisais allusion à la petite bande d'Ismaël. Des étudiants un peu spéciaux. Au départ, ils étaient simplement passionnés de mythologie, d'histoire des religions. Mais, peu à peu, ils avaient viré au mysticisme, ils s'étaient mis des idées plutôt étranges en tête… Il y a toujours eu des étudiants comme ça, vous savez.

Des personnes dont on se demande ce qu'elles font vraiment à la fac…

— Quand vous dites qu'ils s'étaient mis des idées bizarres en tête, vous faites allusion à quoi ? insista Vauvert. Quel genre de choses ?

— Eh bien, des choses sordides. Le maléfique, la sorcellerie. Je n'ai jamais cherché à savoir ce qu'ils trafiquaient, ils faisaient peur, si vous voulez la vérité. Ils passaient tout leur temps ensemble, à s'encourager dans leurs délires macabres. Ils en étaient consumés de l'intérieur. Selon moi, ces superstitions idiotes leur avaient retourné le cerveau. J'ai même appris que l'un d'eux avait tué son enfant. Il l'a jeté du haut de son balcon, vous vous rendez compte ?

Le policier hocha la tête.

— Guillaume Alban.

— Oui, c'est ça. C'était passé aux informations. Vous allez me trouver sans cœur, mais cela ne m'a pas surprise outre mesure. Ce garçon était instable et pervers. Ils l'étaient tous…

Elle dévisagea le colosse, puis la femme flic aux lunettes noires. Subitement, évoquer ces souvenirs la fit blêmir. Elle se frotta les bras.

— Peut-on s'asseoir ? proposa-t-elle. Souhaitez-vous que je fasse du thé ? Du café, peut-être ?

Ils déclinèrent poliment mais s'installèrent sur le grand canapé. Loana Wilson prit place sur le fauteuil club en face d'eux.

— C'est étrange de reparler de ça après tout ce temps…

— Pouvez-vous nous en dire davantage sur ces étudiants ? la pressa Eva. Selon vous, ils avaient rejoint une sorte de secte ?

Son regard se troubla.

— Une secte ? Oh, oui, certainement. Je crois qu'on peut appeler ça une secte. Mais ils ne l'avaient pas rejointe, je crois bien qu'ils l'avaient fondée. Tout était parti d'Ismaël et de sa copine, Madeleine. Je me souviens encore parfaitement de leurs noms, vous voyez. Il y a des personnes qui vous marquent parce que leur physique est exceptionnel, et d'autres parce qu'elles ont une personnalité hors du commun. Ismaël Constantin, lui, réunissait ces deux qualités. Il était très beau, très charismatique, mais aussi totalement… comment dit-on… *borderline* ? Le genre de personne qui vous terrifie ou dont on tombe amoureuse. Je faisais partie de la première catégorie, mais je comprends que Madeleine, elle, se soit éprise de lui. Je l'ai vue changer, année après année. Durcir… Pourtant, c'était une fille si innocente, au début…

— Et ensuite ? glissa Eva. De quoi vous souvenez-vous ?

— Il n'y a pas grand-chose à en dire, vous savez. C'était surtout Ismaël qui se faisait remarquer, il prenait un malin plaisir à perturber les cours. Je me souviens d'altercations mémorables avec M. Parme.

— De la violence ?

— Oh, oui. Ismaël était très agressif quand il abordait les sujets ésotériques. Selon lui, les mythes n'étaient pas de simples métaphores, mais une partie de la vérité historique. Ce qui, en soi, est une théorie des plus intéressantes, j'en conviens moi-même. Mais il allait trop loin…

— De quelle manière ? insista Eva.

— Comment dire ? Il prenait la mythologie, toutes les histoires de martyrs et de damnés, au strict premier degré. On voyait bien que les études en elles-mêmes ne l'intéressaient pas, tout ce qui le passionnait, c'était de chercher à comprendre les mythologies. Il s'imaginait qu'on pouvait les analyser en tant que faits réels, si vous préférez. Un jour, Marc-Henri en a eu assez. Il a expulsé Ismaël et Madeleine de son cours.

Loana Wilson puisa dans ses souvenirs, avant de continuer :

— C'est au cours de la deuxième année qu'ils ont commencé à s'entourer d'autres adeptes. Des étudiants aussi illuminés qu'eux…

La policière pencha la tête sur le côté.

— Je voudrais que vous regardiez des photos, lui dit-elle. Et que vous me disiez si vous reconnaissez ces personnes.

Elle ouvrit son sac pour en retirer une chemise cartonnée. À l'intérieur se trouvaient quatre clichés qu'elle tendit à la professeur.

Ismaël Constantin, tout d'abord, posant à la table d'une brasserie avec un sourire de défi.

Madeleine Reich, resplendissante, parlant à une tribune.

Guillaume Alban, lui aussi souriant, d'un sourire de sphinx, dans un atelier de la maison d'arrêt d'Épinal.

Et enfin une photo récente de Pierre Loisel, installé sur un fauteuil de cuir derrière son bureau.

— Ils ont vieilli, mais ils n'ont pas vraiment changé. Ce sont bien les étudiants qui composaient leur petite bande.

Elle rendit les photos.

— Vous n'en avez pas de l'autre ?

Les deux flics se tendirent imperceptiblement.

— L'autre ? demanda Vauvert.

— Il vous en manque un, dit Mme Wilson. Vous enquêtez sur eux et vous ne le savez pas ? Ils étaient cinq en tout. Ces quatre-là, et un dernier…

Elle réfléchit un instant, avant d'ajouter :

— Louis. Je vous ai dit que je me souvenais encore de leurs noms ! Tous les cinq, ils étaient inséparables. Mais attendez quelques instants. J'ai quelque chose qui pourra vous intéresser…

Elle se leva et se dirigea vers l'escalier. Vauvert et Svärta se regardèrent, l'un comme l'autre en ébullition, et luttant pour ne pas le montrer.

Il vous en manque un.

Louis.

Ils touchaient au but.

Tous les cinq, ils étaient inséparables.

Si cet homme, ce Louis, faisait bien partie du groupe d'origine, il était forcément sur la liste du tueur. Ils allaient devoir le retrouver avant le vengeur… avant les flammes…

S'il en était encore temps…

— Tu en penses quoi ? fit Vauvert. On a de la chance, non ?

Eva ne dit rien.

— Tout va bien ? murmura-t-il.

Elle hocha la tête. Distante. Elle semblait plongée dans ses pensées.

Il devait avouer que lui aussi attendait avec une certaine fébrilité.

Au bout de longues minutes, Loana Wilson redescendit.

Elle tenait à la main un vieil album couleur crème.

— Heureusement que j'ai conservé mes cartons ! J'ai toujours aimé prendre des photos, elles finissent par devenir ma mémoire visuelle… Cet album regroupe celles de notre quatrième année, vous allez voir…

Elle tourna les pages plastifiées, s'arrêta, et retira un cliché qu'elle tendit à Eva.

— C'est la seule où on les voit au complet. Elle n'est pas parfaite, mais ils sont tous présents… tous les cinq…

Eva s'en saisit et l'observa en silence.

Il y avait en effet cinq étudiants sur cette photo. Ils étaient installés autour d'une table, leurs regards désapprobateurs braqués vers l'objectif. Après tant d'années, les couleurs du tirage s'étaient estompées, mais on voyait encore très précisément les visages de ces jeunes gens.

Ils étaient tous reconnaissables. Y compris…

Eva Svärta restait toujours aussi figée. Son visage s'était fermé.

— Eva ? fit Vauvert. Qu'y a-t-il ?

— Non, murmura-t-elle.

Ce n'était pas un mot qu'elle venait de prononcer. C'était un sanglot à peine étouffé.

Vauvert sentit une panique monter en lui.

— Montre-moi…

Eva ouvrit la bouche, essaya de dire quelque chose, mais sa main tremblait.

— Non, répéta-t-elle.

Cette fois, elle lâcha la photo et se redressa d'un bloc, comme électrisée.

Vauvert et Loana Wilson la regardèrent partir comme une furie. Elle ouvrit la porte et fut dehors.

— Mais qu'arrive-t-il à votre collègue ?

Le commandant se pencha pour ramasser la photo sur le tapis.

Évidemment, il comprit à l'instant où il posa les yeux dessus.

À leur première réunion du printemps, Madeleine a décidé de le leur dire. Elle a pris sa décision, cette fois plus rien ne la fera changer d'avis.

— C'est la dernière fois que je viens ici.

Les garçons la regardent de biais.

— Tu veux rire ? s'exclame Pierre. On ne trouvera jamais mieux que cet endroit !

— Je n'ai pas dit que je voulais changer de lieu de réunion, balbutie Madeleine. Ce que je veux dire, c'est que ça va trop loin. J'arrête. J'ai essayé de vous le dire à plusieurs reprises, mais vous ne m'écoutez pas…

Ils la regardent, et elle sait que rien ne change, ils ne l'écoutent toujours pas, maintenant pas plus que les fois précédentes. Ils ont entendu ses paroles s'échapper de ses lèvres, mais ils refusent de les comprendre. Pas une seule syllabe. Elle a l'impression de parler à des poissons. Et encore, ces derniers temps, elle parvient à se faire comprendre des créatures aquatiques plus facilement que de ces garçons-là.

— Moi, je t'ai bien écoutée, murmure Louis. Mais nous sommes unis.

Il est adossé à la voûte du portail, en retrait. Ses bras sont croisés, son éternel sourire pervers se dessine au coin de la bouche. Quand il parle, sa voix est suave, faussement douce. D'eux tous, c'est le plus calculateur.

— Le sang des sorciers noirs a été réuni, ceci a été fait et ne peut être défait. Nous avons décidé ensemble, Madeleine. Nous avons fait la promesse.

— Je n'ai pas fait cette promesse-là, se défend la jeune fille, bien décidée à ne pas se laisser avoir encore une fois. J'ai un mémoire à rendre l'an prochain. Ensuite je trouverai du travail, et tout ça... ne sera plus qu'un souvenir de jeunesse...

— Une fois que tu auras fait le sacrifice ultime, tu auras le travail de tes rêves, lui assure Louis. Tu seras capable d'infléchir la course des astres dans le ciel, parce que tu seras devenue l'égale des dieux.

Madeleine inspire, puis lui dit :

— On n'en sait rien. Ce ne sont que des suppositions.

Elle les regarde, ces garçons emplis de leur ego et de leurs fantasmes de pouvoir, et elle déteste ce qu'elle voit, parce qu'elle se reconnaît dans leur aveuglement.

— Ma chère Madeleine, reprend Louis, nous avons ouvert la porte. Tu crois pouvoir mener une existence d'esclave après avoir vu ce que tu as vu ? Après avoir accompli ce que tu as accompli ?

— Qu'avons-nous accompli, à part tuer des bêtes ? Qu'est-ce que cela a fait de nous ?

— Les égaux des dieux, martèle Louis. Tu le sais très bien. Pourquoi essaies-tu de nous manipuler ?

Ses yeux brillent. De la lumière qui n'était pas là un instant auparavant.

— C'est toi, le manipulateur ! rétorque Madeleine. Tu restes toujours en retrait, mais tu influences tout ce que nous faisons depuis le début.

— Tu crois ?

Il se tourne vers les autres.

— Ismaël, tu crois que j'essaie de vous manipuler ?

Celui-ci secoue la tête.

— Tu me déçois, Madeleine. Je ne pensais pas que tu tomberais si bas.

— Non, Ismaël. Écoute-moi. Que pouvons-nous faire de plus que les simples mortels ?

— J'ai marché sur l'eau, dit le garçon, avec un regard vide. Tu m'as vu le faire.

— Une fois, oui, dit Madeleine. Mais peux-tu le refaire ? Peux-tu reproduire le moindre de tes tours plus d'une fois ?

— Tu vois ? dit Ismaël. Tu recommences. Tu essaies de nous diviser.

Madeleine se mord la lèvre. Elle sent la panique monter en elle. Non, cela ne sert à rien de leur expliquer.

— Attendez, dit Louis.

Il s'avance. Sa voix est de miel trompeur.

— Les dieux sont exigeants, c'est tout. Nous n'avons pas à nous en faire. Il faudra simplement leur offrir ce qu'ils désirent.

— Davantage de sang, dit Guillaume. Oui.

Louis lève son index.

— Le premier sang, Guillaume ! C'est ce qu'ils veulent.

Guillaume hoche la tête, tout acquis.

— Le premier sang du premier-né ! Nous savons que tout le pouvoir est là !

Louis avance jusqu'à l'autel. Il pose les mains sur la pierre et les observe de ses yeux rouge sang.

— Le pouvoir, oui. Le pouvoir sans limites. Puisque Madeleine doute, je vais vous le montrer. Je vais le faire le premier.

— Quoi ? souffle Madeleine.

Elle est estomaquée. Ce que cela implique…

— Oui, c'est ce que je vais faire, dit Louis. Vous avez besoin d'un meneur. Quand je l'aurai fait, vous me suivrez. Telle est la loi.

Le malaise monte.

— Tu ne peux pas être sérieux, murmure Madeleine.

— Tu… tu as un gosse ? s'exclame Guillaume, en se frottant nerveusement les yeux avec ses poings.

Un sourire calculateur se dessine sur les lèvres de l'albinos.

— J'en ai deux, mes amis. Deux jumelles. Leur mère s'est enfuie. Mais je la retrouverai. Je vous montrerai ce que c'est que le vrai pouvoir. Et alors, vous me suivrez. Vous n'aurez pas le choix. Notre sang est lié maintenant et pour toujours…

Dans ses rêves, dans ses cauchemars, elle l'a revu tant de fois.

L'ogre en train de tuer sa sœur.

Le sang qui giclait sur elle – le sang brûlant de sa sœur jumelle.

L'ogre aux cheveux blancs et aux yeux de sang.

— Ainsi soit-il, a-t-il murmuré, en enfonçant la lame.

67

Ainsi soit-il.

Le froid était intense, de véritables épingles de glace sur son visage. Eva n'en avait que faire. Elle tituba sur plusieurs dizaines de mètres avant de s'arrêter sous l'œil pâle d'un réverbère, se cramponnant d'une main à une clôture, pliée en deux, saisie d'une brusque envie de vomir.

Ce n'est pas possible.

Elle avait cherché à savoir, pourtant. Elle avait tant fouillé. Tout inspecté, analysé, elle avait retourné jusqu'à la moindre pierre. Mais avait-elle, au fond d'elle, espéré trouver un jour ? Avait-elle réellement tout mis en œuvre pour découvrir la vérité ?

Celle-ci s'étalait à présent sous ses yeux.

Et elle ne pouvait le supporter.

Une sensation de suffocation la saisit. Le monde tourbillonna autour d'elle. De la bile brûlante jaillit de sa gorge et aspergea le trottoir.

Une présence, subitement, à ses côtés. Une ombre massive, la recouvrant. Une main effleurant son épaule.

— Eva… murmura Vauvert.

— Non, répéta-t-elle.

C'était le seul mot qui parvenait à sortir de ses lèvres. Une négation. Le refus en bloc. De son passé. De son secret. De son obsession dévorante. Elle aurait dû le savoir. C'était tellement évident, comment n'avait-elle jamais osé envisager la possibilité ? Mais elle ne voulait pas. Non, elle ne le voulait pas, c'était hors de question. Ce qu'elle voulait, c'était se réveiller et être quelqu'un d'autre. Ne plus jamais se souvenir de cette vie-là, de cette chair-là, de ce sang-là…

— Eva…

Elle se dégagea d'un brusque coup d'épaule et se mit à marcher le long de la rue, contre les bourrasques du vent qui essayaient de la pousser en arrière.

Son collègue la suivit. Elle entendait son pas lourd. Elle sentait son malaise, ses hésitations. Elle n'en avait que faire. C'était une très mauvaise idée de l'avoir revu. Elle l'avait senti dès le début. Maintenant tout allait s'écrouler… et elle… elle…

— Attends… implora Vauvert d'une toute petite voix.

— Non.

— Il faut qu'on parle… Je suis là…

— *Non.*

Cette fois, c'est son bras qu'il saisit dans sa grande main. Elle fut obligée de s'arrêter. Elle secoua son bras. Comme il refusait de la lâcher, elle se contorsionna, réussissant à se glisser hors de son blouson de cuir. Le vêtement resta dans la main de Vauvert, stupéfait.

— Laisse-moi ! Mais laisse-moi ! vociféra-t-elle en cherchant à courir, fuir, droit devant dans la nuit glacée.

Elle trébucha au bout de seulement quelques pas et sentit les bras de Vauvert se refermer sur elle, l'empêchant de tomber sur le béton. *Non.* Elle explosa en sanglots, se sentant subitement minuscule, terriblement vulnérable, prisonnière de ses bras. *Non non non.*

— Arrête, dit-il doucement au creux de son oreille.

— Laisse-moi partir !

Ses sanglots la faisaient tressauter. Vauvert la couvrit de nouveau de son blouson et referma ses énormes bras autour d'elle. Elle se sentit enlacée, soulevée de terre. Ses bottes traînèrent sur le trottoir comme elle se défendait, de plus en plus mollement, exténuée, vidée de force morale comme physique. Il la porta jusqu'à la voiture. La tenant d'un seul bras, il ouvrit la portière de sa main libre.

— Alex… murmura-t-elle dans un sanglot.

— Chhh…

Il la fit glisser sur le siège avant. Elle se recroquevilla sur elle-même. Les larmes l'aveuglaient. La lumière du plafonnier était subitement trop intense, même au travers de ses lunettes noires. Elle serra les paupières. Tout se mélangeait. Elle sentait le déplacement du véhicule, les réverbères défilaient au-dessus d'elle, les zones d'ombre et de lumière alternaient à vive allure. Elle se crut revenue à l'âge de six ans. Une enfant, une fillette. Elle ressentit le vide, le besoin douloureux des bras de sa mère autour d'elle, et la certitude que cela n'arriverait plus jamais. La douleur de la séparation était là, dans son cœur, aussi vive qu'elle l'avait été alors, et qu'elle le serait encore à chaque minute de sa vie. Le manque la déchirait de l'intérieur. L'absence de sa sœur. Sa jumelle. La moitié d'elle-même. Aucune thérapie ne réparerait jamais ce manque-là. Elle n'avait jamais pu être entière puisqu'on lui avait arraché une partie d'elle-même. Vingt-cinq ans auparavant.

Le jour où son père les avait tuées.

Le jour où il avait fait d'Eva ce qu'elle était.

Elle ne peut rien faire.

Elle n'a que six ans, dans sa petite robe blanche, dans son petit corps fragile.

ELLE NE PEUT RIEN FAIRE

— Justyna, murmure Eva.

Elle ne peut se résoudre à fermer les yeux.

Chaque seconde de l'acte ignoble se grave dans sa mémoire, se plante au plus profond d'elle comme cette lame qui se glisse dans la chair de sa sœur, de son double, de la moitié de ce qu'elle est, et qu'elle ne sera plus jamais entièrement.

— Justyna…

L'ogre a pris la vie de sa sœur. Il la serre contre lui, comme s'il éprouvait le plus vif des plaisirs imaginables. Lui a fermé les yeux, tout entier abandonné à son extase, mais elle continue de regarder. L'odeur du sang monte dans ses narines, cette odeur qui ne la quittera plus jamais.

Le sourire de l'homme s'agrandit.

Ses yeux s'ouvrent.

Ses yeux écarlates qui la dévorent maintenant avec une monstrueuse avidité.

Elle a voulu chasser ces souvenirs, les recouvrir du voile de l'oubli, et pendant des années cela a fonctionné, mais ce genre d'horreur ne peut s'effacer. Quels que soient les efforts, le passé demeure inscrit dans la chair. Le mauvais sang continue de couler dans les veines.

Quand la lame lentement se retire du ventre de sa sœur jumelle, elle la regarde, persuadée que son tour est venu. Que maintenant cette lame va découvrir l'intérieur de son ventre et lui voler sa vie à elle aussi.

— Pitié, pleure la fillette de six ans, la fillette qu'a été Eva, terrorisée et impuissante. Pitié…

L'ogre observe le corps démantelé de Justyna. Ses yeux rouges sont humides de joie malsaine.

Il relève les yeux et pose ce regard de mort sur elle.

Un sourire serein découvre ses dents. Sa chevelure immaculée se balance au-dessus d'elle.

— Ma fille, murmure l'ogre en approchant ses mains de la petite Eva. Enfin…

Enfin…

68

Dans l'appartement de Vauvert, la chaleur était toujours aussi étouffante. Pourtant, la jeune femme grelottait. Prostrée sur le canapé, elle avait tourné la tête vers les fenêtres, et semblait regarder la ville qui scintillait, ou bien peut-être avait-elle les yeux fermés. C'était difficile à savoir avec ses lunettes noires.

— C'est lui, dit-elle d'une voix éteinte.

— Je sais, fit Vauvert, mal à l'aise. J'ai compris.

La photo que leur avait donnée Mme Wilson était à présent posée sur son bureau, de l'autre côté de la pièce. Les cinq étudiants y figuraient, rassemblés autour d'une table de bibliothèque, chacun rayonnant d'une bizarre arrogance, en même temps que d'un charisme certain.

Ferrand.

Constantin.

Loisel.

Alban.

Ces quatre-là, ils les connaissaient déjà.

Installé à droite de la table, il y avait le cinquième et dernier membre du groupe. Il dissimulait ses yeux derrière d'énormes lunettes noires, mais ce qui frappait immédiatement, c'était la couleur de ses cheveux. Ou plutôt, leur *absence* de couleur.

Des cheveux comme de la neige.

Et ces lunettes. Même les putains de lunettes lui faisaient penser à Eva.

L'air de famille entre cet homme et la policière albinos crevait les yeux.

Eva eut un hoquet.

Elle renifla.

Vauvert prit place à côté d'elle. Il se tenait courbé en avant, n'osant la brusquer. Les questions se bousculaient dans son esprit et dans sa poitrine.

— Il faut vraiment qu'on en parle.

Elle ne répondit pas. Elle se balançait imperceptiblement d'avant en arrière, comme si elle se berçait. Ses lèvres pâles tremblotaient.

— Ta mère et ta sœur… murmura-t-il. Il y a vingt-cinq ans…

Elle ôta ses lunettes et présenta ses yeux rouges emplis de larmes. Il sentit un frisson dans son échine, comme des milliers de minuscules épingles glacées s'enfonçant dans sa colonne vertébrale.

— J'ai besoin d'une cigarette.

— Oui. Bien sûr.

Il lui en alluma une, en glissa une autre dans sa bouche, et ils restèrent assis, dans un silence inconfortable qui dura plusieurs minutes.

— Je savais que c'était mon père, dit enfin Eva, soufflant une longue volute de fumée bleue. Pendant des années, presque toute ma vie à vrai dire… mon esprit avait occulté ces souvenirs… mais ils ont fini par revenir, forcément… c'était il y a deux ans… et c'était bien trop tard pour que je puisse le raconter… je ne pouvais en parler à personne, tu comprends ?

Elle essuya sa joue humide du revers de la main. Ses cheveux étaient collés contre son visage. Elle ressemblait à une enfant. Une enfant irrémédiablement perdue.

— Pas une seconde je n'avais imaginé qu'il puisse faire partie des gens que nous cherchons aujourd'hui… Cela explique pourtant… cela explique *tellement* de choses…

De nouvelles larmes roulèrent sur ses joues. Davantage d'épingles dans la colonne vertébrale de Vauvert.

Elle prononça les paroles qui avaient attendu si longtemps, cachées à l'abri de son cœur et de ses armures.

— Le Fléau de la nuit, le tueur en série qui a assassiné ces quinze femmes, il y a vingt-cinq ans… et dont personne n'a jamais pu retrouver l'identité… s'appelle Louis Canaan… C'est lui qui a tué… ma mère… et ma sœur… Mon propre père…

Un tremblement la parcourut. Vauvert fut tenté de poser sa main sur la sienne. Un instant, il crut même l'avoir fait. Puis il réalisa qu'il n'avait pas bougé. Lui aussi laissait la fatigue lui dévorer les nerfs.

— J'ai réuni tous les dossiers que j'ai pu retrouver sur lui, poursuivit-elle. Je sais qu'il a traqué ma mère pendant des années, pour nous retrouver *nous*, ses filles… Pourquoi a-t-il tué toutes les autres ? Peut-être était-ce pour s'entraîner, peut-être était-ce simplement pour le plaisir… mais, au bout de la route, c'était uniquement nous qu'il voulait… Ses enfants… Le premier sang… celui de sa progéniture… Il a tué Justyna… et moi…

Eva souffla de la fumée.

— Tu veux savoir pourquoi il m'a épargnée ? Tu veux que je te répète ce qu'il m'a dit ? J'avais six ans… et pourtant je me souviens de chaque mot qu'il a prononcé…

Vauvert sentit une boule se former dans sa gorge.

— Je t'écoute…

— Il a dit… qu'il était… *fier de moi*… que j'étais… *exactement comme lui*…

Elle bascula la tête en arrière, yeux fermés, maxillaires saillants comme elle serrait les dents de toutes ses forces. Sa voix était brisée, lointaine, donnant l'impression qu'elle ne parlait pas vraiment d'elle-même.

— Pour me défendre, je lui avais planté un couteau de cuisine dans le ventre. C'était tout ce que j'avais sous la main. Je lui ai enfoncé cette lame dans sa chair, et lui… au lieu de mourir, au lieu de simplement montrer qu'il souffrait, il s'est *reconnu* en moi… C'est pour cette raison qu'il m'a épargnée… Parce que ce psychopathe a éprouvé de la fierté pour sa fille…

Elle rouvrit les yeux. Écrasa sa cigarette dans le cendrier.

Il y eut un silence douloureux.

— Où est-il, maintenant ? murmura Vauvert. On doit bien pouvoir le retrouver…

Sourire amer. Elle fit non de la tête.

— J'ai essayé. J'ai tout retourné. Il n'y a plus la moindre trace de lui depuis cette nuit-là, il a *totalement* disparu. Même son numéro de Sécurité sociale a été effacé. C'est comme s'il était mort depuis vingt-cinq ans… sauf qu'il ne l'est pas… Il est bien là…

Cette fois, elle le regarda, et il se sentit aspiré, englouti dans les dégradés d'écarlate de ses iris.

— Jour après jour… murmura-t-elle… J'ai l'impression d'avoir un puzzle infernal à la place du cerveau… Mes souvenirs… Ils sont tellement morcelés… irréels… impossibles… Parfois… parfois… je préférerais avoir été Justyna… ne pas avoir eu à vivre tout ça…

Vauvert tiqua. Il ne pouvait pas la laisser parler ainsi. Mais il ne pouvait rien lui dire non plus. Des émotions terribles bouillonnaient au fond de lui. Cette femme était habituellement si forte, quelle que soit la situation. Il réalisa qu'il devait être la première personne au monde à la voir dans un tel état de faiblesse, et cette seule pensée fissura son cœur. Si quelqu'un pouvait la protéger, ce devait être lui. Il voulait être celui-là. Il ne savait simplement pas comment faire.

— La mère d'Ismaël le savait, ajouta-t-elle, se reprenant.

— Quoi ?

— Amina Constantin. Elle savait que mon père faisait partie de leur petit groupe de sorciers. Elle m'a reconnue. Elle me l'a dit, et pourtant j'ai refusé de comprendre… C'était tellement évident… et j'étais tellement aveugle… Elle a dit que j'étais née sans couleurs. Que j'étais… la fille du Diable…

— C'est idiot, grogna Vauvert.

— Au contraire. C'est ça, le plus terrible. Le fait que cette folle avait raison. Mon père est le Diable en personne…

Elle se tourna vers les fenêtres. Dehors, il recommençait à neiger.

Sa voix s'emplit d'une douloureuse fatalité.

— J'ai toujours traqué les monstres pour me prouver que je n'en étais pas totalement un. Pour refuser d'accepter que c'est son sang à lui qui fait battre mon cœur…

— Arrête ça, dit Vauvert. Ne dis plus jamais ça.

Ses yeux brillèrent de flammes rouges. Elle essuya sa joue de nouveau.

— C'est lui qui les tue, Alex.

— Tu ne peux pas dire ça. On n'en sait rien.

— Je le sais. Au fond de moi. Je sais que c'est lui.

— Tu n'as aucune preuve, insista-t-il.

— Je l'ai vu…

Il tressaillit malgré lui.

— Quand ? Où ça ?

— En arrivant devant l'immeuble de Constantin… J'avais aperçu Louis dans la rue… avoua-t-elle, la voix brisée. Il m'observait, il souriait… et moi, sur le moment, j'ai cru à une hallucination. Je me suis dit que… je perdais pied, encore. Je me suis trompée. Il était bien là. C'est lui qui a torturé Ismaël Constantin et qui a mis le feu à son appartement. C'est lui, le monstre qui traque ses anciens camarades, un par un… Et il n'y a pas que ça… Je crois qu'il est déjà venu près de moi… qu'il m'observe… Je ne sais pas s'il sait que je fais toutes ces recherches sur lui, mais… il vient me voir dans mes rêves… et je ne sais plus ce qui est réel et ce qui l'est pas…

— Eva, bredouilla Vauvert.

Cette fois, il avait posé sa main sur la sienne, sans même s'en rendre compte. Il s'attendit à ce qu'elle le repousse. Au contraire, Eva la serra, fort. Elle leva les yeux vers lui. Des étoiles de désespoir les traversaient. L'engloutissaient.

— Alex, j'ai peur...

Pour toute réponse, il se pencha sur elle.

Il posa doucement ses lèvres sur les siennes, tendres et fragiles.

Elle lui rendit son baiser.

69

Il se souvenait de chacune des cicatrices d'Eva. Celles-ci étaient toujours présentes, partout sur son corps : des lignes, des courbes et des sillons, légèrement ourlés, sur lesquels ses doigts glissaient, hésitants et avides à la fois, retraçant une carte au trésor inscrite sur la chair humaine. Il cherchait un sens à ces cicatrices, comme un alphabet mystique à déchiffrer – le sens de ce qu'était Eva, de ses secrets et ses fantômes, peut-être.

Elle roula sur le lit, sa peau si pâle, si fine, presque luminescente sous l'éclairage tamisé de la lampe. Les braises intenses de ses yeux formaient deux puits de lumière étrange, interdite, le dévorant.

Il embrassa ses seins ronds, avec tendresse, jusqu'à ce qu'elle halète, et que son ventre se presse contre lui.

— Ce n'est pas ce que tu crois, lui dit-elle dans un gémissement étouffé. Il ne faut pas… que tu t'imagines que…

Se redressant, il écrasa ses lèvres sur les siennes pour la faire taire. Il la serra dans ses puissantes mains, sans la moindre violence, mais sans lui laisser le choix, et il sentit son corps fondre sous le sien, se coller à lui et l'étreindre, de plus en plus fort.

Je me fous de savoir ce que c'est, pensa-t-il en continuant de l'embrasser, se perdant dans son étrange regard sanguin. Il avait l'impression que tout son esprit n'avait attendu que ce moment, cet instant où ils se retrouveraient enfin. Quelles que soient les circonstances. Quelles que soient les conséquences de cet acte. *Tu es là. Nous sommes là tous les deux et c'est tout ce qui compte.*

Elle s'accrocha à lui, lui souriant, lui rendit son baiser, et gémit. Quand il s'enfonça en elle, elle ferma les yeux. Son sourire s'élargit irrésistiblement. Rayonnante, elle rejeta la tête en arrière, et gémit plus fort.

Ils firent l'amour longtemps, lentement, et plus rapidement, rejetant les draps au sol, changeant de position, sans que cette profonde avidité les quitte. Ils s'aimèrent comme si c'était leur dernière chance de se sentir en vie et de partager cette vie. Alexandre en perdit la notion du temps, de chaque minute passée en elle, à moins qu'il ne s'agisse déjà d'heures, il s'en moquait, il n'existait que pour ce corps souple contre le sien, et pour lui donner du plaisir, toujours un peu plus de plaisir, montant et descendant des plateaux successifs et délicieux.

Alors qu'elle était assise à califourchon sur lui, ses cuisses l'enfermant dans leur étau, et le chevauchant de plus en plus vite, il se produisit quelque chose d'étrange.

Il voyait ses yeux mi-clos, il voyait sa bouche entrouverte sur un long et lent gémissement, sa chevelure qui tressautait comme un rideau mouvant devant son visage, quand subitement il lui sembla entendre sa voix.

Alexandre, cela a toujours été toi… Je ne veux pas… que tu le saches…

Les mots s'étaient glissés dans son esprit. Eva n'avait pas parlé, il en était certain. De ses lèvres ne s'échappait que son halètement régulier et incontrôlable.

Il hoqueta. Il ne pouvait pas avoir entendu ses pensées. Il les avait imaginées. Il les avait…

Eva se pencha sur lui, pressant ses seins contre sa bouche. Il mordit un téton, tout doucement.

— Alexandre, qu'y a-t-il ?

Il passa ses mains dans ses cheveux de neige soyeuse et l'attira contre lui.

— Rien. Rien du tout.

Et il l'embrassa, avec une sorte de voracité animale, et leurs bassins reprirent leur lent mouvement synchronisé, l'un fondu dans l'autre.

Toujours… été toi… L'écho de ses paroles – de ces paroles qui n'étaient pas des paroles – continua de ricocher dans ses pensées.

Il cessa totalement de penser et se perdit en elle.

VI

Communion

À l'instant où Louis le fait – à l'instant où le ciel s'ouvre, et où le tissu du monde se déchire –, les quatre autres cessent de respirer. Leurs pupilles se dilatent et se déforment. Une sensation de feu intense se diffuse dans leurs veines.

— Le premier sang, murmure Ismaël.

Il est allongé sur le lit, agité de tremblements irrépressibles.

Contre lui, Madeleine est prise des mêmes convulsions. Elle en oublie le suintement de la cocaïne dans sa gorge, et le halo de plaisir que vient de lui donner le garçon. C'est comme si elle était projetée dans son corps, et que ses sens étaient remis à zéro. Chaque nerf retourné à l'envers.

— Il l'a fait… Ce fou… l'a vraiment fait…

Ils se tournent l'un vers l'autre, leurs mains s'étreignent, et ils se contractent, tous les muscles de leurs corps soulevés de vagues. Quand ils se lèvent enfin, ils s'habillent, chacun de son côté, sans prononcer le moindre mot.

À moins de trois kilomètres de leur appartement, Pierre, dans la maison de ses parents, est installé dans un fauteuil, tête basculée en arrière, un filet de sang s'écoulant de ses narines. Le livre qu'il tenait est tombé à ses pieds.

Il lui faut plusieurs minutes pour se sortir de sa torpeur. Une angoisse primale l'étreint, au plus profond de son être, dans chaque fibre de son corps.

La roue a tourné.

La course des étoiles a été modifiée.

Il bouge enfin, lentement, s'arrache avec difficulté au fauteuil. Du revers du poignet, il essuie ses narines maculées de sang. Traverser la pièce lui semble durer des heures. Dans le salon, ses parents sont absorbés par la télévision. Ils ne lui accordent pas un regard, et Pierre ne leur adresse pas la parole en passant derrière eux. Il ne le pourrait pas, même s'il le souhaitait. Il traverse l'allée de la maison comme on s'enfuit, dans la nuit étouffante du mois de mai.

Dans le ciel, une étoile tombe.

Guillaume, lui, se trouve dans le sous-sol d'un bar de Montauban. Il a juste eu le temps de s'enfermer aux toilettes, éjectant du passage la fille qui essayait d'entrer avant lui. Ses mains empoignent le rebord du lavabo tandis qu'il vomit de la bile rouge avec la quasi-totalité du whisky qu'il a ingurgité dans la soirée.

Le sol tressaute sous ses pieds en spasmes nerveux.

Une pellicule frissonnante glisse sur les murs des toilettes miteuses, déchirant les posters, décollant les stickers et les logos, emportant les visages des groupes de rock et de punk, qui coulent pêle-mêle sur le sol. Il a l'impression que les toilettes vont l'aspirer sous terre.

Quand il ouvre enfin la porte, un garçon l'attend, campé dans le passage, bras croisés. Il s'agit du petit ami de la fille qu'il a bousculée, qui est venu le remettre à sa place, mais qui ne peut qu'ouvrir une bouche médusée en le voyant ainsi barbouillé de sang. Guillaume le dépasse, se fraye un chemin dans le bar surpeuplé, se retrouve dans la rue. Il se précipite vers sa voiture, qu'il a garée sur un emplacement réservé aux handicapés.

La voûte étoilée, à l'horizon, évoque un tapis d'aiguilles frémissantes.

Leurs voitures arrivent en même temps sur le chemin forestier, et se suivent, remontant les lacets jusqu'au sommet.

Celle de Louis est déjà garée, les attendant là où finit la piste, au pied des sapins.

Les quatre étudiants se regroupent, et s'observent en silence, incrédules, incapables de prononcer le moindre mot. C'est Ismaël qui se décide le premier. Il s'engage sur le sentier menant à la chapelle.

Les autres lui emboîtent le pas.

70

Loisel eut un vertige soudain.

À force d'assener des coups de pioche sur le ciment, ce qui devait arriver arriva. Son épaule émit un claquement humide, tandis que les tissus de ses muscles cédaient, et que le haut de sa plaie se rouvrait. Le sang se remit à suinter sous ses vêtements.

Il posa un genou à terre, saisi d'une nouvelle quinte de toux.

— Continue, le pressa Madeleine.

Loisel serra les dents et se redressa, hagard. Il savait qu'il n'avait pas le choix.

Il leva la pioche à bout de bras et frappa. La chape était maintenant bien entamée. Ce ne serait plus très long. Sans doute pas.

Il cogna encore.

Un bruit métallique résonna lors de l'impact.

— Ohh…

Ce fut comme s'il ne ressentait plus la douleur. Il donna un nouveau coup de pioche. Puis un autre. Puis il y eut une étincelle, quand la pointe de la pioche entra en contact avec le gobelet prisonnier du bloc de ciment.

— Madeleine… dit-il à voix basse.

La femme s'était redressée. La lueur des flammes illuminait son manteau de fourrure, lui donnant l'apparence d'une bête guettant au cœur de la nuit glaciale.

— Je crois… que je l'ai trouvé…

— Oui ! glapit-elle en s'approchant.

Le bord du calice émergeait, au milieu des gravats.

— Il est là, dit-elle avec un vif émoi. Il est toujours là. Préservé… pour nous… Donne-moi ça !

Elle lui arracha la pioche des mains et, à son tour, se mit à assener de puissants coups pour dégager l'objet. Chaque fois que le pic le touchait, il jetait de violentes étincelles bleues dans la pénombre. Elle démolit le ciment tout autour, avant de s'agenouiller dans la cavité et de fouiller avec ses mains gantées. À présent, la gangue grise s'effritait et s'émiettait sans trop de mal sous ses doigts.

Madeleine libéra le calice et poussa un cri de victoire.

— Je le tiens ! Ça y est !

Loisel croisa les bras, tremblant de tout son corps. Les efforts qu'il venait de déployer avaient été de trop. La blessure ne s'était pas entièrement rouverte, mais du sang continuait de s'échapper par saccades de ses tissus déchirés, et une douleur vive se propageait, aveuglante, à chaque battement de son cœur. Il était blanc comme un spectre, presque phosphorescent dans les ténèbres.

Madeleine apporta le gobelet au-dessus du feu, l'illuminant à la lueur des flammes. Ses doigts grattèrent pour ôter les morceaux de ciment qui y étaient encore accrochés, jusqu'à ce que le couvercle bombé et orné d'une croix soit entièrement libéré. Elle tira avidement. Le couvercle se détacha de la coupe avec un craquement sec.

— Le sang des saints ! Le sang des sorciers noirs ! exultait-elle.

— Faisons-le, supplia-t-il. Vite. Je… me sens partir…

Madeleine sourit, une expression de joie folle et violente sur son visage.

— Qu'il en soit ainsi.

Elle se plaça derrière l'autel et commença à réciter. Elle prononça les paroles qui tissaient et dénouaient la trame du monde, et Loisel s'empressa de joindre sa voix faiblissante à la sienne.

— *Ho ietzivut ve-tnuah ! Ho metzulot hashuchim metzuafim be nitzotzot ! Ho yom lavush lail ! Ata hamachbi tachat haadama, bemamlechet haavanim hayekarim et hazera hanifla shel hakochavim !*

Les mots étaient des étoiles dans leurs gorges. Un appel vibrant, qui finit par faire trembler le sol, et Pierre sentit la chaleur monter dans sa chair.

— *Ho gavia mibabalon melea bedam hakedoshim ! Oh esh hachoshech she eino iachol lamut ! Marveni bekochecha hanitzchi !*

Tout en récitant, Pierre ne put s'empêcher de se replier sur lui-même. Il sentait la toile de l'univers qui se détendait et se contractait, se mettait à respirer, tout autour de lui. Le voile était en train de se détacher de la surface des choses. Et ses propres forces achevaient de l'abandonner dans un grand tourbillon.

Madeleine leva le calice de fer, les yeux révulsés.

Elle le versa au-dessus de sa bouche ouverte.

Le sang était toujours présent au fond de la coupe, même après toutes ces années.

Il ruissela, liquide à nouveau, un épais filet noir tombant du bord du calice jusqu'à sa gorge.

Pierre se redressa. Il sentait la force qui émanait de l'autel comme un rayonnement obscur.

Quand elle reposa le gobelet devant elle, les plaies sur son visage s'étaient à moitié refermées.

Elle tourna deux yeux de lumière vers lui.

Les plaies avaient disparu.

— Pierre, es-tu toujours un sorcier noir ? Es-tu prêt à communier avec la coupe de Babalon, emplie du sang des saints ?

Il tituba jusqu'à l'autel et s'empara du gobelet de fer avec des mains tremblantes.

Le contact de la coupe était brûlant. Il sentait ses mains se consumer.

— Ainsi soit-il, murmura-t-il. Oui, ainsi soit-il.

Il but le sang noir, pendant que Madeleine continuait de psalmodier d'une voix extatique.

71

Quand Eva sortit de la douche, la salle de bains était emplie de vapeur.

Elle observa son reflet sur la vitre, derrière la pellicule de buée ourlée de minuscules gouttelettes, et, dans cette silhouette brumeuse, se trouva presque belle. *Presque.* Elle eut un sourire. Son reflet fantôme se tordit dans le miroir.

Tu l'as toujours su, songea-t-elle en fixant les deux aiguilles rouges dans le flou du reflet. *Tu n'as simplement jamais voulu te l'avouer.*

Si tout est vrai, il n'y a qu'une solution pour l'arrêter.

Elle drapa soigneusement son corps scarifié dans une serviette, et poussa la porte de la salle de bains.

Le salon était plongé dans l'ombre et le silence.

— Alexandre ? murmura-t-elle.

Elle ne reçut pas de réponse. Passant dans la chambre, elle marcha sur la pointe des pieds jusqu'au lit.

Là, elle se tint immobile, observant pendant quelques instants le corps massif de Vauvert, allongé en travers. Il dormait, la tête repliée sur son épaule gauche, une expression de bonheur presque enfantin sur ses traits burinés, et il lui fit penser à un héros mythologique. Un corps puissant sculpté par les dieux pour vivre parmi les hommes, mais qui rayonnait d'une grâce dépassant la simple humanité.

Un héros couvert de pansements, le poignet bandé. Il dormait avec le sourire, malgré la douleur qui devait irradier dans chaque fibre de son être.

Elle s'agenouilla auprès de lui, bizarrement touchée, l'esprit dans une tourmente qu'elle ne souhaitait pas. Ses doigts se posèrent sur la lampe, tamisant la lumière, puis l'éteignant tout à fait.

Elle avait toujours parfaitement vu dans l'obscurité, et elle ne voulait pas le réveiller.

— Alexandre… dit-elle dans un souffle à peine audible.

Du bout de ses doigts, elle suivit le tatouage qui entourait son bras droit. Des entrelacs noirs et gris, proliférant comme du lierre. Ils enserraient une épée stylisée, placée au centre du tatouage, et qui semblait donner vie à l'ensemble du motif.

Avec douceur, elle effleura la main de Vauvert. Perdu dans son sommeil, il lui saisit les doigts, et le sourire qu'il eut à cet instant la traversa de part en part.

Je ne peux pas. Pardonne-moi.

En silence, ombre blanche, elle dégagea nerveusement sa main et battit en retraite vers le salon, un sombre ouragan dans sa tête.

Inspection rapide du congélateur. Elle y récupéra une bouteille de vodka à demi entamée. Ensuite, elle échoua sur le canapé et replia ses jambes devant elle, vacillante. Son sac se trouvait sur la table basse. Elle le fouilla, en sortit son tube de vitamine C et ôta le bouchon. C'était une faiblesse, mais elle en avait un terrible besoin, maintenant plus que jamais. Elle fit descendre dans le creux de sa paume un des comprimés d'amphétamines que le tube orange contenait.

La vodka glacée dans sa gorge avait un goût de rasoirs.

Cela lui fit du bien.

Attendant que les amphétamines fassent effet, elle vérifia ses e-mails sur son téléphone. Plusieurs messages s'affichèrent. Elle constata qu'il s'agissait d'une série de messages redirigés, émanant du parquet et du SRPJ, en réponse à la demande de Vauvert.

Le dernier s'intitulait sobrement « PV Caveau Loisel – Pièce à conviction ».

Son cœur se mit à battre plus vite.

Eva ouvrit le message.

Ils ne se sont pas trompés. Louis les attend ici, au fond des ruines. Assis en tailleur sur l'autel de la chapelle, comme une divinité tombée, ou comme un reptile rassemblé sur lui-même, prêt à mordre.

— Mes amis, vous n'approchez pas ?

Son chuchotement leur parvient avec une netteté troublante.

Pour la première fois, les quatre étudiants se tiennent à distance de leur ami.

— Ta voix a changé, dit Ismaël.

— Beaucoup de choses ont changé, répond Louis, d'un timbre qui oscille entre souffle et suspension. Et beaucoup d'autres choses vont suivre.

Il les observe, souriant, son regard rouge brillant dans l'ombre. À l'horizon, une étoile passe en se consumant. Une autre la suit. Un soupir s'élève de la terre.

— J'ai ouvert la porte des dieux, leur dit le garçon albinos.

Madeleine secoue nerveusement la tête.

Elle croise les bras sur son chemisier, campée fermement devant lui.

— Tu as tué ton propre enfant. Comment… comment peux-tu…

— Je l'ai fait, tranche Louis, parce que c'est le prix à payer. Le sang du premier-né est la clef du monde… (Sa voix change encore, grésille comme une flamme.) Et le sang des enfants sans couleurs est plus précieux encore… Plus puissant, aux yeux des dieux…

Il tend un index accusateur vers elle.

— Tu sais qu'un jour toi aussi tu le feras, Madeleine. Vous tous, vous devrez le faire. Cela fait partie du pacte que nous avons scellé avec notre sang.

— Jamais je ne ferai ça ! s'exclame la jeune fille.

Elle se retourne vers les autres, cherchant leur appui. Elle ne voit que des garçons très jeunes, apeurés par la puissance sauvage qui rayonne devant eux.

— Quand allez-vous ouvrir les yeux ? Ce qu'il a fait… ce qu'il est devenu… ça n'a rien à voir avec notre don !

— Madeleine, Madeleine, la coupe Louis. Pourquoi fais-tu ça ?

Il se lève, glissant de l'autel sur les dalles du sol. Elle ne le voit que partiellement, à la lueur des étoiles, mais elle réalise à quel point il a changé, au cours des quelques mois qui les séparent de leur dernière rencontre. Il ne ressemble plus au jeune homme qu'ils connaissaient. Ses cheveux ont poussé, et ses yeux carminés se sont agrandis, à moins que ce ne soit la lumière qu'ils produisent maintenant. Un éclat sombre et pénétrant.

Madeleine fait un pas prudent en arrière.

À côté d'elle, Guillaume Alban, lui, semble tétanisé, ou subjugué. Il tremble de manière perceptible.

— Tu as réussi à le faire, s'extasie le garçon, le regard dans le vague. Et ils ne t'ont pas pris ?

— La police ?

Louis chasse l'air devant lui avec dédain.

— Tous ces gens ne sont que des idiots et des incapables. Ils n'y ont vu que du feu, cette fois comme les fois précédentes !

Madeleine tressaille. Elle se force à rester droite. Ne pas montrer sa peur.

— Les fois précédentes ?

Louis sourit. Ses dents scintillent dans l'ombre.

— C'est bien ce que j'ai dit.

— Tu l'avais déjà fait ?

De nouveau, elle cherche du réconfort dans le regard des autres. Elle n'en trouve chez aucun d'eux. Même Ismaël regarde le sol, soumis.

— Tu as tué des gens ? explose-t-elle, seule, mais déterminée.

— Que de naïveté, ma petite.

Il fait un pas de plus vers elle.

Elle en fait un autre en arrière.

— Tu es une débutante, dit-il d'une voix venimeuse. Tu ne comprends rien… Le monde est à mes pieds maintenant… Regarde…

Il lève la main. Les dalles de la chapelle se fendent et explosent, une par une, jusqu'à l'endroit où elle se tient. Pierre et Ismaël s'écartent avec prudence, sur la défensive. Guillaume, trop défoncé, ou trop subjugué par l'aura étouffante qui émane de Louis, ne bouge pas. Quand une dalle éclate sous ses pieds, il trébuche et tombe sur ses fesses, contre le pan de mur en ruine.

Madeleine a du mal à contenir son angoisse, vive, tenace, qui lui broie les entrailles, mais elle tient bon. Elle refuse de montrer le moindre signe de faiblesse. Elle crie :

— J'en ai assez ! Rien ni personne n'est à tes pieds, Louis ! Tu es juste devenu… une monstruosité !

Louis sourit. De nouveau, elle sent la pression de son regard, de sa méchanceté absolue, qui la transperce. Elle ne cille pas. Elle ne tremble pas. Elle le défie par sa simple posture, debout devant lui. Refusant ses mensonges, une fois pour toutes.

— Je suis devenu un dieu ! tonne l'albinos. Tu veux que je te fasse te prosterner face à moi ? Soit…

Un rictus de défi se dessine sur le visage de Madeleine. Sur sa peau, elle sent ses vêtements se coller et se décoller, respirer et se tendre, comme s'ils étaient vivants.

— Personne ne se prosternera jamais devant toi. Tu peux créer des illusions, tu ne seras jamais rien d'autre que toi-même…

— Vous voyez ? dit Louis, prenant les autres à partie. Elle le fait encore…

— Quoi ? Dire que tu es un pervers et un putain de psychopathe ? s'écrie Madeleine. Tu ne

me fais pas peur, Louis. Tu entends ? Quoi que tu sois devenu, tu ne me fais pas peur !

— Voyez comment elle cherche à nous diviser, susurre l'albinos. Elle essaie d'éteindre le pouvoir…

— C'est vrai… dit Guillaume, adossé au mur. Madeleine, tu essaies de nous faire peur…

Madeleine se tourne vers lui, livide.

— Moi ? Moi, j'essaie de vous faire peur ? Tu vas encore croire ses foutus mensonges ? S'il est devenu un putain de dieu, comme il le prétend, en quoi pourrais-je diminuer ses pouvoirs ? Tu ne vois pas qu'il nous MANIPULE ?

Mais le jeune homme la dévisage avec des yeux brûlants, secouant la tête, refusant de l'écouter.

— Il l'a fait, Madeleine… comme il avait dit qu'il le ferait…

— Tu es seule, siffle Louis.

Madeleine fait un autre pas en arrière. Elle se demande si elle est encore loin du portail, du sentier. Si elle pourrait courir jusqu'aux voitures et fuir ce cauchemar. Elle voit Pierre, totalement subjugué. Elle se tourne vers Ismaël. Son dernier espoir.

— Toi, par pitié, TOI ! Dis quelque chose ! Fais quelque chose !

Ismaël baisse les yeux. Un chiot soumis. Où sont passés son panache, son arrogance, sa force qui l'ont tant séduite ? Elle qui s'est toujours sentie protégée par ce garçon, elle qui a toujours été prête à se livrer à toutes les folies et à toutes les débauches pour lui, tant qu'elle avait la certitude de retourner dans ses bras ensuite – en cet instant, elle le voit comme il est, comme il a toujours vraiment été. Un enfant perdu. Un gosse égoïste doté d'un pouvoir trop vaste, trop colossal pour ses épaules de simple mortel.

Louis rayonne, autant de satisfaction que de pure, intense cruauté.

— Je vais te montrer le Miracle. Et tu te prosterneras. Je te le promets…

— Je ne verrai rien, réplique-t-elle d'une voix tremblante. Je ne veux plus jamais rien voir de ces illusions.

Elle se tourne vers Ismaël.

— Je vous quitte. Tous. Je quitte le cercle ! leur annonce-t-elle, consciente de ce que vont engendrer ses paroles.

De ce que va forcément provoquer ce dernier défi.

— Et cette fois c'est pour de bon !

Les quatre garçons la dévisagent. Elle perçoit leurs tremblements. Elle perçoit leur peur, qui monte dans l'air en arabesques transparentes. Bien. Très bien. Qu'ils aient peur. Qu'ils aient aussi peur qu'elle en ce moment.

— Madeleine… commence Ismaël, toujours aussi lâche, toujours autant à court de mots.

— Non… dit simplement Guillaume.

— Je vous l'ai dit et répété, leur lance-t-elle.

Elle recule, cherchant à s'éloigner de Louis.

L'albinos continue d'avancer, souriant, son regard fixe.

— Je ne veux pas… pas… être damnée comme ce foutu pervers ! crie-t-elle.

Louis s'humecte les lèvres du bout de la langue.

— Tu l'es pourtant. Je vais te montrer à quel point tu l'es, murmure-t-il.

À cet instant, elle craque, elle sait qu'il ne faut pas, mais elle tourne les talons avec précipitation. Elle se dit qu'elle aura peut-être le temps de fuir, de repartir à la voiture et de laisser ces quatre fous derrière elle. Maintenant et pour toujours.

Elle sent le déplacement de l'air quand il se jette sur elle. Elle se sent poussée vers l'avant, tête vers les dalles de la chapelle.

Elle a juste le temps de placer ses bras devant elle pour protéger sa tête, quand Louis la plaque, la retourne. Son visage est un masque de haine.

— Tu n'iras nulle part ! exulte-t-il. Espèce de petite pute sans cervelle, je vais te montrer ce que c'est que le pouvoir !

Ééééé… aaaa… ooo… iiii…

Un murmure désincarné.

Il glisse dans les volutes mouvantes du brouillard.

72

Loisel avait bu le soleil.

Le sang des sorciers noirs.

Tremblant, il reposa la coupe de fer sur l'autel.

Il y avait à présent de la lumière dans ses yeux, un feu brillant, qui se répandait en lui, illuminant le parcours de ses veines sous sa peau.

— Je ne ressens plus le froid, murmura-t-il. Je ne ressens même plus de douleur…

Il leva son bras, et écarta les lambeaux de sa chemise. Sa blessure, encore béante quelques instants auparavant, était en train de se refermer à vue d'œil. Ce qu'il ressentait était semblable à un fourmillement de minuscules épingles. Un fourmillement suivi d'une douce et délicieuse sensation de chaleur.

— Cela me rappelle… quand nous étions… jeunes… dit Madeleine, adossée au pan de mur, une expression d'abandon absolu sur son visage.

Le pouvoir des sangs mêlés faisait son œuvre en elle aussi, au plus profond de sa chair. Ses joues étaient redevenues lisses et fermes, et sa beauté était entièrement restaurée, pourtant le miracle ne s'arrêtait pas là. Elle avait l'impression de rayonner, par chaque pore de sa peau.

— Notre magie est toujours aussi forte, Pierre…

Celui-ci posa les paumes de ses mains à plat sur l'autel, observant le calice impie, et le nectar noirâtre qui pulsait à l'intérieur.

— Oui. Nous avons réussi… cette lumière… toute cette lumière…

— Ne te l'avais-je pas dit ?

Elle fit plusieurs pas, jusqu'aux monticules de gravats, et observa la fosse qu'ils avaient creusée à coups de pioche. Elle écarta les bras, le cœur emballé. Sa communion avec l'air, la terre, la brume et même les flammes du foyer était parfaite, totale. Elle se sentait ivre de sensations, de lumière, de chaleur vive et noire. Elle tourna sur elle-même, les yeux chavirés.

Mais son euphorie s'arrêta net.

Loisel s'était figé, lui aussi.

Tous les deux l'avaient ressenti en même temps. Son odeur, portée par le brouillard. Cette brusque pression qui se répandait dans l'air, tout autour d'eux.

— Il arrive, geignit Loisel. Il est tout près. Il nous a retrouvés !

Madeleine se tint droite. Elle scrutait la nuit, autour d'eux.

— Cela devait arriver. La piste de ton sang était trop forte. À présent, il nous faut faire extrêmement attention…

— *Faire attention ?* s'écria Loisel, une note désespérée dans la voix. Il faut *fuir*, oui !

— Ne panique pas. Surtout pas maintenant. Laisse le pouvoir de la communion grandir, et…

L'homme ne l'écoutait pas. La terreur le possédait. Il n'était plus en mesure de raisonner.

— Je m'en vais, oui, je m'en vais, balbutia-t-il. Je suis sûr que je peux le distancer. Je trouverai bien où me cacher…

— Il ne t'en laissera pas le temps, l'avertit Madeleine. Écoute-moi plutôt. Elle va venir… comme nous avons toujours su qu'elle viendrait… Le sang attire le sang… c'est la loi…

— Au Diable la loi ! s'écria-t-il en traversant la chapelle. Je ne resterai pas un instant de plus ici !

Il se précipita à travers l'arche.

Et fut stoppé en plein élan.

Son cri fut bref.

Suivi d'un pleur étouffé.

— Pierre ! cria Madeleine.

Elle vit son ancien camarade se cambrer, puis être brusquement arraché du sol, comme si une main surhumaine lui avait saisi la gorge et le soulevait à bout de bras. Pendant quelques instants, Loisel resta ainsi, suspendu dans l'encre de la nuit, ses mains et ses pieds s'agitant faiblement.

— Oh, non… non…

Celui qui le tenait d'une poigne de fer le retourna, exposant le visage terrifié de Loisel à la manière d'un trophée.

— Mad-eleine… hoqueta-t-il.

Du sang s'écoula en gros bouillons entre ses lèvres.

— Ce fou aurait mieux fait de t'écouter…

L'homme qui tenait Loisel avait murmuré, pourtant Madeleine avait parfaitement entendu sa voix, au creux de son oreille.

Une voix de crépuscule. Douceur et mort.

— Louis… haleta Madeleine. Non…

Pierre Loisel ouvrit démesurément la bouche, agitant la langue en vain. Ses yeux écarquillés roulèrent dans leurs orbites.

— Ne… le laisse… pas…

Davantage de fluides sombres s'écoulèrent sur son menton, étouffant ses paroles.

Il fut soulevé encore un peu, et derrière lui l'ombre se précisa. Louis fit un pas en avant. Les écailles de sa veste scintillèrent, accrochant la lueur des flammes qui brûlaient au pied de l'autel.

Puis son visage de craie émergea des ténèbres.

Ses cheveux blancs ondulaient doucement. Ses yeux écarlates fixaient Madeleine avec une intensité minérale.

— Enfin…

Son sourire était une cicatrice béante, où brillaient les épingles de ses dents.

Au bout de son bras, Pierre Loisel continuait de gémir. De grosses bulles de sang se formaient et éclataient entre ses lèvres.

— Abrège au moins ses souffrances, dit Madeleine, poings serrés.

— Ohh, fit Louis. Si tu insistes, alors…

Il plongea sa main dans la bouche de Loisel, sans le moindre ménagement. Ses doigts griffus déchirèrent ses lèvres et ravagèrent son palais. Plusieurs dents se brisèrent, repoussées par le poing qui violait la bouche de l'homme. Quand Louis saisit la langue, Loisel se cambra, battit vivement des pieds dans le vide. Ses pupilles se dilatèrent sous la douleur. Les larmes qui ruisselaient sur ses joues étaient maintenant de sang.

— Tu n'es plus un sorcier noir, chuchota Louis à son oreille. Je te retire ce Miracle que tu n'as jamais mérité, Pierre. Et je maudis ton âme pourrie avec toutes les paroles et les sceaux des dieux anciens, pour que jamais plus tu ne trouves de repos, en dessus comme en dessous. Ainsi soit-il…

La langue s'arracha dans un déchirement de tissus.

L'homme retomba à ses pieds, agité de spasmes violents.

Louis posa son pied entre ses omoplates et l'écrasa au sol, l'observant tandis qu'il se vidait de son sang dans la neige immaculée.

Éééé…

vaaaaa…

oooo…

sssiiii…

73

Vauvert faisait un rêve étrange.

Un de ces rêves qu'il détestait tant.

Il percevait un murmure distant, dans son rêve, et il avait beau savoir que rien de tout cela n'était réel, une irrépressible angoisse s'était saisie de lui. Il éprouvait ce sentiment de crainte enfantine de l'inconnu. *Cette peur de rester prisonnier de son rêve.*

Éééé... vaaaa... oooo... ssiiiiii... répétait le murmure, plus proche à présent.

Il se redressa, aveuglé au début, puis réalisant que la masse grise flottant autour de lui n'était que du brouillard, compact et sombre. Il sentait le sol sous ses pieds, pourtant, mais tout autour, partout où se posait son regard, il ne pouvait voir que les formes mouvantes du brouillard, l'humidité s'enroulant autour de lui.

Il se retourna. La vue – ou plutôt, l'absence de vue – était la même, mais son mouvement généra un tourbillon dans la brume, dont les remous s'écartèrent un peu.

Pas assez pour lui permettre de distinguer quoi que ce soit.

Le murmure lui parvenait toujours.

Un souffle, plutôt. Comme des syllabes asthmatiques, qui arrivaient à ses tympans. Il l'avait déjà entendu. Il s'en souvint tout à coup. C'était les syllabes qu'avait prononcées Élie Dupin, le spectre d'Élie Dupin, sa bouche ensanglantée collée sur la vitre de sa voiture.

Je veux me réveiller. Je ne veux pas revivre ça.

Vauvert se retourna de nouveau, cherchant à distinguer quelque chose au cœur de la brume. En vain. Il n'y avait que ce son, ce chuintement, qui se rapprochait, comme si le spectre d'Élie Dupin continuait de souffler dans son esprit. Essayant de lui dire

(*Ééé... vaaaaa... oooooo... ssiiii...*)

quelque chose qu'il ne comprenait toujours pas.

Le brouillard était épais, impossible, presque vivant. Il glissait sur sa peau à chacun de ses mouvements, dessinant des méandres et des arabesques pâles.

Où suis-je exactement ?

Vauvert distinguait des troncs d'arbres, émergeant çà et là dans le grand flou gris du brouillard. *Une forêt ? Des sapins ?*

Il voulut avancer, mais

(*Éééveaaaaa... ooooooossiiiiii...*)

sa jambe fut subitement retenue par quelque chose de souple, freinant son mouvement.

Il crut tout d'abord qu'il s'agissait d'une corde, tendue entre deux arbres, et recula, mais la corde restait accrochée à sa jambe. Il se rendit alors compte que ce n'était pas une corde, mais de la toile d'araignée, une toile monstrueuse, qui se confondait avec la couleur du brouillard. Il se débattit jusqu'à déchirer les fils visqueux, et se dégagea enfin.

Pour l'instant.

Maintenant qu'il savait où regarder, et comment regarder, il distinguait les lignes arachnéennes reliant les branches, de part et d'autre, de tous les côtés, formant un réseau inextricable.

Cette toile était plus vaste encore qu'il ne l'avait cru au premier abord.

Elle recouvrait la forêt de son rêve, dans sa totalité.

L'anxiété monta en lui.

Si la chose qui avait tissé cette toile avait une taille proportionnelle à son œuvre… il ne voulait même pas l'imaginer. Il n'avait nulle envie de se retrouver nez à nez avec un tel monstre.

Alors qu'il se retournait, à la recherche d'une voie au cœur du brouillard, d'un quelconque repère, ses bras effleurèrent de nouveaux fils, et il sentit qu'il s'empêtrait inexorablement dans la toile.

Je ne me laisserai pas piéger dans ce rêve.

Il tira, déchira la matière de ce voile poisseux, envoyant des signaux dans le réseau de fils.

Je veux me réveiller.

La voix de Dupin se fit plus proche.

— Evaaa…

— ÇA SUFFIT ! gueula Vauvert de toutes ses forces, à travers le brouillard. Laissez-moi partir !

— … aussiiiii…

Il se sentit tomber à la renverse. Les fils se refermèrent sur lui, le soulevèrent du sol. La panique le submergea.

— Je ne veux… pas… grogna Vauvert.

Mais il était bel et bien pris dans la toile d'araignée.

Le fantôme de Dupin apparut, drapé dans son ciré noir. Contrairement à lui, il glissait sur le voile monstrueux sans le moindre mal. Sa bouche bleuâtre se tordit en « é », puis en « va ».

Vauvert comprit enfin ce qu'il essayait de lui dire depuis le début.

— Eva… aussi…

C'était le sens de ces syllabes répétées encore et encore par le spectre.

Celui-ci fut tout près de lui. Le colosse se débattit dans les fils de la toile, mais sa force physique ne lui servait à rien ici. Le visage gonflé de Dupin s'approcha du sien. Ses lèvres ondulaient, et Vauvert se rendit compte qu'elles étaient pleines de vers s'agitant sous la peau.

— D'accord ! J'ai compris ! Arrière ! Arrière ! Je veux me réveiller maintenant ! Bordel !

Il se secoua, se cambra. Quand il parvenait à déchirer la toile du rêve à un endroit, celle-ci l'engluait et l'emprisonnait encore plus sûrement à trois autres.

— Laisse-moi, haleta-t-il. Je ne t'ai rien fait…

Les yeux de Dupin roulèrent dans leurs orbites. Il approcha son visage congestionné plus près de Vauvert, jusqu'à l'effleurer.

— Eva aussi… dit-il d'une voix subitement devenue celle d'une femme.

Sa bouche s'agrandit et son visage s'ouvrit comme un fruit.

D'énormes mandibules noires, hérissées de poils comme des rasoirs, jaillirent de sa gorge, et se refermèrent sur Vauvert.

Le policier poussa le plus fort hurlement de terreur de sa vie.

Et il se réveilla.

Il se frotta les yeux dans le noir, se recroquevillant sur lui-même. Son cœur affolé tambourinait.

Un rêve. Un foutu putain de rêve. C'est fini.

Il était empêtré dans les draps en désordre du lit. Pas dans une toile d'araignée.

— Nom de nom, maugréa Vauvert, pantelant.

Il inspira, attendant que la cavalcade qui agitait sa poitrine ralentisse. La chambre baignait dans l'ombre. La chaleur du chauffage central demeurait toujours aussi insupportable.

Il avait la désagréable impression de flotter.

Il se força à redevenir lucide.

— Eva ?

Elle n'était pas allongée à ses côtés.

Il se retourna. Il était seul dans le lit.

— Eva ? appela-t-il à nouveau.

Il lui fallut plusieurs secondes pour réaliser qu'elle se tenait de l'autre côté de la pièce, installée sur le pouf. Mais quelque chose n'allait pas. Il ne comprit pas tout de suite quoi.

— Qu'est-ce que tu fais là-bas ? Il y a un problème ?

Encore quelques secondes pour réaliser que cette silhouette était trop petite. Il était impossible que ce soit Eva. En fait, il était impossible qu'il s'agisse d'un adulte.

C'était une enfant qui se trouvait là-bas.

Il se redressa tout à fait.

— Qu'est-ce que…

Il réalisa.

Il se pétrifia.

— … Justyna ?

Le fantôme de la fillette lui sourit.

— Elle a besoin de toi, Alexandre. Toi seul as le pouvoir de la sauver d'elle-même.

Sa voix était étrange, un peu décalée par rapport au mouvement de ses lèvres, et avait un écho métallique.

Vauvert secoua la tête.

— Pourquoi est-ce que je peux te voir ?

— Tu sais pourquoi.

Il déglutit.

— De quoi devrais-je la sauver ? demanda-t-il au spectre.

Le fantôme de Justyna eut un sourire torve.

Elle se redressa, il la vit se rapprocher par saccades, glisser vers lui sans marcher, ses grands yeux rouges fondant sur lui, et elle grandissait à chaque instant.

Arrivée devant lui, elle avait atteint une taille adulte, ses cheveux étaient toujours blancs mais son visage était celui d'un homme, creusé de rides, et rayonnant d'une intense méchanceté.

Louis Canaan ouvrit sa bouche, dévoilant des dents taillées en pointe, des dents d'ogre, et se jeta sur la gorge de Vauvert.

Vauvert hurla de toutes ses forces.

Et il se réveilla.

74

— PUTAIN ! beugla-t-il en bondissant en position assise.

Il était toujours emmêlé dans ses foutus draps.

Suis-je encore en train de rêver ? Un autre rêve dans un rêve ?

La douleur qui irradiait dans ses côtes fêlées semblait lui indiquer que non, mais il ne savait plus à quoi se fier. Il voulait pivoter, et la douleur fusa dans son poignet gauche également.

Non. Je suis bien réveillé, cette fois.

Il posa ses pieds au sol. La chambre baignait dans la pénombre et le silence. Le lit était toujours vide à ses côtés.

— Eva ? appela-t-il.

Il effleura la lampe de chevet. Une douce lumière monta aussitôt dans la pièce.

— Eva !

Elle ne lui répondit pas.

Il se leva, encore groggy, non sans jeter un regard anxieux au pouf où s'était tenu le spectre de Justyna.

— Eva, où es-tu, bon sang ?

Ne recevant toujours aucune réponse, il marcha jusqu'à la porte de la chambre. Le salon était plongé dans l'ombre.

Cette pièce-là était, elle aussi, déserte.

— Eva ? Tu es là ? répéta-t-il en s'approchant de la salle de bains. Que se passe-t-il ? Tu m'entends ?

Il toqua. Puis, n'obtenant toujours pas la moindre réponse, ouvrit la porte.

Personne ne se trouvait dans la salle de bains. Il y avait encore de la buée sur le miroir mural. La serviette qu'Eva avait utilisée était pliée au carré, à l'angle de la douche.

À présent, l'angoisse ne voulait plus le quitter.

Il traversa le salon et regarda l'heure. Presque deux heures du matin.

Quelque chose n'allait pas du tout.

Il se rua au pied du lit. La valise d'Eva était toujours posée dans un coin de la chambre. En revanche, ses vêtements, dont elle s'était débarrassée quand ils avaient fait l'amour et qu'elle avait posés à côté du lit, n'étaient plus là.

Elle s'est habillée. Elle est sortie.

En plein milieu de la nuit ?

Le nez contre la vitre, il observa les ténèbres au-dehors. De gros flocons tombaient en silence, couvrant lentement mais sûrement la ville d'une épaisse couche de neige.

Il décrocha son téléphone et fit le numéro de la jeune femme.

Les sonneries s'enchaînèrent.

— Décroche, murmura-t-il. Ne me fais pas ce coup-là…

La messagerie.

— *Svärta, police criminelle. Laissez un message après le signal.*

Il raccrocha, essayant de réfléchir à toute vitesse.

75

Mains crispées sur le volant, Eva roulait vers les montagnes.

Le passé l'avait rattrapée.

Elle n'avait plus le choix.

À présent, elle suivait son instinct. Aveuglément. Elle doubla une file de camions qui allaient vers l'Espagne, et mit le clignotant pour sortir de l'autoroute.

Elle avait encore du chemin à faire.

Mais bientôt, elle saurait. Elle le verrait de ses propres yeux. Elle *l'affronterait* enfin.

Quand son téléphone se mit à vibrer, et qu'elle vit le numéro d'Alexandre Vauvert s'afficher, elle pressa le bouton pour l'éteindre.

Elle ne pouvait l'impliquer là-dedans. Elle refusait de le faire. Il l'avait sauvée une fois déjà.

Je suis dangereuse, songea-t-elle. *Tous ceux qui ont le malheur d'être proches de moi sont morts. Mais cette fois sera différente.*

Elle déglutit. Au fond d'elle, elle savait qu'elle se mentait.

La fille du Diable.

— Je suis ton maître ! écume Louis, la plaquant sans ménagement sur les dalles du sol. J'ai ouvert la porte noire ! Moi, et moi seul ! Personne ne se refusera plus jamais à ma volonté !

— Va te faire foutre, espèce de psychopathe !

Madeleine le repousse, le gifle, se débat, mais le garçon accroupi sur elle est de loin le plus fort. Il serre ses mains autour de son cou, cherchant à l'étrangler. Des étoiles passent dans les rétines de la jeune fille. Les images de sa courte vie, crépitantes et éphémères.

— Louis, laisse-la !

C'est la voix d'Ismaël qui s'est élevée. Enfin.

— Ta pute gâche toujours tout ! hurle Louis. Depuis le début, elle te rend faible ! Il est grand temps d'effacer cette mauvaise influence ! Un nouveau sacrifice pour les dieux !

Les ruines tremblent sous sa fureur. Des battements d'ailes se font entendre, venus de la nuit d'encre.

— Non ! Louis, tu es devenu fou ! Arrête ! crie Ismaël en accourant pour les séparer.

Madeleine parvient à lui assener un coup de poing. La lèvre inférieure de Louis éclate. Son sang éclabousse la jeune fille, et ce sang est froid comme de la glace.

Le garçon se cambre. Il sort une lame de sa veste de serpent.

— Tu ne peux pas…

Louis plonge la lame vers sa gorge. Madeleine a juste le temps de tourner la tête. Le couteau déchire le muscle de sa joue, jusqu'à l'os.

— NON ! hurle Ismaël.

Madeleine agrippe le bras tenant la lame, cherchant à l'éloigner de son visage.

Louis la frappe de son autre poing, en pleine bouche. L'arrière de son crâne heurte les dalles. Louis la frappe de nouveau. Aveuglée, elle finit par relâcher son étreinte sur son bras. Juste un instant.

La lame du couteau revient sur son visage.

Elle la sent ouvrir sa peau, ses muscles, ouvrir son autre joue de part en part, comme un quartier de viande chez le boucher. Les éclaboussures de son propre sang l'aveuglent.

Des mains fébriles se saisissent de Louis.

Madeleine roule dans la poussière, cherchant à crier et n'y parvenant même plus. Le sang coule à gros bouillons dans sa gorge. La douleur qui enflamme son visage est au-delà de tout ce qu'elle a jamais imaginé. Elle a l'impression que ses joues vont se décoller et glisser de sa mâchoire. Elle presse ses mains pour refermer les plaies.

Guillaume est resté en retrait, tétanisé par ce qu'ils sont en train de faire, tandis que Pierre et Ismaël essaient de contenir les gesticulations de Louis.

Elle l'entend qui commence à murmurer, à prononcer des mots dangereux.

— Empêchez... le... balbutie-t-elle.

Ismaël place sa main sur la bouche de Louis qui, déchaîné, le mord jusqu'au sang. Ismaël pousse un cri perçant en retirant sa main. À chaque syllabe que prononce Louis, ils sentent leur estomac se soulever et le vertige les aspirer.

— Faites... le... taire...

Guillaume Alban sort tout à coup de sa torpeur. Se penchant sur le sol fissuré, il ramasse un éclat de pierre, et assène un violent coup sur le front de Louis interrompant brutalement sa litanie. Guillaume le frappe de nouveau avec la pierre, de toutes ses forces.

— Traîtresse ! Traîtresse et bâtards ! vocifère l'albinos, écumant de rage.

Avant qu'il ne recommence à réciter la moindre formule, Guillaume lui fourre la pierre entre les dents. Louis fusille les trois garçons de son regard écarlate. Ses cheveux s'enroulent autour de leurs mains, cherchant à écarter leurs doigts. Ils tiennent bon.

— Ne le lâchez surtout pas ! s'écrie Ismaël, en se redressant. S'il utilise le pouvoir, il va nous tuer ! Il va vraiment nous tuer !

Louis se cambre, bande ses muscles, essaie de rouler sur le côté. Pierre et Guillaume résistent. Ils le tiennent bien, maintenant. Madeleine les voit le plaquer sur le sol, et l'y maintenir, mais tout est subitement flou. Ses forces l'abandonnent. Elle a l'impression de s'évanouir, puis de revenir à elle en sursaut. Elle se rend compte qu'Ismaël est allé chercher du fil de fer, il le déroule nerveusement. Elle les regarde tandis qu'ils attachent Louis, l'immobilisent enfin. Ils entourent même du fil de fer autour de sa mâchoire, comme un bâillon, pour maintenir la pierre enfoncée dans sa gorge.

Madeleine hoquette.

Elle se demande si son visage va se décoller. Si elle verra le squelette de son crâne en se regardant dans un miroir. Puis elle réalise qu'elle ne regardera plus jamais dans un miroir si elle se laisse partir maintenant.

— Ismaël… gémit-elle.

Les bras de son petit ami la soulèvent. Il souffle des mots à son oreille. Elle sent la chaleur que dégage Ismaël passer en elle, et l'air pénétrer à nouveau dans sa gorge. Seule la douleur intense dans ses joues ravagées ne la quitte pas.

— Je l'avais… toujours dit… halète-t-elle, tandis qu'il la transporte jusqu'à l'autel. Cela ne pouvait… que finir… ainsi…

— Calme-toi. Nous allons nous occuper de lui.

— Il a versé… le premier sang… Il a communié… avec les dieux… On ne peut… rien…

— On peut le bannir. Il a ouvert le voile. Je sais comment faire… Nous savons tous comment faire…

Elle ferme les yeux.

Sombre.

Quand elle les rouvre, elle ne sait combien de temps s'est écoulé, mais la lueur de l'aube monte sur les ruines.

— Ismaël…

— Chhh…

Elle sent les mains du garçon posées sur ses joues. Elle sent davantage de chaleur, bien que la douleur demeure.

— Ça va aller, lui promet-il.

Elle déglutit. Au moins n'y a-t-il plus de sang dans sa gorge.

Du coin de l'œil, elle réalise qu'ils sont tous autour d'elle. Les trois garçons perdus. Il a fallu cela pour qu'ils ouvrent les yeux. Mais elle se demande si ce n'est pas trop tard. Elle voit aussi Louis, hérissé de fils de fer, réduit à l'immobilité et au silence. Elle voit son regard braqué sur elle qui semble encore hurler traîtresse ! Traîtresse et bâtards !

— Nous allons le faire, lui indique Ismaël. Nous allons le faire tout de suite.

— On n'y arrivera pas… gémit-elle. Il n'y restera pas…

— Bien sûr que si, nous allons y arriver.

Elle bascule la tête en arrière.

Le regard de sang ne veut pas la quitter. Ce regard de haine intense de Louis.

Je reviendrai, disent ces yeux. Tu sais qu'un jour je reviendrai, et alors je vous tuerai tous…

Elle a l'impression d'entendre réellement sa voix dans son esprit.

— S'il trouve un moyen… S'il revient…

— Il en sera incapable, lui dit Ismaël. Personne ne pourra jamais lui ouvrir le passage. Tu le sais, n'est-ce pas ? Si nous le renvoyons

là-bas, personne ne pourra l'aider... plus jamais...

De toute son âme, Madeleine espère qu'il a raison.

— Alors... il faut le faire... tout de suite... murmure-t-elle...

— Tu te sens capable ?

Elle hoche faiblement la tête. Un incendie lui dévore le visage. Mais elle est vivante. C'est tout ce qui compte. Et elle se jure de le rester.

— Nous allons le faire... dit Madeleine, d'une voix emplie d'une terrible résignation. Et ensuite... je partirai...

Ismaël baisse les yeux.

— Madeleine...

— Si je survis à cette journée, Ismaël... Je jure de ne plus revoir... aucun d'entre vous... plus jamais...

Plus jamais…

76

Louis ôta son pied de la colonne vertébrale brisée de Loisel.

— *Traîtresse…*

À nouveau, il se contentait de chuchoter, et à nouveau Madeleine l'entendait sans mal, comme s'il avait parlé dans son cou.

— Sors d'ici, lui dit-elle.

Elle se pencha sur la coupe de fer, et l'agrippa. Des étincelles enlacèrent ses doigts. Ses cheveux s'agitèrent d'électricité statique.

— Tu n'es plus le bienvenu dans ce temple, Louis. Nous t'avons banni.

— Ce temple ? fit l'albinos. Tu parles d'un temple…

Il avança dans la nef de la chapelle. À chacun de ses pas, la neige fondait sous ses chaussures, dégageant des volutes de vapeur qui s'enroulaient autour de ses jambes, dessinant des créatures grimaçantes.

— Ce temple… et tous les autres, dit-il de sa voix doucereuse. Ils seront les miens, Madeleine… C'était écrit ainsi…

Le scintillement de sa veste d'écailles se faisait plus éblouissant à mesure qu'il s'approchait du feu. Pourtant Madeleine ne détourna pas les yeux.

— Je t'en empêcherai. Je l'ai déjà fait une fois.

— Ah oui ?

Il s'arrêta, et tourna son menton vers le cadavre de Loisel, désarticulé, continuant de se vider de son sang sous la voûte de pierre.

— As-tu empêché sa mort ? As-tu empêché leur mort à tous ? Bien sûr que non. Tu n'as rien empêché du tout, et maintenant mon rituel est presque achevé. Cela a simplement pris plus de temps que prévu…

À cet instant, Madeleine entendit des dizaines de claquements d'ailes nerveux, et des corbeaux surgirent du brouillard. Il en venait de tous les côtés, des oiseaux énormes qui brassaient le brouillard de leurs ailes luisantes. Ces corbeaux ne croassaient pas. Ils se perchèrent, les uns après les autres, sur les murs en ruine de la chapelle. Leurs yeux ronds et fixes se braquèrent sur elle, concentrés dans l'attente. Leur avidité la transperça.

— Que sont-ils ?

— Tu le sais bien. Des âmes. C'est à ce jeu que nous jouons tous, non ? Le jeu des âmes.

Madeleine serra plus fort le calice. Ses doigts déformaient lentement le métal. Elle sentit la force enivrante qui se consumait dans ses veines, illuminant son cœur de lumière noire.

— Ce sera la tienne qu'ils emporteront, Louis. Pas la mienne.

Louis sourit.

— Oh oui ?

— Oh, oui, dit-elle, en lâchant la coupe de fer, à présent réduite à une silhouette écrasée.

Elle ouvrit ses mains devant elle, rejetant la puissance qu'elles avaient maintenue, et elle vit cette puissance se répandre devant elle comme une vague de chaleur, froissant l'air, fondant sur l'homme dans la veste de serpent. De sa bouche jaillirent les paroles, les clefs, toute sa peur et sa colère, toute l'énergie qu'elle pouvait encore puiser dans son esprit et dans le souvenir du sang des saints qu'elle avait absorbé.

— *Atem asher shochvim, kumu ki haet lenekama highiya ! Shimu koli ! Shimu et milot hamachshefa hashchora !*

Quelque chose souleva la neige devant l'albinos.

Il secoua la tête, observant la créature enfouie qui se relevait, s'extirpait de la terre et des cailloux où elle avait attendu. Un vestige. Une âme arrachée.

— Idiote, chuchota-t-il.

La créature se dressa sur ses quatre pattes, et il vit qu'il s'agissait d'un chien, ou, du moins, de ce qui avait été un chien, il y avait bien longtemps. Ses os semblaient s'épaissir et durcir, des muscles noirs gonflaient de nouveau sur son imposante carcasse. Ce n'était pas le ridicule caniche que Madeleine avait sacrifié. Ce chien-là, Louis le reconnut, était le doberman qu'il avait lui-même égorgé sur l'autel. Vingt-cinq ans auparavant, ce doberman n'avait été qu'un chiot. À présent qu'il s'extirpait des voiles de la mort, l'animal était plus gros, beaucoup plus gros. Il avait eu le temps de croître, avec sa colère et sa frustration. Le spectre du chien n'était plus qu'un torrent de haine déferlant vers celui qui l'avait sacrifié.

Louis se figea. Ses yeux se réduisirent à des fentes de sang. Son sourire ne disparut pourtant pas, tandis qu'il traçait un signe dans l'air, et soufflait lui aussi un sortilège au bout de ses doigts.

L'instant suivant, la créature ouvrit une gueule pourvue de crocs énormes, gluants de pourriture.

Elle se jeta sur lui.

D'un mouvement souple, Louis lui saisit la gorge de la main droite. La chose, arrêtée en plein bond, poussa un cri monstrueux, entre hurlement de chien et pleur humain, et donna de furieux coups de griffes dans le vide.

— *Attaque !* hurla Madeleine. *Attaque-le, emporte-le !*

Le spectre en était incapable. Sa gorge était comprimée, l'empêchant de mordre. Ses pattes massives avaient beau s'agiter, elles ne touchaient pas le sol. L'albinos le souleva plus haut, le tenant à bout de bras sans le moindre effort. Les yeux de la créature impuissante étincelèrent de rage. Ses naseaux se dilatèrent et se comprimèrent. Ses crocs poussèrent un peu plus, se déchaussant, et poussèrent encore. La chose gesticulante ne ressemblait même plus vraiment à un chien, mais à un concentré de folie furieuse ayant pris vie.

— C'est tout ce que tu peux faire ? fit Louis avec un profond dédain, sans même regarder Madeleine. Ressusciter une pauvre ombre ? Son corps a grandi mais son âme est restée celle d'un chiot.

Madeleine révulsa ses yeux, mains posées au bord de l'autel, s'y agrippant, puisant toute la force qu'elle pouvait trouver dans les vestiges du passé, elle continua de réciter les syllabes chuintantes des formules sacrées. Elle invoquait les puissances terribles qu'ils avaient éveillées ici, tant d'années auparavant, et les suppliait de revenir l'aider, aujourd'hui comme jadis.

— *Bou elai ve-eten lachem korban !* vociféra-t-elle.

Louis avança. Au bout de son bras, la créature-doberman se contorsionnait, happant l'air de sa gueule aux crocs démesurés.

— *Atem asher shochvim ve-holmim al teshuka ve-nekama, hadlu lishon ! Shimu le milotai ve-kumu ! Shimu le milotai ve-avru et hareala. Shimu le milotai ve-hargu lemaani !*

Une deuxième ombre de chien, puis une troisième, émergèrent de la neige, secouant des têtes formées de pourriture mouvante, de boue et de fragments d'os mal reconstitués, de vieille douleur et de haine aveugle.

Les monstres bondirent sur Louis en poussant des cris sauvages.

Le sorcier se servit de celui qu'il tenait à la main comme d'un écran, le dressant devant les deux autres. Ceux-ci plantèrent leurs crocs dans sa chair, et, fou de rage, le doberman se tordit pour les happer à son tour. Quand Louis le lâcha, les trois chiens continuèrent de se mordre et de se griffer, avec des hurlements stridents et une férocité accrue. Ils en avaient oublié leur adversaire initial. Déployant toutes leurs forces les uns contre les autres, ils roulèrent sur la neige et heurtèrent le pied de la voûte. Cela ne calma en rien leur fureur, bien au contraire. Leurs crocs s'enfonçaient et déchiraient leur propre viande, leur rage augmentant à chaque blessure.

Les corbeaux s'envolèrent et tournoyèrent autour des chiens en train de s'entre-dévorer, les encourageant de leurs voix suraiguës.

— *Tue-le ! Tue-le !* croassaient les volatiles.

Louis dévoila ses dents pointues. Ses yeux rouges brillèrent plus fort encore.

— Quelle pitié, ma chère. Tes forces déclinent à ce point ?

Mais Madeleine n'était pas prête à s'avouer vaincue.

Elle continuait de réciter les incantations, rassemblant ses sortilèges dans l'air devant elle.

— Madeleine, soupira Louis en avançant. Madeleine, Madeleine…

La vibration secoua le sol. Elle partait de l'autel et se diffusait dans toute la chapelle. Sous la neige, les dalles se fendirent avec des craquements assourdissants.

L'albinos s'arrêta, surpris par la violence du phénomène.

Madeleine accéléra le rythme. Ses flots de paroles se succédaient et se chevauchaient comme les cascades d'un immense torrent. Son corps était agité de convulsions, de plus en plus violentes. Elle se cramponnait toujours à l'autel de ses deux mains pour ne pas partir en arrière, mais son échine était cambrée dans un angle inhumain, et sa poitrine tressautait, comme si quelque chose de vivant cherchait à s'en extirper. De la lumière jaillissait de sa gorge déployée, maintenant. La lumière d'un soleil noir et dévorant.

— Le sang des saints est puissant, dit Louis. Mais j'ai mangé les cœurs de Guillaume et d'Ismaël. Tu ne peux rien contre ce pouvoir-là…

Une nouvelle vibration glissa sous ses pieds, et cette fois l'albinos recula.

Une autre chose était venue mourir ici. Un animal bien plus gros.

Une chose qui se réveillait à présent.

Le sol craqua, et la neige se souleva, tandis que la créature se redressait. Sa silhouette, énorme, était courbée, ses pattes antérieures repliées devant elle, et sa tête s'arracha en dernier à la terre gelée.

La créature qui avait été un cerf dressa ses longs bois, faits de torsades, hérissés d'éclats de cailloux tranchants.

Louis se figea.

— Intéressant…

L'ectoplasme poussa un rugissement rauque.

Puis il lui fonça dessus.

Louis se décala sur le côté, d'un simple mouvement des hanches, esquivant cette attaque aussi facilement qu'il l'avait fait pour celle des chiens. Les bois monstrueux passèrent à un centimètre de sa veste sans même parvenir à l'effleurer, et le spectre du cerf, déséquilibré par son élan, dérapa sur la neige, et trébucha. Il tomba sur le flanc, écrasant les corps déjà en charpie des chiens, qui redoublèrent leurs aboiements hystériques. L'énorme monstre les piétina et broya leurs crânes sous ses sabots. Quand il se redressa, il écumait de rage, et de la vapeur se dégageait de son corps frémissant. La texture de sa mâchoire semblait instable, bouillonnant sur le squelette de ses dents épaisses. Le feu dans ses yeux était du vert presque blanc des lucioles et de la flore des abysses. Sous le simulacre de chair qui tentait de se reconstruire, son squelette brillait lui aussi de cet éclat de phosphore.

Il se replia, prêt à charger.

Ses bois grandirent, s'hérissèrent de davantage de fragments, pierres, et piques luisantes.

Ses puissantes pattes le propulsèrent en avant. Il fonça droit devant.

L'homme sur son chemin était prêt. Il tendit les mains à la rencontre de l'animal, et récita son sortilège, un grand rictus de plaisir déformant son visage.

Le spectre rencontra l'homme dans un grand choc de matière et de volonté.

Louis plongea sa main dans la poitrine de l'animal, perforant les muscles et brisant ses os, jusqu'à saisir son cœur entre ses doigts.

Il arracha l'organe d'une simple traction.

La chose qui avait été un cerf s'écroula à ses pieds comme un grand tas de feuilles et d'excréments.

Louis observa le cœur qui continuait de battre dans sa main. C'était un muscle strié, puissant, enrobé de matières noires visqueuses qui le reliaient encore à sa carcasse inerte. Quand les doigts du sorcier le pressèrent, il s'emballa, le battement devint bouillonnement, puis goudron épais, ruisselant dans la main de Louis.

Il se retourna alors lentement, essuyant ses mains sur sa veste en écailles.

— Je crois que les jeux sont faits, murmura-t-il.

Madeleine ne se trouvait plus derrière l'autel.

— Petite salope.

Il traversa le chœur de la chapelle et observa la forêt enténébrée qui s'étendait derrière le mur en ruine.

Ainsi, elle avait fui. L'idiote croyait encore pouvoir lui échapper.

Comme l'avait fait le cerf, Louis poussa un rugissement animal. Ce cri n'était pas rauque, mais aigu, reptilien, démultiplié par le vide et se répercutant dans toute la vallée comme un terrible présage.

Ensuite, il enjamba le mur et se mit en chasse, silencieux comme la mort.

Personne ne pourra jamais lui ouvrir le passage. Tu le sais, n'est-ce pas ?

77

Vauvert avait rassemblé les affaires d'Eva.

Il essaya de dresser l'inventaire de ce qu'elle avait laissé et de ce qu'elle avait emporté avec elle.

Tout d'abord, son arme de service manquait. Ce n'était pas étonnant. Il ne l'avait jamais vue s'en séparer.

Il ne trouvait pas non plus la photo du groupe d'étudiants.

Pas plus qu'il ne put remettre la main sur la pièce à conviction qu'ils avaient récupérée à Rodez. Ce morceau de peinture sur bois représentant le Jugement dernier.

— Saint-Jean, dit-il dans sa barbe. Bon sang de bordel, Saint-Jean de quoi ?

Il posa une main sur le mur, et inspira profondément, le temps que la douleur dans ses côtes s'estompe un peu.

Il fallait réfléchir très vite.

78

Le cri qu'avait poussé Louis traversa Madeleine comme une onde glacée, la faisant vaciller. L'espace d'un instant, elle ralentit sa course, attentive à ne pas perdre son équilibre. Elle savait que la moindre faiblesse, maintenant, lui serait fatale.

Elle savait aussi qu'il lui fallait continuer. Coûte que coûte. Ne pas lui donner l'occasion de la déstabiliser par ses tours.

Elle posait ses pieds avec circonspection sur les roches glissantes. Contourner les ruines était plus difficile qu'elle ne l'avait imaginé. Heureusement, elle parvenait à se repérer grâce à la luminosité de la neige qui recouvrait le pic.

Peu à peu, elle descendait le terrain rocailleux. Il ne lui restait qu'à retrouver la piste entre les arbres.

— *Tu peux courir*… fit la voix de Louis.

Elle tressaillit de nouveau. Elle l'entendait toujours aux creux de son oreille, bien qu'il ne soit pas là.

— … *tu ne peux pas te cacher.*

Il bluffait.

S'il avait pu l'empêcher, il l'aurait déjà fait.

Elle accéléra sa course, faisant abstraction du froid mordant.

Tout en se faufilant entre les sapins, et en négociant avec prudence les rochers qui affleuraient sous le tapis de neige, elle aussi murmurait. Elle récitait un ancien rituel de protection, pour qu'il ne la repère pas, pas encore. Malheureusement, sa panique prenait le dessus. Elle l'empêchait de se concentrer. Le sang à ses tempes assenait des coups de tambour. Le sang des saints l'avait régénérée, il scintillait maintenant dans ses veines comme des rivières de diamants, mais cela ne changeait rien. Louis demeurait le plus fort. Elle repensa à ce qu'il avait dit. *Il avait dévoré les cœurs de deux sorciers. Ses frères de sang.* Elle savait ce que cela signifiait. Sa puissance en était multipliée. Elle ne faisait pas le poids contre ça. *Personne* ne pouvait stopper le genre d'être qu'était devenu Louis.

Elle trottait pourtant dans la neige, avec l'énergie du désespoir.

Où était ce maudit sentier ? Elle avait fait le tour du pic, mais, dans la nuit, le chemin demeurait invisible. Son véhicule devait se trouver quelque part plus bas, derrière le bosquet de sapins noirs. Quand elle passa dans l'ombre totale, elle ne maîtrisa plus ses pas. Des rocs saillaient sous la neige, pièges durs et tranchants, et elle ne cessait de trébucher. Elle se rattrapait aux troncs des arbres, aux rameaux hérissés des sapins. Jusqu'au moment où elle finit par s'érafler le mollet contre une pointe de rocher. Une vive douleur la traversa. Ce n'était rien. Il lui fallait tenir. Encore un peu. Elle marchait, à présent, courbée, entre les branches basses, perdue dans le noir. Elle sentait que son sang aspergeait la neige. Les pans de son manteau s'accrochaient aux buissons et aux épines acérées des branches de houx. Les arbres se courbaient à son passage, leurs longs doigts squelettiques effleuraient son visage, s'emmêlaient dans ses cheveux, cherchant ses yeux du bout de leurs griffes…

Des illusions.

Elle continua de fuir, se guidant grâce à l'inclinaison du terrain. Si elle descendait assez, elle savait qu'elle finirait par retrouver la route.

À plusieurs reprises, elle dérapa et tomba sur les fesses dans les ronces invisibles. Elle se sentait de plus en plus perdue dans ce décor de branches inextricables, cette neige et ce brouillard. Et toujours aucun signe qu'elle approchait de la route…

Son poursuivant, lui, gagnait du terrain.

Elle le sentait dans les bruissements des sapins. Les mouvements se multipliaient dans les cimes, et autour d'elle. Tout à coup, elle entendit les croassements aigus des corbeaux. Ils tourbillonnaient dans le ciel, juste au-dessus de sa tête, en l'appelant :

— *Made-leine ! Made-leine !*

— Laissez… moi… haleta Madeleine.

Subitement, une main lui agrippa l'épaule. Elle cria, et gesticula pour se dégager. Il ne s'agissait que d'une branche, recourbée comme une serre, qui s'était prise dans le pelage de son manteau. Elle se contorsionna pour se dégager. À l'instant où elle arrachait enfin la maudite branche, elle heurta l'angle d'un rocher avec son genou. Elle cria de nouveau, de douleur cette fois.

— *Made-leine ! Made-leine !* continuaient les volatiles.

Les branches revinrent à l'assaut, et à présent il y en avait plusieurs. Elles avaient beau être constituées de bois, elles se mouvaient comme des bras humains, bien décidées à la saisir dans leurs griffes acérées.

Madeleine fit un pas en arrière, s'éloignant de l'arbre. Elle ne vit pas l'autre branche, derrière elle, qui se dépliait et écartait ses rameaux. Le sapin posa ses longs doigts épineux sur son poignet droit, et cette fois Madeleine ne fut pas assez prompte à retirer sa main. Les rameaux entourèrent son poignet, l'emprisonnant dans un piège inexorable.

Elle hurla, se débattant de plus belle. De sa main valide, elle chercha à se libérer, à briser ces branches, mais déjà d'autres extensions végétales approchaient. L'une d'elles happa son poignet gauche.

— Non ! Non !

Elle tira. Se démena. En vain. L'arbre qui avait saisi ses poignets était trop résistant. Ses aiguilles pénétrèrent dans la peau fragile, tandis que les rameaux glissaient, se resserrant à la manière d'un nœud coulant.

Puis les branches s'écartèrent, tendant les bras de Madeleine en croix.

Elle fut lentement soulevée du sol.

— Toi… geignit-elle, le sentant approcher. TOI !

Elle inspira une bouffée d'air glacé et recommença à psalmodier. C'était tout ce qu'elle pouvait faire pour se sauver. Appeler un dernier miracle, une ultime illusion.

— *Shimu le koli adonei ha mavet ve-hazevuvim… adonei nekama shechorim… kaele hamilim…*

Il fallait qu'elle y arrive.

— *Adonei ha tohuh vavohuh, banim shechorim ha darim be mamlechet ha mavet…*

Elohei hahashecha hameshabchim korbanot meratzon…

Quand elle sentit les branches ramper dans son dos, se glisser dans sa chevelure et s'enrouler autour de ses joues, elle sut qu'elle n'y arriverait pas. Elle n'avait plus le temps.

Les extrémités des rameaux s'immiscèrent dans ses lèvres, la forçant à ouvrir la bouche, et elles s'enfoncèrent dans sa gorge, bloquant ses mâchoires. Madeleine ne respirait plus que par le nez, par intermittence, désormais incapable de prononcer la moindre parole.

Louis émergea du brouillard et marcha vers elle. Elle vit des yeux qui brillaient comme ils avaient brillé cette nuit-là, de leur éclat de ténèbres rouges.

— Tout s'arrête, Madeleine…

Madeleine sentit des larmes rouler sur ses joues. Sa bouche était emplie d'aiguilles de sapin qui se tordaient, agitées de spasmes. Elle étouffait un peu plus à chaque seconde.

Il s'approcha de son corps crucifié entre les arbres.

— Nous aurions pu régner sur le monde…

Elle hoqueta. *Des mensonges.* Il n'y avait pas de pouvoir au bout des sacrifices. Simplement d'autres sacrifices. Elle essaya de bouger, mais les branches tirèrent encore plus fort sur ses bras. Si la tension augmentait encore, réalisa-t-elle, elle serait écartelée, purement et simplement. Les os de ses articulations allaient se dessouder.

Tout ce qu'elle pouvait faire était continuer de pleurer, et attendre la mort qu'allait lui infliger Louis.

L'albinos sourit. Ses dents de crocodile étaient terrifiantes, faites pour déchirer de la chair humaine. Il les avait limées précisément pour cela.

— Ne t'en fais pas, dit-il de sa voix douceâtre. Tu seras la dernière. Je veux que tu savoures cette attente jusqu'au bout.

Les branches des sapins s'enroulèrent encore plus étroitement autour de ses bras.

Il disparut pendant ce qui lui sembla une éternité, mais qui ne fut peut-être que quelques minutes.

Puis il réapparut de nouveau au cœur du brouillard.

Madeleine vit qu'il tenait un bidon à la main. *De l'essence.*

Il posa le bidon dans la neige. De son autre main, il leva un sac. Elle savait ce qu'il contenait, bien sûr. *Du sel.* L'élément indispensable pour pratiquer l'exorcisme.

Elle s'étouffa. Hoqueta.

— N'est-ce pas ironique ? susurra Louis. Quand vous m'avez banni, vous n'avez pas eu le courage de réaliser le rite en entier. Vous vous êtes comportés en débutants et en lâches, exactement comme je vous l'avais dit…

Les corbeaux jacassaient avec une vive excitation. Avides de goûter la chair de la victime.

— Je ne ferai pas la même erreur que vous.

Il rayonnait d'une joie perverse.

79

Le commandant Damien Mira décrocha à la deuxième sonnerie.

— *Alex ? Un problème ?*

— Je ne sais pas trop, commença Vauvert d'une voix anxieuse. J'ai un très mauvais pressentiment. Est-ce que, par hasard, Eva Svärta est passée dans les locaux, ce soir ?

Il pria pour que son collègue lui réponde que oui. Qu'il lui passe le téléphone, qu'elle lui dise que ce n'était rien. Que tout s'expliquait.

— *Ah, non*, fit Mira, surpris. *Je ne l'ai pas vue.*

— Tu es sûr ?

— *Je viens de faire un tour jusqu'à la machine à café. Je peux t'assurer qu'il n'y a que l'équipe de nuit, ici.*

Vauvert serra ses mâchoires.

— Merde. Bon sang de merde.

— *Mais que se passe-t-il donc de si grave ?*

— Je crois bien qu'elle est en danger, je… bordel, je SAIS qu'elle est en danger ! Mais elle ne répond pas à son putain de téléphone, je ne sais plus quoi faire !

— *Alex, Alex, essaie plutôt de te calmer*, le supplia son collègue au bout du fil. *Peut-être est-ce en rapport avec mon e-mail ?*

Alexandre se figea, bouche ouverte.

— Quel putain d'e-mail ?

— *Le même que je t'ai envoyé… L'ouverture de la tombe que tu as demandée au parquet cet après-midi…*

C'était totalement sorti de sa tête. L'ouverture du caveau des Loisel.

— Parce que c'est déjà fait ? s'exclama-t-il.

— *C'est ce que je suis en train de dire*, soupira Mira. *Thibaut a fait des heures sup pour toi, c'est lui qui s'y est collé. D'ailleurs, permets-moi de te signaler que je n'ai jamais vu une requête honorée aussi vite. Il faudrait que tu m'expliques ce qui se passe entre toi et la proc', depuis quelques jours…*

Vauvert ne l'écoutait plus. Il s'était rué sur son ordinateur. Il souleva l'écran et alluma la machine.

— Damien, une seconde ! le coupa-t-il. C'est très important, qu'y avait-il dans ce mail ?

— *La liste des pièces prélevées dans le caveau familial des Loisel, comme tu l'avais demandé. Je vous ai adressé une copie du procès-verbal, à toi et à ta copine parisienne. Je pensais que tu aurais consulté ta messagerie plus tôt…*

Vauvert se frappa le front. Il s'était passé tellement de choses durant la soirée que l'idée de vérifier ses e-mails ne l'avait même pas effleuré.

Mais Eva, maniaque comme elle l'était, l'avait sûrement fait.

Eva, pourquoi ? Pourquoi me laisser en plan, encore une fois ?

Il s'efforça de patienter, jurant toutes les deux secondes, tandis que le logiciel se mettait en route et que les messages étaient téléchargés.

— Je l'ai, grommela-t-il. Je le vois. C'est bon.

— *Il y avait bien un fragment de peinture, comme tu le supposais*, lui dit Mira. *Je t'ai envoyé des photos du recto et du verso.*

Vauvert venait justement de cliquer sur la première pièce jointe.

La représentation des damnés se tordant dans les flammes emplit l'écran.

D'un clic de souris, il passa à l'image suivante. *Le verso.* Uniquement du bois peint couleur or. Et la fin de l'inscription.

— Saint-Jean-du-Pic ! s'écria Vauvert. C'était ça, le nom ! Saint-Jean-du-Pic !

— *Comme la chapelle romane ?*

— Quelle chapelle, bordel ? Tu en connais une qui porte ce nom ?

— *Eh bien, oui. C'est dans les Pyrénées, vers chez mes parents. Mais je crois que ce n'est plus qu'un tas de ruines. Enfin, je te dis ça, je n'y suis jamais allé personnellement. Par contre, j'ai entendu des tas d'histoires sur cet endroit. On raconte qu'il est hanté.*

— Hanté ?

C'était là. C'était forcément là.

— *Tu sais*, marmonna Mira, *les ragots habituels. Des histoires de messes noires et de revenants…*

— Damien, j'ai compris, dit nerveusement Vauvert en se penchant pour enfiler ses rangers. Il me faut les coordonnées GPS de cet endroit. Et rassemble tous les effectifs disponibles. Tout de suite. C'est une question de vie ou de mort.

80

Elle y était presque.

Les phares de l'Audi illuminaient les pans abrupts de la montagne, tapissés de neige fraîche. Les silhouettes décharnées des sapins se dressaient à perte de vue, leurs branches ployées elles aussi sous des couches blanches.

Il y avait un véhicule arrêté en travers du chemin, à une cinquantaine de mètres devant elle. Eva comprit pourquoi quand ses propres pneus se mirent à patiner sur la glace, refusant de la pousser plus loin.

Elle tira le frein à main. L'Audi glissa de biais pendant de longues secondes avant de se caler contre le bord d'une congère. Le lourd véhicule s'immobilisa.

Eva souffla plusieurs fois, mains crispées sur le volant.

Impossible de reculer, à présent.

Elle éteignit les phares.

La nuit était plus noire que de l'encre de Chine. Mais cela ne la dérangeait pas, elle avait toujours vu sans le moindre mal dans l'obscurité. La neige blanche reflétait bien assez de luminosité pour qu'elle se repère comme en plein jour.

Elle poussa la portière et sortit dans la nuit glacée.

La première sensation qu'elle perçut ne fut pourtant pas le froid pénétrant. Ce fut une sensation auditive.

Le croassement des corbeaux. Le bruit de leurs ailes qui battaient frénétiquement.

Cela lui rappelait de terribles souvenirs.

Elle serra la crosse de son Beretta.

Puis s'engagea sur le mince sentier entre les arbres.

Elle n'avait qu'à se laisser guider par le vacarme des volatiles.

Tandis qu'elle marchait dans la neige, chaque muscle de son corps tendu par l'anticipation de ce qu'elle allait découvrir dans cet endroit, il lui était impossible de ne pas repenser à tous les cauchemars qui la hantaient depuis des années. Toujours, dans ceux-ci, son père nourrissait d'énormes oiseaux noirs avec des bouts de viande. Se pouvait-il que ce soit lui qui ait envoyé ces rêves dans son esprit ?

Bien sûr, que c'est le cas ! décida-t-elle. Il n'était plus humain. Quoi que les autres lui aient fait, cela l'avait changé.

La piste ne cessait de monter. Les bruits d'ailes et les piaillements des corbeaux se faisaient de plus en plus forts. À présent, elle avait réellement l'impression de revivre un de ces cauchemars. Même ces arbres aux allures lugubres semblaient ployer autour d'elle, l'encerclant, attendant…

Cette fois, le cauchemar était devenu réel.

Il ne suffirait pas de crier pour se réveiller.

Eva chassa ces sombres pensées et progressa avec prudence, arme brandie devant elle, tandis que ses bottes s'enfonçaient profondément dans la neige glacée.

Le brouillard se referma sur elle.

81

Les corbeaux tournoyaient autour d'un arbre.

Avançant avec précaution, Eva était aux aguets, arme prête à faire feu.

Elle entendit le gémissement avant de voir Madeleine Reich. Elle perçut aussi des bruits étranges, comme de la corde tendue, tordue, en mouvement constant.

— Dégagez ! cria-t-elle aux volatiles.

Ceux-ci s'éparpillèrent, mais se posèrent sur les branches des arbres, tout autour d'elle, continuant de croasser.

Ce qu'elle vit alors au sein de la brume était incroyable.

Une femme crucifiée par les arbres. Les branches l'avaient saisie et la tenaient au-dessus du sol. C'était le son de leurs mouvements qu'Eva entendait. Des bruits de torsion et de craquements de bois.

Les cheveux blonds de la femme s'agitaient sur son visage. Ils semblaient pousser et se raccourcir dans un chaos de boucles frémissantes.

— Madeleine ?

— *Made-leine !* croassèrent les corbeaux. *Madeleine ! Made-leine !*

Les yeux de la femme s'ouvrirent, couleur de zinc. Ils roulaient désespérément de droite à gauche.

Eva vit les branches dans la bouche de la femme. Elle imagina la douleur qu'elle devait ressentir en cet instant, ainsi perforée de toutes parts par les branches des sapins, et cette pensée lui serra le cœur.

Elle ne pouvait pourtant lui être d'aucune aide.

— C'est lui qui vous a fait ça ? murmura-t-elle, découvrant à chaque seconde l'horreur des branches enfoncées sous les vêtements de cette femme.

La femme cligna des paupières une fois. *Oui.*

Puis son regard se dirigea sur la droite.

Là-bas.

Eva hocha la tête.

— Il est là ? C'est lui qui vous a fait ça ?

Madeleine ferma les yeux.

Oui.

— Comment fait-il ?

Madeleine se contenta de la regarder. Un éclat d'espoir brilla dans ses yeux d'acier.

Sur les branches, les corbeaux criaient à tue-tête.

— Arrêtez ! hurla Eva.

— *Arrê-tez ! Arrê-tez !* piaillèrent les oiseaux, reprenant leur vol en cercles autour d'elle.

La policière s'avança, mais les branches des arbres, qui semblaient douées d'une volonté propre, se dressèrent face à elle pour l'empêcher d'approcher.

L'instant suivant, un des oiseaux fondit en piqué sur elle, frappant son blouson de son bec noir. Un autre réussit à agripper ses cheveux dans ses serres.

Eva recula en se débattant.

Quand elle fut de nouveau à distance de l'arbre, les corbeaux la laissèrent. Ils se posèrent de nouveau sur les branches et crièrent des onomatopées aiguës.

— Je vais mettre un terme à ces horreurs, promit-elle à la femme crucifiée.

Madeleine Reich referma et rouvrit ses paupières plusieurs fois. Eva ne comprit pas ce qu'elle voulait lui dire. Elle espéra qu'il s'agissait d'un encouragement.

Elle en aurait besoin.

Abandonnant la sorcière à son supplice végétal, elle remonta la pente de la montagne, vers le sommet – vers la chapelle.

Les corbeaux reprirent leur envol pour la suivre.

Tu sais qu'un jour je reviendrai, et alors je vous tuerai tous...

82

La brume s'écarta quand elle atteignit les ruines.

Eva aperçut une arche de pierre. Derrière, des pans de murs effondrés, sur lesquels les corbeaux venaient se percher, battaient des ailes et jacassaient, dans l'attente évidente de sa venue.

Elle avança donc.

On avait allumé un feu, au fond de cet endroit. La lumière vive agressa ses rétines, et elle plissa les yeux pour lutter contre l'éblouissement.

Elle franchit l'arche, légèrement courbée, retenant son souffle.

Sa vue s'ajustait. Elle vit d'abord l'homme allongé sur l'autel. Les flammes illuminaient le sang qu'il avait perdu, et qui avait éclaboussé la neige tout autour.

Puis, dans le jeu d'ombres et de lumières, elle vit l'homme de ses cauchemars, accroupi sur le cadavre.

Sa blessure secrète, l'assassin de sa mère et de sa sœur.

Elle l'avait retrouvé. Et il était tel qu'il avait toujours été, dans ses rêves terrifiants. Exactement le même que dans ses cauchemars.

Louis Canaan tenait le cœur du cadavre entre ses mains.

Il le dévorait, avec un plaisir évident et monstrueux. Des filets de sang, épais, poisseux, glissaient sur son menton, engluaient les pointes de ses cheveux, et s'égouttaient lentement sur l'autel.

— Oh, Seigneur, dit Eva.

Le son de sa voix parut briser l'inertie de la scène. Tous les corbeaux perchés sur les pierres, sans exception, tournèrent leurs têtes curieuses, comme s'ils faisaient partie d'une unique entité.

L'homme leva les yeux vers elle, lui aussi. Un sourire rouge et effilé s'ouvrit sur son visage. Elle vit que ses dents étaient pointues, animales. Les dents d'un ogre. Faisant ce qu'un ogre fait. Sans cesser de la regarder, il planta ses crocs dans le cœur humain, le déchira et avala un morceau humide.

— Ma fille… murmura-t-il. Enfin…

La cruauté qu'il dégageait était palpable, comme une vague de froid intense traversant la chapelle. Eva leva son arme vers lui, mais elle se rendit compte qu'elle tremblait. Le mélange de peur et de dégoût la tétanisait.

— Tu es… comme dans mes rêves, balbutia-t-elle, n'en croyant toujours pas ses yeux. Exactement comme dans mes rêves.

— Bien sûr que je le suis…

Il glissa au pied de l'autel, devant le corps en charpie de Pierre Loisel, et s'essuya la bouche du revers de son poignet. Sa veste constituée d'écailles scintillait de mille feux au moindre de ses mouvements.

— À quoi donc t'attendais-tu ?

Elle serra les dents, essayant de se reprendre, de ne pas se laisser impressionner. Mais elle restait figée, statufiée par sa seule présence, comme si la vue de ce monstre suffisait à l'hypnotiser.

Le plus terrible, c'est que cet homme avait ses traits, elle ne pouvait que se reconnaître en lui. *Ce monstre était son père*. Et cette sensation était purement insoutenable.

— Dans tes rêves, c'était toi et moi, chuchota-t-il. La fille et son père. La vie et la mort. Tu ne les as pas aimés ? Ces doux rêves… toutes ces douces nuits…

Les tremblements gagnaient l'ensemble de son corps. Elle aurait aimé hurler pour expulser une fois pour toutes le mal qu'il lui avait fait. La vie qu'il lui avait volée. Elle se contenta d'émettre un soupir. Sa respiration forma un nuage de vapeur devant son visage.

— Ils m'ont permis de te connaître, continua-t-il, avec son horrible sourire obscène d'animal, tout en marchant vers elle. Tes rêves m'ont dévoilé jusqu'au moindre aspect de toi. Ils m'ont permis de renaître des cendres et de l'oubli…

— Pourquoi… me les avoir envoyés ?

— Ohh, c'est ce que tu crois ? Que je t'ai envoyé ces songes ?

Il rit, d'un rire semblable à un sifflement. Les corbeaux juchés sur les ruines l'accompagnèrent de leurs croassements aigus.

— Si tu savais comme tu prends les choses à l'envers. Ce n'est pas moi qui suis venu vers toi, mais exactement l'inverse. Tu devrais le savoir. Toi qui voulais tellement me retrouver… Toi qui ne pensais plus qu'à moi…

Eva déglutit. Elle savait qu'il avait raison. Depuis la nuit où elle avait été torturée par Judith

Saint-Clair, et que la mémoire lui était revenue, il était devenu son obsession. Le feu secret et malsain qui couvait au fond de son cœur, avide de vengeance. Ces deux dernières années, elle n'avait vécu que pour le retrouver. Pour affronter enfin son passé.

Mais elle ne s'était, pas un seul instant, attendue à… *ça.*

— C'est toi qui m'as traqué, susurra-t-il. C'est toi qui as envoyé tes pensées vers moi. Uniquement toi, ma merveilleuse enfant, mon sang, ma fierté… Je n'ai fait qu'y répondre, pour te retrouver dans tes rêves… comme tu le désirais tant… je n'ai fait que te satisfaire…

Elle voulut hurler pour lui dire de se taire.

(*Mon sang, ma fierté…*)

Alors qu'il marchait vers elle, d'un lent pas chaloupé, les constellations que déployait sa veste l'éblouirent. Elle les sentait dans sa tête. Un fourmillement d'éclats de lumière.

(*Je n'ai fait que te satisfaire…*)

Elle essaya de s'arracher à sa torpeur. De maintenir fermement son arme. Mais sa main était comme anesthésiée. Son bras était secoué de tremblements incontrôlables. Elle n'arrivait même plus à braquer son pistolet devant elle. Elle sentait ses doigts se défaire de la crosse du Beretta.

— Tu n'as pas encore compris que c'est toi qui m'as libéré de leur misérable sortilège ?

Eva sentit des rivières de glace envahir ses veines.

— *Quoi ?*

— Et maintenant, tu es là… tu es venue à moi, comme une enfant fidèle…

— Qu'as-tu *dit* ? cria-t-elle, d'une voix qu'elle ne reconnut même plus comme la sienne.

— Tu as très bien entendu.

— Je ne t'ai… jamais libéré de quoi que ce soit !

— Bien sûr que si, siffla-t-il. Tu l'as fait. Cela fait deux ans, maintenant, que tu l'as fait. Tu as oublié ? Ohh… Je ne pense pas que tu aies pu oublier ça, non…

Il désigna son front de son index griffu.

— Les pensées, ma fille, ne meurent jamais. On peut les chasser, elles savent attendre. Elles patientent pour s'incarner à nouveau. La seule monnaie d'échange qu'acceptent les dieux, c'est le sang… Le premier sang, très exactement…

Son index se déplaça sur sa poitrine, indiquant son cœur. Les écailles de sa veste brillèrent de mille feux.

— Celui qui coule dans tes veines. Mon précieux sang… que tu as conservé pour moi toutes ces années…

— Je… ne comprends pas…

Les cheveux de Louis s'agitèrent. Tout autour d'eux, les corbeaux poussèrent des cris hystériques.

— *Sang ! Sang !* croassaient-ils.

Il s'arrêta face à elle.

Il était si près qu'il n'avait qu'à tendre la main pour la toucher. Son visage était émacié, presque ophidien, sa peau diaphane tendue sur les os de son visage. Ses yeux étaient deux lacs de sang. Et pourtant, il lui ressemblait, comme un père ressemble à sa fille.

— Ces idiots de sorciers noirs n'ont pas eu le courage de pratiquer le rituel d'exorcisme sur moi. Ils pensaient que me bannir de l'autre côté du voile suffirait à m'empêcher de leur nuire. Et ils auraient pu avoir raison… puisque personne ne pouvait m'ouvrir la voie de retour… Personne, sauf mon premier sang…

Eva frissonna.

— Le premier sang… C'était celui… de Justyna…

— Oui…

Il sourit de toutes ses dents acérées.

— … et non…

Les corbeaux s'envolèrent. Ils se mirent à tourner en cercle autour d'eux.

— C'est ce que croyaient ces imbéciles, exulta Louis Canaan, ses cheveux de neige se tordant d'eux-mêmes sur ses épaules, comme s'ils avaient envie de se rapprocher d'elle, de la serrer dans leurs boucles. Mais ils t'avaient oubliée, ma chère petite… Ils avaient oublié que le sang de vrais jumeaux reste le premier, quel que soit l'enfant…

Eva secoua la tête. Ce n'était pas possible. *Ce ne pouvait pas être possible.*

— Tu es autant la première que l'a été ta sœur… dit l'ogre habillé d'étoiles.

83

— Tu mens, dit Eva dans un souffle qui était presque un pleur.

— Et pourquoi ferais-je cela ?

Les yeux écarlates de son père s'agrandirent. Elle se sentit absorbée dans une constellation d'étoiles mourantes. Un crépuscule glacé se répandait dans son esprit.

— Il y a deux ans, ta chair a été ouverte. Ton sang a coulé... ton merveilleux sang... et les dieux étaient là... les dieux ont écouté tes désirs...

Eva ne comprit tout d'abord pas. Elle niait de tout son être ce qu'il sous-entendait.

Mais les souvenirs de ce que lui avait fait subir Judith Saint-Clair remontaient en elle, la frappant d'un sens nouveau.

Elle sentit chaque cicatrice qui parcourait maintenant son corps, le tatouant de fines lignes blanches, lui hurler leur présence. Toutes ces cicatrices qui jamais ne la quitteraient, comme autant de signatures de la cruauté et de la folie humaine.

Deux ans auparavant...

Elle se revit ligotée, impuissante, dans la cave de cette maison. Elle sentit de nouveau le scalpel s'enfoncer sous sa peau. Les rivières de sang qui ruisselaient de ses blessures. *Le banquet écarlate*, comme l'avait appelé Saint-Clair.

— Non, dit-elle. NON.

La folle qui l'avait kidnappée l'avait torturée en invoquant les dieux anciens. Un rituel de magie rouge, pour ouvrir les portes, appeler les fils sombres du plus lointain minuit.

— Cela ne veut pas dire...

Les divinités des ténèbres avaient dirigé leurs regards d'ombres sur elle. Sur sa peau ouverte, et ses secrets offerts.

— Cela n'est pas possible, continuait-elle de nier, farouchement, désespérément.

Mais pourtant, l'évidence la traversait. *C'était à ce moment que la mémoire lui était revenue.* Ses souvenirs avaient surgi sous la torture, entre rêves écarlates et éveil cauchemardesque, *par la fièvre et par le sang.* C'est la souffrance physique, le fait qu'elle se soit crue morte, qui avait ouvert les portes de son passé. Qui lui avait fait revivre l'horreur, se souvenir de cette terrible nuit – de la mort de sa sœur, égorgée sous ses yeux.

Et se souvenir du visage de son père. De ses paroles.

De tout ce que cela impliquait.

— Tu m'as appelé, dit Louis, contemplant avec un délice immense le désarroi de sa fille. Tu m'as appelé jusque de l'autre côté du voile, où ces débutants m'avaient banni. Mais on ne peut éternellement bannir une pensée.

— Je… n'ai pas…

— Tu m'as imploré de toute ton âme, alors que ton sang était répandu. Ton sang si précieux de premier-né, d'albinos, de médium. Ton sang est un nectar pour les dieux, ma fille…

— Non…

— C'est la seule chose qu'ils écoutent. C'est ton sang versé qui m'a ramené. Parce qu'en cet instant tu n'as souhaité qu'une seule et unique chose, pouvoir me retrouver, et être confrontée à moi…

Elle vacilla.

Reprends-toi.

Elle n'y arrivait pas.

— Je suis… venue… mettre un terme… à tout ceci… dit-elle, au prix d'un titanesque effort.

— Mais, ohh, tu vas le faire…

Il tendit une main humide de sang vers elle. Ses ongles s'approchèrent de ses lèvres tremblantes.

— Viens m'embrasser. Je te promets que je ferai de toi une étoile invincible dans la nuit.

(*Jamais…*)

Eva leva son arme, dans un geste qui lui sembla se dérouler dans un insupportable ralenti.

(*… ce sang-là !*)

Elle appuya le canon sur le cœur de son père.

— *Jamais*, murmura-t-elle.

Et elle pressa la détente.

Le coup partit, à bout portant.

La balle pénétra dans la poitrine de l'homme, faisant gicler son sang. La puissance de l'impact le propulsa en arrière, mais il resta debout, la bouche toujours ouverte en un O moqueur.

Eva tira de nouveau, et à plusieurs reprises cette fois. Louis reculait, pas à pas, tandis que des gouffres rouges s'ouvraient sur son torse. Son sourire de divinité animale ne quitta pas ses lèvres.

Elle cessa de tirer.

Il ne tombait toujours pas. Sa veste était lacérée d'impacts, elle voyait les orifices béants qu'elle avait ouverts dans sa cage thoracique, au travers de ses organes, mais ce monstre refusait de mourir.

Il avança de nouveau vers elle.

Cette fois, il chuchotait, quelque chose d'à peine audible, mais un frisson s'échappait de ses lèvres et traversait les volutes de brouillard. Eva sentit ce souffle passer sous ses pieds. Elle eut l'impression d'entendre la voix de ce monstre au fond de ses os, au fond des fibres de chacun de ses muscles.

Le clocher de la chapelle se mit à trembler et à faire pleuvoir des paquets de neige, et les corbeaux crièrent de plus belle, tournoyant autour d'eux.

— *E-va ! E-va ! Sang ! Sang !*

Elle pressa de nouveau la détente.

Une unique fois.

La balle de 9 millimètres pénétra dans sa gorge, et la traversa de part en part, pulvérisant ses cordes vocales dans un grand éblouissement pourpre.

La voix de Louis Canaan s'éteignit.

Et le sortilège avec lui.

84

— Putain, mais tu roules trop vite ! l'avertit Damien Mira. Les autres n'arrivent plus à nous suivre !

Sans ciller, Vauvert négocia un virage en épingle, tandis que les roues arrière dérapaient sur la chaussée verglacée. Les lueurs des gyrophares de leurs collègues, derrière eux, ne tardèrent pas à être avalées par la nuit d'encre et les rafales de neige.

— Ils savent où on va. Ils nous rejoindront.

Mira déglutit, et s'accrocha de toutes ses forces à la poignée. Ils étaient le premier des quatre véhicules lancés en direction de la chapelle Saint-Jean-du-Pic.

Vauvert avait réussi à convaincre tous les effectifs disponibles, c'est-à-dire dix hommes en tout, de le suivre sur ce coup de tête.

— Le chef va être furieux, dit Mira. Tu le sais, hein ?

— Pas si on les retrouve.

— Et tu penses qu'ils seront là-haut ?

— J'en suis certain, assura Vauvert. Fais-moi confiance, d'accord ?

Un nouveau virage surgit devant la voiture. Il braqua le volant, dérapant une nouvelle fois, sans ralentir pour autant.

Dans la lumière vive des phares, le paysage était en noir et blanc. Les flocons tombaient dru, en myriades de points hypnotiques, tandis qu'ils remontaient les lacets de la route, vers les sommets.

— Je crois qu'elle est en danger, Damien. J'en ai mal au ventre tellement j'en suis persuadé, et j'ai peur qu'on arrive trop tard...

— Mais enfin, qu'est-ce qui peut te faire dire ça ?

— Je le sais, c'est tout.

Mira soupira. Les vibrations du véhicule faisaient trembler son double menton et agitaient ses joues de petites vagues.

— Il n'y a pas à dire, marmonna-t-il, toi et elle, vous êtes quand même sacrément flippants.

Vauvert lui jeta un regard en coin.

— Pourquoi ça ?

— Oh, arrête, tu le sais très bien. Elle a dit la même chose de toi quand tu es parti tout seul jusqu'au haras de Dupin... Comme si elle savait...

— ... que j'allais avoir un accident, fit Vauvert.

— Ouais. Exactement ça. Si tu avais entendu comme elle s'inquiétait ! On aurait dit qu'elle savait que tu allais risquer ta vie… Heureusement, ça s'est bien terminé…

Vauvert ne répliqua pas.

Ça s'était bien terminé pour lui, oui. Cette fois-là.

Mais pour elle ? Cette nuit ?

La peur grandit dans son ventre.

Alors que la route devenait de plus en plus escarpée, et que les pneus commençaient à patiner sur des plaques de verglas, il lança un regard angoissé au GPS.

— On y est bientôt. Pourvu qu'on arrive à temps.

— J'aimerais arriver vivant, si cela ne te dérange pas, lui dit Mira, pendu à la poignée.

Vauvert passa en seconde, mais resta le pied au plancher, remontant les derniers lacets de la montagne.

Tellement de choses traversaient son esprit. Les images de son cauchemar, cette forêt emplie de toiles d'araignée… et le spectre de Justyna Svärta qui se muait en homme adulte… Un maelström entre ses tympans. *Toi seul as le pouvoir de la sauver d'elle-même. Toi seul…*

— Damien… Est-ce que tu crois à la magie ? finit-il par lui demander.

— La magie ? marmonna son collègue.

— Tu sais très bien de quoi je parle. Ces dernières années, ce n'est pas la première fois qu'une de nos affaires nous amène à côtoyer des choses… inexplicables.

Mira souffla.

— Ouais, je ne te le fais pas dire, et je n'aime pas beaucoup ça, d'accord ? Tu as toujours le foutu chic de déterrer des trucs pas communs, hein ?

Il regarda de nouveau derrière lui.

Cette fois, ils avaient semé le reste de l'équipe.

— Mais… pour répondre à ta question, reprit-il, je suis sûr qu'il y a toujours une explication rationnelle…

Vauvert se fendit d'un terrible rictus.

— Eh bien, je te promets que tu vas changer d'avis.

85

Eva abaissa son arme.

Les flocons tombaient en silence devant elle.

Elle l'avait fait. Elle l'avait enfin fait. Comme si ces deux dernières années n'avaient été qu'une longue marche dans le désert pour arriver à cet instant-là.

Ce soulagement immense.

Elle observa Louis qui titubait, reculait de plusieurs pas, et qui finalement s'écroulait sur le tapis de neige.

— Sss… geignit-il. Sss…

Il ouvrait et refermait la bouche, mais ne parvenait plus à prononcer le moindre mot. Son sang jaillissait par saccades de sa gorge perforée, et se répandait en abondance sur ses vêtements.

Mais il ne mourait toujours pas.

Eva avança vers lui, son arme brandie à deux mains.

La neige tombait de plus en plus dru. Un rideau de particules blanches s'abattait devant elle en lignes droites. Le feu, rapidement étouffé, finit par s'éteindre.

Paradoxalement, la policière en fut soulagée. Elle voyait mieux dans la nuit sans source de lumière vive. Elle approcha de l'homme recroquevillé dans les flaques de sang. Son père.

— Tout doit s'arrêter maintenant, Louis. Tu as fait assez de mal comme ça…

Il la dévisagea avec un regard fait de pure sauvagerie, ses cheveux parcourus d'ondulations nerveuses.

Les corbeaux volaient en cercle autour d'eux. Certains frôlaient Eva de leurs griffes acérées. Elle agita violemment son arme pour les chasser.

Ensuite elle braqua le Beretta droit sur son père, combattant les sentiments contradictoires qui explosaient en elle.

— Si je te tue, est-ce que toutes ces horreurs que tu as provoquées vont cesser ?

Ce furent les corbeaux qui lui répondirent.

— *I-diote ! I-diote !* vociférèrent-ils de leurs timbres aigus. *Tu-ne-peux-rien ! Ri-en !*

Eva tressaillit. Le monstre n'avait pas encore perdu tous ses pouvoirs. Il parvenait encore à s'exprimer à travers les volatiles.

— *Lai-sse-moi !* supplia-t-il avec les voix des corbeaux. *Ma-a… fi-lle ! E-ssaie-de… me-comprendre !*

Fort heureusement, les cordes vocales de ces oiseaux étaient rudimentaires. Il avait beau les contrôler, celles-ci ne pouvaient pas lui permettre de prononcer ses incantations diaboliques.

Du moins, Eva l'espérait.

Louis Canaan essaya de se relever, preuve supplémentaire qu'il avait des forces en réserve.

— Ne bouge pas ! lui cria-t-elle.

— *No-on ! Ai-de-moi !* crièrent les oiseaux. *S-il-te-plaît ! Tu-le-peux... en-core !*

— Il n'y a plus aucune aide pour toi, murmura-t-elle, d'une voix aussi froide que la glace qui l'entourait. Tu as détruit tellement de vies... Tu as assassiné ta propre famille... et pourquoi ?

— *Le-pou-voir !* hurlèrent les corbeaux. *Toi-au-ssi ! Tu-peux-a-voir-le-pou-voir !*

Ce qu'il sous-entendait lui donna envie de vomir.

— Il n'y a donc que ça dans ta tête de psychopathe ? Le pouvoir ? Tes fantasmes de fou pervers ? Même maintenant, alors que tu vas mourir ?

— *Toi-au-ssi !* s'entêtèrent les corbeaux, tourbillonnant autour d'elle. *Toi-au-ssi !*

— ÇA SUFFIT ! TAIS-TOI !

Incapable de se retenir, elle lui envoya son pied en pleine poitrine, et poussa. L'homme retomba sur le dos dans la neige. Sa bouche s'ouvrit, dévoilant ses dents taillées en pointe, gluantes de son propre sang, et dans ses yeux s'alluma un éclat qui était au-delà de tout sentiment humain. De la haine à l'état pur. Il posa ses mains sur sa gorge, pressa sa blessure en silence, sans cesser de la fixer de son regard de meurtre, qui lui promettait bien plus que de la simple souffrance.

— *I-diote !* croassèrent les corbeaux. *Trop-tard ! Trop-tard ! Toi-au-ssi !*

Louis Canaan essaya de reculer en poussant avec ses pieds, mais il ne parvint qu'à chasser de la neige. Il rejeta sa tête en arrière, exposant sa plaie béante qui aurait foudroyé net n'importe quel être humain normalement constitué – mais cet homme n'avait plus rien d'un être ordinaire. Il parvint à expulser une sorte de souffle blanc qui se dilua aussitôt sous les bourrasques de neige.

Eva sentit pourtant le sortilège passer dans l'air, comme une vague fondant vers elle.

Elle recula avec précipitation.

Il se produisit ce qu'elle redoutait.

Les corbeaux – guidés par la volonté farouche de Louis – l'attaquèrent.

Ils fondirent sur elle tous ensemble, leurs becs cherchant à lacérer son visage, leurs griffes s'agrippant aux mèches de ses cheveux, en poussant des cris de rage – les cris de Louis, amplifiés et repris par leurs dizaines de gorges noires.

La policière cria, elle aussi, de douleur et de brusque terreur. Elle se protégea en plaquant la manche de son blouson devant ses yeux, tout en agitant son Beretta pour chasser les énormes volatiles. En vain. L'un des corbeaux parvint même à refermer ses serres sur le canon. La maudite bestiole essayait de lui arracher le pistolet des mains ! Eva secoua son arme de plus belle, mais aussitôt les corbeaux prirent sa main pour cible. Leurs griffes s'agrippaient convulsivement au Beretta. Leurs becs s'abattaient à tour de rôle sur ses doigts pour lui faire lâcher prise.

— Non ! Laissez-moi ! hurla-t-elle. Arrière !

Elle donna des coups de crosses rageurs dans les volatiles, et réussit à en assommer un. Au cœur de son déchaînement, un coup de feu partit. La balle ricocha sur l'autel où le cadavre de Loisel était déjà partiellement recouvert de givre.

L'instant suivant, le Beretta finit par lui échapper des mains, et cette fois elle fut incapable de le rattraper. Les oiseaux emportèrent l'arme dans un tourbillon de plumes et de cris vainqueurs.

— Merde ! s'époumona-t-elle. C'est pas vrai !

La situation devenait critique. Les oiseaux revinrent à l'attaque, fondant sur elle de tous côtés. Elle se débattit, tout en titubant, s'efforçant de se protéger le visage.

Quand elle buta sur une pierre, Eva se baissa pour la ramasser. Elle la lança, atteignant un des corbeaux en plein vol. Les autres redoublèrent de fureur. Leurs serres se saisirent de ses cheveux, labourant son cuir chevelu. Les pointes de leurs becs l'assaillirent de toutes parts, et elle s'abrita comme elle le put avec les manches de son épais blouson.

Aveuglée par leur déferlement continu, perdue au milieu des bourrasques de neige et sentant que ses forces menaçaient de l'abandonner, elle chercha une autre pierre, un morceau de dalle, n'importe quel objet qui lui permette de se défendre. Elle découvrit le manche d'une pioche de mineur, qui avait été recouverte par la neige. Une arme providentielle. Elle l'empoigna à deux mains et la fit tournoyer autour d'elle.

Le pic de fer happa un des oiseaux au passage.

Eva recommença, frappant au hasard, et sentit un autre choc alors qu'un volatile se faisait trancher en deux.

Rapidement, les plumes ensanglantées des corbeaux volèrent en tous sens, et Eva hurla d'une rage décuplée. Elle tourna sur elle-même, fauchant dans les nuées de ses agresseurs ailés à grands coups de pioche.

Au bout d'un moment – enfin – l'emprise de Louis dut finir par s'estomper, car les oiseaux abandonnèrent le combat.

Ils s'envolèrent vers la forêt comme ils étaient venus, en masse noire et jacassante, semblant se moquer d'elle.

Eva tomba à genoux dans la neige, au milieu des cadavres d'oiseaux.

— Nom de…

Elle tourna la tête vers l'autel où se trouvait toujours la dépouille éventrée de Loisel.

Elle le chercha des yeux.

Mais Louis avait disparu.

Son sang avait éclaboussé la neige. Elle voyait parfaitement la piste rouge, qui serpentait jusqu'au mur en ruine, au pied du clocher.

— Non ! cria-t-elle. NON !

Elle se redressa comme un ressort et courut jusqu'à la façade effondrée de la chapelle. Le vent glacé lui cingla le visage. À travers les flocons de neige, elle vit la vallée, et les lueurs bleutées de plusieurs gyrophares. Alexandre, comme toujours, venant à son secours.

Mais elle n'était pas certaine que quiconque puisse la sauver, cette fois.

Elle scruta la neige à la recherche de traces de sang. Si elle parvenait à suivre sa piste…

— Tu n'arriveras plus à le rattraper, maintenant, fit une voix brisée et asthmatique, dans son dos. Tu le sais, n'est-ce pas ?

La policière fit volte-face, le cœur battant.

86

Eva en resta bouche bée.

Madeleine Reich marchait au milieu des ruines, sous les nuées blanches des flocons. Une Madeleine Reich visiblement diminuée, mais toujours debout, dans son manteau de fourrure scintillant de givre. Une froide détermination brillait dans ses yeux.

— Tu n'es pas de taille contre lui, ajouta-t-elle, de sa voix transformée, son nouveau timbre d'outre-tombe, avant de tousser, comme si des aiguilles de sapin étaient restées bloquées dans les muscles de sa gorge.

— Les arbres t'ont relâchée, fit Eva, incrédule.

— Grâce à toi. Parce que tu l'as suffisamment affaibli.

— Je lui ai tiré dans la gorge.

— Alors tu es intelligente. Je n'en attendais pas moins de toi…

— Mais il n'est pas mort, soupira Eva. Il devrait être mort, n'est-ce pas ?

— Fort peu de choses peuvent l'arrêter, lui dit Madeleine. Il va se cacher. Il va attendre. Il reviendra, encore plus fort…

Elle toussa de nouveau. Sa respiration était rauque et difficile.

Eva constata avec un certain dégoût que de longues échardes et des aiguilles de sapin marquaient encore son front, parodie de couronne sanglante, avant de réaliser que les perforations de la chair de cette femme par les branches avaient laissé bien d'autres séquelles. Ces stigmates étaient visibles partout sur sa peau, et ils devaient probablement s'étendre sous ses vêtements. Quand le pouvoir de Louis s'était dissipé, Madeleine avait eu assez d'énergie pour se défaire des rameaux et des branches, mais pas suffisamment pour les ôter tout à fait de son corps. De minuscules morceaux de bois demeuraient fichés dans son épiderme. Ils évoquaient des sortes de bijoux, étranges, plantés sans ordre. Certains étaient encore animés par quelque vestige de sortilège et s'agitaient par soubresauts.

Madeleine empoigna le bidon d'essence qu'avait abandonné Louis.

— Qu'est-ce que tu fais ? s'écria Eva.

— Il n'y a plus qu'une solution.

— Ne bouge plus ! Pose ça immédiatement !

— Sinon quoi ? se moqua la femme, agitant le bidon devant elle. C'est lui que tu veux, n'est-ce pas ? Pas moi. Alors laisse-moi…

Elle ôta le bouchon sans cesser de défier la policière du regard.

— Et toi, que veux-tu ? lui lança Eva. Que comptes-tu faire ?

— Moi ? dit Madeleine. Je vais simplement achever ce qui a été commencé. Tu veux arrêter le sillage de morts que trace ton père ?

— Bien sûr que je le veux !

— Alors nous n'avons pas le choix... Ni toi, ni moi...

La femme s'approcha du cadavre de Loisel. Se penchant sur lui, elle caressa la tête sanglante, que les flocons avaient commencé à recouvrir d'une fine pellicule poudreuse, effleura du bout des doigts le gouffre gelé qui avait été sa bouche, et où la langue avait déjà été retirée.

Puis elle renversa le bidon au-dessus de lui.

L'essence s'échappa du récipient de plastique. Des cascades chatoyantes aspergèrent le cadavre en éclaboussant la neige tout autour.

— Mais enfin, qu'est-ce que tu fais ? s'écria Eva.

— Je purifie, dit Madeleine. J'ouvre les portes.

— C'est comme cela que tu comptes l'arrêter ?

Madeleine releva les yeux vers elle, et son regard de métal pâle était chargé d'une curieuse lueur. Elle lui répondit d'une voix mielleuse :

— Pas uniquement, non...

Elle lui sourit, du même sourire qui avait animé les traits de Louis. Le sourire d'une bête se préparant à faire ce qu'aucun être humain n'aurait fait.

— Madeleine... dit Eva.

— Si je deviens aussi puissante que lui, alors je pourrai l'arrêter, oui...

Elle avança, lentement, son étrange sourire rivé sur son visage de madone profanée. Et au bout de son bras le bidon continuait de laisser s'échapper un filet d'essence miroitante.

— Mais pour cela il me faut faire comme lui, répéta Madeleine, la voix chavirée, déchirée par un trouble malsain.

Eva la vit soudain pour ce qu'elle était. *Une folle*. Les épreuves que cette femme avait traversées lui avaient enlevé une part d'elle-même, une part de lumière qu'elle ne retrouverait plus jamais. Et le supplice que lui avait infligé Louis avait finalement chassé ce qui restait de raison du cerveau de cette femme. Il ne demeurait plus en elle qu'une avidité morbide et totale.

— Madeleine… Il faut que tu t'arrêtes… tout de suite…

— C'est la seule solution, pourtant, lui dit-elle en continuant d'avancer. Ton cœur de médium… ton cœur d'albinos… J'ai tout renié, je ne suis plus à un péché près…

L'essence se répandait derrière elle, aspergeant son propre manteau, et son odeur étouffante montait autour d'elle.

— … Si je mange ton cœur, je serai aussi forte que lui… Il a été le premier à comprendre… Il a toujours été le premier à tout comprendre… Il avait prédit que nous le ferions tous… et il avait raison… Même moi, à qui cela a coûté le plus… Mon bébé… je l'ai tué pour le pouvoir… alors que j'avais juré que je ne le ferais jamais… Il n'y a pas de limite à ce désir-là, vois-tu ? Il n'y a jamais aucune limite à cette soif-là… et maintenant il n'y a plus de retour pour moi… plus de retour pour toi…

Une sensation de danger primal, total, traversa Eva. Cette femme dégageait une puissance terrifiante. Une lueur noire couvait sous sa peau, rayonnant au plus profond d'elle. Un feu pervers derrière ses yeux, derrière son sourire, faisait onduler la peau de son visage, comme s'il s'apprêtait à jaillir par chaque pore de sa peau.

Eva leva la pioche bien en évidence devant elle.

— Ça suffit ! Reste où tu es !

— Allons… Que penses-tu me faire ? lui dit Madeleine.

Eva fit plusieurs pas en arrière, son pic brandi.

— Arrête. Tu sais que tu ne t'en sortiras pas !

Comme elle approchait encore, Eva donna un coup de pioche, fauchant l'air devant elle.

— Recule ! vociféra-t-elle. Espèce de tarée, laisse-moi ! Tu n'y arriveras jamais !

— Bien sûr que si, chuchota Madeleine. Et d'une certaine manière, tu le verras… tu verras à quel point ton sacrifice aura été utile… maintenant, *meurs*…

Elle se débarrassa du bidon, à présent vide, et amena sa paume humide d'essence à ses lèvres. Quand elle souffla dessus, une flamme s'alluma entre ses doigts. La lueur aveuglante déchira l'air et la neige pour fondre droit sur Eva.

Celle-ci n'eut que le temps de lâcher la pioche et de plaquer ses bras contre son visage. La vague embrasée la frappa de plein fouet. Elle fut propulsée en arrière. Elle roula dans la neige pour éteindre les flammes qui s'accrochaient à son blouson.

Alors qu'elle se redressait, elle entendit des sons inhumains jaillir de la gorge de Madeleine. Une terreur absolue déferla en elle. *La sorcière récitait un rituel.* Et cette fois elle était totalement désarmée.

Le feu s'éleva brusquement sur l'autel. Le corps de Loisel, engorgé d'essence, parut imploser, devenant boule de flammes éblouissantes, et l'incendie se propagea de seconde en seconde à toutes les flaques d'essence répandues autour de lui.

Le chœur de la chapelle devint une immense torche dans la nuit.

Face à cette apocalypse de lumière, Eva fut aveuglée. Ses yeux la brûlèrent. L'obscurité passa en négatif.

Elle ne distinguait plus que les contours de la silhouette de Madeleine, son manteau battant follement contre elle, qui approchait, de son pas décidé de prêtresse du sacrifice, de sorcière noire redevenue ce qu'elle avait toujours été, un monstre avide, mains en avant, prête à assouvir sa soif de mort, de contrôle et de pouvoir. Elle ne murmurait plus sa litanie sauvage, elle la criait, elle hurlait des paroles gutturales qui montaient dans l'air avec le craquement des flammes. Eva sentit le monde qui se froissait et qui fluctuait. Le monde qui s'embrasait, tout autour d'elle.

Il lui fallait fuir cet enfer. Tout de suite. Mais elle se rendait bien compte qu'elle en était incapable. Son sang reflua dans sa gorge et l'étouffa. Un froid intense se répandit dans ses veines.

C'était trop tard.

Au cœur de l'éblouissement, l'ombre de Madeleine se pencha sur elle.

Non, voulut dire Eva.

Elle sentit les mains de cette femme se poser sur son visage et caresser ses joues. *Non*, continua-t-elle de supplier, tandis que les mots râpeux, guerriers, pénétraient dans ses tympans. Mais elle savait qu'elle ne pouvait attendre aucune pitié.

Madeleine descendit la fermeture de son blouson et souleva son pull, écarta sa chemise, offrant sa peau au vent glacé.

Pas comme ça.

Les mains de la sorcière glissèrent sur sa peau, et la sensation fut douce, horriblement douce. Eva hoqueta. Madeleine pressa ses seins, les griffa, son sourire vainqueur s'agrandissant sur ses lèvres.

Puis ses doigts crevèrent sa peau.

Eva hurla mentalement.

Elle sentait avec une terrible précision les mains qui s'immisçaient en elle, soulevant son épiderme, tout doucement, presque tendrement. Au-dessus d'elle, maintenant, les yeux de Madeleine étaient révulsés. Ses doigts la pénétrèrent plus profondément, ils caressaient ses côtes, cherchant à passer en dessous pour saisir son cœur. Et Eva ne pouvait rien faire pour se défendre.

Elle sut que cette fois c'était la fin.

Son cœur s'emballa, tandis que les ongles de Madeleine l'effleuraient.

Une grande vague rouge la recouvrit.

Vauvert n'avait pas donné de coup de semonce. Il avait visé le dos de la femme repliée sur Eva et avait pressé la détente.

La balle traversa son manteau de fourrure blanche, projetant des flots de sang sur la policière à ses pieds.

Madeleine se redressa, d'un mouvement mécanique, un soubresaut de ses muscles. Elle chercha à se retourner, mais ne put que chanceler, avant de s'effondrer quelques pas plus loin, au bord des flammes avides.

Vauvert s'élança vers sa collègue inanimée.

Elle a besoin de toi, Alexandre. Toi seul as le pouvoir de la sauver d'elle-même.

87

— Eva, murmura-t-il en la soulevant dans ses bras puissants. Mon Dieu, Eva. J'ai cru… J'ai bien cru que…

Elle s'accrocha à lui, son visage enfoncé contre son cou, pour ne pas avoir à regarder les flammes éblouissantes. Les flocons tombaient sur eux comme un voile, les recouvrant de cristaux blancs et scintillants.

— Je vais bien, mentit-elle, d'une voix tremblante.

Ses sens revenaient peu à peu. Le monde se solidifiait autour d'elle. L'embrasement sur le corps de Loisel diminua. Seuls les battements de son cœur, qui avait senti la caresse des ongles de Madeleine, refusaient de se calmer.

Vauvert l'éloigna de ce feu suffoquant. Une fois sous la voûte du portail, qui était le seul endroit plus ou moins abrité des ruines, il la déposa délicatement sur le tapis de neige, et elle chancela, malgré tous ses efforts pour rester droite. Il lui saisit la taille pour l'empêcher de s'effondrer.

— Ça va, insista-t-elle, s'adossant au mur de pierres gelées. Je crois que… je n'ai rien… Je t'assure…

Elle passa une main anxieuse sous sa chemise. Ses doigts glissèrent sur sa peau poisseuse de son sang, pourtant elle ne semblait pas souffrir de la moindre blessure. Elle ne ressentait pas de douleur non plus. Seulement ce grand vertige qu'elle peinait à chasser, comme si une partie d'elle avait été irrémédiablement *salie*.

— C'était juste… une illusion… acheva-t-elle.

— Ce n'était *pas* une putain d'illusion ! s'exclama une voix essoufflée, de l'autre côté de l'arche. Cette femme avait ses deux mains enfoncées sous ta peau ! Merde !

Eva vit un flic âgé et obèse, le visage blême. Comme elle, il se tenait appuyé dos contre l'arche. Les verres de ses lunettes reflétaient les hautes flammes, tandis qu'il secouait nerveusement la tête.

— Foutue merde, marmonnait-il dans sa barbe. Personne ne voudra me croire, c'est sûr. Personne !

— Tu ne m'as pas cru, quand ça m'est arrivé, lui rappela Vauvert. Ce que tu as vu ici…

— Ce que j'ai vu est tout simplement impossible, dit Damien Mira d'une voix étouffée. Cette femme-là… ce qu'elle lui faisait… avec sa *voix*…

Ils se tournèrent tous les trois vers la silhouette de Madeleine Reich. Les pans de son manteau avaient approché une flaque d'essence enflammée, et le feu s'était propagé à la fourrure. La femme se tordit au ralenti, rampa avec difficulté, bataillant pour ôter son vêtement dévoré par des flammes de plus en plus hautes. Quand elle y parvint, une partie de ses cheveux avaient brûlé. Elle continua de s'agiter mollement dans la neige, à présent vêtue d'une chemise presque translucide, mouillée de sang. Elle tremblait et toussait, les yeux révulsés.

— Je crois qu'elle est hors d'état de nuire, grimaça Vauvert.

— Ne te fie pas à son apparente faiblesse, intervint Eva d'une voix soucieuse. Il faut la bâillonner avant qu'elle ne se reprenne…

— Plutôt deux fois qu'une, dit Vauvert en marchant à grands pas vers elle.

Celle-ci se débattit quand le policier lui saisit les pieds et la tira vers lui pour l'écarter des zones enflammées. Il plaqua une main ferme contre sa bouche. Madeleine Reich gigota de plus belle, en vain. Vauvert la retourna sans ménagement sur le ventre, et lui passa les menottes d'un geste mille fois répété. Il serra au maximum les pinces de métal.

— Elle perd beaucoup de sang. Je crois ne pas avoir touché d'organe vital, mais elle est en danger, si on ne l'évacue pas tout de suite…

— Elle est solide, dit Eva, en faisant quelques pas chancelants. N'est-ce pas, Madeleine ?

Madeleine Reich secoua la tête et battit furieusement des jambes.

Vauvert lui déchira un pan de sa chemise, dévoilant la blessure béante que la balle avait causée. Un gouffre de tissus déchirés et d'os pulvérisés. Il frissonna, mais ne fit aucun commentaire.

Quand il ôta sa paume de devant sa bouche, un bref instant, elle trouva la force de crier :

— Mes avocats… me sortiront de là…

Puis Vauvert lui fourra le morceau de tissu imbibé de sang dans la bouche, entre les dents, et elle fut incapable d'articuler quoi que ce soit.

— La justice accomplira son travail comme elle le souhaite, répliqua-t-il sans sourciller. Le nôtre aura été fait.

Avec une deuxième bande de tissu, il confectionna un solide bâillon. Madeleine roula, impuissante, sous les rafales de neige. Elle les fusilla tous du regard, mais, à présent, elle ne représentait plus le moindre danger.

Vauvert se releva, et mit sa main en visière pour se protéger de la lumière des flammes qui continuaient de dévorer le corps de Loisel.

— Non, notre travail n'est pas encore accompli, dit Eva, d'une voix sombre. Louis… il s'est enfui… Je n'ai rien pu faire…

Elle remonta la fermeture de son blouson. La sensation de froid revenait peu à peu. Elle supposa que c'était bon signe.

— … Mais il est blessé, reprit-elle. Il ne peut pas être allé bien loin…

À cet instant, la radio enfouie dans la poche extérieure de Mira crachota.

Le gros policier la dégaina. La radio lui envoya de nouveau une série de parasites au milieu desquels on distinguait des syllabes.

— Ici groupe 1 ! s'écria-t-il. On n'entend rien !

Il y eut de nouveaux parasites.

Une voix saturée lui répondit enfin :

— *Ici groupe 3… Suspect repéré…*

— Bon sang ! Où ça ?

La radio grésilla.

— Groupe 3, on ne vous entend pas ! s'emporta Mira.

— *... sur la route de la vallée... traversé devant nous... sommes après lui... tous les hommes sont déployés... à travers champs...*

Eva secoua la tête.

— Ils n'y arriveront pas comme ça. Dis-leur de nous attendre !

— Groupe 3 ! brailla aussitôt le commandant Mira dans la radio. Attendez avant l'interpellation ! Est-ce que vous copiez ? Attendez avant d'interpeller le suspect ! Il est extrêmement dangereux !

— *... à découvert... pouvons pas le rater...* grésilla la radio.

— Groupe 3, insista le vieux policier. Bon sang, attendez qu'on arrive !

Vauvert s'approcha du bord des ruines. En contrebas, le halo des gyrophares perçait l'épais brouillard.

— Ils ne sont pas loin. Je pense qu'on peut les rejoindre en coupant par là.

— Alors, on y va, dit Eva d'une voix décidée, en se penchant à son tour par-dessus le mur.

Et alors que la jeune femme enjambait les blocs de pierres verglacés, Vauvert se retourna vers son collègue médusé.

— Damien, tu surveilles la sorcière.

— Moi ? s'alarma le vieux flic.

— Fais attention à son bâillon. Tu as vu de quoi elle est capable.

— Attends ! Je ne reste pas seul avec ce monstre !

Mais Vauvert, à son tour, avait déjà sauté par-dessus le mur. En quelques instants, Eva et lui avaient disparu, avalés par les rafales de neige et le brouillard opaque.

Par terre, Madeleine leva un regard fait d'impuissance et de colère vers le policier.

Il constata qu'elle pleurait.

88

Le sous-bois était un enfer glacé. Du brouillard épais comme de la fumée, une pluie de flocons gelés se déposant sur leur peau, et des branches partout, chargées de lourdes nappes de neige, qui non seulement les ralentissaient dans leur progression, mais surtout rendaient celle-ci très dangereuse. Au moindre faux pas, ils risquaient de dévaler la pente abrupte.

Ils descendirent pourtant, pendant de longues minutes, avançant avec d'infinies précautions. Ils devaient slalomer à travers les sapins et les arbres morts, s'aidant des troncs et des buissons pour se stabiliser. À chaque fois qu'ils effleuraient les branches, des paquets de neige amoncelée tombaient sur eux en cascades blanches.

— Bordel ! pestait Vauvert à intervalles réguliers, chaque fois qu'il trébuchait sur des souches ou des pointes de roches. Bordel de merde ! Je n'y vois rien !

Eva ne disait rien. Elle évitait de gaspiller son énergie.

La neige dans laquelle ils avançaient était si épaisse qu'à certains endroits ils s'enfonçaient jusqu'aux genoux.

À d'autres, ils dérapaient sur des roches verglacées, et devaient prendre garde à ne pas se rompre le cou.

Les pulsations bleues des gyrophares leur semblaient toujours aussi éloignées, au cœur du brouillard, loin en contrebas.

— Si seulement on y voyait… recommença Vauvert.

La pente s'accentua soudain. Il glissa, plongeant dans la neige en gesticulant. Eva avait anticipé, mais elle aussi fut engloutie jusqu'à la taille.

— Donne-moi la main ! cria-t-elle.

Il la saisit et la tira vers lui.

— J'y vois mieux que toi, haleta-t-elle. Reste à côté de moi.

— D'accord, maugréa-t-il.

Ils continuèrent de descendre dans le brouillard et le froid. Les flocons les aveuglaient, pénétrant jusque dans leurs narines. À un moment, Vauvert se contracta et éternua. Il se frotta nerveusement le front, chassant la couche de neige qui s'y était accumulée.

— Je crois que j'ai rêvé de cette forêt, dit-il alors qu'ils contournaient un énorme tronc noir. C'était un rêve assez horrible…

— Des rêves… J'en ai fait de nombreux, marmonna Eva, en plongeant ses bottes avec précaution devant elle. Et je pense qu'ils ne valaient pas mieux que le tien…

Heureusement, la brume grise finit par s'effilocher autour d'eux. Ils arrivaient en dessous de la nappe de brouillard, dans la cuvette située entre les deux pics. Les arbres s'éclaircirent à mesure que l'inclinaison de la pente diminuait. Le sol devint moins rocailleux sous la couche de neige.

Puis, subitement, il n'y eut plus d'arbres autour d'eux.

Ils avancèrent sur un terrain plat, en direction des gyrophares. Les lueurs bleues étaient proches, à présent. Quelques centaines de mètres à peine.

— Qu'est-ce que c'est que ce truc ? fit Vauvert.

Quelques pas devant eux, le tapis de neige s'arrêtait net. Une surface luisante prenait le relais.

La glace formait un miroir dans la nuit d'encre.

Eva attrapa la main du colosse pour le retenir.

— C'est un lac…

Elle s'interrompit.

Elle venait d'apercevoir son père, debout en plein milieu du lac gelé.

89

Ils approchèrent de la rive, main dans la main, jusqu'à l'endroit où commençait la surface de gel bleu pâle.

Vauvert contempla la silhouette aux cheveux blancs, debout dans la brume translucide, à un peu plus d'une centaine de mètres d'eux.

— La couche de glace ne va pas supporter son poids bien longtemps, murmura-t-il.

Eva se pressa contre son torse.

Elle observait l'eau figée. Le lac était circulaire, opaque, comme un vaste œil congelé posé entre les montagnes.

Le dernier refuge de Louis Canaan.

La fin de la course, songea-t-elle avec une curieuse et douloureuse sensation, tout au fond d'elle.

Son père se tenait en équilibre sur la surface gelée, recourbé sur lui-même. Avec ses cheveux visqueux de sang plaqués sur son visage, il ressemblait à une bête aux abois. Sa veste miroitait sous l'éclat des gyrophares.

Plus loin, elle distinguait les policiers. Ils étaient une dizaine, consciencieusement déployés sur l'autre rive. Ils n'avaient pas osé suivre le fugitif sur ce piège de glace, mais le tenaient en joue, lui bloquant à présent toute possibilité de fuite. Un des officiers parla dans un haut-parleur, le sommant de revenir vers eux, de se rendre sans opposer de résistance, avant qu'il ne soit trop tard.

— Cette fois, il est foutu, ajouta Vauvert, l'air néanmoins fasciné par ce qu'il voyait.

L'homme se tourna alors vers eux, dans un scintillement d'écailles. Eva vit son visage blanc de spectre, et ses yeux qui brûlaient, même à cette distance, comme des braises écarlates. Un frisson la traversa.

Que nous réserves-tu, à présent ?
Quelle dernière illusion ?

— Il va tenter quelque chose, s'exclama-t-elle, subjuguée malgré elle.

— Qu'il essaie, dit Vauvert. Ça ne lui servira à rien. Il est encerclé.

— Tu ne comprends pas, insista Eva. Il se moque de nous. Il a forcément conservé une dernière carte… son dernier tour…

Vauvert se contenta de garder sa main dans la sienne. Quoi que Canaan ait prévu, ils étaient impuissants, désormais, à changer le déroulement des événements.

De l'autre côté du lac, le policier s'exprima de nouveau dans le haut-parleur. Eva reconnut la voix de Benjamin Blanca. Il ordonnait à l'homme de se rendre. Il lui martelait que sa situation était sans espoir. Qu'il avait besoin de soins immédiatement.

Louis Canaan ne montrait aucun signe de vouloir obtempérer.

Il se contentait de fixer Eva avec une intensité bestiale.

Sa main était pressée sur sa gorge, comprimant son horrible blessure pour l'empêcher de saigner.

Et, étrangement, il lui souriait.

Eva s'accrocha au bras de Vauvert.

Quelque chose n'allait pas. Le doute emplit son esprit. Elle se dit que c'était probablement à cause de la fatigue, du froid, de cette neige qui tombait sur eux sans discontinuer. *De ce regard.*

— Il voulait venir ici… murmura-t-elle.

Ce regard incandescent qui la transperçait.

Elle ne pouvait penser qu'à cela. Son père qui continuait de la dévisager à travers les flocons.

De la narguer, immobile et joyeux.

Elle se concentra. Des vagues d'alarme parcouraient son esprit. Était-il possible qu'il n'ait pas été acculé ici par hasard ? Qu'il n'ait pas été acculé du tout ? Et si c'était lui qui les avait emmenés, en toute connaissance de cause, jusqu'à cet endroit précis ? Parce qu'il avait décidé que tout s'achèverait ici même ? *Mais alors, pourquoi ?*

Pour y finir comme tous les psychopathes finissent, un jour ou l'autre, réalisa-t-elle.

Par un coup d'éclat.

Elle sentit un froid violent la transpercer. Le regard de Louis Canaan la glaçait jusque dans ses os.

Pourtant, elle ne parvenait pas à détacher ses yeux de lui. De son regard rouge brillant de joie malsaine.

Elle sentit la surface du lac vibrer imperceptiblement.

Puis soudain, elle perçut les pensées de son père, projetées vers elle dans un dernier élan de bravade. Sans qu'elle comprenne comment il s'y prenait, elle entendit distinctement la voix de cet homme dans sa tête. Une voix comme un souffle, une berceuse peut-être, ou un poison sucré.

Tu continueras à rêver de moi, susurrait cette voix. *Je fais partie de toi.*

— C'est faux… dit-elle d'une voix étranglée.

Le serpent se dévore. Le jeu du sang ne s'arrête jamais.

Elle hoqueta. Puis elle s'écria :

— Menteur ! Jusqu'au bout… menteur et lâche !

— Que se passe-t-il ? s'inquiéta Vauvert.

Il voulut la serrer contre lui, mais elle lui lâcha la main et s'écarta. Il tendit la main pour la rattraper. Elle se dégagea à nouveau, d'un brusque mouvement d'épaules. Elle était agitée de convulsions.

— Eva, parle-moi.

— Il faut l'empêcher de tomber dans ce lac. C'est ce qu'il veut !

— Ne dis pas de bêtise, grogna Vauvert.

Mais elle ne l'écoutait déjà plus. Elle posa un pied sur le lac gelé. La surface s'affaissa un tout petit peu, avant de se stabiliser.

— Bon sang, arrête ! fit son compagnon. Si la glace se brise…

— Elle supporte bien son poids…

Elle effectua plusieurs pas hésitants sur la glace bleue.

— Elle supportera le mien…

— Non ! Eva, c'est trop dangereux !

Ça l'était sûrement. Mais, jusqu'ici, la surface congelée du lac avait l'air de tenir le coup. La policière progressait avec une certaine rapidité. Les semelles de ses bottes glissaient à chaque pas, et elle devait contracter tous ses muscles pour rester droite, mais elle parvenait à se tenir debout. Elle y arriverait. Elle se rapprochait déjà.

— Reviens ! vociférait Vauvert depuis la rive.

Elle ignora ses cris. Elle n'avait plus d'yeux, de pensées, de muscles que pour l'homme habillé de scintillements d'étoiles qui l'attendait au centre du lac. Son père, son cauchemar, ce gouffre avide qui avait dévoré sa vie. Il était là, désormais, à une centaine de mètres à peine, et elle allait parvenir jusqu'à lui, elle allait le faire maintenant, elle *devait* parvenir jusqu'à lui. Elle le tuerait à coups de poings s'il le fallait, elle était prête à arracher son cœur maudit à mains nues, *tout* plutôt que de lui accorder cette ultime victoire, et le savoir s'en être allé de son plein gré, comme il s'apprêtait à le faire…

Un pas de plus, sur la surface glissante. Et un autre encore.

Ma fille, disaient les yeux étincelants de Louis, tandis que la glace commençait à craquer et à s'affaisser autour de lui.

Il tendit les mains vers elle, comme pour l'accueillir. La plaie à sa gorge recommença aussitôt à saigner en abondance, à présent qu'elle n'était plus comprimée. Et même en cet instant, son sourire de joie perverse, animale et absolue ne quittait pas ses lèvres blêmes.

Eva, sans même s'en rendre compte, tendit les mains elle aussi. Une partie de son esprit enregistra la sensation de la surface du lac se fissurant sous ses bottes, à chacun de ses pas, mais ce n'était pas grave, plus rien n'avait la moindre importance. Tout ce qui lui restait à faire était courir pour le rejoindre, avant… avant…

Tu continueras de rêver…

Elle entendit une autre voix, la voix d'Alexandre Vauvert, au plus profond d'elle.

EVA. C'EST UN PIÈGE.

Un instant déstabilisée, elle aperçut un éclat plus vif brasiller sur la veste de l'homme. Les écailles projetèrent des constellations chatoyantes autour de lui.

Le monstre utilisait sa dernière illusion.

La glace céda.

Eva hurla.

Louis Canaan fut aspiré dans les flots glacés. La dernière chose que sa fille vit de lui fut son sourire de défi et d'extase, et son regard incandescent qui continuait de la fixer alors même qu'il disparaissait.

L'ouverture se propagea aussitôt. Un réseau de crevasses s'élança à l'assaut du lac tout entier.

Eva sentit des mains énormes la saisir, la tirer en arrière, l'emporter en la soulevant presque, et elle fut bien obligée de suivre Vauvert. Elle courut après lui, tirée au bout de sa main, s'y accrochant de toutes ses forces pour ne pas perdre l'équilibre tandis que ses bottes dérapaient sur la glace.

Elle sut qu'ils n'atteindraient jamais la rive à temps, sans même avoir besoin de regarder derrière elle. Le bruit de craquement les rattrapa en quelques secondes. La glace se déplaça sous leurs pieds. *C'est trop tard*, pensa-t-elle au moment où la surface s'effaçait sous eux.

L'instant suivant, ils s'enfoncèrent dans l'eau noire, aspirés sous la surface, engloutis au milieu de morceaux de glace. Eva, tétanisée par le froid intense, se sentit incapable de se débattre. Elle était aveuglée, elle était terrifiée, et elle avala convulsivement des flots glacés. Un éclair de vive douleur traversa sa poitrine. Par un réflexe incontrôlable, elle inspira, et davantage d'eau pénétra dans ses narines, *dans ses poumons*. La sensation de mort fut fulgurante. Submergée par la panique, prise de spasmes violents, elle se contracta, battit furieusement des jambes.

Sa botte droite frappa l'angle d'un rocher.

Elle s'agita de plus belle. Et cogna de nouveau sur une surface dure. C'était le fond du lac qu'elle touchait.

Elle avait pied.

Elle poussa de toutes ses forces, et creva la surface de l'eau, tout en demeurant affolée, et toujours incapable de respirer. Elle sentit alors les mains de Vauvert qui la saisissaient. Elle fut soulevée, hissée au-dessus des flots gelés. L'air retrouva enfin le chemin de ses poumons. Elle s'étrangla et toussa.

— Courage ! On y est ! cria Vauvert en la portant sur les derniers mètres.

Il la déposa sur la berge. Elle sentit la neige contre sa peau. Pliée en chien de fusil, elle vomit de l'eau, de la bile, de la terreur, et poussa un cri étouffé, un soupir de délivrance. Elle réalisa qu'il venait de lui sauver la vie. Une nouvelle fois. Elle sentit des larmes irrépressibles inonder ses joues.

Il lui fallut plusieurs minutes avant de retrouver ses esprits, et un contrôle relatif de ses nerfs. Ses yeux s'adaptèrent de nouveau à la nuit. Elle vit alors que Vauvert n'était pas en meilleur état qu'elle. Il se tenait à genoux, dans une pose de statue, un peu plus loin. Son visage était gris, et il grelottait de tout son corps.

Eva lança un regard anxieux vers le lac.

L'immobilité glacée avait repris ses droits.

Même la neige avait cessé de tomber.

La surface du lac luisait dans le silence. De l'autre côté, les policiers s'agitaient, cherchant un moyen de contourner le plan d'eau pour venir leur porter secours.

— C'est fini, lui dit Vauvert, la voyant ainsi concentrée. Il est mort maintenant.

Elle se redressa et s'approcha avec prudence du rivage, bras croisés. La sensation de panique ne la quittait pas tout à fait.

— Il faut qu'on retrouve son corps pour que cela soit vraiment fini.

— On le retrouvera, dit Vauvert.

Il se leva à son tour et la rejoignit.

Il passa ses bras massifs autour d'elle. Malgré l'humidité et les éclats de givre dont ils étaient couverts tous les deux, Eva sentit la chaleur de cet homme traverser sa peau. Elle laissa cette chaleur l'emplir.

— Et si on ne le retrouve pas ? insista-t-elle d'une voix tremblante. S'il a trouvé un moyen de fuir, encore ?

— On le retrouvera, répéta-t-il d'une voix qu'il voulait convaincante, et qui l'était presque.

Elle se retourna contre lui. Elle plongea sa tête contre son torse musculeux. Et elle le serra de toutes ses forces contre elle.

Toi seul…

Deux mois plus tard

Au début du printemps, Alexandre Vauvert retourna au lac enclos entre les hautes montagnes. Le ciel était d'un bleu de cristal au-dessus de lui, et un courant d'air frais et pur filtrait par les vitres entrouvertes de son 4 × 4 flambant neuf.

Cette fois, le policier emprunta le chemin qui contournait le pic et permettait d'accéder au plan d'eau. Les lacets étaient plus nombreux, sur ce versant, et de plus en plus étroits. Il traversa des zones de sapins verdoyants avant de déboucher sur des pentes couvertes d'éboulis et de buissons de genévriers. À l'horizon, la silhouette imposante du pic du Midi était encore couverte de neige, mais, sur les flancs des montagnes, les nappes blanches avaient presque entièrement disparu.

Il atteignit la cuvette rocheuse et se gara non loin de la berge du lac.

Se retrouver ici fit remonter des émotions qu'il croyait avoir dépassées, au fil des semaines, tandis qu'il s'abrutissait en procédures et paperasse… qu'il inventait des réponses à des questions auxquelles il ne pouvait répondre…

Deux mois.

Il s'était dit qu'assez de temps avait passé.

À présent, il ne pouvait s'empêcher de douter de lui.

Ses semelles crissèrent sur les graviers du rivage.

L'eau, immobile, reflétait le ciel avec une netteté hallucinante. Il réalisa que le lac était plus petit qu'il ne l'avait imaginé.

Il s'arrêta tout au bord.

Ainsi entouré par les montagnes, il se trouvait au centre d'un décor de carte postale.

Le vent plaqua sa veste en jeans contre son tee-shirt.

C'était ici que Louis Canaan avait disparu.

Littéralement disparu.

Il repensa à ce qu'Eva lui avait dit, cette nuit-là. À cette angoisse qui n'avait pas lâché la jeune femme, jusqu'à ce qu'on les emmène en véhicule médicalisé. Elle n'avait plus abordé ce sujet par la suite, mais il n'était pas dupe. Il savait que les cauchemars la réveillaient encore au milieu de la nuit. Il entendait sa respiration s'accélérer, il la sentait qui se contractait sous les draps, et qui s'asseyait pendant un moment. Parfois, elle se levait, pour ne revenir à ses côtés que bien plus tard. Lui faisait semblant de dormir. Il ne savait pas si elle s'en rendait compte. Ce n'était pas le plus important.

Continuer à vivre, *se reconstruire*, était le plus important.

Il observa son reflet dans l'eau limpide. La toile élimée de sa veste formait une tache plus pâle dans le bleu du ciel.

Deux mois déjà.

Il se répéta que Louis Canaan était mort. Il devait l'être.

Si sa dépouille restait introuvable, c'est parce qu'elle avait dû glisser entre des rochers. Quelque part dans les entrailles de la montagne.

La brigade fluviale avait dragué le fond une première fois. Ne trouvant rien, ils avaient recommencé. Toujours sans obtenir le moindre résultat. Les recherches avaient dû être abandonnées. Les spécialistes avaient expliqué que ce lac était alimenté par plusieurs torrents, et qu'il communiquait, par voie souterraine, avec une autre étendue d'eau, plus vaste, à un kilomètre en contrebas. Plusieurs rivières, cascades et cours d'eau souterrains y prenaient naissance à leur tour. Dans de telles conditions, il n'était pas impossible que le corps de leur suspect ait été emporté dans un de ces chemins, et y soit resté coincé, quelque part sous la montagne, dans un endroit inaccessible. C'était la seule hypothèse envisageable.

Elle convenait amplement à Vauvert.

Il s'accroupit au bord de l'eau, tendit la main, et effleura la surface. Le bout de ses doigts transperça son reflet.

La surface se froissa. Dans ce miroir troublé, il lui sembla se reconnaître, mais plus âgé. Son regard plus sage. Ses cheveux couleur poivre et sel.

À cet instant, son téléphone se mit à vibrer et à carillonner dans sa poche. L'étrange sensation s'effaça aussi brusquement qu'elle l'avait envahi. Son visage reflété dans l'eau redevint tel qu'il le connaissait. Couturé, taillé au burin. Sa tignasse brune hirsute. Un sourire heureux sur les lèvres.

Il se redressa en attrapant son mobile.

— Bonjour, beauté, dit-il.

— *Bon sang, Alex, j'ai horreur que tu m'appelles comme ça*, soupira Eva, d'une voix agacée, au bout de la ligne.

— Raison de plus. J'aime quand tu es en colère.

— *Dis-moi plutôt quand je te vois. Je croyais que tu devais finir plus tôt aujourd'hui.*

Il inspira l'air pur des montagnes, s'étirant.

— J'avais juste une petite chose à voir, mais ça y est, maintenant. J'ai enfin bouclé ma semaine. J'ai trois jours complets à passer avec toi. Si j'arrive à avoir le vol de dix-neuf heures trente, je serai à Orly à vingt et une heures…

— *Parfait. Je viendrai te chercher.*

— Cette semaine a été longue, murmura-t-il. Tu m'as terriblement manqué.

Il perçut son sourire, à l'autre bout de la ligne.

— *Ne tarde pas, alors*, se contenta-t-elle de lui dire.

Il raccrocha. Il éprouvait un mélange de profonde sérénité et de vague euphorie adolescente.

Une ombre parcourut brièvement la surface du lac.

Vauvert se raidit.

Un instant, il avait cru discerner une silhouette, reflétée dans l'eau.

Il la chercha des yeux. Et vit une onde circulaire qui se diffusait, à une dizaine de mètres. Ce rond fut suivi d'un autre, un peu plus loin.

Il ne s'agissait que du mouvement d'un poisson sous l'eau.

Le policier inspira.

Il avait vraiment besoin de congé.

Il tourna les talons et se hâta de regagner son véhicule.

Ce qui dérangeait le plus l'avocat de Madeleine Reich, chaque fois qu'il venait ici, c'était sans conteste l'odeur qui régnait dans les couloirs. Il imaginait un mélange bizarre d'éther, de sang et d'excréments.

Cela résumait bien tout ce que lui inspirait cette antenne psychiatrique.

Mais il n'avait pas le choix.

Au moins, sa cliente bénéficiait d'une vraie chambre. Elle se trouvait tout au fond d'un couloir, où elle n'avait aucun voisin. La pièce était même pourvue d'une lucarne en plexiglas qui laissait entrevoir les profils des montagnes, et c'était un réel privilège, ici, même s'il doutait que Mme Reich le réalise.

Celle-ci ne semblait plus réaliser quoi que ce soit, à vrai dire. Mais pour cela aussi, l'avocat n'avait pas le choix. Il était payé assez grassement pour se contenter d'effectuer son travail sans rechigner.

Il vint donc la voir, et lui récita, comme chaque semaine, le compte rendu détaillé de la situation. Il lui fit part des nouvelles pièces qu'il avait ajoutées à son dossier. Il lui expliqua également que le juge avait accepté de repousser l'audience tant qu'elle ne serait pas en état de se présenter en personne, ce qui était une très bonne chose, car cela augurait un abandon des charges à moyen terme pour raisons médicales. Une équipe viendrait l'examiner pour cela. Il ne faudrait pas qu'elle s'en inquiète.

Il parla longtemps, d'une voix rapide et maîtrisée, sans la regarder directement.

Il n'attendait pas de sa cliente qu'elle lui réponde. Elle ne le ferait pas. Elle ne le pouvait pas. Depuis la nuit où ils l'avaient arrêtée, deux mois auparavant, elle n'avait plus prononcé la moindre parole. Les médecins avaient évoqué une paralysie des muscles de la gorge, liée à un symptôme d'hystérie, sans jamais être capables de confirmer à cent pour cent leur hypothèse.

Il était évident que les événements dans les montagnes avaient changé cette femme. Elle avait été cassée, irrémédiablement, comme se brise un bloc de marbre.

Alors que, toute sa vie, elle avait toujours semblé plus jeune que son âge, elle paraissait maintenant vieille. Une allure accentuée par son crâne chauve. Ses cheveux avaient été tellement endommagés par les flammes que le rasage avait été la seule solution. À présent, un duvet de quelques millimètres repoussant sur son crâne couvert de cicatrices et de bosses, elle ressemblait à une terroriste ou une martyre. Une sainte, peut-être.

L'avocat s'efforça de chasser ces idées.

Il continua de parler, tandis que sa cliente, assise face à lui, le fixait de son regard de métal terne.

Nulle expression sur son visage ne lui permettait de déterminer si elle comprenait quoi que ce soit à ce qu'il essayait de lui dire.

On toqua. C'était l'heure du repas.

— Bien. Ce sera tout pour aujourd'hui, dit l'avocat comme pour s'excuser, avec un soulagement intense qu'il espérait invisible.

Il se leva tandis que l'infirmière pénétrait dans la chambre. Elle apportait un plateau chargé de purée, de yogourts, et d'une demi-douzaine de gélules et autres comprimés aux couleurs vénéneuses. Elle déposa le plateau sur la table, devant Madeleine.

— Je reviendrai la semaine prochaine, ajouta-t-il d'une voix hésitante. Et je suis sûr que j'aurai de bonnes nouvelles.

Sans lui accorder la moindre attention, sa cliente saisit la tasse en plastique remplie d'eau et avala machinalement les comprimés.

L'homme soupira, salua l'infirmière et alla frapper à la porte pour qu'on le laisse sortir.

Il ne se rendit pas compte que Madeleine, sous son air détaché de spectre, l'observait attentivement tandis qu'il quittait la pièce.

Elle regarda ensuite l'infirmière. Un reflet miroita dans ses yeux.

— Vous avez bien pris vos comprimés, n'est-ce pas, madame Reich ? lui demanda la jeune femme en uniforme. Montrez-moi.

Madeleine ouvrit la bouche et tendit la langue.

— C'est bien. Je reviens tout à l'heure pour reprendre votre plateau.

L'infirmière quitta à son tour la chambre.

Madeleine entendit les tours de clef dans la serrure.

Puis elle écouta les roues du chariot s'éloignant en grinçant dans le couloir. L'infirmière allait apporter ses poisons multicolores aux autres patients – *aux autres détenus*.

Ce ne fut qu'une fois le silence totalement revenu que ses yeux retrouvèrent leur mobilité. Ses pupilles se dilatèrent.

Madeleine se pencha sur la table, mit sa main dans sa bouche, et cracha les comprimés qu'elle avait fait semblant d'absorber.

Ensuite, elle alla les jeter dans la cuvette des toilettes.

Cela ne changeait peut-être pas grand-chose, mais elle ne voulait pas de leurs drogues dans son corps.

Il y avait un miroir, encastré derrière une pellicule de plexiglas dans le mur de la salle de bains. Madeleine s'en approcha, et observa son reflet, le reflet de cette femme grise dans laquelle elle ne parvenait plus à se reconnaître. Comment éprouver autre chose que du dégoût à la vue de cette apparence, de ces cheveux ras et de ce visage mal cicatrisé ? Elle se concentra sur ses yeux. Elle plongea en eux. Son regard était la seule véritable fenêtre d'évasion qui lui restait encore. Quand elle fixait assez longtemps ses propres pupilles, entièrement dilatées, quand elle avait enfin l'impression de s'enfoncer en elles, d'être engloutie par leurs ténèbres, la souffrance qui broyait ses os et ses muscles semblait s'estomper un peu.

Elle demeura donc ainsi. Recherchant l'oubli. Un peu plus d'oubli chaque jour.

Sa bouche s'entrouvrit, luisante de salive.

Il n'y avait pas que ça.

À force de regarder dans ce miroir, à force de faire abstraction de ce piège aux murs de béton qu'ils appelaient une chambre, elle parvenait à voir autre chose. Il lui semblait distinguer une silhouette. Loin. Si loin d'elle.

Une jeune femme qui, elle, avait encore des cheveux, comme une crinière blanche et bouclée. Qui était libre, elle.

Qu'elle enviait tant.

Eva sursauta brusquement.

L'espace d'un instant, elle avait eu la sensation que quelqu'un se penchait sur elle, approchant la main de ses cheveux.

Elle se dit qu'elle avait rêvé.

Au cours de ces dernières semaines, elle s'était surprise à rêver éveillée plus souvent que d'ordinaire.

C'était sans doute dû à la fatigue, de plus en plus difficile à ignorer.

Et à ces crampes dans son ventre.

Celles-ci étaient nouvelles. Elles l'avaient inquiétée, au début.

Elle se leva de sa méridienne, où elle n'avait que trop paressé. L'après-midi touchait à sa fin. Le parquet de son appartement était baigné par l'embrasement rouge du crépuscule.

Dix-neuf heures vingt. Alexandre devait se trouver en salle d'embarquement. Elle savait que, maintenant, elle allait compter chaque minute qui s'écoulerait jusqu'à son arrivée. C'était une chose qu'elle ne lui avouerait jamais, bien sûr. Mais, au fond d'elle, elle savourait secrètement cette sensation d'attente, qui était aussi une douleur. Elle songea déjà à ses bras autour d'elle, si solides, si rassurants. Elle songea à l'odeur de sa peau. Elle songea qu'il allait rester plus longtemps que d'habitude, pas seulement le week-end, mais trois jours entiers. Elle avait posé sa journée de lundi pour être avec lui, tout était prêt. Ils resteraient ici, sans doute. Ils commanderaient chez des traiteurs pour les repas. Ils feraient l'amour. Ils se parleraient. Un peu. Ils feraient davantage l'amour. Ils partageraient leurs gouffres et leur avidité. Et elle se sentirait bien. Pour quelques jours, pour quelques heures, avant qu'il ne reparte.

Elle réalisa qu'elle n'avait jamais éprouvé ce genre de choses pour personne. Et cette pensée la fit frémir.

Se postant à la fenêtre du salon, elle observa le parc, de l'autre côté de la rue.

La pelouse était verte à nouveau. Les pruniers en fleur formaient des massifs blanc et rose vaporeux, comme des touches de peinture vive dans le gris de la ville, sous les dégradés de feu de l'horizon.

Eva ne pouvait s'empêcher d'éprouver une peur diffuse. Tout au fond d'elle.

Une vague sensation de chaleur monta dans sa poitrine. La nausée demeurait toujours proche. Tolérable, encore.

Doucement, elle posa une main sur son ventre.

Ce geste, réalisa-t-elle, elle l'avait considéré comme un cliché stupide, quand elle le voyait chez les autres, et qu'elle se moquait d'elles. Elle s'était toujours imaginé qu'elle serait différente, moins prévisible, le jour où cela lui arriverait. Elle ne l'était pas.

Il faudrait qu'elle l'annonce à Alexandre. Ce week-end. Elle ne pouvait pas attendre plus longtemps. Le problème, c'était qu'elle ne savait pas comment le lui dire. Elle avait toujours été incapable de s'ouvrir.

Une de ses nombreuses peurs.

Mais les peurs étaient faites pour être affrontées.

Tout ce qui lui importait, c'était de préserver Alexandre de ces angoisses, de tous les doutes qui s'accrochaient à elle comme de vieilles toiles d'araignée. Elle savait qu'il se posait des questions, et qu'il s'inquiétait pour elle, parfois. Il était pourtant hors de question qu'elle lui parle de ses rêves. *Jamais* il ne devait savoir les images qui l'assaillaient. Les dents acérées qui cherchaient son cou.

Pas le même sang.

Elle ne pouvait rien changer aux choses qui étaient arrivées. Elle ne pouvait guérir les blessures du passé.

Mais elle pouvait changer le futur.

Elle savait qu'elle pouvait le faire.

Elle était prête.

Tournant le dos au flamboiement du crépuscule, elle chercha l'horloge des yeux et commença à calculer le temps qu'il lui restait avant son arrivée.

Le temps qui dévore ses enfants n'a aucune emprise sur eux qui ne veulent point être les enfants du temps.

Aleister Crowley

Remerciements

Il y a certaines personnes sans qui, pour diverses raisons, ce livre ne serait pas celui qu'il est aujourd'hui. Je tiens à les remercier ici, et du fond du cœur.

La première de ces personnes est ma compagne, Orlanda, lumière de ma nuit, et ma première lectrice.

Ma bouillonnante et incroyable famille, forcément, avec un clin d'œil à mon grand-père Jojo, et aux souvenirs de Montréjeau.

Toute ma gratitude à l'équipe du Pré aux Clercs, particulièrement à Isabelle pour son amitié, sa patience et sa compétence. Un grand merci à Laurent et à Valérie, chez Pocket, qui rendent de vieux rêves d'adolescent réels.

Pour des raisons variées mais capitales, merci à Eva, reine de la caméra, à David, le plus cool des flics, ainsi qu'à Robert pour la promenade avec gyrophare. Et merci à Naamah et à Ariane, à Jean-Marc et à Julie, à Cricri, à Matthias et enfin à Ralph. Une pensée toute spéciale pour Coyote, mon frère Jedi, qui sait que la magie existe.

Indirectement, je me dois de remercier certains musiciens dont les œuvres ont bercé l'écriture de ce livre, et l'ont influencé à un degré ou à un autre : Behemoth, Moonspell, Nick Cave, Doro Pesch, David Lynch.

Je tiens également à remercier Olivier, Caroline et toute l'équipe de la Ruche aux livres de Wavrin, pour leur soutien et leur gentillesse.

Enfin, je salue Hervé, Fabrice, Clémentine, et toute la famille du légendaire Bikini, la meilleure boîte rock que vous pourrez trouver en France.

Le dernier remerciement va à vous tous, lecteurs et lectrices qui tenez ce livre entre vos mains. Sans vous, tout ça n'aurait pas beaucoup de sens, n'est-ce pas ?

Toulouse, le 12 janvier 2012

Composition et mise en pages : Facompo, Lisieux

Achevé d'imprimer par N.I.I.A.G.
en janvier 2013
pour le compte de France Loisirs, Paris

N° d'éditeur : 71362
Dépôt légal : décembre 2012
Imprimé en Italie